LES AMA

Pierre Bellemare a mené une
d'écrivain et d'acteur. Tous
librairie. Pierre Bellemare est décédé en mai 2018.

PIERRE BELLEMARE
Marie-Thérèse Cuny
Jean-Marc Épinoux

Les Amants diaboliques

Cinquante-cinq récits
passionnément mortels

Documentation Gaëtane Barben

ALBIN MICHEL

Les faits et les situations évoqués dans ce livre sont vrais. Cependant, pour des questions de protection et de respect de la vie privée, certains noms de lieux et de personnes ont été changés.

© Éditions Albin Michel S.A., 1999.

ISBN : 978 - 2 - 253 - 15113 - 5 - 1ʳᵉ publication - LGF

PRÉFACE

Elle se tenait dans un coin de la régie et notait sur un bloc le minutage des séquences du journal de 13 heures. L'émission était en direct et en public. Elle regardait avec attention Bernard Montagne, le journaliste vedette de la station qui menait l'émission. Elle veillait au moindre détail et surtout... surtout au verre de whisky qui devait être juste à portée de la main droite de Bernard.

Ils s'étaient connus voilà cinq ans et immédiatement elle était devenue son assistante, sa secrétaire, sa confidente et sa maîtresse. Elle adorait Bernard. Pour lui, elle était prête à passer sur bien des choses et principalement sur son goût pour les aventures d'un soir ou d'une minute dans les toilettes de l'étage. Mais, depuis trois mois, Bernard était tombé sous le charme de la directrice des relations humaines et, la semaine dernière, il lui avait fait comprendre que leur belle histoire était finie. Bernard Montagne étant un mufle, il lui avait même précisé qu'elle devrait trouver une autre activité à la fin de la saison. Nous étions le 8 janvier, il lui restait donc six mois...

Bernard Montagne, malgré son expérience de l'antenne, avait besoin de se doper pour surmonter son angoisse du direct et le verre de whisky était là pour ça.

Elle décida de détruire Bernard à petit feu en augmentant chaque jour imperceptiblement la quantité d'alcool qu'il absorbait en une heure de programme. Chaque jour, entre 13 heures et 14 heures, elle fit renouveler de plus en plus fréquemment le verre de Bernard. Bientôt il consomma, sans vraiment s'en rendre compte, une demi-bouteille puis une bouteille de whisky. Le 4 mai lui fut fatal. Ce jour-là, il recevait, sous l'œil de la direction, le Premier ministre. Le dernier quart d'heure lui était consacré et Bernard Montagne fut incapable de mener à bien l'interview qu'il avait pourtant longuement préparée. Il disparut de l'antenne en un week-end et termina sa carrière dans une petite radio associative de province.

J'ai vécu cette vengeance de femme. J'ai fréquenté ces amants diaboliques... Amour, que ne commettons-nous pas en ton nom !

Pierre Bellemare

LE SILENCE DE JANET

Elle a vingt-cinq ans. L'air d'une petite fille sage, en jupe plissée et corsage boutonné. Elle vient demander le divorce. En Angleterre, dans les années 1950, il faut pour cela comparaître devant la cour des divorces, et exposer devant un juge les raisons de sa demande. La procédure est longue, le consentement mutuel n'existe pas. Il faut alors de sérieuses raisons pour qu'un juge accepte dans un premier temps la séparation de corps des deux époux, et plus tard le divorce.

Janet n'est pas une femme battue, mais une femme trompée. Elle en a la certitude, mais pas les preuves. Sur le conseil de son avocat, elle a choisi d'invoquer la cruauté mentale. Elle n'a pas beaucoup de chances de gagner.

Janet attend maintenant sa comparution, elle est assise sagement sur un banc de bois dans une salle lambrissée du tribunal de Manchester, et chuchote avec son avocat. Il lui explique pour la dernière fois comment se comporter devant le juge.

— Nos juges n'aiment pas beaucoup qu'on leur demande d'apprécier la cruauté mentale du conjoint. Certains disent que c'est un argument importé des États-Unis, qui ne convient pas à la mentalité britannique. Soyez précise le plus possible, évoquez les insultes, l'humiliation, et la vantardise de votre mari à propos de ses conquêtes. Et n'oubliez pas la provocation à caractère sexuel. Cela les impressionne toujours.

En face d'eux, sur un banc de bois identique, Jim Mortimer, le mari, et un autre avocat. Jim est quartier-maître dans la marine royale. Il y exerce les fonctions d'infirmier. Vingt-sept ans, bien rasé, costume civil impeccable. Son avocat lui a conseillé de réfuter purement et simplement l'accusation de sa femme.

— Cruauté mentale! Le juge n'y croira pas une seconde. Croyez-moi, elle n'a aucune preuve d'adultère... ça peut durer longtemps.

L'huissier fait entrer le public. Car public il y a. Les témoins des deux parties en présence le cas échéant, mais parfois aussi de simples curieux, ou des journalistes lorsqu'il s'agit de gens connus. Difficile dans ces conditions de divorcer dans l'intimité.

Ce jour-là, il n'y a pas uniquement de simples curieux dans la salle, mais aussi deux curieux, très particuliers. Non que Janet et Jim Mortimer soient célèbres, ou fortunés.

Le premier se nomme Melvin Gates, officier de police, la cinquantaine dépassée, beaucoup d'expérience du métier, et une bonne raison d'être là.

Le second est un journaliste spécialisé dans les affaires criminelles. Lui aussi a de bonnes raisons d'être là, car ce genre de chronique représente son gagne-pain quotidien. Chaque semaine paraît à Manchester un magazine assez tapageur où il n'est question que de crimes et de faits divers recueillis par lui dans l'entourage de la police ou des tribunaux. Il signe ses articles du nom de Conrad Conlay.

Il repère immédiatement la présence de Melvin Gates, qu'il a souvent rencontré.

— Tiens... vous avez un client dans la salle?
— Peut-être...
— J'écoute...

— Pas maintenant, Conlay. Si j'ai raison vous pourriez tout faire rater.

— D'accord, pas maintenant, mais vous me gardez la suite?

— Promis.

Conrad Conlay a également la spécialité des croquis d'audience, qui illustrent ses articles. Son œil inquisiteur, fureteur, se porte sur Janet, puis sur Jim. Il sort son carnet et son crayon.

— Officier Gates... dites-moi lequel des deux, je prendrai de l'avance...

— Les deux, mon vieux... Si j'ai raison, vous pouvez croquer les deux...

Janet est nerveuse, tendue. Elle expose sa demande au juge, sans jeter un regard sur Jim.

— Mon mari a des liaisons extraconjugales. Nous en avons parlé, il refuse de changer de comportement. Il s'en vante auprès de ses amis.

— Depuis quand, madame Mortimer?

— Depuis deux ans.

— Vous a-t-il donné un motif à cette infidélité?

— Non. Il ne fait cela que pour me torturer, c'est évident. Mon mari est un sadique.

— Le terme de sadique n'est-il pas trop fort? Pouvez-vous nous donner un exemple?

Janet se tourne vers son avocat, le regard embué, au bord des larmes. Il l'encourage d'un signe de tête. Conlay le journaliste notera plus tard dans son article que « la jeune femme a eu à cet instant des accents de sincérité évidente, révélateurs d'une souffrance profonde... ».

— Mon mari est très habile à trouver les mots qui font mal. Il sait menacer sans en avoir l'air, faire des allusions, des comparaisons, je me sens humiliée même la nuit, c'est une torture morale...

— Soyez précise, madame Mortimer, j'insiste... Avez-vous des faits? Des témoins?

11

— Il n'y a jamais de témoins... il y fait très attention. Il sait parfaitement que cela le condamnerait...

— Le condamnerait à quoi, madame Mortimer?

— Au divorce. Il en a peur, il le refuse...

— Pourtant, vous dites qu'il vous trompe et ne s'en cache pas! Monsieur Mortimer, voulez-vous répondre à votre tour, je vous prie? Y a-t-il adultère de votre part?

— Absolument pas. J'aime ma femme. Nous nous aimons depuis toujours. Elle a trouvé ce prétexte pour divorcer, et m'enlever notre petite fille Pamela...

— Il semble que votre femme ne vous aime plus, monsieur Mortimer, puisqu'elle demande le divorce. Pouvez-vous nous dire pourquoi à votre avis?

— Je l'ignore. Mon avis est qu'elle m'aime toujours.

— Je repose la question autrement, monsieur Mortimer : Pourquoi veut-elle divorcer? Autrement dit, que vous reproche-t-elle lorsque vous en parlez?

Jim Mortimer semble un moment surpris de la question pourtant banale. Il répète :

— Reprocher? Ce qu'elle me reproche? Je... je n'en sais rien... Je ne peux pas le dire... Elle n'a rien à me reprocher...

— Vous m'étonnez, monsieur Mortimer. Voulez-vous dire que votre épouse ne vous a jamais dit personnellement ce qu'elle vient de dire ici même? Que vous avez des liaisons? Que vous la torturez mentalement?

— Exactement. Je pense qu'il s'agit des arguments de son avocat qui n'a rien trouvé d'autre! Elle m'aime, et nous sommes mariés depuis plus de sept ans, et tout le monde vous dira que nous étions heureux, très heureux... J'ai des témoignages.

Un témoin confirme en effet que le couple était très amoureux, et très heureux, un exemple pour leurs amis, jusqu'à la perte de leur petit garçon Terence âgé de six ans.

12

— Un gamin plein de vie. Il est mort si brutalement. Janet avait déjà perdu un premier enfant, et la disparition de Terence lui a fait beaucoup de mal. Heureusement, il leur reste leur petite fille Pamela. Tout le monde les trouve bien courageux...

Janet Mortimer n'a pas de témoin pour contrer cette déclaration. Son histoire de cruauté mentale n'a pas impressionné le juge. Il semble qu'elle ait perdu.

Conrad Conlay le journaliste remarque alors que Melvin Gates le policier se lève discrètement et s'approche de l'avocat de Janet. Ils chuchotent tous les deux un instant, tandis que le juge déclare :

— Madame Mortimer, je ne vois pas, dans ce que vous prétendez devant cette cour, un motif de divorce. Je vous conseille de profiter de cette interruption d'audience pour en discuter avec votre époux. S'il consent à ce que vous quittiez le domicile conjugal, pour votre santé mentale, j'en tiendrais compte... Sinon...

Janet devient livide, et son avocat doit l'aider à quitter la salle d'audience. Le policier est avec eux. Conrad Conlay les rejoint, à l'affût. Il vient d'assister à une séance banale. L'attitude du juge ne surprend personne. Janet aurait eu gain de cause si elle avait fourni des preuves, payé un détective pour les obtenir, ou présenté un certificat médical attestant de coups reçus. Elle n'a rien. Et, ainsi présentée, sa requête n'avait guère de chances de passer. Mais, pour qu'un policier de la notoriété de Melvin Gates s'intéresse à une histoire de divorce aussi plate... et il s'y intéresse de près... c'est qu'il y a quelque chose...

Devant le journaliste qu'il n'éloigne pas cette fois, l'officier Gates demande à l'avocat de Janet :

— Maître... si vous m'y autorisez, j'aimerais avoir maintenant une conversation avec votre cliente. Je ne suis pas en mission. Je voudrais simplement l'aider.

— Maintenant?

— Maintenant. C'est maintenant ou jamais, je crois à la sincérité de Mme Mortimer.

— À quel titre?

— J'ai enquêté il y a deux ans, après la mort brutale du petit garçon. Je pense que si Mme Mortimer demande le divorce aujourd'hui, c'est à cause de cela. Puisque nous sommes en privé, je peux vous dire ce que je sais. Le petit Terence est mort empoisonné par des baies sauvages qu'il aurait cueillies et mangées lors d'une promenade dans les bois avec son père. Version officielle. La mienne est qu'il a été empoisonné, et aujourd'hui je suis sûr que son père est coupable. Jim Mortimer est infirmier dans la marine. Il a à sa disposition un certain nombre de médicaments, dont un barbiturique appelé Seconal... À l'époque, le médecin légiste avait remarqué la similitude des symptômes. Seconal ou baies empoisonnées? Mme Mortimer a confirmé la version de l'accident de promenade. Lorsque j'ai interrogé son mari à l'époque, elle l'a défendu avec passion. Elle en était visiblement amoureuse. Elle l'a protégé. Jusqu'à cette demande de divorce je n'aurais pas pu dire qui était le coupable, de la mère ou du père... Aujourd'hui, je prends une option sur le père. Madame Mortimer, votre silence est coupable. Vous ne pouvez plus vivre avec l'assassin de votre petit garçon, vous ne pouvez plus le protéger. Si vous voulez obtenir le divorce devant cette cour, je peux vous aider à justifier de la cruauté mentale dont vous parlez... Le journaliste ici présent sera témoin. Vous pouvez avouer maintenant, madame Mortimer. Ici, dans cette salle d'attente. Et lorsque le juge reviendra, vous obtiendrez immédiatement la séparation et la garde de votre fille. Cessez de vous taire, madame Mortimer. C'est votre seule chance.

— Je ne peux pas l'accuser! Vous êtes fou!

L'avocat intervient à son tour, gravement.

— Janet, si ce que dit ce policier est exact, vous êtes coupable de complicité en vous taisant. Est-ce exact?

— Je l'aime! J'aime mon mari, vous ne comprenez pas? Je ne peux pas l'envoyer à la corde!

— A-t-il ou non empoisonné votre fils? Janet?

Conrad Conlay le journaliste n'a jamais été aussi près d'un fait divers. À son tour il argumente:

— Écoutez, madame Mortimer... Disons qu'en ma qualité de journaliste j'ai suivi l'enquête de l'officier Gates... Disons qu'aujourd'hui vous m'avez fait part de vos soupçons... seulement des soupçons, vous comprenez? Je peux en témoigner... Ces soupçons vous empêchent de vivre! Vous aimez votre mari, vous ne pouvez pas le dénoncer, mais la cruauté de cette situation est évidente! Dites-le au juge. Je confirmerai. Vous obtiendrez au moins la séparation aujourd'hui.

— Je l'aime! Et c'est vrai qu'il m'a trompée! Je voulais le punir!

L'officier Gates attend. Il empêche le journaliste d'en rajouter, il fait taire l'avocat, il prend Janet par le bras, et la secoue sans ménagement:

— Allez-y! Punissez-le! Vous pourrez toujours dire ensuite que vous l'avez accusé par dépit!

Janet Mortimer a obtenu la séparation de corps et la garde de sa fille dans l'heure qui a suivi. Les « soupçons » dont elle avait fait état devant le juge avaient porté leurs fruits.

Et, un mois plus tard, elle retournait auprès de son mari, la tête basse, et toujours amoureuse. Persuadée que personne n'allait prendre ses aveux au sérieux.

Mais, au début de l'automne 1958, le couple a été arrêté en pleine lune de miel. Au cours de son entretien dans la salle d'attente avec l'officier Gates, Janet avait avoué en privé, devant son avocat et le journaliste Conrad Conlay, qu'elle avait elle-même fait disparaître le reste des capsules de Seconal, dont s'était servi le père. Qui n'était peut-être pas le père...

Jim a été condamné à mort, par neuf hommes et trois femmes constituant le jury. Ce même jury a considéré pourtant que Janet était innocente, et n'avait gardé le silence que par amour. Malgré sa complicité après le crime, et bien que l'accusation ait établi qu'elle n'avait dénoncé son mari que par dépit, pour se venger de son infidélité, et sur l'incitation du policier Gates.

L'affaire a fait un certain scandale en Angleterre, où l'on avait à l'époque une très grande réticence à accepter les circonstances atténuantes, et la passion amoureuse excusant le crime. Conrad Conlay, le journaliste témoin de l'instant de ses aveux, a écrit :

« Récemment, on a pendu chez nous une femme [Ruth Ellis, la dernière femme exécutée en Angleterre] pour avoir tué un amant qui l'exploitait et l'humiliait, sans tenir compte de sa passion. Sans lui accorder la moindre circonstance atténuante. Notre pays refuse le crime passionnel. Aujourd'hui, en 1958, on libère une mère amoureuse au point de pardonner à l'assassin la mort de son propre enfant, d'en devenir la complice, et de vouloir vivre avec lui. Notre justice a bien du mal à s'y retrouver, entre raison et sentiment. »

OÙ EST MON CHER ÉPOUX?

La femme qui vient d'entrer dans le commissariat de police est vêtue de gris. Presque en deuil. Elle doit avoir dans les trente-cinq ans. Elle prend place devant le jeune inspecteur de police qui la reçoit. Il glisse une feuille de papier dans le rouleau de sa machine à écrire et dit :

— Je vous écoute. Quel est le problème ?

— Je suis Mme Suzanne Lengelmont. J'habite avec mon mari au 12, avenue des Lavandiers, dans le quartier des Romanes. Je viens parce que mon mari a disparu depuis plus d'un mois et que je suis sans nouvelles de lui.

— Et que fait-il comme activité professionnelle, votre mari ?

Suzanne Lengelmont répond, comme si elle avait préparé et appris par cœur sa réponse :

— C'est Octave Lengelmont, né le 14 février 1950 à Merlebach. Il est représentant de commerce en... couronnes mortuaires. Tenez, je vous ai apporté sa photographie. Il mesure 1,74 mètre et pèse environ 80 kilos. Il possède un signe particulier comme on dit, je crois : une tache de vin sur la cuisse droite, grande comme ça !

L'inspecteur Gramondi, qui tape avec deux doigts sur sa vieille machine Underwood, essaie d'aller aussi vite que la déposition :

— Et votre mari a disparu depuis quelle date exactement ?

— Eh bien il m'a quittée normalement le 16 juin pour sa tournée en province. Il couvre plusieurs départements. C'était normal et je ne me suis pas inquiétée la première semaine. J'attendais un mot de lui ou un coup de téléphone, pour me dire si la tournée était bonne, s'il n'avait pas de problème de voiture ni de santé.

— Si les affaires marchaient convenablement, je suppose.

— Oh, pour ça, pas de problème : vous savez, il a ses dépôts et il passe simplement pour remplir les bons de commande. Il travaille pour une société d'Oyonnax. Dans la couronne mortuaire, il n'y a pas de morte saison !

— Et donc, voilà six semaines qu'il ne vous a pas donné de nouvelles. Avez-vous contacté la maison pour laquelle il travaille ?

— Justement, eux aussi sont sans nouvelles de lui. Depuis six semaines, ils n'ont reçu aucune commande, rien. Après quelques jours, ils m'ont rappelée, ils avaient contacté les différents dépositaires de sa tournée. Et c'est ce qui m'inquiète : personne ne l'a vu. Absolument personne. J'ai pensé à bien des choses. À tout ce que vous pourriez me dire : une fugue, une affaire de femme, une perte de mémoire. Mais, au bout de six semaines, je suis vraiment inquiète. D'ailleurs je suis un peu à bout de ressources. Vous comprenez, c'est lui qui tient les cordons de la bourse. Après six semaines, il faut que je sache où j'en suis.

L'inspecteur Gramondi pose encore quelques questions et promet que tout sera fait pour retrouver le représentant en couronnes mortuaires. Et aussi son véhicule, une Citroën déjà un peu ancienne.

Quinze jours plus tard, des nouvelles parviennent chez Suzanne Lengelmont :

— Nous avons retrouvé la voiture de votre mari. Pas très loin de chez vous d'ailleurs : à Enfremont, c'est quoi, à peine à 20 kilomètres... Dans un ravin. Il n'y avait personne à l'intérieur et aucun corps à proximité. Simplement des couronnes mortuaires éparpillées un peu partout autour.

— Ce sont les échantillons de la dernière collection. Enfin, s'il n'était pas dans la voiture, ça me laisse un petit espoir.

Mais, après cet élément nouveau dans l'enquête, plus rien n'apparaît concernant la disparition d'Octave Lengelmont. La banque ne reçoit aucun chèque que celui-ci aurait été amené à signer pour subvenir à ses besoins. Pas de relevé de carte bancaire non plus. Suzanne Lengelmont est formelle :

— Mon mari n'emportait jamais beaucoup d'argent liquide. Trop peur de se le faire voler dans les petits hôtels où il descendait. Et puis, il faut bien que je vous dise : la voiture retrouvée dans le ravin, ça ne m'étonne qu'à moitié. Mon mari, depuis quelques années, avait un peu tendance à boire un petit coup, surtout en fin de journée.

Mais Octave ne reparaît pas : son dossier va rejoindre les centaines de dossiers de personnes disparues... Un jour, sans doute, son affaire sera classée sans suite...

Pourtant, contre toute attente, un élément nouveau apparaît. Dans la boîte à lettres du commissariat de police, une lettre anonyme faite de lettres découpées dans les journaux. Le texte est court : « Octave Lengelmont est dans la carrière des Gravières, dans les ordures. »

Ce n'est pas signé, comme de bien entendu. Une équipe de la police va explorer la carrière des Gravières et on soulèvera, avec un bulldozer, plusieurs tonnes de détritus qui embellissent le paysage : vieux sommiers, appareils ménagers hors d'usage, amas de briques et de gravats déposés là par des inconnus discrets. Pas plus de trace d'Octave Lengelmont que de couronnes mortuaires. On informe son épouse, on n'ose pas encore dire « sa veuve », de l'arrivée d'une lettre anonyme et du piètre résultat des recherches. De toute évidence, elle est contrariée...

— Mais qu'est-ce que je vais devenir, moi, si on ne le retrouve pas !

— Il va peut-être réapparaître, l'air contrit. Il va peut-être avouer un coup de folie, une fugue. Le démon de midi.

— Une fugue ! Pour quoi faire ? Il n'y a plus rien qui l'intéressait à part boire un peu trop ! Le démon de midi ! Parlons-en : il y a longtemps qu'il ne peut plus rien faire au lit ! Celle qui l'aurait suivi ne l'aurait certainement pas fait pour la bagatelle !

— Pourtant, vous avez trois enfants !

— Ah, mes trois enfants, ils sont de mon pré-

19

cédent mari. Le pauvre, il est mort d'un cancer il y a dix ans ; trois ans avant que je n'épouse Octave...

— Bien, nous allons continuer les recherches, faites-nous confiance...

— Faites vite, le plus tôt sera le mieux. Depuis la disparition de mon mari je suis dans une situation impossible. J'ai quitté mon travail depuis que nous sommes mariés, vous comprenez...

Mais les semaines suivent les semaines et, pour le compte, on peut dire qu'Octave Lengelmont a vraiment disparu. Il y a maintenant quatre ans que son épouse est entrée au commissariat pour signaler l'absence de son représentant en couronnes mortuaires. C'est elle, Suzanne Lengelmont en personne, qui appelle un jour la police. C'est l'inspecteur Gramondi qu'elle demande et c'est lui qui répond :

— Inspecteur, venez vite. Je viens de retrouver le cadavre de mon mari.

— Comment ? Mais où donc ?

— Dans la carrière des Gravières.

— C'est incroyable ! Et pourquoi êtes-vous allée le chercher là ?

— J'ai reçu une lettre anonyme me disant qu'il se trouvait là.

— Et pourquoi ne nous avez-vous pas prévenus ? Ce n'est pas à vous à faire ce genre de recherche !

— Ben, c'est-à-dire que vous aviez déjà reçu une lettre je crois, il y a quelques années, qui vous demandait d'aller le chercher là-bas et vous n'aviez rien trouvé.

— Vous l'avez laissé sur place ?

— Évidemment ! Vous savez ce n'est pas beau à voir !

En fonçant vers la carrière des Gravières, l'inspecteur Gramondi est perplexe et il fait part de ses réflexions à un collègue :

— Ce qui me turlupine, c'est que la veuve Lengelmont est au courant du contenu de la première lettre anonyme que nous avons reçue il y a deux ans. Nous lui avons bien dit que nous en avions reçu une, mais nous avions décidé de ne pas lui en communiquer le texte. Tu ne trouves pas ça bizarre ?

Une fois arrivés sur les lieux, les policiers trouve Suzanne Lengelmont déjà sur place. Elle est là, accompagnée d'un homme assez corpulent. Un ouvrier de toute évidence. Elle fait les présentations :

— Voici M. Esposito, c'est un ami de longue date. Il a bien voulu m'accompagner avec sa voiture.

Non loin de là, on voit un gros rouleau de moquette brune. Un bras, ou du moins ce qu'il en reste, émerge de la moquette. À l'autre bout du rouleau, un pied, enfin, un squelette de pied.

— Mais enfin, madame Lengelmont ! C'est insensé. Comment avez-vous retrouvé ce cadavre ? Nous avions soigneusement fouillé les lieux il y a deux ans. Et là comme ça, en quelques heures, vous tombez dessus. Avouez que c'est étrange !

— Tenez, voilà la lettre que j'ai reçue il y a deux jours. J'ai hésité avant de venir. Et puis il fallait que j'aie le temps. Et puis il fallait que M. Esposito m'accompagne. Sinon je n'aurais pas eu le courage de farfouiller sous ces détritus...

M. Esposito fait des gestes de la tête pour dire qu'il est d'accord. D'ailleurs, il parle à peine français. La suite de l'enquête révélera que sa langue maternelle est le maltais... Il connaît juste assez le français pour gâcher du plâtre chez un patron tunisien qui installe des appartements à des prix défiant toute concurrence.

Les affaires de Suzanne Lengelmont s'aggravent quand on découvre que M. Esposito est son amant depuis quelques années. Bon, après tout, pourquoi pas ? Une femme seule peut avoir envie d'une paire de bras virils pour oublier son chagrin... Mais le problème se complique : on découvre que le rouleau de moquette qui enroule le cadavre fait partie d'un lot « garanti inusable » et intitulé « Mousse des bois ». Or chez le patron de M. Esposito on découvre plusieurs rouleaux du même type.

Devant la cour d'assises, les amants vont en raconter un peu plus. Quelques mois de prison préventive les ont un peu éloignés l'un de l'autre. Suzanne Lengelmont lance avec un regard noir vers Esposito :

— C'est ce monsieur qui m'a suggéré de me débarrasser de mon mari !

Esposito, qui a appris quelques mots supplémentaires dans la langue de Molière après deux ans d'incarcération, réplique :

— C'est une menteuse. C'est elle qui m'a suggéré de l'asphyxier au gaz. Comme je l'avais ramené complètement saoul un soir, on l'a mis au lit et on a ouvert le gaz avant d'aller au cinéma. Mais Janine, la fille Lengelmont, est arrivée, elle a senti le gaz et l'a refermé. Alors, la deuxième fois...

— Parce qu'il y a eu une deuxième fois ?

— Oui, Suzanne a engagé un gitan qui lui a promis qu'il lui réglerait son compte moyennant 30 000 francs. Elle m'a emprunté 10 000 pour lui remettre et on n'en a plus jamais entendu parler. Elle ne pouvait plus attendre, alors on s'est mis d'accord pour agir à la prochaine cuite d'Octave. Ça n'a pas traîné. Un mois plus tard, Octave était dans le cirage. Suzanne l'a installé dans sa voiture et j'ai suivi dans la mienne. Et nous sommes partis pour la carrière des Gravières. Là elle a sorti le marteau qu'elle avait emporté.

Suzanne hurle :

— C'est faux, le marteau c'est le sien.

Esposito continue, le nez baissé :

— Je lui ai donné deux petits coups sur le crâne. Il était juste assommé. Mais elle l'a achevé à coups de pierre et on l'a roulé dans un rouleau de moquette.

— Le modèle « Mousse des bois », n'est-ce pas ?

Mais le motif de cet assassinat, en définitive ? Un inspecteur de police vient donner la réponse.

— Octave Lengelmont, non content d'avoir épousé Suzanne, veuve avec trois enfants, avait depuis longtemps souscrit une assurance. Impossible de toucher cette dernière tant que son cadavre restait introuvable. C'est pourquoi elle a fini par le retrouver elle-même.

SANS RANCUNE

Cette histoire réclame qu'on s'attarde tout d'abord sur deux mots.

Premier mot : vaudeville.

Le vaudeville est devenu un art. Explication de texte : du latin *vadere*, qui veut dire aller, et du français virer, qui veut dire tourner... Un vaudeville était à l'origine une chanson gaie, à boire, puis satirique ; c'est aujourd'hui une comédie légère basée sur l'intrigue et le quiproquo. Au théâtre l'art du vaudeville, sur le plan scénique, consiste essentiellement à ouvrir et à refermer des portes, qu'elles soient de palier ou de placard, afin que le mari cocu ne découvre l'amant de sa femme qu'à la fin du troisième acte si possible.

Deuxième mot : arsenic ! Du grec *arsenikon*, qui veut dire mâle. L'arsenic est un corps simple de couleur gris fer, et à l'éclat métallique. Chauffé, il se sublime aux environs de 450 degrés, en répandant une forte odeur d'ail, et il est extrêmement toxique. Pendant la guerre de 1914, il fut employé comme gaz sternutatoire... autrement dit, qui fait éternuer... jusqu'à l'asphyxie.

L'arsenic fut aussi un médicament, connu sous le nom de liqueur de Fowler...

Depuis le xviiie siècle, celle-ci servait à soigner un certain nombre de fièvres dites intermittentes, dont la syphilis... méthode thérapeutique qui engendra bien des abus. Tomas Fowler, son inventeur en 1786, était pourtant un monsieur très bien, anglais et médecin des fous, ce qui n'a rien à voir. Mais je ne vous encombrerai pas l'imagination avec sa biographie détaillée.

Quel rapport, me direz-vous, entre le vaudeville et la liqueur de Fowler?

L'histoire que voici, qui tourne et virevolte autour d'une porte de palier justement. C'était il y a quelques années, au n° 8 de la rue des Pyrénées. Léo Malet, créateur des enquêtes de Nestor Burma, en aurait fait le fleuron du vingtième arrondissement! Nous avons donc un immeuble et, dans cet immeuble, deux appartements, donc deux portes. Nous les nommerons A et B.

Alice vit dans l'appartement A. C'est le personnage principal du vaudeville de la rue des Pyrénées. Cinquante-trois ans, maîtresse femme, épouse de Joseph qui partage sa vie depuis vingt ans, et amoureuse d'Albert, vivant dans l'appartement B, qui partage son lit depuis dix ans. Dès que Joseph ferme la porte de l'appartement A, Albert ouvre celle de l'appartement B. Il se faufile chez Alice, lui présente longuement ses hommages et, dès le retour de Joseph, il retourne en courant dans ses pénates.

Pour la bonne compréhension de la mise en scène, ajoutons que Joseph travaille de jour, et Albert de nuit. Joseph est employé de bureau... Albert, patron de bar. Les horaires sont pratiques.

En dehors de la régularité d'un emploi de bureau, ajoutons encore que Joseph dispose d'un pas caractéristique. Il boite légèrement de la jambe gauche, ce qui donne un signal parfaitement reconnaissable dans l'escalier. Précision supplémentaire, Albert, lui, passe la journée en chaussons. Ses charentaises sont parfaitement silencieuses d'une porte à l'autre. Le

vaudeville dure depuis dix ans, sans aucune ani-
croche. Nulle confrontation entre le mari cocu et
l'amant. Faut-il y voir de l'aveuglement de la part de
Joseph? Ou une certaine complaisance? Ou bien
encore une faiblesse à contenter Alice? Joseph frôle
la soixantaine, et Albert frétille encore dans la trentaine.

Alice fut une jolie femme. Lorsqu'elle a rencontré
son amant, en 1937, la ride véloce n'avait pas encore
atteint son visage de Madone. Brune, la peau
blanche, les hanches rondes, l'œil noir et avide,
c'était une beauté. Mais la cinquantaine l'a prise
sournoisement à revers. La rondeur n'est plus
ferme, l'œil se fane, alors que les appétits de la
dame, eux, ne font qu'embellir. Disons-le: Alice
n'est pas prête à renoncer au vaudeville quotidien.

Or qu'arrive-t-il, un beau matin de 1947? La porte
de l'appartement A s'ouvre et se referme, comme
d'habitude... Joseph claudique sur le palier et dans
l'escalier... Mais la porte de l'appartement B ne
s'ouvre pas. Les charentaises seraient-elles au
repos?

Alice vient aux nouvelles. Albert est morose.

— Je ne me sens pas bien... je crois que je vais
rester dans mon lit aujourd'hui.

Alice renifle un parfum de mensonge. Il plane sur
le col de la veste, flotte dans l'appartement, et l'état
des lieux lui paraît suspect.

— Tu as ramené une fille ici!

Elle tourne et virevolte dans l'appartement B, inspecte le cabinet de toilette, y découvre un certain
nombre d'indices confortant son hypothèse:

— Tu as une maîtresse, avoue, monstre!

Albert fait la moue, ment, se coupe, bafouille, tout
en dissimulant très mal une certaine arrogance de
don Juan comblé. Certes, la vie est faite de rencontres, et il n'est pas de bois...

— Qui est-ce? Son nom?

La voleuse se prénomme Louise, et horreur! elle n'a que trente ans. Albert n'osait pas faire de peine à sa vieille amie, il pensait supporter le poids de deux amantes, mais depuis quelque temps... la moitié de la nuit au bar, et l'autre dans les bras de Louise, plus la journée dans celle d'Alice... dame, il fatigue... Il doit couver quelque chose.

D'ailleurs, il a mauvaise mine le bellâtre. Un peu gris, la paupière vaguement flétrie... Alice fait une scène mémorable, celle de l'acte deux, et claque les deux portes l'une derrière l'autre. Le rideau tombe sur son histoire d'amour à trois. Elle pleure.

Lorsque le rideau se lève sur le troisième acte, Louise apparaît, souriante. La nouvelle actrice a investi l'appartement B, y prend ses aises, câline son Albert, répand son parfum dans l'escalier, et court ensuite, toujours alerte et en pleine forme, rejoindre l'atelier où elle blanchit du soir au matin le linge du quartier. Une lingère! Aux cheveux frisés, d'une blondeur suspecte! Alice la déteste. Puis elle la hait le jour où cette innocente la salue ouvertement sur le palier :

— Bonjour, madame! Ça va, la santé? Et comment se porte votre mari? Vingt ans de mariage, dites donc! Ça fait un bail! À propos, Joseph et moi c'est du solide! On vous invitera au mariage...

La lingère partie repasser le linge des autres, Alice vient surveiller les draps froissés d'Albert, d'un œil vert de jalousie.

— Tu épouses, maintenant?

— On est fiancés... qu'est-ce que tu veux?... il faut bien faire une fin...

Mais le fiancé a toujours triste mine. Tout gris dans ses draps blancs. Alors Alice joue la scène du quatre, dans le genre maternel.

— Ça ne va pas? T'es malade, mon pauvre chou? Raconte à ton Alice...

Albert est effectivement malade. Il avoue.

L'endroit où se situe cette maladie n'est pas nommable. Il est allé consulter, et le médecin lui a fait une ordonnance, prescrivant de la liqueur de Fowler, au compte-gouttes, et une abstinence totale. Car Albert est contagieux.

— Ça tombe mal... trois mois avant le mariage... et ce docteur qui m'interdit de... tu te rends compte? Comment le dire à Louise?

Ici se situe une autre petite explication de texte, nécessaire à la compréhension de la maladie d'Albert. Avant la découverte des antibiotiques, la syphilis (sexuellement transmissible) était une maladie grave, à évolution lente et insidieuse, en trois phases. Disons qu'Albert en était à la phase deux, puisqu'il se plaignait alors de maux de tête, de fièvre, et de douleurs diverses. La liqueur de Fowler, à base d'arsenic, était alors couramment prescrite, à défaut d'autre chose. Alice y voit une vengeance tombée du ciel.

— C'est elle! C'est de sa faute! Ça t'apprendra à me tromper... Mon pauvre Albert, Alice va te soigner... tu verras...

Le plan d'Alice, pour le dernier acte, est le suivant : d'abord empêcher à tout prix que le mariage se fasse. Retrouver un amant, à son âge, demande une énergie qu'elle n'a plus. Sans compter que les deux appartements sur le même palier simplifiaient énormément la chose. Ensuite soigner l'amant en question, et le récupérer pour elle seule.

Alice s'en va donc à la blanchisserie voisine en premier lieu.

— Louise, mon petit, il faut que je vous parle... discrètement. Voilà... mon mari et moi, nous connaissons Albert depuis des années, vous le savez... et je me suis souvent occupée de ses affaires, un célibataire vous comprenez...

— Oh, je sais, il vous considère un peu comme sa mère, pas vrai?

Alice ravale momentanément sa rage, et poursuit habilement :

27

— C'est extrêmement délicat de vous dire cela, mais vous pourriez être ma fille, et c'est mon devoir : vous êtes jeune, et votre avenir est en jeu... Voilà, Albert n'a pas osé vous le dire, c'est normal, je suppose qu'il a eu des aventures avant vous, mais... enfin, bref, le médecin a dit... d'ailleurs voilà l'ordonnance...

Louise n'est pas innocente. Sa blanchisserie est plus limpide que son passé. Mais jamais... jamais elle n'a contaminé personne ! Quelle horreur !

— Je ne veux plus le voir !

Cela fait, Alice s'en va trottinant jusqu'à la pharmacie voisine, et tend l'ordonnance. On lui remet un flacon, un compte-gouttes, et quelques recommandations.

— Suivez bien la prescription et, si le malade a des nausées, prévenez le médecin, c'est courant.

Alice change alors de costume. Elle se transforme en infirmière dévouée et attentive, expliquant à son époux Joseph que le malheureux Albert a besoin de soins, que sa fiancée Louise l'a lâchement abandonné alors qu'il est au plus mal...

Et, désormais, c'est elle qui referme chaque matin la porte de l'appartement A, ouvre celle du B, et s'installe quasiment à demeure. Le soir, au retour de Joseph, elle commente l'état du malade.

— Il ne va pas mieux, le pauvre, le médecin est encore venu cette semaine. Il parle de maladie du foie ou de l'estomac...

Joseph ne dit jamais rien. Consentement tacite ?

L'appétit amoureux d'Alice s'est transformé en une sorte de fringale sentimentale. Albert n'étant plus apte à la gaudriole, elle se repaît de le posséder « intellectuellement » à elle toute seule. De le dorloter, lui faire à manger, même s'il n'avale plus grand-chose, de lui faire des bouillottes, de lui tenir compagnie, de ressasser leurs anciennes passions tumultueuses. Et surtout de compter les gouttes du poison.

Vers la fin du mois de novembre 1947, le médecin attribue définitivement l'état d'Albert à une maladie hépatique. Au mois de janvier 1948, le pauvre amant dorloté montre les premiers signes d'atteinte nerveuse, et de paralysie. C'est que l'infirmière ne mégote plus sur les gouttes. Elle en distribue dans le café du matin, dans la purée de midi, et dans la soupe du soir. Le médecin n'a pas dit d'arrêter... il n'a pas dit non plus de quadrupler les doses, évidemment, mais il a toute confiance dans le dévouement d'Alice.

— S'il ne vous avait pas... il faudrait l'hospitaliser.

— Ah non, le pauvre garçon, je le soigne comme mon fils...

Le mois suivant, le médecin s'inquiète au point de mettre son diagnostic en doute. Si Alice l'avait su... Mais, ce jour-là, le vaudeville a compliqué la scène. C'était un dimanche matin, Joseph n'était pas au bureau, et rendait une visite sans rancune à son vieil ami Albert. Le médecin était venu d'urgence, ils discutaient entre hommes, et par pudeur n'est-ce pas... Alice s'était enfermée dans la cuisine. Elle préparait une fabuleuse compote de pommes pour son malade, lorsque le médecin lui dit en partant :

— Chère madame, notre malade m'inquiète énormément. Je vais demander une analyse d'urine, j'ai bien peur que les reins soient en mauvais état.

— Que faut-il faire, docteur ?

— Rien, chère madame, j'ai fait le prélèvement moi-même, ne vous inquiétez pas...

Alice contemple pourtant avec effroi la petite fiole que le médecin enveloppe soigneusement dans un papier journal, et glisse dans sa sacoche. Elle n'est pas naïve au point d'ignorer toutes les histoires d'empoisonnement à l'arsenic, et la manière de les prouver. Alors elle improvise naïvement :

— Vous savez, moi, ce que j'en dis... mais depuis le début j'ai l'impression que votre médicament, là...

ça ne lui réussit pas à Albert... je lui ai dit souvent : n'en prends pas trop, mais il n'écoute rien...

— Il a forcé la dose ?

— Je suis sûre que dans mon dos... les hommes, vous savez... il voulait tellement guérir vite pour retrouver sa fiancée... À mon avis il a exagéré...

L'analyse révèle plus de 12 milligrammes d'arsenic. Le taux normal contenu dans les urines étant de 0,15 milligramme !

Quelques mois après la suppression du traitement, Albert retrouva un état compatible avec une existence quotidienne normale, de jour comme de nuit. Et il accusa sa maîtresse de tous les vices. Outre la maladie, dont elle souffrait elle-même depuis des années, sans signes extérieurs apparents, c'était elle et bien elle qui l'avait empoisonné à l'arsenic !

Pauvre Alice, son pays des merveilles amoureuses s'est envolé aux Assises. Elle a avoué, tout avoué. C'était pour garder son amant à elle toute seule, c'était par amour, uniquement.

— Si vous saviez... Avec moi, c'était une folle passion ! N'est-ce pas, Albert ? Dis-le ! Mais dis-le aux juges... Dis-le que tu es un homme exceptionnel ! J'étais folle de lui !

Et le vaudeville ne s'est pas trop mal terminé. Car Alice était un peu folle, il est vrai. L'examen mental auquel elle fut soumise révéla qu'elle était atteinte d'un « certain déséquilibre pouvant atténuer sa responsabilité ».

Ce que les juges ont admis, en la condamnant, avec l'indulgence qui convient, à deux années d'emprisonnement. D'autant plus facilement que le bel amant, lui aussi, convint de deux choses. La première : qu'il était effectivement assez exceptionnel en privé ; et la deuxième : qu'il ne gardait pas rancune à sa maîtresse, que la passion avait aveuglée.

Et, comme d'habitude, Joseph, le mari, lui, ne

confessa rien de compromettant, et quitta la scène en silence. Et sans rancune.

UN MARI BRICOLEUR

Nous sommes en 1993, au mois de décembre et, une fois de plus, Justin Vernier est occupé à bricoler dans son garage. Jacqueline Vernier, quant à elle, est en train de mettre la dernière main à un cassoulet de grande tradition. Le plat est au four et, régulièrement, elle fait tomber la croûte dorée qui couvre haricots et saucisses au fond du plat.

— Mmm! Là, je crois qu'on va se régaler.

Par la porte entrouverte qui permet de descendre jusqu'au garage, Jacqueline entend son mari qui appelle :

— Jacqueline! Tu peux venir un moment? J'ai besoin de ton aide.

— J'arrive, mon chéri! Une minute.

En descendant les marches, Jacqueline annonce triomphalement :

— Ce soir, tu vas te lécher les babines! Qu'est-ce que tu veux que je fasse, mon chéri?

— Tiens, tu prends simplement chacun de ces deux fils électriques. Un dans chaque main. Fais attention qu'ils ne touchent surtout pas le sol...

Jacqueline empoigne fermement chacun des deux fils en écartant bien les mains pour éviter tout contact. Ce n'est pas si compliqué après tout. Justin disparaît dans l'ombre. Jacqueline n'a pas vraiment le temps de réaliser ce qui lui arrive. Elle ressent une douleur dans tout le corps, ses yeux semblent exploser, sa dernière sensation est de brûler vive. Jacqueline vient de s'écrouler sur le ciment du garage, électrocutée.

Justin réapparaît de derrière les caisses qui le dissimulaient. Il ne dit rien. Un instant il considère le corps de son épouse secouée de spasmes incoercibles. Il monte alors l'escalier qui mène au rez-de-chaussée et décroche le téléphone :

— Allô, les pompiers. Venez vite, ma femme vient de s'électrocuter. Elle a perdu connaissance. C'est la villa « Fernande », au 311 de la route d'Albias.

Puis il raccroche. Il allume alors une cigarette et s'assied tranquillement dans un fauteuil de cuir. Quand les pompiers arrivent, très rapidement, Justin leur ouvre la porte du garage. Jacqueline est là, sans connaissance, son visage a pris une drôle de couleur. Justin précise :

— Si vous la transportez à l'hôpital, ce serait aussi bien de l'emmener au CHU. Normalement, c'est là qu'elle travaille. Elle est infirmière.

Jacqueline, toujours inconsciente, se retrouve donc aux « Urgences » de son lieu de travail. On s'affaire autour d'elle. Mais elle ne réagit absolument pas. Le médecin dit :

— Coma profond ! Bon, espérons qu'elle va s'en tirer.

Jacqueline doit posséder une certaine résistance aux chocs électriques car, au bout de trois mois, elle sort du coma. Les médecins respirent et quelqu'un appelle immédiatement Justin :

— Votre femme a ouvert les yeux. Elle réagit aux stimuli. Nous allons faire l'impossible pour qu'elle ne soit pas trop marquée sur le plan psychique. Il faudra qu'elle s'habitue aux mutilations qu'elle a dû subir.

Justin ne demande pas d'explications supplémentaires. Au cours des derniers mois, il a été tenu au courant des amputations que Jacqueline s'est vu infliger. Elle qui était si fière de ses jolies mains fines, elle va réaliser très vite que ses deux bras portent maintenant les cicatrices de brûlures profondes. De plus, il a fallu lui couper quatre doigts. De quoi faire une très grosse dépression juste après ce coma.

Enfin, Jacqueline, heureuse malgré tout d'être encore en vie, revient en taxi-ambulance jusqu'à la villa « Fernande ». Justin l'accueille chaleureusement :

— Quelle histoire, ma pauvre Jacqueline ! Mais enfin, qu'est-ce que tu as fabriqué ? Je t'avais pourtant bien dit de faire attention : les deux fils ne devaient en aucun cas toucher le sol !

Jacqueline a du mal à se souvenir des détails de l'accident. Dans la journée elle s'étonne :

— Tu ne vas pas travailler aujourd'hui ? Tu as pris ta journée pour mon retour ? C'est gentil mais il ne fallait pas.

— Ben, c'est-à-dire que non. J'ai réfléchi pendant que tu étais comateuse. J'ai quitté la compagnie d'assurances. Mais j'ai trouvé un boulot bien plus juteux : à présent je vends des tondeuses à gazon. Ça rapporte beaucoup plus et plus vite. Et puis tu sais, je me suis dit que je ne pouvais plus vivre tout seul dans mon coin. Il y a tant de choses à faire dans le monde, pour aider les autres. Tu ne l'as pas su (forcément, dans ton état) mais à présent je voyage beaucoup. Je vais régulièrement en Roumanie où je fais partie d'un comité d'aide aux orphelins abandonnés. Tu devrais voir la misère qu'il y a là-bas, chez tous ces pauvres mômes.

Jacqueline sourit gentiment :

— Bon, eh bien, espérons que tu as pris la bonne décision.

Mais, de tondeuses à gazon en voyages humanitaires ou prétendus tels, Jacqueline et Justin s'éloignent un peu l'un de l'autre. Inutile d'insister. Deux ans après le retour de la pauvre mutilée, le divorce est prononcé. C'est par la rumeur publique que Jacqueline apprend que son bricoleur de mari vient de se remarier. Avec une Roumaine justement.

Sans doute une de ses collègues acharnées à résoudre la misère du pauvre monde...

Jacqueline apprend aussi que Justin et sa Roumaine tiennent à présent un bureau de tabac-Loto flambant neuf. Ils n'en sont pas gérants mais bel et bien propriétaires. Jacqueline se demande d'où leur vient l'argent. Quand Justin était son mari légitime, il bricolait au maximum pour éviter de trop dépenser pour la maison. On lui annonce que le fonds de commerce aurait coûté un million de francs. D'où vient ce pactole? La Roumaine? Peu probable.

Un jour, Jacqueline reçoit un courrier de sa compagnie d'assurances. La lettre dit en substance :

« Chère madame, suite à votre accident malheureux nous vous serions reconnaissant de bien vouloir vous mettre en contact avec le docteur Herbillon, médecin de notre compagnie. Ceci afin de faire le point sur votre état de santé. Suite à cet entretien, vous voudrez bien nous faire connaître votre décision concernant le reliquat de la prime qui vous serait dû après le premier versement dont vous avez déjà bénéficié. »

Jacqueline saute sur le téléphone :

— Qu'entendez-vous par « le premier versement dont vous avez bénéficié »? Je n'ai jamais rien touché. J'ignorais même qu'il y avait une assurance sur la vie à mon nom.

Jacqueline, décidée à en avoir le cœur net, engage un détective privé, et celui-ci lui apporte bientôt les conclusions de son enquête :

— Votre ex-mari Justin avait effectivement pris une assurance vie à votre nom. Après votre accident, la prime a été versée dans une proportion de 75 %. Mais, tenez-vous bien, la personne qui a touché le pactole est une certaine Magda Virescu. Ça ne vous dit rien. C'est la nouvelle Mme Vernier.

Jacqueline ex-Vernier revoit les années passées.

Justin, toujours d'humeur à rire. Toujours débrouillard. Jamais à court d'idées :

— Mais oui, tiens quand j'y pense, en 1990. Quand nous avons passé quinze jours à Prapoutel. Justin est rentré avec une jambe dans le plâtre. Il a fait jouer son assurance et il était assez fier de lui quand il disait : « Nous avons eu les vacances à l'œil. C'est pas chouette ça, ma poule ? »

Jacqueline revoit alors une autre image bien plus dramatique : l'incendie de la maison. Cette petite baraque de quatre sous, Jacqueline l'aimait bien. C'était le nid de leur premier amour. Et soudain, en 1989, en pleine nuit, le feu qui éclate dans le sous-sol. Tout ou presque part en fumée. Heureusement, Justin avait une bonne assurance. Le sinistre ne l'avait pas trop affecté.

— Tiens, regarde le chèque. Avec ça on va pouvoir s'acheter la villa de nos rêves.

C'est ainsi qu'ils étaient devenus les heureux propriétaires de la villa « Fernande ». Jacqueline remonte dans ses souvenirs. Elle fait un tri sérieux et met de côté les bons moments et les fous rires :

— Justin, qui es-tu vraiment ? Qu'est-ce que j'en sais après tout, moi ?

Jacqueline revit les moments où elle a fait la connaissance du séduisant Justin Vernier. C'était à l'hôpital justement, dix ans plus tôt. Justin était venu à la suite de l'accident de sa... première femme. Une petite blonde un peu insignifiante. Qu'est-ce qui lui était bien arrivé, à cette première Mme Vernier ? Jacqueline sent une sueur glacée lui descendre le long de la colonne vertébrale :

— Non, ce n'est pas vrai. Je me souviens maintenant. À l'époque, j'étais au service des grands brûlés et la petite Mme Vernier avait été hospitalisée d'urgence après s'être électrocutée... Électrocutée ! Elle aussi !

Jacqueline cherche dans ses souvenirs :

— Qu'est-ce qui lui était arrivé à cette malheureuse. Ah oui ! L'accident idiot : le sèche-cheveux qui tombe dans la baignoire. Le truc qui ne pardonne pas.

La pauvre Mme Vernier était morte. Et Jacqueline avait été émue par la douleur du mari. Ils avaient eu l'occasion de se revoir, par hasard, jusqu'à ce qu'elle en tombe amoureuse... sans méfiance... Jacqueline réalise soudain que c'est justement avec la prime d'assurance sur la vie de la première Mme Vernier qu'ils avaient pu acheter la petite baraque du bonheur... Du coup, elle se met à trembler. A-t-elle épousé un assassin méthodique ?

Il ne lui reste plus qu'une seule chose à faire : se rendre à la gendarmerie et raconter son histoire. L'affaire intéresse au plus haut point les représentants de l'ordre :

— Pour l'instant évitez de vous confier à qui que ce soit. Nous allons enquêter sur le passé de votre ex-mari. Nous allons éplucher tous les contrats d'assurance qu'il a pu souscrire au cours des dernières années. Nous n'allons certainement pas tarder à faire toute la lumière sur lui.

On découvre que Justin, à chaque fois qu'il a souscrit une assurance sur la vie, n'a jamais lésiné sur les options. À chaque fois, il a choisi les primes les plus chères couvrant les risques les plus rares. Un super-prudent, le Justin Vernier. Ou alors un super-organisé.

Du coup, on procède à une reconstitution de l'accident fatal qui a valu trois mois de coma, des cicatrices indélébiles et la perte de quatre doigts à la malheureuse Jacqueline. Justin prétexte que, après tout ce temps, il ne sait plus très bien comment ça s'est passé :

— Mais enfin, qu'étiez-vous en train de faire quand vous avez demandé à votre épouse de descendre et de tenir les deux fils électriques ?

La réponse est simple : Justin Vernier bricolait la

mort de Jacqueline par électrocution pure et simple. Elle n'a été sauvée que par le fait qu'elle portait des chaussures à semelle de caoutchouc. L'affaire est entendue.

Quand on arrête Justin Vernier sous l'inculpation d'assassinat, de tentative de meurtre et d'escroqueries diverses à l'assurance, sa dernière épouse, Magda Virescu, change de couleur. On vient de lui révéler que, sans le lui dire, son délicieux mari français si gai et si prévoyant avait souscrit, à son nom, une nouvelle assurance sur la vie qui prévoyait le versement d'un capital plus que confortable dans le cas (très probable) où elle aussi aurait été victime d'une nouvelle malchance. D'un accident, d'une électrocution malencontreuse.

Magda Virescu a demandé le divorce et s'est empressée de rejoindre sa Roumanie natale.

MEURTRE EN NOIR ET BLANC

Quelque part à Brooklyn, dans un petit appartement qui donne sur la voie du métro, une femme étend du linge à sa fenêtre. Penchée sur le fil, elle suspend soigneusement son uniforme de serveuse de restaurant. Tracy Borrough doit le laver tous les jours, car elle n'en possède qu'un.

L'appartement est à la mesure de son salaire. Une pièce meublée d'un canapé-lit, d'un réfrigérateur, d'une table et de deux chaises. Derrière un rideau de plastique, une douche rudimentaire. Toilettes sur le palier.

Tracy vit ici depuis une dizaine d'années. Seule à presque quarante ans. Avant, elle avait un mari, il a disparu. Avant, elle avait un enfant, les services sociaux le lui ont pris. On ne laisse pas un gamin de trois ans vivre dans le taudis d'une prostituée. Car Tracy était une prostituée. Elle ne l'est plus. Elle a tenté de récupérer son gamin à trois reprises. Chaque fois les services sociaux lui ont demandé :

— Où est le père ?

— Je ne sais pas. Il m'a laissée tomber, je n'ai pas de nouvelles. Il n'a jamais payé de pension, c'est moi qui le faisais vivre...

— Avez-vous de la famille ?

Peut-on appeler famille un père alcoolique qui passe son temps à s'évader d'un hospice de charité ? Sa mère est morte lorsqu'elle avait neuf ans. Tracy n'a ni frère ni sœur, donc pas de famille.

Situation précaire, salaire précaire : le petit Tony a disparu dans les orphelinats, Tracy s'est résignée au bout de quelques années. L'enfant était mieux élevé qu'avec elle. Il a atteint sa majorité, et n'a pas cherché à la revoir.

Elle étend son linge comme tous les jours, elle va tenter de dormir, pour reprendre son service à 7 heures du soir, jusqu'à 2 heures du matin. Trimballer des hamburgers sur un plateau, ramasser des bouteilles de bière, balayer la salle, et recommencer.

17 juin 1982, un jour comme les autres. Tracy préfère l'été : même s'il fait chaud dans son trou, aéré d'une seule fenêtre, au moins le linge peut sécher dehors.

Elle tourne le dos à la porte de palier, qui donne directement sur un long couloir. Ici vivent des gens comme elle, maigre salaire, vie sans joie, problèmes de palier, de cuvettes, de bruits de voisinage. Elle n'entend pas la porte s'ouvrir, comme elle n'a pas entendu les coups frappés dans son dos. Le bruit du métro aérien est infernal.

Alors, en se retournant, elle pousse un cri :

— Qui est là ? Qu'est-ce que vous voulez ?

— C'est toi, Tracy? Tracy Borrough? C'est bien toi?

Elle le regarde, et le regarde encore, cet homme un peu débraillé, aux cheveux gras tirés en arrière, ficelés en queue de cheval, le front dégarni. Gary? Elle le croyait mort.

— Ben quoi? Ça te fait pas plaisir de me revoir?

Non. Certes non. Cet homme, c'est une vague de souvenirs qui remonte à la surface comme une nausée. Le trottoir, les baffes, les nuits à compter les dollars dans la main de cet exploiteur.

— Je sais pas si c'est toi, mais t'as rien à faire ici!

— Que tu dis! C'est pas le domicile conjugal, ici? Je suis pas chez moi?

— Comment tu m'a retrouvée?

— T'as encore de bonnes copines, Tracy, des filles qui n'ont pas quitté le boulot, elles, des bosseuses. Alors, comme ça, t'as changé de rue, tu nous as offert un meublé?

L'horreur! Dix ans sans le voir, et il entre ici comme chez lui, il s'étale sur le canapé avec ses baskets crasseuses, ses doigts jaunis de tabac tripotent les coussins. Un cauchemar!

— C'est pas pour dire, mais t'as pris un coup de vieux, ma belle.

Cette voix rocailleuse, ces bras aux veines tordues, piqués de tant de seringues. Il n'a même plus une dent convenable. Le visage est à la fois maigre et bouffi, les yeux sans couleur.

Tracy a peur. La vieille peur ancienne, doublée d'une autre. S'il est là, c'est qu'il est au bout du rouleau, sans un dollar, à la rue. Il va s'incruster, cogner comme d'habitude, pourrir sa petite vie, déjà si médiocre. Que faire? Appeler la police? Sur un plan pratique, il faudrait déjà qu'elle puisse passer la porte pour atteindre le téléphone au rez-de-chaussée de l'immeuble. Sur un plan légal, il est toujours son mari. Elle aurait dû demander le divorce depuis longtemps, elle l'aurait obtenu automatiquement au bout de quelques années d'absence. Mais, au début, il valait mieux être mariée, abandonnée et sans ressources, pour espérer récupérer l'enfant, et ensuite... ça n'avait plus d'importance, outre le fait qu'un avocat coûte cher.

Alors, il serait chez lui, ce sale type? Après dix ans de disparition, il n'aurait qu'à ouvrir une porte et s'installer? Ce n'est pas un mari, il ne l'a jamais été. Juste un minable proxénète.

— Fous le camp, Gary! J'ai rien à voir avec toi, j'ai pas de fric à te donner, alors fous le camp!

— Tu rigoles? Tu te prends pour qui? Je sais où tu travailles, je sais combien tu gagnes, tu veux que j'aille casser la baraque chez ton patron? C'est ça? Plus de boulot pour Tracy! Fini le petit tablier, le petit chapeau sur la tête, et les pourboires!

Les images se bousculent dans la tête de Tracy. Les anciennes, et les nouvelles. Les anciennes sont faites de coups, et de clients qui défilent, de nuits passées dans les voitures, au coin des rues, de Gary qui boit, se drogue, règne sur sa vie comme un potentat. Les nouvelles, c'est cette porte, qu'elle a laissée ouverte pour le courant d'air. Cette maudite porte qui aurait dû être fermée. Les voisins... Si elle crie, quelqu'un viendra peut-être, mais pour la défendre de quoi? Il n'a rien fait, il n'a fait du mal qu'en surgissant, et en paroles. Il n'a pas cogné, il n'a pas d'arme visible. Alors?

Le piège. Il faut négocier.

— Qu'est-ce que tu veux?

— J'en sais rien, faut voir... T'as pas une bière pour ton petit mari?

Il n'a même pas demandé des nouvelles de son fils — s'en souvient-il seulement? L'aurait-il fait qu'elle n'en a pas non plus. Il a dit : « Faut voir... » Tracy connaît cette expression. En clair, la traduction est : « Je ferai ce que je veux, quand je veux, tu me donneras l'argent que je veux, tu feras ce que je veux. Un point, c'est tout. »

40

— Où étais-tu ?

Drôle de question pour résumer dix années de disparition.

— Un peu partout...

— Qu'est-ce que tu as fait ?

— Des trucs...

Tracy ouvre une boîte de bière et la lui tend de loin. Pourvu qu'il ne cherche pas à la toucher ! Elle ne supporte plus qu'on la touche. Personne. Une main d'homme au restaurant qui la frôle de trop près, et elle se transforme en pile électrique. Une envie d'exploser. Avec les années, le corps qui s'affaisse, le visage qui devient banal, les agressions de ce genre se produisent de moins en moins, heureusement. Et le restaurant où elle travaille est relativement correct. Il ne l'a pas touchée. Il sirote sa bière, en se pavanant comme un vieux coq.

— J'ai roulé ma bosse, j'ai fait du fric, et puis moins de fric, des galères... Mais jamais de tôle ! Gary est un type malin, Gary se fait pas coincer comme un bleu... Jamais. Tu changes d'État, tu recommences, tu files en Californie, tu remontes au Texas, la vraie route, quoi...

En somme, il a vraiment disparu pendant dix ans. Vraiment. Pas d'emploi, pas de prison, des combines toujours illégales, probablement la came, du trafic de voitures volées, des filles... Un individu non enregistré, non repérable, qui pourrait disparaître à nouveau dans la nature sans que personne le réclame...

— Bon. T'as eu ta bière, on a parlé, contente de t'avoir revu, maintenant je dois dormir.

— Personne t'en empêche !

— Si ! Toi...

— J'ai rien contre. Allonge-toi, ma belle, pique un roupillon, ça me dérange pas.

— Je veux que tu t'en ailles !

— Tu veux quelque chose, toi ? C'est toi qui parles ? Tu donnerais des ordres maintenant ?

Il devient méchant. Le regard pâle, décoloré, fixe sa proie.

Tracy regarde désespérément cette porte entrouverte, la seule issue à part la fenêtre qui est au douzième étage... Mais elle ne peut pas la franchir sans passer à dix centimètres du lit, elle est coincée.

Que faire? Le saouler? Dans le temps, c'était le seul moyen de le rendre inoffensif pour un moment.

Mais il n'y a pas assez de bière pour le saouler, il faudrait du gin, une bonne bouteille de gin, et encore...

— Bon, d'accord. Dis-moi ce que tu veux, je dormirai plus tard.

— Mais rien. J'ai tout ce qu'il me faut, ma belle. C'est pas terrible ici, mais au moins tu fais le ménage, hein? Et la bouffe? Alors va bosser tranquille, t'as que ça à faire, bosser...

— Tu veux manger quelque chose? C'est ça?

— Arrête, Tracy! Joue pas à ça avec moi, hein? Deux œufs sur le plat, et tu voudrais que je me barre, c'est ça? Compte pas là-dessus. J'y suis, j'y reste, le temps qu'il faut. Et si t'es pas contente, va chercher ton père! Il est toujours de ce monde, le vieux? Le papa maniaque qui m'a vendu sa fille pour cent dollars?

Tracy s'assied sur l'une des deux chaises qui forment son mobilier. Elle tremble intérieurement. Des années de trottoir, entre un père sadique et ce salaud. Il vient d'enfoncer le couteau dans la plaie. Une classique histoire douloureuse, l'inceste, la prostitution; il vient de la remettre brutalement en face de la réalité de son existence. Il a oublié les tentatives de suicide, l'alcool qui a failli la tuer elle aussi. La drogue. Quand il a disparu, Tracy était au fond d'un trou. Il cherche à l'y enterrer à nouveau.

Une autre bière. Celles que Tracy réserve à l'unique visite qu'elle reçoit de temps en temps. Un copain du quatrième étage, vaguement peintre, vaguement photographe. Un genre de père qui aurait l'âge du sien. En propre.

Il a fini le carton de bière, ôté ses baskets, sa chemise sale, il fume sans se préoccuper des cendres qui dégringolent sur son tee-shirt et le tissu du canapé. Il entreprend une conférence destinée à son unique auditrice. Le thème est relativement simple : Tracy reprendra le métier, son mari a besoin de se « refaire ». Évidemment, il lui faudra bosser davantage. Elle n'a plus vingt ans, ni même trente, mais il y a toujours un marché pour les vraies professionnelles...

Il fait chaud, et pourtant Tracy grelotte de froid. Elle a un corps de chair et de sang, et il est soudain en béton. Glacée et bétonnée. Une seule idée traverse son cerveau : « Je vais le tuer. C'est lui ou moi. »

— Fous le camp! Disparais de ma vie! Tu n'existes plus! Je ne sais même plus comment tu t'appelles! Fous le camp!

Alors il se lève, pour frapper, d'abord tordre le bras comme il faisait jadis, le retourner en arrière à la limite de la fracture, et lui cracher des injures au visage. Elle se débat, lui donne des coups de pied, des coups de genou, il la bascule sur le lit, et sort un couteau.

Il avait forcément un couteau, il en a toujours eu. Un sale couteau de lâche, à la pointe fine, à la lame mince et tranchante, qui entaille la chair, la cisèle, et s'arrête sur le cou.

— Tu veux que je te crève?

Tracy a du mal à respirer, la voix rauque, elle arrive à dire :

— Et tu boufferas comment? Vas-y, minable!

Il fut un temps, des années de cela, où elle se serait effondrée en pleurant, en hurlant, en suppliant, de peur de mourir la gorge tranchée. Mais il ne l'a jamais tuée. Il ne voulait que la peur, la soumission; alors qu'elle s'imaginait mourir à chaque fois, lui ne jouait que le jeu sadique du proxénète qui « contrôle » son outil de travail.

Le millième de seconde est suffisant. La surprise et la fureur ont stoppé la lame, il a reculé légèrement pour regarder le visage de cette femme, et trouver la parade définitive pour la soumettre.

Tracy s'est retournée comme un ver de terre, elle a roulé sur le canapé, échappé à l'emprise, attrapé au vol la bouteille de soda en verre qui lui sert à arroser ses fleurs. Et elle a frappé, à deux mains, dans un élan sauvage, puissant.

Il a pris le coup sur la tempe, les yeux écarquillés, et il s'effondre.

Elle aussi... Hoquetant de larmes et de détresse, hystérique.

— Tracy?

Elle n'a pas entendu tout de suite. Elle n'a pas compris qui était là pour la prendre dans ses bras, la secouer, la gifler et la calmer, lui passer de l'eau sur le visage, l'asseoir enfin, en la tenant pour ne pas qu'elle tombe de sa chaise.

— Jerry?

— J'ai tout entendu, Tracy, j'étais derrière la porte... Écoute! Écoute-moi, j'ai pris des photos! J'ai fait des tas de photos!

— Des photos? De quoi?

— De vous deux. En train de vous battre.

— Tu étais là? Tu n'es pas entré? Tu ne pouvais pas appeler du secours? Mais tu es fou, Jerry! Complètement fou!

— Au début, je n'ai pas osé, je suis reparti un moment, puis je suis revenu, et j'ai entendu les insultes. J'avais mon appareil, je venais chez toi pour faire des clichés du métro, une idée qui m'étais passée par la tête. La pellicule était prête, je n'avais qu'à appuyer. Normalement, j'ai tout pris, on doit voir le couteau, la bouteille, enfin tout!

— Mais il aurait pu me tuer pendant ce temps!

— J'étais sur le point d'entrer en gueulant dans la pièce, quand tu l'as frappé. J'ai pris les dernières photos en réflexe. Deux ou trois, je ne sais pas.

Gary Borrough est mort. Tracy, son ex-épouse, aurait pu être accusée de meurtre avec préméditation, elle n'a été jugée que pour meurtre en état de légitime défense. Avec pour témoins une série de photographies en noir et blanc, comme un feuilleton indiscutable. Jerry, son voisin photographe du quatrième, a complété les images par son témoignage. Les dialogues, le scénario, la dramatisation de l'histoire, il avait tout en main, Jerry.

Tracy a été acquittée. On a proposé à Jerry beaucoup d'argent pour les photos, paraît-il. Et curieusement, pour une fois dans le système médiatique américain où tout se vend, Jerry ne les a pas vendues, ou n'a pas pu les vendre, car son rouleau de pellicule avait été immédiatement saisi, les clichés développés par le laboratoire de police, et le négatif enfermé dans le bureau du procureur. Pièces à conviction.

AMOUR FOU

Édouard Vuillemin conduit dans la nuit. Il est concentré car, à 4 heures du matin, la route est pleine de dangers. Son pied appuie sur l'accélérateur. À son côté, son épouse, Simone. Édouard a quarante-cinq ans et Simone trente-sept. Ils sont mariés depuis huit ans et exploitent tous les deux la ferme de Nouant, en plein Berry.

— Chéri, j'ai mal à la tête. Ah! mais qu'est-ce qui m'arrive? Comme j'ai mal!

Simone ferme les yeux. Peu lui importe la route. Elle se tient la tempe d'une main. Édouard ne répond pas. Pas question de s'arrêter en pleine forêt, et en pleine nuit. Il continue sa route.

— Comme j'ai mal! Comme j'ai mal!

Simone continue à gémir, mais peu à peu ses paroles deviennent moins intelligibles. Sa tête penche sur le côté, son corps s'appuie sur la portière. Édouard, au bout de quelques kilomètres, réalise que Simone a sombré dans l'inconscience. À moins qu'elle ne se soit endormie, bercée par le ronflement du moteur.

— Bon, c'est là !

Édouard ralentit et engage sa voiture dans un petit chemin de terre qui s'enfonce dans les bois. Simone semble toujours dormir.

Édouard Vuillemin vient de s'arrêter. Il stoppe son moteur et réfléchit un moment. Puis il s'extrait de l'habitacle. Il se dirige vers le coffre arrière et en sort un gros bidon métallique. Il ferme à clef les portières et se met à arroser la voiture avec le contenu du bidon. C'est de l'essence. À l'intérieur, Simone est toujours inconsciente.

Édouard lance le bidon dans les fourrés tout proches. Puis il sort une boîte d'allumettes de sa poche et en craque une qu'il jette sur sa voiture. Les flammes s'élèvent aussitôt, illuminant la forêt aux alentours. Édouard s'est reculé et il regarde sa Renault qui flambe.

Son regard est attiré par le pare-brise. Déjà, l'intérieur de l'automobile est envahi par la fumée. Mais deux mains de femme sont appuyées sur la vitre. Les mains de Simone qui se tordent dans un geste de désespoir. Édouard distingue un peu le visage de son épouse. Il voit la bouche qui hurle un cri d'horreur qu'il n'entend pas. Il voit les yeux hagards qui ont l'air d'appeler à l'aide.

Édouard est comme hébété mais il ne fait rien pour venir au secours de son épouse. Son esprit remonte le temps à toute vitesse et il revoit tous les événements qui l'ont conduit au crime.

1973, la ferme de Nouant est en fête. On célèbre le mariage d'Édouard Vuillemin et de Simone de Lourcins. Les familles des deux mariés, les nombreux amis rient. Les accordéons mettent de l'ambiance. Les commérages vont bon train :

— L'Édouard, j'ai bien cru qu'il ne se marierait jamais. Il est bien mûr !

— Oui, on disait même dans le canton qu'il n'était pas porté sur les femmes. Vous voyez ce que je veux dire.

— Et la petite Simone aussi, on croyait qu'elle allait rester vieille fille. Elle n'est pas mal, mais on peut dire qu'elle décroche le gros lot : cinquante hectares de bonne terre, un troupeau de cent bêtes. Ça représente plus qu'elle n'apporte dans sa corbeille ! Même avec sa particule : de Lourcins.

1981 : le Salon de l'Agriculture, à Paris. Belle occasion de bouger un peu :

— Bon, Simone, ça y est, c'est décidé. Je pars à Paris pour le Salon. Je vais présenter un taureau et quatre vaches : « Brutus », « Suzette », « Bleuette », « Amélie » et « Caroline ». Je crois qu'il est temps de tenter notre chance. Si je rapporte une médaille, ça va donner un bon coup de fouet à notre élevage.

Simone ne dit rien. De toute manière, avec Édouard, quand il décide quelque chose, il n'y a rien à ajouter. Évidemment, depuis quelques années, ce n'est plus le grand amour, on se côtoie, on se supporte, on prend patience.

— Édouard, tu nous accompagnes ? Après la fermeture, on a décidé de faire une petite virée, histoire de terminer en beauté...

Édouard accompagne ses copains Bergougniaud et Lombardel. C'est dans un restaurant qu'il remarque, à la table voisine, une jolie brune encore piquante qui dîne avec deux autres femmes. On se sourit, on échange des plaisanteries concernant la cuisine de la maison et les spécialités des trois femmes. Spécialités gastronomiques, bien entendu.

Avant de se quitter, Édouard et la belle brune

échangent leurs numéros de téléphone et promettent de se revoir à la prochaine occasion. Elle se nomme Huguette.

L'occasion suivante, c'est le Salon de l'Agriculture de 1982. Dès qu'il est à Paris, Édouard téléphone à la brune Parisienne. Ils se revoient. Et il passe la nuit chez elle.

— Huguette, mon amour, je sens que je ne pourrai pas retourner vivre à la ferme, loin de toi. Je sens que je ne pourrai pas attendre le prochain Salon de l'Agriculture pour voler quelques nuits. Les années passent. Tu sais, j'ai de l'argent. Si tu veux, organisons-nous autrement.

— À quoi penses-tu, chéri? Tu es marié.

— Le village se vide peu à peu. Mais il y a un café-tabac très bien situé. Les propriétaires veulent céder, ils ont l'âge de la retraite. Si tu veux, je négocie avec eux, j'achète les murs et tu viens t'installer là. Tu as tenu un restaurant avec ton ancien mari. Dans six mois maximum, quand tout est prêt, tu débarques au patelin. J'aurai souvent l'occasion de venir dans ton café et nous pourrons passer quelques belles heures d'amour. Je te plais toujours autant?

— Arrête de dire des bêtises, mon chéri. Tu sais que tu es tout à fait le genre d'homme dont j'ai toujours rêvé. Je ne croyais plus possible de rencontrer quelqu'un comme toi : athlétique, viril, timide, calme. Avec ces yeux-là, je te suivrai au bout du monde.

C'est ainsi qu'Édouard et Huguette concrétisent leurs projets. Huguette s'installe au village et ouvre son café. Très vite les habitants sont attirés par son sourire, sa silhouette, son côté très « comme il faut ». Édouard, sous différents prétextes, se retrouve souvent dans son lit. Simone, son épouse, à qui il a demandé de faire chambre à part, soupire et se tait.

— Huguette, ça ne peut pas durer comme ça. Je n'en peux plus.

— Qu'est-ce que tu as, mon chéri? Nous nous rencontrons souvent. Tout le monde est aimable. Les clients sont nombreux. Que veux-tu de plus?

— Je rêve! Je rêve de t'épouser! Je rêve de te faire l'amour dans un cadre digne de toi et pas dans cette baraque qui date de Mathusalem! Je rêve de t'épouser...

Huguette regarde Édouard sans oser comprendre. Il poursuit:

— Ce qui serait bien, ce serait d'acheter un night-club à Saint-Pourçain et de nous y installer.

— Édouard, je t'adore. Tu es d'une naïveté! Un night-club! En pleine cambrousse! Tu sais combien ça te coûterait d'acheter et d'installer un night-club. Et puis tu te retrouverais dans un milieu pas toujours très fréquentable. Les filles qui travaillent dans les night-clubs ne s'appellent pas « Suzette », « Bleuette », « Amélie » et « Caroline », ce ne sont pas des vaches à lait. Et s'il y a un « Brutus » dans le tableau, ce sera plutôt un joli maquereau qu'un brave taureau!

— Ne t'en fais pas, mon Huguette, je vais m'organiser.

Et Édouard Vuillemin s'organise, en effet. Il souscrit une très confortable assurance-vie: 800 000 francs. Il est prévu qu'en cas de mort accidentelle de l'un des époux c'est l'autre qui touche le capital.

Désormais, les jours de la douce Simone sont comptés.

Mais il reste un problème à résoudre: l'accident mortel. Il ne parvient pas à trouver de solution. Et Simone est toujours là, douce, docile, toujours prête à dire « amen » à toutes les volontés d'Édouard.

Cette complaisance béate irrite Vuillemin au dernier point.

— Si au moins elle se rebiffait, si elle criait... Si nous avions quelques scènes de ménage... Si elle portait la main sur moi... Je pourrais la frapper...

Un soir, Édouard n'y tient plus. Pour une question de soupe au tapioca, il saisit Simone et se met à lui serrer la gorge. Mais, chose qu'il n'a pas prévue, Mme de Lourcins, la mère de Simone, est dans la maison. En entendant des cris, elle se précipite. Édouard est décontenancé et ne sait que dire. Simone ne dit rien : elle se frotte la gorge et c'est tout.

Mme de Lourcins est perplexe. Elle ne parvient pas à expliquer le sens profond de la scène à laquelle elle vient d'assister. Simone lui dit :

— Maman, ne vous inquiétez pas. J'ai dit quelque chose qui a eu le don d'irriter Édouard. Ne me parlez plus de cet incident ridicule.

Mme de Lourcins n'est pas présente quand, quelques mois plus tard, Édouard se met à nettoyer son revolver dans la pièce où Simone vaque au ménage de printemps. Un coup part. Simone entend le projectile siffler à ses oreilles. La balle va se loger dans le mur.

Et les projets d'Édouard sont toujours au point mort. Il enrage d'être lié par son mariage. À force de lire dans les journaux des récits sanglants, il se dit qu'il faut bien qu'il soit le dernier des imbéciles pour ne pas être capable de mener ses projets à bien.

Quelques mois plus tard, Édouard et Simone sont en voiture et font « une petite balade » dans la campagne environnante :

— Édouard, comme je suis contente de cette promenade. Cela fait si longtemps que nous ne sommes pas sortis tous les deux... en amoureux !

Édouard ne répond rien. Il pousse une sorte de grognement et garde les yeux fixés sur la route. La voiture suit le cours du Cher. Le paysage est charmant et la température idéale. Édouard se met à emprunter la voie sur berge. Il n'y a pas un chat aux alentours.

Soudain, il fait faire une brusque embardée à sa DS. Simone, qui rêvait en regardant la campagne, n'a pratiquement pas le temps de réagir. Un cri seulement :

— Édouard! Qu'est-ce qui se passe?

Déjà la voiture est dans le fleuve. Déjà l'eau pénètre à l'intérieur. Édouard manœuvre à toute vitesse la poignée qui fait descendre la vitre de sa portière. L'eau entre d'un seul coup. Édouard retient sa respiration et se met à nager. D'un coup de talon, il file vers la surface du Cher. Sa tête crève la surface, il nage vers la rive. Simone est restée coincée dans la voiture, elle est en train de se noyer.

— J'arrive! Ne vous en faites pas!

Édouard, qui vient de s'asseoir, tout dégoulinant d'eau vaseuse, sur la berge, n'entend pas la voix inconnue. Puis il réalise que c'est à lui qu'on s'adresse.

— Ne bougez pas!

Il n'a pas le temps d'apercevoir celui qui vient de parler, de crier plutôt. Une forme masculine vient de plonger dans le cours du fleuve.

Édouard, qui frissonne un peu, regarde l'eau. Bientôt une tête d'homme apparaît au milieu du courant. Et presque aussitôt Édouard aperçoit la tête de Simone qui semble inconsciente. Édouard reste assis, il attend. L'homme nage et se rapproche de la rive.

— Ça va, je ne suis pas arrivé trop tard!

Et il parvient au bord, tirant derrière lui une Simone toujours évanouie.

Avec des gestes de professionnel, il étend la pauvre Simone sur le sol et commence aussitôt à lui vider les poumons. Il lui fait le bouche-à-bouche, sans panique.

Édouard, comme tétanisé, regarde l'inconnu sans même songer à lui proposer son aide. L'autre, sans ralentir ses efforts et ses manœuvres de respiration artificielle, explique :

— Je sais y faire, je suis pompier !

Simone, après avoir passé vingt-quatre heures à l'hôpital, regagne la ferme de Nouant. Édouard, quand elle descend du taxi, la regarde sans dire le moindre mot ni faire le moindre geste. Logiquement, il devrait lui ouvrir les bras, lui dire quelque chose dans le genre : « Ma pauvre Simone, comme j'ai eu peur. Je ne comprends pas ce qui s'est passé. Enfin, tu es saine et sauve. J'ai eu tellement peur. »

Mais non, il ne dit rien. Simone non plus. Elle s'arrête devant son dangereux mari et fait un petit sourire qui semble signifier : « Excuse-moi, Édouard, je t'aime tellement. Je voudrais pourtant te faire plaisir. Mais tu vois, c'est le bon Dieu qui ne veut pas que je meure ! »

Simone est une sainte, ou bien une gourde.

Au mois d'octobre suivant, Édouard, qui a acheté une nouvelle voiture, propose à son épouse une promenade dans les bois. Simone semble heureuse d'accepter. N'a-t-elle aucune mémoire ? Est-elle folle ? Folle d'Édouard, sans doute.

Une fois arrivé dans les bois, Édouard choisit un endroit isolé et sort rapidement du véhicule. Il enferme sa femme dans la voiture. Il ouvre le bouchon du réservoir d'essence et y jette une allumette. La voiture explose et se transforme en une torche de feu et de fumée noire. Mais Simone, devant le danger, trouve la force de sortir en brisant une glace. Elle se roule dans l'herbe, les cheveux en feu... Édouard la regarde d'un œil de marbre.

Aussi invraisemblable que cela puisse paraître, Simone n'en dira pas un mot au médecin qui viendra la soigner :

— Édouard avait une cigarette aux lèvres. Bêtement, il a voulu regarder dans le réservoir...

Ce sont toutes ces tentatives de meurtre qui passent à présent dans l'esprit d'Édouard tandis qu'il regarde, pour la seconde fois, sa voiture qui brûle avec Simone enfermée à l'intérieur. Cette fois, il est sûr de son coup. D'un pas lent, il fait le tour du véhicule pour voir si tout se passe bien. Eh bien non, au moment où il arrive sur l'autre flanc de la voiture, il ouvre des yeux incrédules. Simone, son indestructible épouse, a réussi à ouvrir de force la porte du passager. Elle est là, en flammes, en train de se rouler dans l'herbe humide. Ses mains sont d'une vilaine couleur brune. Elle hurle.

Édouard, aujourd'hui, est enfin derrière les verrous pour une peine perpétuelle. Simone a fini par comprendre que, sans cela, il recommencerait toujours et toujours à vouloir la tuer...

CROMAGNON

An 1981 de notre ère européenne. Quelque part en France, dans une ville du Sud. Caroline, trente-sept ans, mère de famille de trois enfants, est à sa fenêtre. La rue est ensoleillée, le printemps réchauffe les géraniums du balcon, elle sourit. Une voix mâle et furieuse hurle d'en bas :

— Rentre! ferme cette fenêtre!

Marco s'en va travailler. Comme chaque matin, il lustre soigneusement le capot de sa voiture. Un marchand de voitures se doit de montrer à la clientèle potentielle qu'il prend soin de son cheval d'acier comme d'une femme. L'ennui est que Marco aime davantage les voitures que les femmes. Disons plus précisément qu'il *respecte* davantage les voitures.

— Tu rentres, oui ou non ?

La fenêtre se referme à regret, lentement, sur le beau soleil du dehors, et Caroline retourne à son ménage. Il y a des jours où l'esclavage librement consenti dans le mariage avec un Sicilien pèse lourdement sur ses ravissantes épaules. Les enfants sont en âge d'aller seuls à l'école, et Caroline, si jeune encore et si belle, irait bien promener cette beauté ailleurs que dans sa cuisine. Être la propriété exclusive d'un homme, la mère de ses enfants, sa lingère, sa cuisinière, sa femme de ménage, et parfois son infirmière, ce n'est pas une vie. Travailler ailleurs serait un rêve. Parler à d'autres gens, changer d'univers...

La veille, Caroline a tenté sa chance. Timidement, en servant avec tendresse le plat préféré de son seigneur.

— Tu sais, Mme Martin m'a demandé quelque chose, hier... Depuis que sa fille est partie, elle aurait bien besoin qu'on l'aide à la boutique...

— Qu'elle engage quelqu'un ! En quoi ça nous regarde ?

La négociation semblait mal engagée, mais Caroline a rajouté une sauce succulente sur le plat de raviolis, et un commentaire faussement dégagé :

— L'après-midi seulement et les jours de fête... ce n'est pas un véritable emploi, et elle ne peut pas se permettre d'engager quelqu'un à plein temps.

— Qu'est-ce que tu cherches ? À m'énerver ?

— Marco... elle dit que je sais faire des bouquets comme personne... une boutique de fleurs, ce n'est pas pareil...

— Pas pareil ! C'est pire que tout, oui ! Les fleurs, ce sont les hommes qui les achètent ! Si tu veux des fleurs, j'irai t'en acheter ! Une femme honnête ne vend pas de fleurs !

La définition d'une femme honnête, selon Marco, est bien loin des critères communément établis depuis un bon demi-siècle. Une femme honnête ne travaille pas au-dehors de la maison, ne sort qu'avec son mari, écoute son mari, et ferme sa fenêtre au soleil du printemps. Si, par malheur, un passant dans la rue apercevait le joli visage de Caroline et lui souriait, Marco perdrait son honneur de mâle.

Or, ce matin-là, Caroline en a plus que marre de l'honneur de Marco. Elle a obéi par réflexe, par habitude... En une seconde, elle change d'avis, ouvre à nouveau la fenêtre et crie :

— J'en ai marre ! J'irai travailler, que tu le veuilles ou non !

Marco abandonne le lustrage de sa belle voiture, traverse le jardin du pavillon au pas de charge en hurlant :

— Tu me prends pour un imbécile ? Tu crois que je ne vois pas ce que tu cherches ? Dis-le tout de suite que tu me trompes !

La voisine s'en mêle, un passant s'arrête, quelques gamins s'agglutinent devant le jardin, et Caroline éclate de rire :

— Tu vas te mettre en retard !

Marco est toujours désarçonné par le rire de sa femme. Il ne sait comment le prendre. Doit-il se vexer ? Est-ce une atteinte à son autorité ? Doit-il plaider sa cause à l'infini ?

— Mais je t'aime !

— J'espère bien !

— Dis-moi que tu n'iras pas...

— Si, j'irai. Je vendrai des fleurs à tous les amoureux !

— On en reparlera ce soir ! Rentre ! Ou je fais un malheur !

— Bonne journée, mon chéri !

Marco a claqué sa portière, il a ruminé toute la journée, il est rentré plus tôt que d'habitude pour faire un crochet par le magasin de fleurs, et s'expliquer avec Mme Martin. Il en a eu pour ses frais. Mme Martin, la soixantaine solide, féministe de base, l'a regardé comme s'il sortait d'une grotte vêtu de peaux de bête...

— Vous plaisantez, je suppose? Interdire à votre femme de travailler? Ici? Mais vous savez que c'est un cas de divorce? Regardez-moi bien, j'ai l'air d'une tenancière de maison close? Vous croyez qu'en vendant des plantes vertes on perd sa dignité? Si Caroline décide de venir travailler ici à ma demande, c'est son droit le plus strict! Je suis conseillère municipale, ne l'oubliez pas: si nous reparlions des véhicules que vous garez sans autorisation sur le parking de la mairie?

À chantage, chantage et demi. Marco a remballé ses arguments. Un Sicilien d'origine connaît la valeur d'un avantage acquis indûment.

C'est ainsi, si l'on en croit les témoignages recueillis au tribunal, que Caroline fut dûment autorisée par son époux à travailler à mi-temps dans la boutique de fleurs de Mme Martin. Une année s'écoula, améliorant les conditions de vie morales de Caroline, et détériorant lentement sa vie de couple. Marco passait la prendre à la fermeture du magasin, râlait tous les soirs, téléphonait tous les après-midi, et chaque fête carillonnée, qu'elle soit de Saint-Valentin, ou de la Toussaint, le mettait dans un état hystérique.

— Des heures supplémentaires... elles ont bon dos, les heures supplémentaires... et ce type?

— Quel type?

— Celui qui vient tous les mardis avec sa camionnette!

— C'es le pépiniériste... tu le sais parfaitement...

— Qu'est-ce qu'il a d'intéressant? Il te plaît? Tu sors avec lui?

Que tous les jaloux se le répètent à l'infini, la meilleure manière de pousser quelqu'un dans les bras d'un autre est de l'accuser injustement de s'y trouver déjà.

— Tu m'embêtes, Marco! Ça ne peut plus durer!

Si tous les hommes étaient comme toi, la vie serait un enfer!

Marco n'avait jamais battu sa femme. La violence n'était qu'extérieure et en paroles, en gesticulations, menaces, exigences. Cette fois il gifla Caroline, et les trois enfants se mirent à hurler. Finis les éclats de rire de maman, fini le jeu du jaloux menaçant mais amoureux. Au fond, ce n'était pas un jeu.

Après cette gifle, Marco devint sombre. Les dîners n'étaient plus comme avant, Caroline boudait, et se couchait la première. Marco ronchonnait en silence devant la télévision, et s'en prenait aux enfants. Surtout à sa fille, une Sandrine de quatorze ans dont il s'apercevait soudain qu'elle devenait femme.

— Je t'interdis de porter des vêtements pareils!

— Il est interdit d'interdire, papa!

Bouclée dans sa chambre, Sandrine se révolta plus vite que sa mère. Les deux petits frères prirent son parti. Marco se retrouva seul, prisonnier de ses fantasmes, déprimé, continuant d'interdire à tort et à travers sans résultat autre, pour lui, que le détacher de plus en plus de sa famille.

Et ce qui devait arriver arriva. Marco fut trompé, et ne s'en aperçut même pas.

Une année s'écoula encore durant laquelle, à force de crier au loup, il fut incapable de repérer le loup.

Sandrine eut quinze ans. Son anniversaire devait se fêter pour la première fois hors de la maison, chez une camarade de classe qui fêtait également le sien.

Caroline venait d'acheter une robe à sa fille, et toutes les deux complotaient dans la chambre de l'adolescente. Le complot était d'importance, il s'agissait de tromper papa. Papa ne supporterait pas que le petit copain de Sandrine vienne la chercher à la maison. Il ne supportait déjà pas l'idée d'une « boum » chez des étrangers, la permission de minuit, et ne décolérait pas depuis une semaine.

Caroline cherchait encore à contenter tout le monde :

— Dis à Bruno de te rejoindre là-bas...

— Mais j'ai l'air de quoi, maman ? Toutes mes copines sont libres...

— Tu connais ton père.

— Justement ! On est en 1985. Si ça t'amuse de faire le jeu d'un macho, pas moi !

— Sandrine, s'il te plaît, ne complique pas les choses...

— Moi, à ta place, j'aurais déjà divorcé !

— Mais j'aime ton père...

— Ah oui ? Tu l'aimes ? Et Georges alors ?

— Quoi, Georges ? Tais-toi, Sandrine ! Tu ne sais pas de quoi tu parles !

— Tiens donc ! Je t'ai vue... alors...

— Mais tais-toi donc !

Trop tard. Un jaloux finit toujours par obtenir ce qu'il cherche. Marco, rentré avant l'heure, ulcéré de ne pas avoir réussi à interdire la sortie de sa fille, écoutait derrière la porte. Normalement, il aurait dû bondir dans la chambre, et faire une scène de tous les diables. Mais il avait beaucoup changé, Marco, depuis deux ans. Plus taciturne, moins exubérant. Et à cet instant précis, il s'immobilisa dans le couloir. Devant le juge, plus tard, il expliqua maladroitement ce qu'il avait ressenti.

— Ça m'a paralysé. D'entendre ça de la bouche de ma propre fille... j'étais vidé. Je n'entendais même plus ce qu'elles disaient toutes les deux, mes oreilles bourdonnaient. Je suis ressorti de la maison, et je suis allé m'asseoir dans la voiture. J'ai attendu un bon moment comme ça, je ne savais pas quoi faire. Ma fille m'a vu par la fenêtre, elle est descendue de sa chambre, elle m'a dit qu'un copain venait la chercher, et que si je faisais des histoires, ça irait mal... qu'elle s'en irait de la maison... Ensuite ma femme est venue me dire que les garçons accompagnaient leur sœur, et qu'ils rentreraient tous les trois à minuit. J'ai dit que je m'en fichais. Elle m'a répondu : « Tant mieux. »

— Les enfants sont partis, j'ai mis la voiture au garage, et j'ai bricolé. Je ne me sentais pas bien, je me souviens que ma femme m'a appelé, plusieurs fois, pour dîner. Je ne voulais pas aller dans la maison, je ne voulais pas la voir. Je bricolais après un rétroviseur de la voiture, j'attendais de me calmer, et de trouver comment réagir. Alors elle est venue me chercher. C'est là que ça s'est passé... dans le garage. Quand je l'ai vue devant moi, l'air innocent, j'ai explosé. C'était plus fort que moi, la phrase de ma fille, les mots, le nom d'un homme, ce Georges, je ne savais même pas qui c'était, ce Georges, à quoi il ressemblait, depuis combien de temps ça durait... J'entendais la phrase de ma gamine : « Ah oui, tu l'aimes ? Et Georges alors ? » J'ai pris ce qui me tombait sous la main. Je ne savais plus ce que je faisais...

La suite, c'est Caroline qui la raconta au tribunal.
— C'est vrai. J'ai trompé mon mari. Un coup de tête, qui n'a pas duré longtemps. Je me suis sentie coupable immédiatement. Si ma fille ne nous avait pas surpris, et si Marco n'avait pas tout entendu, je pense que je le lui aurais dit un jour, pour me soulager, et qu'il me pardonne. Mais à ce moment-là je n'en avais pas le courage. C'était trop compliqué de lui expliquer que son attitude m'avait poussée vers un autre. Pendant quelques jours, j'ai eu l'impression d'être libre, délivrée, je n'étais pas amoureuse de cet homme du tout. Et je n'avais jamais trompé mon mari avant. J'ai vécu cette histoire comme une aventure, une tentation d'être différente, de faire quelque chose d'interdit... Tout ça est de ma faute ! C'est moi qui dois lui demander pardon !

Alors, le juge a demandé :
— Vous voulez dire à ce tribunal que vous pardonnez à votre mari d'avoir tenté de vous tuer ?

— Oui, monsieur le juge. Je ne suis pas morte.

— Neuf coups de couteau! Vous avez eu de la chance. Si l'un d'eux avait été mortel, vous ne seriez pas là pour le pardonner. C'est un miracle si vous êtes vivante aujourd'hui... Et vous pardonnez?

— Oui. Je suis sincère. Marco est sicilien, moi-même je suis d'origine sicilienne, et je comprends ma faute. Je l'ai rendu enragé. Depuis qu'il est en prison, nous avons beaucoup discuté tous les deux. Il sait que je l'aime. Il m'a pardonné lui aussi. Je méritais pire que cela, pour ce que j'ai fait. Il a fait ça sur un coup de sang...

Étonnement du tribunal. Surprise générale, voire incompréhension des témoins. Neuf coups de couteau, c'est un coup de sang à répétition. D'autant plus que la victime souffre encore de certaines blessures. D'autant plus que, si le couteau qui traînait dans le garage n'avait pas été un peu émoussé, Caroline n'aurait pas survécu. La même scène dans la cuisine, avec un couteau bien aiguisé à portée de main...

Mais le pardon régnant des deux côtés, les trois enfants attendant leur père à la maison, le tribunal fut clément. Cinq ans, dont quatre avec sursis, et le terrible macho Cromagnon est rentré chez lui.

Nous sommes encore aux temps préhistoriques. Et le pardon est une vertu éternelle.

UN MÉNAGE SANS HISTOIRE

— Dis donc, Donald, tu n'as pas vu Robert? C'est bizarre, je ne l'ai pas aperçu du tout depuis hier soir. Tu ne crois pas qu'il lui est arrivé quelque chose?

— Bof, il est peut-être parti pêcher. Ou chasser. Tu sais que c'est sa grande marotte!

Donald Graham n'est pas satisfait de cette hypothèse.

— Il y a quelque chose qui m'inquiète un peu. Ce matin, très tôt, j'ai entendu quatre coups de feu. Ça m'a réveillé.

— Oui, moi aussi. Je me suis dit que quelqu'un faisait un carton sur des serpents d'eau. Il y en a partout, de ces bestioles !

— C'est bizarre quand même que personne n'ait vu Robert de la journée. Il n'est pas du genre à flemmarder au lit. Et Marilyn, on ne l'a pas vue, elle non plus. Tu crois qu'elle serait restée à Guaynola ?

Donald va de cottage en cottage dans le quartier. Les amis les plus intimes de Robert se décident :

— Qu'est-ce qu'on fait ? On enfonce la porte ?

— Pourquoi l'enfoncer ? Regardez, elle n'est même pas fermée à clef.

Quand le groupe pénètre dans la maison, il découvre Robert étendu dans la véranda avec quatre balles dans la tête. La police de Bronco Bay arrive et commence à poser des questions. Robert était un enfant de la région. Âgé de quarante-trois ans.

— Le ou les assassins ne sont certainement pas du pays.

— Robert était un type sans histoire, bon voisin, toujours calme. Jamais il ne s'est trouvé dans une bagarre. Jamais dans une beuverie du samedi soir.

— Mais il ne travaille pas ici. Si ça se trouve, il a peut-être eu des problèmes à Guaynola, c'est là qu'il habite. Il est contremaître dans une compagnie d'ascenseurs. Il ne vient à Bronco Bay que pour le week-end et les vacances.

— Bon : on va envoyer quelques gars pour se renseigner chez lui. On ne sait jamais. De toute manière, il faudrait aussi s'intéresser à Marilyn, sa femme. Où peut-elle bien être ? Ils ont des enfants ?

— Oui, et c'est même pour ça qu'ils se sont mariés !

Une voisine apporte pourtant un témoignage intéressant :

— J'étais en train de sortir mon chien. Le soleil se levait à peine. Moi aussi, j'ai entendu les coups de feu. Mais j'ai vu quelqu'un sortir en courant du pavillon de ce pauvre Robert : autant que j'aie pu le distinguer dans l'obscurité, il y avait en fait deux personnes. Ils ont sauté dans un 4x4 qui stationnait non loin et la voiture a démarré en faisant crisser ses pneus. Ils avaient l'air pressé !

— Oh ! vous savez, ce n'est pas étonnant de voir des gens sortir de chez Robert et Marilyn. À Guaynola elle passe son temps à recueillir des gens à problèmes. C'est un défilé perpétuel : des chômeurs, des filles enceintes que les parents ont mises à la porte. Il y a toujours une assiette de soupe et un lit pour quelqu'un de paumé.

De fil en aiguille, la police finit par « sélectionner » des jeunes, garçons et filles, qui sont connus pour fréquenter le domicile des Pearson. Ils disent :

— La veille du meurtre de Robert, nous étions tous ensemble avec Marilyn. Nous faisions du roller-skate au centre sportif.

— Avec Mme Pearson ?

— Oui, c'est une fille super sympa. Elle est institutrice suppléante et elle aime beaucoup se joindre à nous quand on fait du sport.

— Elle est mère de famille, non ?

— Oui, c'est une chouette nana. Elle a deux enfants.

L'inspecteur principal Denis Cardenone fait la grimace quand il apprend les détails. Les jeunes qui l'intéressent le plus sont Paul Kovalski, dix-neuf ans, et la petite Barbie Atanassiou, dix-sept ans. Cardenone les pousse un peu dans leurs retranchements. Il ne tarde guère à éclairer la vie du couple Pearson d'un jour nouveau. Il en apprend beaucoup sur ce ménage modèle et tranquille.

En 1981, Marilyn n'a que seize ans et elle est perpétuellement en conflit avec ses parents. Elle est lycéenne, mais elle ne s'use pas la vue sur les bouquins. Elle jette plutôt des regards en biais sur les mâles du quartier. Et elle en parle avec ses amies :

— Tu as vu Robert Pearson ? Il n'est pas mal comme mec. Costaud, viril, sympa.

— C'est le moment de tenter ta chance, Marilyn. Il est en train de divorcer. Il garde son garçon, Kevin, un gamin de cinq ou six ans. Sa femme Éléanor est partie avec la fille, Nellie. C'est normal, la gamine n'a que deux ans...

— Il faudrait que j'aille lui demander s'il n'a pas besoin de mes services comme baby-sitter. Ce serait une façon de faire sa connaissance.

— Méfie-toi, on commence comme baby-sitter et on se retrouve enceinte avant d'avoir eu le temps de fermer la télé.

Et c'est ainsi que Marilyn se retrouve effectivement avec un ventre plus rebondi. Bon, ce n'est pas si grave. Robert et Éléanor viennent de divorcer. Marilyn, dix-sept ans, épouse donc Robert, trente-huit ans, tandis que leurs amis les arrosent de grains de riz porte-bonheur.

Ça doit être un bon mariage. Marilyn met au monde un garçon, Dob, en février. Un an plus tard, c'est au tour de Rennie qui vient agrandir le cercle de famille.

Malgré ses charges de famille, les biberons et les lessives, Marilyn obtient, au bout de quelques années, son diplôme d'enseignante ménagère. Une famille heureuse avec trois enfants à la maison et une maman qui n'a pas encore vingt-cinq ans. Robert, lui, en a vingt de plus... Mais l'autorité d'un homme mûr n'est pas sans charme pour beaucoup de femmes jeunes qui ne demandent qu'à apprendre la vie à l'ombre d'une épaule athlétique.

Pour ce qui est d'apprendre la vie, Marilyn est servie. Robert ne lui laisse guère le temps de souffler :

— Ça serait bien si tu trouvais un petit boulot à mi-temps. Ça mettrait un peu de beurre dans les épinards. Et ça nous ferait une petite pelote de réserve !

— Robert, tu ne crois pas que j'ai déjà assez à faire à la maison ? La cuisine pour cinq personnes — je ne parle pas des soirées où tu reçois tes copains pour jouer aux cartes..., la lessive, le repassage, le ménage...

— Ben oui, ma cocotte. C'est la vie d'une mère de famille. Je n'y peux rien. N'empêche que tu devrais te trouver un job à mi-temps. Ça te ferait sortir de tes casseroles. Tu verrais du monde.

Marilyn sort de ses casseroles pour devenir serveuse dans un fast-food. Mais ça ne rapporte pas tellement. Elle livre alors des pizzas jusqu'à des heures impossibles. Dame, les pizzas, ça se mange tard, quand les grandes surfaces sont fermées...

Après quelques mois de ce régime, elle commence à craquer :

— Je suis vannée. Si j'avais su !... Et le pire, c'est que Robert exige que je serve de répétitrice aux gamins. Quand je rentre, épuisée, il faut que je surveille leurs leçons. Il me ramène même sa fille, Nellie.

— Dis donc, ma pauvre Marilyn, tu n'as pas tiré le bon numéro.

Ricky Mosley, le second mari de la mère de Marilyn, s'inquiète lui aussi :

— Ma pauvre gamine, tu as vraiment mauvaise mine. Il faudrait que tu te reposes un peu.

Marilyn n'est pas du genre à garder ses problèmes pour elle. Au contraire. Ses collègues de la pizzeria viennent aujourd'hui le confirmer aux policiers :

— C'est incroyable. Son mari, sous ses airs bonasses, était un vrai tyran domestique. Tous les matins, il lui faisait une liste de toutes les choses qu'elle devait faire dans la journée. Écrite, noir sur blanc. Et si elle n'avait pas pu tout faire, le soir même elle y avait droit !

— Elle avait droit à quoi ?

— Ben, enfin, vous comprenez. Si elle n'avait pas accompli correctement toutes les tâches de la liste, il l'obligeait, pour la punir, à des pratiques sexuelles... bizarres.

— Bizarres ? Que voulez-vous dire ?

— Ben, monsieur l'inspecteur, je n'ai pas été vérifier. C'est Marilyn qui me l'a raconté. Vous savez, Robert avait un revolver.

— Tout le monde en a un par ici.

— Eh bien, il se servait du canon de son revolver au lieu de son...

— Charmant !

— Une autre fois, le revolver était chargé et il lui a fait l'amour en lui enfonçant le canon de son arme dans la bouche.

L'inspecteur note et commente :

— On dirait que nous tenons un motif pour qu'elle ait eu très envie de se débarrasser de son bonhomme !

— Et puis il la menaçait. Il lui disait qu'il la tuerait si elle faisait mine de le quitter. Même que deux fois elle avait décidé de rentrer chez ses parents mais, à chaque tentative, Robert l'a convaincue de ne pas le faire.

— Voilà un homme qui savait être persuasif.

De confidence en confidence, non seulement les amis de Marilyn mais toute la bande de jeunes qui fréquentent la maison sont d'accord pour confirmer les doléances de la pauvre Marilyn. Pourtant il y a quelque chose qui cloche. La famille de Robert est la première à soulever cette objection :

— Mais qu'est-ce que c'est que ces histoires de canon de revolver enfoncé un peu partout ? Si Marilyn avait subi de tels traitements, elle n'avait qu'à courir à la police pour s'en plaindre. L'a-t-elle fait ?

La réponse est non.

Le fils aîné de Robert vient lui aussi déposer :

— Six mois par an je vis chez mon père. Je ne l'ai jamais vu frapper Marilyn ni même la secouer d'aucune manière. Parfois il poussait un coup de

65

gueule mais c'est tout. C'est vrai qu'il est plutôt coléreux et qu'il a la main leste. Il ne s'intéresse qu'à la
vie au grand air, la chasse, la pêche, le golf, le tir à
l'arc. Marilyn pas du tout.

— Avec tout ce qu'elle avait à faire à la maison,
on la voit mal passer son temps sur les greens de
golf.

— Oh ! elle a ses amis, ses hobbies. Elle raffole de
la musique « pop », des artistes un peu bohèmes.
Une fois Pearson est rentré de la chasse à 5 heures
du matin. Il y avait trois hippies affalés sur le
canapé du salon, en train de jouer de la guitare. Ils
se sont vite retrouvés dehors à grands coups de pied
aux fesses.

L'inspecteur Cardenone en apprend chaque jour
davantage : il finit par interroger certains témoins
qui avouent avoir été les amants de Marilyn. Un
directeur d'entrepôt déclare :

— Ça a duré un an, mais nous sommes restés en
bons termes. Souvent Marilyn m'appelle pour me
raconter ses déboires conjugaux. Elle me dit qu'il la
frappe, violemment.

— Ça doit laisser des marques. Si vous étiez son
amant, vous avez dû remarquer quelque chose.

— Euh ! Eh bien, justement non, maintenant que
vous me le dites, je n'ai jamais rien remarqué sur
son corps.

Marilyn a bonne réputation dans le quartier. Toujours prête à servir de baby-sitter.

— On peut faire appel à elle. Et d'ailleurs, c'était
un échange de bons services. Souvent, quand elle
sort, on garde ses mômes.

Barbie Atanassiou explique :

— J'habite en face de chez elle. Quand j'avais un
problème, je venais dormir chez les Pearson. Une
autre copine aussi d'ailleurs, Rita. Elle a un petit
garçon sans père, Glorian. Souvent ses parents la
flanquent à la porte. Alors elle rapplique chez Marilyn avec son mouflet.

66

— Qui d'autre encore?

— Il y a Simon Murrera. C'est un musicien, il fait partie d'un groupe.

— Qui d'autre encore?

— Kovalski. Lui, il est vraiment amoureux de Marilyn. Il est obsédé par ce qu'elle lui raconte sur la manière dont Robert la contraint à des trucs déments.

Petit à petit le nœud de présomptions se défait. Cardenone finit par apprendre que Kovalski, du haut de ses dix-neuf ans, a recruté deux autres gamins pour descendre Robert. Il leur a promis 1 000 dollars et une voiture De Soto toute neuve.

— Kovalski, t'es cinglé ou quoi? Flinguer le mari de ta copine. Tu nous prends pour des caves ou quoi? Pas question.

Marilyn, de son côté, a proposé le même marché à un de ses amis, un chauffeur de poids lourd qui a éclaté de rire:

— Ma cocotte, tu disjonctes ou quoi? Tu me vois en train de flinguer le père de tes enfants. C'est une blague!

Dorénavant, chez les amis de Marilyn, on a trouvé un nouveau jeu de société:

— Allez, ce soir on joue aux 1 000 moyens.

Les « 1 000 moyens » sont ceux qui permettraient d'éliminer Robert. Certains de ces projets sont si délirants que tout le monde est saisi de fous rires déments. Mais d'autres sont plus sérieux: ils finissent par en choisir un, qui rappelle l'affaire de Veronika Willey, une institutrice qui, six mois plus tôt, s'est débarrassée de son mari.

Le samedi suivant, Robert se rend à sa maison de campagne de Bronco Bay. Il envisage pour bientôt un week-end de pêche. L'ouverture est dans une semaine. Il faut préparer le hors-bord, les lignes. Pendant ce temps, Barbie Atanassiou et une autre gamine font des confidences à Marilyn:

— Tu sais, ton bonhomme nous a violées toutes les deux il y a une dizaine d'années ! J'avais huit ans et Charlène en avait neuf.

— Quel salaud ! Allez, on va tous au cottage. Cette fois-ci, il faudra bien qu'il avoue.

Toute la bande s'engouffre dans le 4x4 et file en direction de Bronco Bay. Kovalski dit :

— J'ai apporté le flingue de mon vieux.

— Non, range ça.

Avant que le soleil ne se lève, les adolescents envahissent le cottage de Robert Pearson. Les voisins entendent quatre coups de feu. La voisine au chien les voit repartir. Apparemment c'est Kovalski qui a tiré. Il était convaincu que Marilyn disait toute la vérité sur les mauvais traitements de son mari.

Au procès certains diront :

— Marilyn est une bonne mère de famille.

Une autre lancera :

— Marilyn est une perverse, elle a inventé les délires sexuels de son mari afin de le faire exécuter par son amant.

LA RÉPONSE IMPOSSIBLE

Mary Beans, quarante-sept ans, divorcée, une fille de vingt-cinq ans, est maintenant seule dans la vie. Seule dans le luxe. Son mari vient de la quitter et, chose rare, ce n'est même pas pour une autre femme. Il n'a pas discuté le montant de sa pension alimentaire, il lui a laissé la maison, la voiture, le caniche, et son psychiatre. Le jugement de divorce vient d'être prononcé. Mary s'est fait un ennemi en la personne du juge, lorsqu'elle s'est mise à hurler :

— Il n'est même pas là ce salaud ! Il n'a même pas le courage de répondre à sa femme ! Vous ne pouvez pas lui accorder le divorce !

68

— Calmez-vous, madame, M. Walter Beans est représenté par son conseil, nous connaissons les raisons de son absence, ce tribunal les a acceptées!

— Alors, je suis absente moi aussi! Vous ne m'avez pas vue, ce n'est pas à vous que je parle, je ne suis pas là! Je m'en vais!

— Asseyez-vous! Mme Beans, cette cour est lasse de votre présence, mais n'espérez pas retarder encore la procédure! Que les avocats s'approchent!

Cinq minutes plus tard, Mary Beans était une femme légalement divorcée, ce qu'elle avait refusé pour la troisième fois en un an. Même son avocat ne la supporte plus. Il lui faut bien rentrer chez elle, verte de rage, et déverser sa rancune dans la seule oreille encore disponible, celle de sa fille Suzan.

— Ton père ne me parle plus! Tu dois tout savoir à son sujet! Réponds-moi une fois pour toutes!

— Maman, je t'en prie, n'appelle pas au bureau toutes les cinq minutes! Calme-toi!

— Alors toi aussi, tu ne réponds pas? Tu n'écoutes même plus ta mère? Tu as pris son parti?

— Maman, je vais raccrocher, s'il te plaît...

Suzan n'est pas une fille indigne et n'a pris le parti de personne. Mais sa mère userait les nerfs d'un troupeau d'éléphants pacifiques.

Mary n'est pas folle, dit-on, au sens psychiatrique du terme. Personne ne peut et ne cherche à la faire enfermer, et pourtant tout le problème est là. Elle tient des raisonnements qui n'en sont pas, assomme les autres d'arguments en désordre.

— Il n'a aucune raison de divorcer, je refuse qu'il prenne une décision unilatérale. Prenons le cas du petit déjeuner par exemple : monsieur refuse systématiquement de répondre à mes questions! Qui est en faute? Un mari doit répondre aux questions de sa femme! Est-ce que je n'ai pas le droit de savoir?

Quiconque posera la question de savoir ce que Mary désire savoir se verra répondre :

— Vous ne comprenez rien ! J'ai le droit de savoir, c'est tout ! Je suis sa femme !

Inutile d'insister. Le jour du divorce, Walter Beans, son ex-mari, a suivi les conseils du psychiatre : l'absence. Il n'allait pas tenter d'expliquer pour la troisième fois qu'il n'en pouvait plus. Mary est une névrosée, son obsession : l'inquisition.

— Tu as mis des chaussettes bleues ? Pourquoi ? Ah non, ne me réponds pas que c'est un hasard... D'ailleurs, je ne t'ai pas vu les prendre dans le tiroir. Tu as fait ça dans mon dos, évidemment ! Tu veux vivre ta vie, je n'ai pas le droit d'y participer ? C'est un comble..., mais réponds-moi !

Walter a dû consulter un psychiatre, personnellement, pour tenter de comprendre ce qui arrivait à Mary. Où était la frustration ? Ils ont fait le tour des possibilités. Jalousie : non ; manque d'affection : pas crédible ; manque d'enfant non plus ; alcool ou drogue : exclu. Ce besoin irrépressible de questionner à l'infini sur les sujets les plus ridicules lui est venu insidieusement. Walter lui-même n'arrivait pas à retrouver le déclenchement du premier symptôme. On ne repère pas une question anodine, à laquelle on apporte une réponse anodine...

Deux années de torture mentale viennent de s'écouler, le 7 juillet 1979. Mary est seule avec son caniche. L'heureux veinard n'étant pas doué de parole, il est bien le seul à supporter sa présence. L'audience du tribunal a eu lieu le matin même, presque à huis clos. Les avocats ont présenté leurs conclusions, ils étaient d'accord, le juge aussi, et Mary n'a trouvé personne à qui poser la moindre question supplémentaire. Elle n'ennuie pas les voisins, ils ne l'intéressent pas. Pour qu'elle assomme quelqu'un de questions, il faut que ce quelqu'un ait un rapport émotionnel avec elle. Son mari, sa fille, le psychiatre. Il ne lui reste que le psychiatre.

— Bonjour, ici Mme Beans, je veux parler au docteur Bell.

— Il est en consultation, madame, vous avez rendez-vous ?

— Non, je n'ai pas besoin de rendez-vous, il me répond toujours.

— Désolée, madame, je ne peux pas le déranger pour l'instant !

— Dérangez-le, c'est urgent !

— Pouvez-vous me dire de quoi il s'agit ?

— Je n'ai pas à répondre à cette question, passez-le-moi !

L'autre facette de la névrose de Mary est qu'elle ne répond pas aux questions des autres, les anonymes, ceux qui ne représentent rien pour elle sur le plan affectif. Dans la vie courante, on la prend simplement pour une enquiquineuse, ou une snob. Même son dentiste n'a pas accès à la vie privée d'une de ses molaires :

— Vous avez mal depuis longtemps ?

— Occupez-vous de la soigner !

Après conciliabule avec son patron, l'assistante du docteur Bell invite Mme Beans à patienter jusqu'à 4 heures de l'après-midi.

— Le docteur vous recevra entre deux clients.

— J'arrive.

Le docteur Bell sait ce qui l'attend. Il a lui-même remis un rapport au juge du divorce, précisant que l'état de sa patiente, bien que difficile pour l'entourage familial, ne justifiait pas un internement. Que personne ne le souhaitait, ni son mari ni leur fille unique. Son rôle s'est arrêté là dans la procédure. Son rôle demeure en qualité de thérapeute.

Mary est en avance à son rendez-vous. L'assistante remarque une légère détérioration de son aspect physique, sans plus. Mary a oublié de se recoiffer, son chemisier est froissé, elle a visiblement transpiré. Mais il fait chaud ce jour-là à Atlanta. Et le comportement extérieur de la patiente n'a absolument rien d'inquiétant. Elle s'est assise de biais sur un fauteuil de rotin, après avoir dit :

— J'espère qu'il n'a pas pris de retard.

Au bout de trois quarts d'heure d'attente, elle n'a pas manifesté d'autre impatience qu'un regard sur sa montre. À 16 h 05, le docteur Bell l'installe dans son cabinet, elle en ressort une demi-heure plus tard, les joues un peu rouges, sans commentaire.

Le docteur Bell a enregistré leur entretien comme à son habitude, il range la cassette dans le dossier de sa patiente, avec ses propres notes, reçoit son troisième client de l'après-midi, et rentre chez lui. Entre-temps il a téléphoné à un confrère d'Atlanta.

— J'aimerais me décharger d'un cas difficile. Du moins pour quelque temps. J'ai le net sentiment d'être dans une impasse. J'ai pensé à toi. À condition que tu aies du temps libre, et que la patiente soit d'accord ; je lui ai suggéré cette solution, elle réfléchit.

Il n'y a que Mary pour savoir à quoi elle réfléchit vraiment à 6 heures du soir, le jour même.

— Passez-moi Suzan !

— Elle a quitté le bureau, madame, désolée.

— Ne dites pas de bêtises, vous n'êtes absolument pas désolée !

La collègue de Suzan a l'habitude, et d'ailleurs elle n'a pas menti, Suzan est réellement partie.

— Suzan ? C'est ta mère, je déteste ce répondeur ! Tu dois me répondre toi-même ! Comment une mère peut-elle se contenter de ça ? Suzan, je te parle !

Le répondeur de l'appartement de Suzan devrait servir d'exutoire à la névrose de sa mère. Erreur, un répondeur n'a rien d'émotionnel. Mary raccroche aussitôt. Puis recommence.

— Suzan ! Sors de ta douche ! Pourquoi prends-tu une douche à cette heure-là ? Réponds-moi ! Tu entends ce que je te dis ? J'aimerais savoir...

Le troisième appel interroge le répondeur sur la

nécessité de ne pas fermer la porte de la cuisine alors qu'on est supposé répondre à sa mère.

Mais Suzan n'est pas chez elle. Elle a volontairement accepté de dîner avec des amis ce soir-là, se doutant que la soirée d'après divorce serait plus difficile à supporter que d'habitude. Elle en a averti son père avec un rien de culpabilité.

— Je suis désolée, mais je n'ai pas le courage... Et toi, que vas-tu faire?

— Je reste au cabinet, je rentrerai tard. Mais je suis fatigué, Suzan. Il m'arrive de penser que ta mère serait mieux dans cette clinique. Hélas tu connais le problème, je ne peux pas lui assurer en même temps de garder la maison et payer une clinique aussi cher... Si seulement elle se décidait elle-même...

— Je sais, papa.

Walter Beans est médecin généraliste. S'il a pris la décision de divorcer, c'est qu'il ne pouvait même plus assurer son travail. Et que le psychiatre de Mary le lui a conseillé. Rompre, mettre sa femme devant l'impossibilité physique d'exercer ce qu'elle appelle son droit d'épouse. Mieux que personne, Walter Beans sait le piège dans lequel il s'est débattu ces deux dernières années. La seule solution pour Mary aurait été de convenir elle-même de la nécessité d'un internement. Sinon, il n'avait rien d'autre à faire qu'attendre. Attendre qu'elle devienne éventuellement dangereuse pour elle-même, ou les autres. Mais Mary n'est pas dangereuse. Elle n'a jamais provoqué de scandale à l'extérieur. Il est arrivé à Walter de souhaiter qu'elle se mette à boire, ou se drogue, qu'il y ait au moins une tentative de suicide, pour pouvoir agir. Il n'y a plus qu'à attendre le résultat de ce divorce. Le choc peut être salutaire. Il l'espère sans trop y croire. Sur qui Mary va-t-elle reporter son monologue insatiable? Elle n'a plus qu'une seule amie qui ait résisté aux assauts de ses questions. Walter Beans la joint ce soir-là au téléphone, aux environs de 20 heures.

— Carolyn ? Elle t'a appelé ?

— Non. Je l'attendais à la sortie du tribunal, elle ne m'a même pas regardée. Elle a pris sa voiture, elle avait l'air nerveuse, mais sans plus. Tu veux que je l'appelle ?

— Je ne sais pas. Je ne suis pas tranquille.

— Walter, n'aie pas mauvaise conscience. Tu as fait tout ce que tu pouvais.

— Pas sûr. Je crois qu'elle est folle. Mais d'un autre côté je suis soulagé. C'était moi qui allais devenir fou.

— Je te rappelle chez toi dans la soirée... quand je lui aurai parlé. Je préfère attendre que mon mari soit couché. Toute cette histoire l'énerve.

À 22 h 30, le téléphone résonne dans la maison de Mary Beans. Mais le caniche est seul sur le canapé. Environ un quart d'heure plus tard, nouvel essai. Puis Carolyn abandonne. Elle appelle Walter Beans chez lui, pas de réponse non plus. Elle va se coucher avec le sentiment du devoir accompli.

Dommage ! Si elle avait appelé une demi-heure plus tôt chez Mary, elle l'aurait peut-être entendue lui dire : « Je vais tuer Walter. »

Car Mary est sortie de chez elle, après la fin d'un programme télévisé dont elle ne se souviendra même pas. Elle a regardé l'écran comme une somnambule. Puis elle est allée dans la cuisine, a pris un couteau, l'a mis dans son sac, a pris ses clés de voiture, et elle est partie. Elle a rangé sa voiture devant le cabinet médical de son ex-mari. Elle a monté les marches du pavillon, et sonné à la porte. Walter était dans l'antichambre, s'apprêtant lui-même à partir, il a ouvert.

Mary raconte la suite sans ressentir de véritable culpabilité. D'après elle, il a refusé de discuter, il voulait qu'elle parte. Elle a supplié, pleuré, mais il a voulu l'entraîner au-dehors. Elle a ouvert son sac, pour faire semblant d'y prendre un mouchoir. Le couteau a frappé Walter à la gorge. Elle affirme qu'elle ne voulait pas le tuer, mais le blesser. La suite des événements contredit cette version. Walter tenait ses clés d'une main et sa sacoche de l'autre, il a tenté de se défendre, mais il est tombé, et Mary a porté plusieurs coups de couteau au même endroit.

Ensuite elle est rentrée chez elle. La porte du cabinet médical étant restée ouverte, un voisin a découvert le drame, aux environs de minuit. La police est venue chercher Mary dans la nuit. Elle a ouvert sa porte et répondu aux questions, pour une fois sans réticence. Son chemisier était taché de sang.

Ce n'est qu'après sa condamnation à la prison à vie qu'elle a demandé à son avocat de porter plainte, contre son psychiatre.

— Je lui ai dit que j'allais blesser Walter. J'ai dit clairement pendant la consultation, je me souviens de ma phrase : « Je vais le blesser gravement. » C'est à lui que je l'ai dit, pas à moi. Il ne m'a pas écoutée. Il n'a pas prévenu la police, il n'a pas cherché à me faire interner, c'est de sa faute si Walter est mort. Il n'avait qu'à m'écouter !

C'est justement ce que faisait le psychiatre. Écouter, il était payé pour cela depuis deux ans. Le fait qu'il ait cherché ce jour-là à se dessaisir du cas de Mary Beans est la preuve qu'il n'en pouvait plus d'écouter, et que lui non plus n'avait pas de réponse à donner.

La plainte de Mary a été jugée recevable. L'histoire ne dit pas comment le psychiatre s'est tiré personnellement de ce cas de conscience. Les avocats ont dû négocier entre eux, comme d'habitude. Et la question demeure posée : Mary était-elle vraiment folle ? Réponse impossible.

Nous sommes en 1925 au fond du Pérou. Le Pérou de 1925, c'est un pays bien loin de la France. À des années-lumière. Et encore, si l'on parle de Lima, au bord du rio Rimac, au pied du Cerro San Cristobal, passe encore. Mais quand on s'en va dans les Andes, dans la vraie montagne, alors là, on aborde à une autre planète.

Le *señor* Amondraga est un vrai Péruvien. Aux trois quarts indien, né près de la Plaza de Armas. Sa famille bourgeoise lui a permis de faire des études et il s'est lancé dans l'import-export. Dans le guano — autrement dit de l'excrément décomposé d'oiseaux marins —, le meilleur des engrais qui puisse exister au monde. Alors Alejandro Amondraga, un des rois des marchands de guano, a vite fait fortune. Et du coup, s'arrachant au charme des Liméniennes, il s'est installé à Paris, Ville lumière.

C'est à Paris qu'il a rencontré Évelyne Monnet, un ravissant mannequin qui parle le castillan avec un accent délicieux. Malgré la méfiance des parents Amondraga, le mariage s'est fait à l'église de la Madeleine. Puis le couple est parti en paquebot pour découvrir les charmes du Pérou, du lac Titicaca et des civilisations précolombiennes.

Pour l'instant, Alejandro est seul à Lima, depuis déjà de nombreuses semaines. C'est la période où il doit gérer son commerce depuis la zone de production. Son « séminaire » comme il dit. Alors chaque année, pendant cinq ou six mois, il s'expatrie en laissant sa ravissante Évelyne à Paris. Elle lui écrit presque tous les jours, des lettres charmantes qui lui arrivent par paquets de huit :

« Mon cher amour, tu es à peine parti, que déjà je m'ennuie de toi. Je commence à tracer des croix sur le calendrier. Bien sûr, je ne sais jamais quel sera exactement le jour de ton retour mais ça ne fait rien. Je t'attends. »

« Comme je te l'ai dit, je vais aller passer trois mois chez mes parents à Angers. J'imaginerai que tu es à Paris et tu me paraîtras moins loin. »

« Mon cher amour, je viens de rentrer à Paris et je retrouve notre appartement qui me semble glacé malgré la chaleur de l'été. Tu me manques terriblement. J'ai bien reçu tes dernières lettres et j'espère que depuis les dernières nouvelles tout va bien. Prends bien soin de toi et ne fais pas d'imprudence. Surtout quand tu pars en expédition dans la montagne. »

Alejandro, le soir, seul dans le vieil hôtel particulier de la famille, écrit lui aussi des lettres mélancoliques à moitié en français et à moitié en espagnol. Elles sont pleines d'*amor* et de *corazón*. Lui aussi fait des croix sur le calendrier en attendant le jour du retour à Paris.

« Mon petit oiseau : les affaires vont très bien et les bénéfices de la dernière transaction m'ont permis de t'offrir une surprise. J'espère qu'elle te plaira et mettra ta beauté en valeur... »

À Paris, Évelyne possède un ami, un garçon charmant, cultivé, délicat et disponible : le marquis Edmond de Ferignand. Edmond est depuis longtemps un ami du couple Amondraga. Il vit de ses rentes et dispose de tout son temps pour organiser des sorties. C'est lui qui découvre les petits restaurants nouveaux, lui qui prend les places pour les concerts ou pour les premières à la Comédie-Française. Le couple Amondraga est célèbre pour deux choses dans le Tout-Paris des années 1930 : les magnifiques diamants d'Évelyne et l'éternel accompagnateur du couple. Comme de bien entendu, les mauvaises langues vont bon train :

— Les diamants d'Évelyne ! Vous savez avec quoi ils sont achetés ! Le crottin des mouettes péruviennes. Heureusement que l'argent n'a pas d'odeur. Ça serait intenable !

— Et le troisième larron, le petit Edmond, vous croyez qu'il est l'amant d'Évelyne?

— Mais, ma chère, vous n'y êtes pas du tout. Ce serait plutôt Alejandro qui l'intéresserait. Il préfère les moustachus, si vous voyez ce que je veux dire!

— Ah bon, parce qu'il... en est!

— C'est ce qu'on raconte. Mais je n'ai pas vérifié. C'est pour ça qu'Alejandro lui fait entièrement confiance. Mais allez donc savoir...

En effet Alejandro Amondraga, en bon Sud-Américain, est d'une jalousie féroce. Dès avant son mariage il a prévenu Évelyne:

— Je t'aime, je t'adore, je te serai toujours fidèle, mais si tu me trompes un jour je te tue! Et je le tue lui aussi! Et je me tue ensuite!

Alejandro prononce: « Je te toue, je me toue », et Évelyne aurait de la peine à réprimer un sourire si elle n'apercevait un éclair mortel dans l'œil de son fiancé. Elle répond:

— Mon chéri, nous ne sommes pas encore fiancés et vous parlez déjà de me tuer, d'en tuer un autre, sans même lui laisser le temps de dire un mot et de vous tuer ensuite! Quel carnage!

Mais il y a tant d'amour dans les yeux d'Alejandro que le mariage est un grand moment de bonheur pour tous les deux.

Pour l'instant, Alejandro met la dernière main au mot d'amour qu'il adresse à sa chère Évelyne:

« Le mois prochain j'aurai du mal à t'écrire régulièrement car je dois me rendre à Huancayo. Quatre mille huit cents mètres d'altitude, même pour moi qui suis d'ici, ça risque d'être épuisant. Mais il faut absolument que j'aille sur place pour me rendre compte d'un projet de ligne de chemin de fer qui peut être très important pour le Pérou. Je résiderai chez mon cousin Hernando, tu te souviens, nous lui avions rendu visite. »

Quinze jours plus tard, Alejandro reçoit une lettre

d'Évelyne qui le tient au courant des derniers événements de la vie parisienne. Après les derniers potins, elle aborde soudain un sujet nouveau :

« Mon cher Alejandro, j'ai hâte que tu rentres. Les mois passent et je me suis trouvé une petite ride au coin de l'œil ce matin. Je vais avoir vingt-six ans cette année. Ne crois-tu pas qu'il serait temps de penser à l'avenir ? À l'avenir des Amondraga. Edmond, avec qui j'ai abordé le sujet, est tout à fait de mon avis. Profite de ces mois de solitude pour y songer. Un enfant, voilà le plus beau cadeau que tu pourrais me faire quand tu reviendras. Un... ou plusieurs, pourquoi pas ? »

Alejandro reste perplexe devant ce courrier. Bizarrement, depuis qu'il connaît Évelyne, jamais ils n'ont évoqué le problème des enfants. Si pourtant, quand, durant leur voyage de noces, les parents d'Alejandro ont donné leur avis sur la chose :

« Ma chère Évelyne, nous espérons que vous allez nous donner une demi-douzaine de petits Amondraga. »

Depuis, Alejandro, extasié devant la ligne sculpturale de son épouse, a toujours considéré qu'il ne fallait pas contraindre cette statue évanescente aux rigueurs de l'enfantement. Ni gros ventre, ni douleurs pour sa déesse...

La veille du jour où Alejandro doit partir pour son expédition à Huancayo, il trouve le soir un télégramme qui l'attend dans le hall du *palacio* familial, bien en évidence sur un plateau de vieil argent. De quoi peut-il s'agir ? En constatant que le télégramme vient de France, un frisson lui descend le long du dos. Il ouvre d'une main tremblante. Et ce qu'il lit l'oblige à s'asseoir. Les mots sautent devant ses yeux : « Cher ami. Pendant que vous récoltez le guano au Pérou, votre petite Évelyne se donne du bon temps dans les bras de son chevalier servant, le petit Edmond qui cache bien son jeu! » Pas de signature.

Alejandro se verse immédiatement un grand verre de *chicha morada*. Puis il décroche le téléphone et appelle l'aéroport de Lima.

— Ici Alejandro Amondraga. Réservez-moi une place pour le premier avion en partance avec une correspondance pour me ramener à Paris.

Deux jours plus tard, Alejandro quitte Lima et, les yeux injectés de sang, il prend place dans l'avion qui le ramène vers la douce France. Dans sa poche, il froisse le télégramme qui l'a littéralement poignardé. Ou du moins ce qu'il en reste car, à force de l'avoir trituré, il en a fait des confettis poisseux de sueur.

Quand il tourne la clef de l'appartement conjugal, quai Voltaire, Alejandro a depuis longtemps préparé ce qu'il va dire à Évelyne. Bien sûr, il se demande si le texte du télégramme est l'expression de la vérité. Mais qui serait assez vicieux pour lui télégraphier ces horreurs à l'autre bout du monde si ce n'était pas vrai? Le télégramme, il le connaît par cœur : « Cher ami. Pendant que vous récoltez le guano au Pérou, votre petite Évelyne se donne du bon temps dans les bras de son chevalier servant, le petit Edmond qui cache bien son jeu! »

Dans le vestibule, tout est calme. Les lumières tamisées mettent un reflet rose sur les meubles Louis XV. Pas le moindre bruit.

Alejandro, en prenant soin de ne pas faire craquer le plancher, traverse l'entrée et colle son oreille à la porte de la chambre à coucher. Et s'ils étaient là, justement, en train de coïter comme des bêtes ? C'est qu'Alejandro le jaloux n'a pas qu'un télégramme dans sa poche. Il a aussi un très vilain petit revolver. De quoi faire beaucoup de trous dans les corps pantelants...

Puis il se dirige vers la porte du salon. Il entend de

la musique. Pas de doute, il y a quelqu'un. Il reconnaît l'œuvre : du Mozart, mais il est incapable de trouver le titre. Pourtant c'est la préférée d'Évelyne : le concerto en... en quoi ? En *fa* majeur ? En *fa* mineur ? Edmond, lui, donnerait immédiatement la réponse. Edmond ! Le joli marquis de Ferignand ! Si ça se trouve il est là, derrière la porte, en train d'enlacer Évelyne sur le canapé de soie !

Alejandro sort le revolver de sa poche et réfléchit un moment. Évelyne est-elle là ? Est-elle seule ? Est-elle avec Edmond ? Sont-ils dans une position sans ambiguïté ? Ou bien tout cela n'est-il qu'un cauchemar ? Alejandro hésite encore. S'il est certain de son infortune, leur laissera-t-il le temps de s'expliquer ? Ou bien va-t-il tirer ? Sans un mot ? Et tirer sur qui ? Sur elle, l'infidèle ? Sur lui ? Et tirer où ? En plein cœur ? En pleine tête ? Et ensuite, que lui restera-t-il à faire ? Appeler la police ? Se tirer une balle dans la tête ? Après avoir appelé la police ? Alejandro s'en pose des questions... Trop de questions :

— Bon, allez ! J'y vais ! À Dieu vat !

Il tourne la poignée en bronze doré de la porte du salon. L'atmosphère est différente de celle qu'il prévoyait. Près du poste de radio qui diffuse un concert classique, Évelyne en robe d'hôtesse est assise devant la table de jeu. En face, le marquis Edmond de Ferignand dispute avec elle une partie de jacquet : le jeu le moins érotique qui soit. Amondraga est un peu étonné car Edmond est littéralement emmailloté dans une énorme écharpe de laine. Il éternue au moment où Évelyne se lève d'un bond et crie :

— Alejandro ! Mon chéri ! Enfin te voilà. Sain et sauf ! Comme j'ai eu peur !

Alejandro en entendant « Comme j'ai eu peur ! » jette un œil vers son revolver.

— Si c'est une plaisanterie, elle est de très mauvais goût ! Qu'est-ce qui se passe ?

C'est alors qu'une voix se fait entendre dans un

coin du salon. C'est la vieille baronne de Prémont, la voisine du dessus :

— Mon cher Alejandro! Évelyne est un peu folle. J'ai voulu la dissuader mais il n'y a rien eu à faire. Il a fallu qu'elle vous expédie ce télégramme. Sans réfléchir aux conséquences.

— Quoi, le télégramme, c'était toi ?

— Oui, il fallait absolument que tu rentres immédiatement. Je n'ai trouvé que ce moyen. Connaissant ta jalousie... maladive.

— Mais pourquoi ?

— Il y a quelques semaines, j'ai fait un rêve, à plusieurs reprises. Je te voyais dans la montagne, tu étais emporté par une avalanche. Alors je n'ai trouvé que ce moyen.

— Une avalanche ?

— Oui, la radio vient d'annoncer qu'une avalanche a emporté plusieurs villages du côté de Huancayo. Tu aurais dû te trouver en plein dans la catastrophe...

Edmond de Ferignand confirme la nouvelle en éternuant comme un damné. Alejandro, énervé, réalise soudain qu'il a laissé à Lima le collier qu'il destinait à Évelyne. Du coup il appuie sur la détente et lâche une balle dans le tapis d'Aubusson !

NÉ DANS UN TROU NOIR

« Je m'appelle Mattias, je suis né à Rome dans une belle clinique où les murs étaient bleus et les rideaux blancs. Papa est ouvrier, maman est infirmière. Je suis un bébé *crucial*. »

Si les enfants pouvaient parler à la naissance, si les enfants pouvaient raconter la mystérieuse rencontre entre le courageux spermatozoïde et l'ovule tranquille... nous en saurions des choses! Par exemple que le courageux spermatozoïde de papa s'est présenté sous une autre identité. Mais le secret est bien gardé, en principe, et Mattias ne devrait révéler à quiconque le responsable de sa conception. Le concepteur lui-même ne dira rien, il l'ignore. La mère sait et se taira, accord de principe que l'honneur lui enjoint de respecter.

La conception de Mattias est un miracle doublé d'un mystère, mais il est un proverbe qui dit : « Les mystères ne sont pas toujours des miracles. » Et un autre qui précise : « Où commence le mystère finit la justice. » Ce qui prête à réflexion.

Au début de la conception de Mattias, était une réflexion. Non pas un amour entre un homme et une femme, mais bel et bien une réflexion.

Dommage car les petits enfants préfèrent les contes de fées.

Laura voulait un enfant, et Luciano s'efforçait de la contenter. Mais le temps passait, et Laura ne voyait rien venir. Soupçonnant que l'un d'eux était stérile, ils s'en furent tous les deux consulter le magicien, qui déclara du haut de sa montagne de science :

— Dame nature que je prétends connaître a donné à Laura le pouvoir magique d'avoir un bébé. Luciano n'a pas cette chance. Pauvre Luciano, il doit abandonner tout espoir, et se soumettre au destin.

Ici s'arrête le conte de fées. Car, pour vivre heureux et avoir beaucoup d'enfants, il ne suffisait plus de s'aimer, il fallait maintenant réfléchir.

La clinique ultramoderne où travaillait Laura était dirigée par un gynécologue, dont l'Italie s'est fait une gloire depuis quelques années. Un spécialiste de la conception impossible. Même à l'âge d'être grand-mère, une femme peut espérer de lui devenir mère. Son laboratoire dispose d'éprouvettes où attendent, congelés et anonymes, les dons de bienfaiteurs masculins. Il a donc proposé à Laura et Luciano de réfléchir à son offre.

— Laura est jeune, féconde, une conception *in vitro* est un jeu d'enfant. Si Luciano accepte, vous serez parents dans un an !

Laura a répondu que pour elle la cause était entendue. Luciano hésitait un peu.

— L'enfant d'un inconnu ?

Alors on lui a expliqué qu'il était un peu macho. Sachant qu'il ne pourrait jamais être père, comment pouvait-il priver sa femme de ce bonheur ? Le spécialiste ne voulait certes pas culpabiliser Luciano, mais tout de même... il devait réfléchir sérieusement à la question.

— Votre femme est jeune, vous vous aimez, n'est-ce pas l'essentiel ?

Luciano résistait encore à cette persuasion, s'accrochant à des principes d'un autre âge.

— L'Église n'approuve pas, mon enfant sera baptisé dans le mensonge...

Le spécialiste ne craignait pas une seconde de culpabiliser l'Église, laquelle refuse tout en bloc.

— Si l'on devait écouter le pape, il y aurait trop d'enfants d'un côté, et pas du tout de l'autre. La science progresse à pas de géant pour le bien de l'humanité, et l'Église reste en arrière !

Luciano se sentait mal de résister au désir commun de sa femme et de la science. Au fond, lui seul était en cause. C'était à lui de prendre ses responsabilités. Son enfant serait le résultat d'une éprouvette anonyme, côté mâle, mais, quoi qu'il en soit, il serait celui de sa femme. Alors ?

Luciano a dit d'accord. Réflexion faite, croyait-il.

Le spécialiste avait promis qu'il serait père dans un an : sur ce point, il n'avait pas menti. Laura était réellement féconde, le premier ovule était en pleine forme, il accueillit le premier spermatozoïde qu'on lui présenta, et toute la clinique de célébrer l'événement.

Luciano se sentait un peu frustré. Si vite... l'affaire aurait pris plusieurs mois d'efforts qu'il se serait mieux habitué peut-être. Attendre, espérer, craindre l'échec, lui aurait donné plus d'envie. Mais il ne pouvait s'empêcher de ressentir un complet isolement dans cette histoire. À peine avait-il dit oui que le bébé existait. Il s'efforça de participer dès le début et du mieux qu'il pouvait à la grossesse de Laura.

— Je t'accompagne chez le médecin ?

— Oh ! les hommes ne comprennent jamais rien à une échographie... enfin, si tu y tiens...

— Tu te sens bien ?

— Mais oui, je me sens bien, qu'est-ce que tu voudrais ! Que je sois malade toute la journée ?

À quatre mois, Luciano savait qu'il aurait un fils. Et il n'osait rien dire de plus à ses camarades de travail. Oui, il était content, bien sûr, c'était formidable... un fils, vous pensez...

À six mois de grossesse, Laura se mit aux préparatifs. La chambre du bébé, les affaires du bébé, elle choisissait elle-même, sans jamais consulter Luciano.

— Il s'appellera Mattias !

La première discussion à ce sujet était inévitable :

— Je n'ai pas le droit à la parole, c'est tout de même un peu fort ! Pourquoi Mattias ?

— Parce que j'ai envie qu'il s'appelle Mattias, tout simplement !

— Et mon envie à moi ? Ça ne compte pas ? Évidemment, je ne suis pas le père, c'est ce que tu veux dire ?

— Je ne l'ai pas dit, mais c'est la vérité. Tu as accepté, oui ou non ?

— J'ai accepté, en effet. Si je n'avais pas dit oui, tu ne serais pas enceinte aujourd'hui !

— Parce que tu crois que j'aurais supporté de vivre avec un égoïste ?

Au huitième mois, les discussions s'étaient transformées en véritables scènes de ménage. Laura, il faut le dire, menait sa grossesse en toute propriété, sa mère venant à la rescousse.

— De quoi vous mêlez-vous ? Quand on n'est pas capable de faire un enfant à une femme, on ne se marie pas ! Si ma fille avait su, je vous jure bien que vous ne seriez pas là !

— Vous, la belle-mère...

Luciano a claqué la porte de chez lui, une semaine avant la naissance. Le divorce était déjà dans l'air, mais tout était rattrapable. Ignorant le fond du problème, ses copains le sermonnaient gentiment, lui rappelant que les femmes sont parfois bizarres lorsqu'elles attendent un enfant...

— Tu verras, tout rentrera dans l'ordre le jour où ton fils sera là ! Tu vas pouponner comme tout le monde, tu seras fier... patience... tu ne vas pas divorcer avant que le gosse arrive, tout de même !

Le jour de la naissance, Luciano était à l'usine. Laura est partie tranquillement à la clinique, elle a accouché de Mattias en privé et dans l'admiration générale. Sa mère était là, son père aussi. Elle n'a pas décroché le téléphone pour prévenir Luciano.

Le soir, en rentrant chez lui, Luciano n'a trouvé qu'un petit mot laconique : « Si tu veux avoir de mes nouvelles, appelle la clinique. »

Là encore, il a fait des efforts, ce pauvre Luciano. Pris au piège de sa décision initiale, du secret qui avait entouré la conception de cet enfant, il a ravalé son orgueil pour aller voir « son fils ». Il a serré la main du spécialiste qui le félicitait. Il a vu défiler toutes les copines infirmières de sa femme, au courant du secret. Elles faisaient étalage sans complexe du miracle accompli par la science, et s'extasiaient sur la ressemblance unique du petit Mattias avec sa maman. Pour ne pas le vexer, probablement ?

Ainsi, tout ce monde de femmes était au courant,

alors que lui, Luciano, s'accrochait encore, dans son entourage professionnel, à préserver la seule chose qui lui restait dans l'histoire. Le non-dit.

— Tu te fiches de moi, Laura ?

— Il faudra t'y faire. Tu ne vas pas passer ta vie à prétendre que Mattias est ton fils ?

— Si, justement, j'avais envisagé la chose de cette manière, figure-toi. Qu'est-ce que je vais dire à ma mère maintenant ?

— La vérité.

— Elle ne comprendra pas.

— Alors laisse-la tranquille, ta mère ! Ce n'est pas son petit-fils, personne ne t'oblige à lui raconter des histoires !

Cette fois, Luciano n'a pas réfléchi davantage.

— Je divorce ! Puisque je ne suis pas le père, puisque je n'ai pas le droit à la parole, que personne ne m'avertit de la naissance, que j'ai à peine le droit de le voir, débrouille-toi toute seule !

— Ah non ! Ce serait trop facile, tu as signé un engagement, tu es le père devant la loi. On ne peut pas revenir sur cette décision !

Sa dignité de père en capilotade, Luciano est allé déclarer son fils aux autorités. Effectivement, il avait donné son accord pour que Laura bénéficie du sperme d'un donneur anonyme. Il s'était engagé devant la loi à être le père de cet enfant. Pas question de revenir en arrière.

Mais, six mois plus tard, le divorce était engagé.

— Pas question de pension alimentaire pour un fils qui n'est pas de moi.

— Pas question d'élever mon fils sans que tu y participes !

— C'est maintenant que tu me demandes ça ! Je ne suis bon à rien d'autre qu'à payer !

— C'est la loi, tu ne t'en tireras pas comme ça...

— C'est ce qu'on va voir.

Les titres dans les journaux italiens furent à la

mesure de l'événement : « Un père stérile refuse de reconnaître son fils... », « Scandale de la fécondation par donneur anonyme », « La mère réclame justice », « Un Italien renie son enfant éprouvette », « Vide juridique », « L'Église condamne ».

La bagarre dure des années. Le petit Mattias grandit dans l'expectative. Son père biologique est anonyme, son père légal n'en veut pas, Rome s'émeut pour lui.

Luciano est en mesure de prouver que sa femme l'a écarté de toute paternité possible. Qu'elle lui a refusé ce qu'il était en droit d'attendre dans un couple marié. Le divorce lui est accordé sur ce motif, mais il est tout de même condamné à prendre part financièrement à l'éducation de son fils.

Il refuse, fait appel, et on lui demande alors de prouver qu'il est véritablement stérile. Qu'à cela ne tienne, Luciano se prête à tous les examens qu'il connaît par cœur. Le verdict est inchangé. Incapacité totale d'être père. Donc la loi doit le considérer, pardonnez l'expression, comme un cocu normal. Bagarre juridique sans précédent dans l'histoire des éprouvettes. La bioéthique reconnaît le vide total, le trou noir dans lequel est né Mattias. Le document signé par Luciano autorisant son ex-épouse à une insémination artificielle n'a aucune valeur. La loi n'existe pas. Il s'agit d'un accord privé, entre personnes privées, non conforme à une législation quelconque. Le Comité des sages en Italie traîne depuis des années sur le même sujet. Crises politiques, réticences de la Démocratie chrétienne à entériner une telle pratique, opposition officielle de l'Église et de Sa Sainteté catholique...

Alors le tribunal civil de Crémone, ayant entendu Luciano, le délivre de sa paternité. La seule loi à la disposition des juges est celle qui protège un homme de l'adultère. Il y a eu adultère, même si le cocu était consentant... Mattias devra changer de nom. Le tribunal autorise en outre Luciano à ne pas verser de pension alimentaire à son ex-femme. La cause est entendue ainsi :

— Il n'existe aucun rapport juridique de filiation autre que le lien biologique.

Laura demande alors que soit révélé le nom du donneur, s'attaque au magicien et à sa réserve d'éprouvettes.

— Qu'il révèle la paternité génétique! Mon fils a le droit d'avoir un père!

Cette jeune dame nous apparaît contradictoire, répondent les avocats du magicien. Elle a demandé à la médecine de subir un traitement permettant à l'un de ses ovules d'être fécondé. Le traitement lui a été délivré, elle n'a souffert d'aucune suite défavorable, au contraire, l'exercice de la médecine n'est pas en cause.

Pan sur le bec de Laura. L'éprouvette contenant le papa de Mattias gardera son secret. Peut-on imaginer de demander une pension alimentaire à un spermatozoïde congelé?

L'Italie doit faire le ménage devant sa porte, c'est urgent. La France a légiféré en la matière en janvier 1994. Afin de préserver les droits de l'enfant qui, tout de même, demeure le principal intéressé dans l'histoire, le Sénat a voté en faveur d'un consentement mutuel de la mère et du père devant un juge, et non devant un magicien de laboratoire.

Pendant ce temps, à la même époque, la Démocratie chrétienne en Italie se contentait de changer d'identité, en se nommant « Parti populaire italien ». Les futurs petits Mattias auront peut-être, de ce fait, une nouvelle paternité politique.

UN MARI RÉCALCITRANT

Ambroise Casaubon est devenu de bien mauvaise humeur depuis quelques années. Exactement depuis qu'il est rentré de l'hôpital après ce malheureux accident de moto dans lequel il a eu la main arrachée. Les secours ont été incapables de récupérer à temps cette pauvre main gauche qui était allée se perdre dans le ravin au bord de la route.

Sur le coup, il n'a pas réalisé. Il n'a rien senti. D'ailleurs il s'est évanoui et ce n'est qu'à l'hôpital qu'on lui a annoncé la catastrophique nouvelle : il fallait cicatriser son moignon et envisager la pose d'un prothèse, aussi esthétique que possible.

— On peut dire que vous n'avez pas eu de chance : aller emboutir ce camion de vitres qui était justement en panne dans un virage la nuit et sans lumière. Tout s'y est mis.

— Augustine, il va falloir que j'engage un commis. Sinon, il n'y a qu'à fermer boutique.

— Ne te panique pas, chéri. D'abord, je suis moi aussi fille de boucher et je connais le métier. Je pourrai faire le plus gros. Et puis n'oublie pas que tu es marchand de bestiaux. Pour vendre et engraisser des bêtes, tu n'as pas besoin d'avoir ta main gauche...

— Tu es gentille de me remonter le moral, mais c'est plus fort que moi, jamais je n'aurais imaginé me retrouver infirme !

— Ne t'en fais pas, tu vas faire de la rééducation. Beaucoup de gens vivent sans main gauche et surmontent très bien leur handicap. Ce n'est qu'une affaire de temps...

Augustine et Ambroise ne chôment pas quand ce dernier ressort de l'hôpital. Ce tout nouvel état de choses leur donne pas mal de préoccupations nouvelles. Mais Ambroise, d'un naturel assez optimiste, reprend du poil de la bête :

— Bon, par « La Boucherie française » j'ai eu plusieurs candidats pour venir m'assister. Il y en a un qui a une assez bonne tête et des antécédents intéressants. Regarde un peu les candidatures et dis-moi ce que tu en penses.

Augustine regarde, machinalement, les lettres manuscrites et les photos d'identité agrafées en haut des correspondances...

— Celui-là me semble assez sympathique. En plus il a une belle écriture et il ne fait pas de fautes d'orthographe. Vingt-quatre ans, 1,81 mètre.

— Tu sais, la taille... pour parer les gigots !

— Oui, peut-être, mais pour transporter un demi-bœuf, ça compte aussi.

Augustine se met à rire :

— Et puis je trouve qu'il a une jolie moustache, il me rappelle mon cousin Raphaël...

Ambroise pense déjà à autre chose :

— Bon je vais lui demander de passer et s'il n'est pas trop gourmand, je le prendrai à l'essai pour trois mois.

— Madame Casaubon, je suppose. Je suis Benoît Amelot, le nouveau commis.

— Ah mais bien sûr, donnez-vous la peine d'entrer. Mon mari m'a dit que vous allez loger chez nous, au moins dans les premiers temps. Ce sera plus pratique. Je vais vous montrer votre chambre et la salle de bains. J'espère que nous allons bien nous entendre. Vous savez, ce sera un peu la vie de famille...

Augustine essaie d'être aimable mais de garder ses distances. Après tout, il est mignon, ce Benoît Amelot, mais c'est elle la patronne et, si elle veut avoir un peu d'autorité, il faut qu'elle fasse bien sentir qui commande ici. Surtout qu'Ambroise est souvent en déplacement pour aller acheter des bêtes sur pied.

Alors si elle reste seule avec le commis, il faut qu'elle ait les choses bien en main.

Pour avoir les choses bien en main, Augustine s'y connaît. Mais elle ne se méfie pas assez d'elle-même. Il faut dire qu'Ambroise n'a jamais été du genre très caressant, ou alors il devait se servir plutôt de sa main gauche. Mais, depuis son accident, il n'est plus tout à fait le même :

— Ambroise, je trouve que tu bois beaucoup depuis quelque temps. Ce n'est pas prudent. Je sais que tu conduis très bien ta voiture avec la commande spéciale mais quand même, quand tu es rentré à 2 heures du matin, tu empestais le cognac. Suppose que les gendarmes t'aient arrêté sur la route et t'aient demandé de souffler dans le ballon. Un retrait de permis de conduire, il ne manquerait plus que ça, en ce moment.

— Mais tu ne vas pas me les briser menu, Augustine : je rentre quand je veux et je bois ce que je veux, tu m'entends ! Je n'ai de comptes à rendre à personne. Si tu n'es pas contente, tu n'as qu'à te plaindre à Benoît. Il montera dans ta chambre et pendant qu'il t'aidera à mesurer le bois de lit, tu me foutras la paix...

Augustine est choquée d'entendre son Ambroise lui parler sur ce ton... Mesurer le bois de lit avec le commis, voilà autre chose !

Mais, à l'occasion suivante, quand Ambroise ne rentre pas de la nuit, elle se demande si, après tout, ce serait une si mauvaise idée. C'est vrai que le petit Benoît la regarde d'un drôle d'air quand ils sont tous les deux seuls. Une femme remarque toujours ce genre de détail. Et Ambroise ne s'intéresse plus tellement à elle. Une vieille cliente lui a même dit, il y a trois jours, en commandant deux escalopes :

— Tiens, j'ai aperçu votre mari l'autre jour, à Sainte-Apolline. Il achète des bêtes par là ? Il était avec une dame blonde bien élégante. Votre belle-sœur peut-être.

Augustine sent le rouge lui monter aux joues et répond entre ses dents :

— Oui, c'est ça, absolument... Ma belle-sœur. On ne la voit pas souvent. Mon mari a profité du voyage pour lui faire une petite visite...

Le soir même, Ambroise a le plus grand mal à expliquer qui est cette « belle-sœur » sortie du brouillard avec laquelle il se promène à deux cents kilomètres de là, dans une Sainte-Apolline où, à la connaissance d'Augustine, il n'a aucun fournisseur attitré.

C'est à peu près vers cette époque qu'un soir Benoît Amelot monte en grade, si l'on peut dire : il passe du statut officiel de commis de boucherie au statut officieux d'amant de la patronne. Il faut dire qu'Ambroise, malgré sa main disparue, ne semble plus tellement se gêner pour courir le jupon dans tout le canton.

Parfois Benoît accompagne Ambroise dans ses tournées, celles où il n'y a pas de « belle-sœur blonde » à l'horizon. Augustine s'ennuie très vite. Alors, dès qu'elle a fermé la boutique elle sort un bloc de papier à lettres fleuri, son beau stylo et elle se met à rédiger des petits mots d'amour :

« Mon Benoît chéri, tu trouveras ce mot dans ton lit quand vous rentrerez ce soir. Moi je serai dans la chambre et quand Ambroise se mettra au lit, je ferai semblant de dormir à poings fermés, pour qu'il me fiche la paix. De toute manière, je suis certaine qu'il aura encore un verre ou deux de trop dans le nez. Mais comme c'est toi qui conduis, je suis à peu près tranquille...

Benoît trouve le mot et, le lendemain, dans le dos d'Ambroise, il envoie un baiser vers Augustine, à travers la boutique encore vide de clients.

Augustine est enchantée de son idée des petits mots d'amour sous l'oreiller de Benoît. Ils sont de plus en plus passionnés et un soir Benoît a la surprise d'y lire un élément nouveau :

« Mon chéri, plus les années passent, plus je sens que nous sommes faits l'un pour l'autre. Je ne crois pas que la différence d'âge soit vraiment importante. Sept ans, ce n'est rien. Si c'était à refaire, je préférerais épouser un garçon comme toi, calme, sobre et si câlin... Mais je crois que mon destin est déjà tout écrit... À moins que le Bon Dieu fasse qu'Ambroise disparaisse. Qu'en penses-tu ? »

Benoît Amelot, le joli commis si discret, pense plus que du bien de cette idée. Dès qu'il en a l'occasion, il murmure à Augustine :

— Si ton mari disparaissait, est-ce que tu m'épouserais ?

— Plutôt deux fois qu'une, mon chéri. S'il disparaissait ? Tu vois un moyen qu'il disparaisse ?

Benoît est un jeune homme plein de ressources. Il voit un moyen et il l'explique à Augustine :

— D'abord il faut que j'aie un bon gourdin. J'ai repéré une belle branche de chêne qui est tombée dans le potager... Je vais l'arranger un peu...

Quand la branche est transformée selon les idées de Benoît, rien ne se passe, jusqu'au soir où, après un dîner sympathique pour lequel Augustine a confectionné un coq au vin superbe, Benoît annonce :

— Patron, est-ce que vous avez vu que la porte du garage est coincée ? Je vais aller essayer de la débloquer. Mais ça serait bien si vous veniez avec moi. Tout seul, ce n'est pas commode pour regarder ce qui se passe de l'autre côté.

— Ah, elle est coincée ? Je n'ai rien remarqué. Tu es certain que tu ne l'as pas un peu tamponnée avec la camionnette ?

Augustine regarde les deux hommes sortir de la maison. Elle lâche sa vaisselle pour faire un signe de croix et marmonne une petite prière :

— Vierge Marie, aidez-nous. Délivrez-moi...

Elle n'éprouve pas le besoin de préciser de quoi ni de qui elle espère être délivrée... Pas de Benoît, en tout cas. D'ailleurs le voilà :

— Augustine, ça y est, vite, vite, viens me donner un coup de main. Je crois qu'il a son compte. Il n'y a pas de temps à perdre.

Augustine laisse tomber son torchon et sort en courant dans la cour déjà envahie par la nuit. Pas de voisin immédiat, heureusement. Près de la porte du garage Ambroise est à terre, du sang plein le crâne. Il geint doucement sans prononcer aucun mot bien défini.

— Allez, aide-moi à le mettre dans la bagnole.

— Il n'est pas mort...

— Je le vois bien qu'il n'est pas mort. Ne t'en fais pas, dans une demi-heure il n'aura plus mal aux dents.

Benoît se met au volant de la voiture :

— Suis-moi avec la 2 CV.

Les deux véhicules sortent de la propriété. Les portes restent ouvertes. Mais, dans le pays, il n'y a pas de voleur.

À dix kilomètres de là, en pleine forêt, Benoît arrête la voiture au bord de la route. Augustine arrive tout de suite au volant de la 2CV.

— Passe-moi les bidons.

Augustine passe les bidons. Benoît arrose. Ambroise, à l'arrière, gémit toujours en saignant doucement. Augustine remarque :

— Benoît, tu ne peux pas le laisser à l'arrière, il faut le mettre derrière le volant. Tu as déjà vu quelqu'un conduire depuis la banquette arrière ?

— Tu as raison. J'avoue que je panique un peu...

Encore un bidon. Et Ambroise se retrouve derrière le volant.

— Allez, aide-moi à la pousser dans le ravin.

Augustine s'arc-boute. Elle transpire un peu. Mais elle ne pense à rien de spécial, simplement :

— Bon Dieu, qu'est-ce qu'elle pèse, cette bagnole !

Au moment où la voiture bascule dans le ravin, Benoît jette une allumette enflammée sur la malle arrière. Aussitôt le véhicule s'embrase et dégringole dans le vide comme une météorite incandescente.

Augustine est restée sur le bord du ravin, transformée en statue de sel.

— Allez, c'est fait. Vite, il ne faut pas rester là.

Benoît ramasse un bidon d'essence vide. Il attrape Augustine par le bras et la pousse dans la 2 CV. Dix minutes plus tard, les deux amants, serrés l'un contre l'autre dans le lit conjugal, restent immobiles, claquant des dents, sans oser se dire le moindre mot...

Le lendemain, Augustine et Benoît essayent de garder leur calme quand ils voient la voiture de la gendarmerie pénétrer dans la cour de la propriété.

Augustine s'essuie les mains à son tablier. Benoît reste un peu en arrière.

— Bonjour, messieurs, qu'est-ce qui se passe?

— C'est au sujet de votre mari. Vous êtes bien Mme Casaubon?

— Oui, c'est moi. Il est arrivé quelque chose à Ambroise?

— On l'a retrouvé au fond du ravin de Peyregarde. Sa voiture a pris feu.

— Mon Dieu, quelle horreur! Il avait sans doute encore bu. Il est mort!

Augustine dit ça comme s'il s'agissait d'une évidence. Pas le moindre point d'interrogation.

— Eh bien non, il a eu de la chance... Pauvre homme, déjà qu'il lui manque une main. Mais on n'est pas encore certain de le sauver. Il est très grièvement brûlé et il a fallu le transporter aux « Grands brûlés » de Lyon, par hélicoptère.

Quand les gendarmes s'en vont, Augustine et Benoît se regardent, blancs comme des linges... Une même question muette leur coupe le souffle :

— Tu crois qu'il a dit quelque chose?

Pour leur malheur, Ambroise, avant de mourir, a le temps d'accuser son commis.

Benoît est arrêté, et les preuves sont contre lui. De toute manière il a oublié, sur le bord de la route, un des bidons qui lui ont servi à arroser la voiture de Casaubon avant de la précipiter dans le vide. Ses empreintes digitales sont relevées. Son avocat a beau jeu de prétendre que leur présence est normale, puisque c'est Benoît qui les manipule... Comment expliquer la présence de ce bidon sur le lieu du crime?

Benoît se défend comme il peut :

— Oui, c'est moi, d'accord. Mais c'est Augustine qui m'a rendu fou. Elle était insatiable, c'est elle qui a eu l'idée. Tenez, lisez ses lettres : « À moins que le Bon Dieu fasse qu'Ambroise disparaisse. Qu'en penses-tu? » Elle m'avait dit qu'une fois veuve elle m'épouserait, que je serais le patron. Vous vous rendez compte. Une affaire de cette importance, à mon âge. Et puis son mari buvait, il la trompait. Il n'était pas marrant.

Les jurés de la cour d'assises écoutent tandis qu'on raconte la vie, les malheurs et la mort du boucher « pas marrant ».

Augustine réalise enfin l'horreur de son geste. Dans le prétoire elle hurle, en larmes :

— Condamnez-moi à mort. Je suis un monstre. Je veux mourir. Mon pauvre Ambroise : il n'a pas mérité ça. Condamnez-moi à mort.

Benoît la regarde d'un drôle d'air : elle en a de bonnes, celle-là. Ah! elles sont loin, les lettres d'amour sous l'oreiller!

De toute manière, Augustine et Benoît récoltent la réclusion perpétuelle. Le temps de repenser à leurs amours passées...

UN DERNIER SOUFFLE

Mireille attend. L'attente est sa deuxième profession. Elle était certainement douée pour l'attente à sa naissance et, depuis, elle s'est perfectionnée, car il a bien fallu. Vingt ans de mariage avec Francis l'y ont obligée.

Au début, elle n'attendait pas très longtemps : il rentrait tous les soirs à la maison, à des heures à peu près régulières comme les autres maris. Les dix premières années ont été normales, en ce sens que Francis buvait à la maison. Après, il est allé boire ailleurs, au café voisin. Puis encore ailleurs, un peu plus loin, et puis n'importe où. Et Mireille a pris l'habitude d'attendre qu'il veuille bien rentrer. Qu'il veuille bien dîner aussi. Souvent il allait s'écrouler dans la chambre, sans rien avaler. Elle aurait peut-être perdu patience s'il s'était montré brutal, mais Francis n'est pas violent. Au contraire, il s'excuse, et demande pardon très souvent. Pardon pour son manque d'ambition, son travail de peintre « raté », ses crises d'angoisse. Pardon pour le manque d'enfant. Et il recommence. Refuse la médecine, qu'il appelle du charlatanisme, dit qu'il mourra un jour quelque part, et que cela ne regarde que lui. Il a commencé par le vin rouge, dans son atelier, puis le whisky le soir, et le matin, il en boit même avant de prendre son café.

Le décor de son atelier, c'est l'alcool en bouteilles vides. Il n'y fait plus rien. Le chemin qui devrait le ramener à l'appartement où Mireille attend n'est pas long, une centaine de mètres, mais comme Francis ne boit qu'en territoire éloigné du domaine de sa femme, les méandres de ses tribulations lui font parcourir le quartier. Comme s'il voulait brouiller sa piste, ne pas devenir le poivrot connu et attitré d'un bistrot en particulier, le pochard repéré. Un reste de dignité peut-être et, comme il tient bien l'alcool, comme on dit... qu'il ne titube pas dans la rue, ne s'écroule pas sur le trottoir, et ne conduit pas de voiture, jusqu'en 1967, année de ses vingt ans de mariage avec Mireille, son alcoolisme est resté confidentiel. Une affaire entre elle et lui.

Mais il a cinquante ans passés, son organisme fatigue. Une première fois, il s'endort dans un square sur un banc, et ne rentre qu'au matin, gelé, ayant oublié son parcours de la veille. Une autre fois, il passe la nuit dans l'atelier, écroulé sur le sol. Mireille trouve la porte ouverte, les lumières allumées, et il ne reprend conscience que dans la journée du lendemain. Pas question de médecin bien entendu : celui qu'elle a appelé dans la nuit, bravant l'interdiction de Francis, a examiné son patient sans qu'il s'en aperçoive. Il a donné son avis : l'hôpital, la cure indispensable, une visite à son cabinet pour en parler. Le lendemain, Francis écoute Mireille, l'œil battu, en refusant toute intervention du « charlatan », comme il dit :

— Ne fais plus jamais ça. Si tu veux partir et me quitter, c'est ton droit, mais pas d'humiliation. La manière dont je survis ne regarde personne, surtout pas ce genre de sauveur de l'humanité... J'irai mourir là où le hasard me mènera, je ne suis pas assez courageux pour m'achever moi-même...

Les rapports entre l'alcoolique et l'autre dépendent de l'attitude de cet autre. Souvent l'autre se met à boire aussi, ou alors il s'en va. Le choix n'est pas large. S'il reste, il subit la faiblesse de son partenaire comme une drogue dont il ne parvient pas à se passer. Espérant toujours le miracle, le sauvetage improbable. Avec Francis, Mireille n'a plus de dialogue sensé, il n'écoute pas, se contente de l'encourager sans cesse à vivre ailleurs et de laisser tomber l'épave.

— Va-t'en... tu n'es pas responsable, qu'est-ce que tu attends ?

Elle reste, sans savoir ce qu'elle attend.

Le printemps de 1968 lui apporte la réponse. Francis ne rentre pas de la nuit, ce n'est pas la première fois. Mireille ne travaille pas, les événements l'en empêchent, comme beaucoup de Parisiens. Elle attend. Le soir arrive avec son fleuve d'informations habituelles sur les barricades, les manifs. Une oreille tendue vers la radio, un œil sur la télévision, elle sursaute à la sonnerie du téléphone. On lui demande si elle est bien Mme X..., si son mari est bien Francis X, né en 1920...

— Votre mari est dans nos services, il faut venir, madame. Présentez-vous aux urgences, on vous expliquera.

— Qu'est-ce qu'il a ?

— Vous verrez l'interne de service, madame, je ne peux rien vous dire d'autre, on m'a donné ses papiers, il y avait une carte de visite avec votre téléphone, on m'a chargé de vous contacter, je n'en sais pas plus. Si vous ne pouvez pas vous déplacer ce soir, présentez-vous à l'accueil demain matin...

— J'arrive !

Mireille arrive, mais à pied. Ni bus ni métro, pas de taxi. L'ambiance n'est pas aux urgences individuelles, mais au désordre. Une heure de marche dans l'angoisse, il est 20 h 30 environ lorsque Mireille se présente aux urgences d'un grand hôpital parisien. Elle tombe dans une pagaille noire, et un énervement collectif.

— Qui ? J'ai personne de ce nom. C'est un accident ?

— Mais je ne sais pas, on m'a téléphoné, on ne m'a rien dit...

— Vous êtes sûre qu'il est chez nous ? Ici, c'est les urgences !

— Puisque je vous dis qu'on m'a appelée, je suis sa femme, je vous en prie... cherchez...

Mireille attend, debout dans un couloir, les chariots passent, les infirmiers s'énervent, passent sans la regarder. Elle frappe à des portes, sans résultat,

100

revient s'asseoir, quelqu'un lui conseille de revenir le lendemain... Finalement, elle attrape au vol un homme en blouse, qui l'écoute enfin et réfléchit.

— Les noms, vous savez... on ne les retient pas... Comment vous dites? Grand, maigre? Cheveux en brosse? J'ai vu passer ça, il me semble, mais pas dans mon service... ce devait être hier... attendez-moi une minute.

Une minute qui en font dix, puis l'interne revient avec une fiche à la main. C'est dans une salle de pansement d'urgence, provisoirement désertée, que Mireille apprend la nouvelle, brutalement:

— Je suis désolé... il a été transporté à la morgue dans la matinée d'hier. Avec la pagaille qui nous arrive tous les jours, et le manque de personnel administratif... je suis désolé... Je ne peux pas vous en dire plus, le collègue qui l'a vu n'est pas là aujourd'hui...

— La morgue?

— C'est sur la fiche, il était décédé à son arrivée ici, certainement. C'est inscrit: décédé... je suis désolé...

— Mais on ne m'a pas dit ça au téléphone!

— On n'annonce pas la mort de quelqu'un au téléphone...

— Mais qui s'en est occupé? Où l'a-t-on trouvé, qu'est-ce qu'il a eu?

— Je ne sais pas, madame, il a pu être amené ici par la police ou les pompiers, il est peut-être arrivé tout seul, le bureau des admissions vous renseignera...

Mireille vacille, l'interne la fait asseoir, puis s'excuse de devoir l'abandonner, on l'appelle ailleurs pour la troisième fois. Pour la morgue, il faut sortir du bâtiment principal, prendre l'allée à gauche, et suivre les panneaux, la chapelle n'est pas loin. Si le pavillon est fermé, le gardien lui dira quoi faire. Au revoir, madame, désolé.

Mireille sort dans la nuit de mai, elle suit l'allée,

les yeux secs, sous le choc, avec une sensation d'irréalité affreuse. Elle se trompe de chemin, rencontre une infirmière de nuit qui la guide, et arrive dans un hall d'attente en sous-sol. Des civières, deux hommes en blouse grise s'activant silencieusement devant un fourgon de police, portière ouverte, un brancard au sol, une forme allongée. Elle n'ose pas déranger, attend que les employés aient signé des formulaires, que le fourgon reparte. Finalement l'un des hommes demande :

— Vous cherchez quelqu'un ? Demandez au bureau, sur la gauche au fond du couloir.

Dans ce bureau, un autre employé en blouse grise consulte un registre, montre le nom de Francis sur une ligne, et demande à Mireille de signer dans une petite case. Puis il désigne, de l'autre côté du couloir, une porte à deux battants.

— Il est là, dans cette salle. Vous voulez le voir maintenant ?

Drôle de question à poser à une veuve, l'employé s'en excuse :

— C'est que personne ne s'en est occupé... il est dans l'état où on l'a amené...

— Je veux le voir.

L'employé guide Mireille vers un box, une sorte d'isoloir entre trois rideaux de plastique blanc, qu'il tire soigneusement.

— Attendez là, j'amène le chariot.

Le sol est en ciment, un néon lugubre au plafond, Mireille regarde devant elle. Le rideau du fond s'ouvre en deux, le chariot passe. L'homme le range bien droit, cale une roue, et retire en silence le drap blanc, dégageant le visage jusqu'au menton.

— Je vous laisse, prenez votre temps. Passez au bureau pour les pompes funèbres si vous voulez que l'hôpital s'occupe des formalités.

Il se faufile par le même passage, entre les rideaux de plastique.

Mireille regarde ce visage de loin, sans oser

approcher. La barbe de Francis, un peu grise sur les joues, ses cheveux en désordre.

Elle pleure. Il fait froid, elle ne sait quoi faire. Personne à qui parler, poser des questions. Elle imagine. On a dû le trouver dans la rue, ou dans un bar, quelqu'un doit savoir ce qui s'est passé. On le lui dira, quelqu'un racontera l'histoire. Il faudra bien. On ne meurt pas dans l'anonymat, sans quelqu'un pour secourir, appeler un médecin... elle saura.

Au bout d'un moment, à bout de larmes, Mireille s'approche, elle va remonter le drap sur ce visage, et s'en aller. Que faire d'autre ? Elle est seule. Plus rien à attendre.

Elle se penche une dernière fois pour embrasser Francis, et arrête son mouvement.

Elle sort en courant, s'empêtre dans les rideaux, court dans le couloir en appelant affolée :

— Monsieur, je vous en prie... venez !

On ne crie pas dans les couloirs d'une morgue. L'employé apparaît, visage réprobateur.

— Ne faites pas de bruit, voyons ! Qu'est-ce qui se passe, vous vous sentez mal ?

— Il a bougé ! Les paupières ! Il est vivant ! Il vit, monsieur, appelez un médecin ! Je vous en prie.

L'employé de la morgue en a certainement entendu d'autres. Il garde son calme, mais Mireille s'accroche à lui, le tire vers le box. Elle n'ose même plus entrer, elle attend.

Francis n'était pas mort. Saoul, ivre, dans le coma, en hypothermie, avec une tension minimale, mais pas mort. Et il s'en est sorti, de justesse, mal en point, avec une paralysie faciale, et des tas d'autres problèmes divers, mais vivant, et ne se souvenant de rien.

Alors, petit déclic ou grand électrochoc, il est devenu sobre. Thérapie que l'on ne conseille à personne.

Et si l'on connaît son histoire c'est qu'il l'a

racontée par la suite dans ces réunions où les alcoo-
liques, anonymes, racontent ce qui peut aider les
autres.

L'interne qui l'avait cru mort en mai 68 est resté
anonyme, lui aussi.

L'AMOUR À TIROIRS

Mircea Bratianesco, le mari d'Elvira, rentre chez
lui de mauvaise humeur. Depuis un an la Roumanie
passe de bien tristes moments. Coup d'État, abdica-
tion du roi Carol, prise du pouvoir par les fascistes.
On ne sait plus si on est l'allié des Soviétiques ou des
Allemands. À moins que les Russes et les Allemands
ne se donnent secrètement la main pour dépecer le
pays... Assassinats collectifs, pogroms, tout cela est
assez terrifiant.

— Elvira, ma chérie, ça y est, je viens de recevoir
ma convocation : je suis mobilisé. Je pars dans deux
jours. Qu'allez-vous devenir, mes pauvres chéris ?

Mircea prend le train qui conduit les militaires
vers leur destin. Elvira est sur le quai avec son petit
Carol. Elle agite un mouchoir vers son époux qui,
penché à la fenêtre du wagon, diminue petit à petit
et disparaît au loin...

Quelques jours plus tard, Elvira dit à ses beaux-
parents :

— Voilà un bon moment que je n'ai pas rendu
visite à mes cousins qui habitent Bucarest. Je crois
qu'il serait bon que je me rapproche d'eux. Cela peut
être utile. Mon cousin travaille au ministère de
l'Intérieur, vous savez.

Les beaux-parents ne savaient pas, mais ils sont
d'accord avec les projets d'Elvira qui poursuit en
disant :

— Je vous laisse Carol, inutile que je le traîne à Bucarest. Je ne sais pas si je pourrai loger dans ma famille, ni combien de temps je vais rester absente. Il sera mieux avec son papy et sa mamie.

Ce que ne dit pas Elvira, c'est qu'à Bucarest elle comptait bien aussi retrouver un beau garçon, Vlad Miron, qui n'est pas son parent mais son amant. Et cela depuis quelque temps. Inutile de préciser que le pauvre Mircea Bratianesco ignore lui aussi ce détail.

— Ma chérie, toi, à Bucarest, quel bonheur! Tu viens vivre définitivement ici?

Le lieutenant d'artillerie Vlad Miron est fou de joie. Elvira s'installe chez lui et pendant quelques semaines ils ont tout loisir pour évoquer les délicieux moments de leur première rencontre, aux sports d'hiver...

Depuis cette période enivrante, Elvira cache à son bel amant un détail important de son existence. Et même deux. Elle ne lui a jamais révélé qu'elle était mariée à Mircea Bratianesco. Ni qu'elle était la mère du petit Carol. Par ailleurs elle donne des nouvelles, régulièrement et brièvement, à ses beaux-parents :

— Je cherche toujours du travail ici, les opportunités sont plus grandes qu'à Tirgoviste.

Un soir, Vlad Miron revient de son bureau du ministère la mine renfrognée :

— Ma chérie, mauvaise nouvelle : je dois partir pour le front. Ç'en est bien fini de nos moments de bonheur. Dieu sait si je reviendrai. Écoute, j'ai une proposition à te faire : si on se mariait? Cela te mettrait à l'abri du besoin et cela me donnerait un but pour survivre à travers les événements qui nous attendent.

Elvira sourit et accepte. Les deux amants joignent leurs lèvres en un long baiser passionné. Miron a tout prévu :

— Étant donné les circonstances j'ai obtenu une dispense pour un mariage d'urgence. Tu n'as même pas besoin de demander un certificat à la mairie de Tirgoviste. On se marie dans deux jours.

Elvira devient ainsi, très officiellement, Mme Vlad Miron sans que personne sache qu'elle est déjà Mme Mircea Bratianesco.

Puis Vlad, lui aussi, monte dans un train de militaires et s'éloigne tandis que, sur le quai, sa jeune épouse agite un mouchoir et le regarde qui diminue à l'horizon.

Quand elle regagne leur petit appartement elle est assez contente d'elle-même. Vlad lui a confié toutes ses économies avant de partir. Mieux encore, il lui a signé une « délégation de solde », ce qui permet à Elvira de toucher tous les mois l'argent gagné par son beau militaire... Elle a la signature sur son compte en banque. Au fond, la guerre, ce n'est pas si mal que ça... Elle n'a pas dit son dernier mot, loin de là.

Au bout de quelques jours, elle se dit : « Si je retournais un peu à Tirgoviste, histoire de voir mon petit Carol ? Sinon tout le monde va s'inquiéter. »

Est-ce intuition féminine ou hasard, à peine Elvira est-elle arrivée dans sa ville natale que son militaire de mari, le vrai, le premier, Mircea Bratianesco, réapparaît, en permission.

— Alors, ma chérie. Mes parents me disent que tu es allée quelques mois à Bucarest. Ça s'est bien passé ?

— Oui, mes cousins sont sympathiques. Tu restes longtemps à Tirgoviste ?

— Comme tu es naïve ! Tu crois qu'ils me donnent un mois de perm ? Huit jours et pas un de plus, sinon je serai considéré comme déserteur.

Et c'est ainsi qu'au bout d'une semaine de tendresse et d'étreintes conjugales Elvira se retrouve sur le quai de la gare, agitant son mouchoir... Elle prend une décision :

— Mes chers beaux-parents, je vais retourner à Bucarest. J'ai beaucoup plus d'occasions là-bas. Je reviendrai vous voir dès que possible.

106

À Bucarest, quand elle arrive, quelques jours plus tard, on voit un peu partout des uniformes vert-de-gris dont on n'avait pas l'habitude : des officiers allemands qui viennent pour aider la Roumanie à trouver le sens de l'histoire. Des missions culturelles, commerciales, techniques. Elvira, grâce à ses cousins, participe à la vie mondaine. Et c'est ainsi qu'un soir, lors d'un bal à l'ambassade d'Allemagne, elle remarque un séduisant Germain qui l'invite à une valse de Vienne des plus romantiques. Elle accepte sans un instant de réflexion...

Elvira a vraiment un cœur d'amadou. Trois jours après la réception, elle reçoit le bel Allemand, Harmut Goetters, dans son charmant petit appartement. Celui de Vlad Miron, bien évidemment.

Et ce sont à nouveau des semaines de passion, des nuits d'amour, des rêves romantiques. Elvira est heureuse. Souhaitons que Mircea Bratianesco et Vlad Miron ne soient pas trop malheureux. S'ils sont encore en vie.

Au début de l'année suivante, Harmut profite du moment de silence après l'amour pour annoncer :

— Elvira, ma chérie, je veux t'épouser. Qu'en penses-tu ? Après tout, nos pays sont alliés. Tu pourrais me suivre en Allemagne et tout le monde, là-bas, t'accueillerait avec sympathie. En m'épousant, tu ferais la preuve de ton attachement au Grand Reich allemand, et même, à notre Führer bien-aimé.

Elvira hésite :

— Tu sais Harmut, il faut que je te fasse un aveu. Je suis déjà mariée : mon mari est au front. S'il était ici, jamais il ne consentirait au divorce.

— Elvira, là n'est pas le problème. Dis-moi si tu veux, oui ou non, être mon épouse. Cela seul compte.

— Ce serait mon rêve le plus cher, *mein Liebe*.

— Alors, rien n'est plus simple. Je ne sais pas si tu te rends compte mais, depuis quelques mois, rien ne résiste aux forces du Reich. Tu vas commencer par te procurer un acte de naissance qui ne comporte que ton nom de jeune fille. Je me charge du reste.

Deux mois plus tard, au cours d'une cérémonie intime dans les locaux de l'ambassade d'Allemagne, Elvira, née Aucuresti, devient très officiellement Frau Harmut Goetters, citoyenne du Grand Reich, et elle reçoit un passeport allemand en bonne et due forme.

— Elvira, nous allons rentrer chez nous, à Berlin. Prépare les valises.

Et c'est ainsi que la belle Elvira, tout émoustillée à la perspective d'une vie nouvelle, suit son mari, le dernier en date, jusqu'à Berlin et ses plaisirs enchantés ; Harmut travaille au ministère du Commerce et il est inutile de dire qu'ils font tous deux partie des privilégiés du Grand Reich... jusqu'en 1944. Jusqu'au jour où Harmut, à son tour, rentre un soir chez lui, le front barré d'un pli soucieux :

— Elvira, ma chérie, mauvaise nouvelle. Je dois partir pour le front russe. On a besoin de tout le monde là-bas. Mais les conditions de vie sont terribles et les Soviétiques sans pitié. Nous aussi d'ailleurs. Que vas-tu devenir ?

— Je suis certaine que tu reviendras, *mein Liebe*. Moi ? Je vais rentrer chez mes parents, en Roumanie. Et je t'attendrai...

Que sont devenus Mircea Bratianesco et Vlad Miron, pendant ce temps-là ? Ne sont-ils pas inquiets de savoir où en est la belle Elvira ? Pas vraiment car, discrètement mais régulièrement, celle-ci n'a jamais négligé de leur donner de ses nouvelles. Sous forme de cartes postales laconiques expédiées de Berlin : « Mon chéri, j'ai été déportée en Allemagne et je travaille dans une usine. Mais les conditions sont supportables. J'espère être libérée bientôt et te revoir. »

Alors, tout le monde prend son mal en patience en attendant les lendemains qui vont chanter.

Elvira regagne Tirgoviste, en Roumanie. Des nouvelles fraîches l'accueillent là-bas :

— Ma pauvre chérie, il faut que tu sois courageuse. Mircea a été fait prisonnier. Il est en Russie. Tu comprends ce que cela veut dire ?

— C'est affreux. Je vais repartir pour Bucarest et essayer d'en savoir plus.

En fait, une fois à Bucarest, Elvira a une consolation. Dans le petit appartement de son second mari, elle retrouve... celui-ci, Vlad Miron, un peu amaigri mais entier et en pleine forme.

— Ma chérie ! Mais tu es libre ? Depuis que je suis rentré du front je n'arrête pas de courir les ministères et la Croix-Rouge pour avoir des nouvelles précises et te faire libérer. Cette déportation en Allemagne, ç'a dû être horrible. Enfin, Dieu merci, nous sommes réunis. Hélas, ce n'est pas pour très longtemps. Je dois repartir pour le casse-pipe dans deux jours... Les choses ne s'annoncent pas bien pour nous. Je crois que la Roumanie a choisi le mauvais camp en s'alliant avec Hitler.

C'est le moins qu'on puisse dire. Elvira, une fois de plus, agite son mouchoir. Mais, désormais, les nouvelles seront de plus en plus rares pour finir par être tragiques et télégraphiques : « Capitaine Vlad Miron grièvement blessé au front. Transféré sur hôpital de Kichiney. »

Et c'est tout. Elvira restera sans autres nouvelles de son bel amour, numéro deux.

L'histoire suit pourtant son cours et la Roumanie, comme tous les pays d'Europe, est libérée. Enfin, selon le point de vue où l'on se place...

Elvira a pris quelques années mais elle est toujours belle, brune et ses yeux sont toujours aussi pleins de promesses. Bucarest, après la période des soldats du Reich, connaît la période russe. Ce qui n'empêche pas les soirées d'été d'être aussi chaudes et les militaires étrangers aussi seuls. Elvira connaît alors quelques moments intéressants entre les bras d'Oleg, Sacha, Micha et quelques autres, tous officiers soviétiques... Mais cette fois-ci personne ne lui demande de l'épouser... Qui sait si elle n'aurait pas accepté? Elle semble être du genre à ne jamais dire « non ».

Bucarest est un point de mélange de toute une population de personnes déplacées, de militaires libérateurs, d'aventuriers plus ou moins en fuite. Elvira circule un peu, pour survivre, pour trouver du ravitaillement. Elle arrive un jour à Vascau, en Transylvanie, et aperçoit un visage connu qui l'interpelle :

— Elvira, mon ange, quelle surprise! Qu'est-ce que tu fais là?

— Comme les autres, je survis. Et toi, mon cher Dracoul? Qu'est-ce que tu deviens?

Et, devant une tasse de thé brûlant, Dracoul et Elvira, amis d'enfance, se livrent au bonheur de se retrouver. Ça fait tant d'années!

Que pensez-vous qu'il advienne ensuite?

— Elvira, ma chérie, j'ai une idée...

On devine laquelle. Dracoul propose à sa chère Elvira de... l'épouser. Comme de juste Elvira éprouve pour cette idée le même enthousiasme. Elle n'est pas blasée. On peut dire que c'est un vrai coup de foudre... Elle dit, par acquit de conscience :

— Tu sais, je suis déjà mariée. Mon mari est en Russie...

— Et tu crois qu'il va revenir un jour? Mais non, ma pauvre chérie, il faut être réaliste. Ceux qui sont là-bas y meurent comme des mouches. Tu peux considérer que tu es veuve... Il faut tourner la page. Marions-nous! Un de ces jours, tu auras la notification officielle de sa mort et, à ce moment-là, il sera bien temps de régulariser la situation.

— Tu as raison, marions-nous.

Après la cérémonie, Elvira s'en va à Tirgoviste et récupère le petit Carol qui la reconnaît à peine. Puis elle disparaît.

Un an après, Dracoul, le mari numéro quatre, annonce à tous ses amis qu'il est l'heureux papa d'une petite fille, Amanda. La vie continue...

Elle continue durant cinq ans. On vit dans un ordre nouveau, une paix relative règne. Jusqu'au jour où... Mircea Bratianesco, époux numéro un, revient d'URSS après des années de captivité. Il est maigre, il a appris le russe et il n'a pas oublié son bel amour, la brune Elvira...

Ses parents, à Tirgoviste, lui disent :

— Elle est partie. Dieu sait où. Oublie-la.

— Et mon fils ? Où est-il ? Où est mon Carol ?

— Elle est partie avec lui.

Mircea Bratianesco accepterait encore qu'Elvira soit partie pour toujours. Mais Carol est son fils. Il veut savoir où il est. Alors il met tout en branle pour le retrouver, alerte la police :

— Mon épouse a sans doute été liquidée par les Allemands. Elle avait été déportée. Ou bien par les Russes. Je cherche mon fils, Carol Bratianesco.

La police finit par retrouver Carol car Elvira lui a conservé ce nom... Et on retrouve du même coup Elvira, qui vit avec Dracoul, toujours éperdument amoureux, à Orasul Stalin. L'épouse bigame est mise sous les verrous avec son nouveau mari et une enquête est lancée. On n'est pas au bout des surprises...

On retrouve successivement Vlad Miron, époux numéro deux, en réalité toujours vivant, et même Harmut Goetters, le bel Allemand, époux numéro trois, rescapé lui aussi de la tourmente. Dès qu'ils ont des nouvelles de la belle Elvira, ils s'écrient l'un comme l'autre :

— Elvira, mais c'est ma femme ! Il faut absolu-

ment qu'elle revienne vivre avec moi. Il y a si longtemps que j'espérais ça.

Le seul qui ne montre pas le même enthousiasme,
c'est Dracoul, le dernier mari en date. En apprenant
les aventures conjugales d'Elvira, il s'écrie :

— Je ne veux plus la revoir de ma vie. Qu'elle disparaisse !

Dernier problème : Elvira, du fond de sa prison,
ne veut plus envisager de vie conjugale avec personne sauf, justement... avec Dracoul. Elle menace
de se suicider si on l'empêche de vivre avec lui.

Qu'est-il advenu d'Elvira ? On l'ignore, mais
aujourd'hui, cette histoire date de quarante-cinq
ans : elle a dû se calmer et tous ses maris aussi...

LE DERNIER PUZZLE

— Ça va, Hans ?
— Non, ça va pas ! J'en ai marre ! Je divorce !

Six ans de mariage, et à quarante-huit ans Hans
en a marre ? Son collègue de travail est extrêmement surpris de sa déclaration. En général, Hans est
du genre « je vais bien, tout va bien... ». Sans commentaire.

Il gagne bien sa vie : les plombiers ne manqueront
jamais de travail, dit-on, et c'est vrai la plupart du
temps. Depuis vingt ans, il installe des baignoires,
des tuyaux et des robinets dans la ville de Ham-
bourg. Il a agrandi son affaire et installe aussi des
cuisines. Récemment, il s'est lancé dans l'installation des piscines. Il installe tout ce qu'il peut, Hans.
C'est un bon ouvrier, sûr de son métier, et le jour de
son mariage avec Suzanna les copains lui ont offert
un robinet en or !

Il avait mis du temps à se ranger. Célibataire

endurci, il a fallu qu'il tombe sur la perle rare pour se laisser emprisonner. Et Suzanna est un être rare. Une petite chose, douce et ronde comme une poupée, un visage de porcelaine, jolie. Si jolie qu'avec vingt centimètres de plus elle aurait pu devenir la Claudia Schiffer des années 1980. Alors, qu'est-ce qui ne va pas?

— Elle est folle! Ma femme est complètement dingue! Elle passe son temps à faire des puzzles!

— Des puzzles? C'est pas méchant!

— Que tu crois! Tu sais ce que c'est qu'un puzzle?

— Des morceaux à remettre en place, un jeu de patience!

— Parlons-en, de patience. Il y a des puzzles dans tout l'appartement. Elle ne pense qu'à ça. Au début, elle en a fait un sur la table du salon. Bon, il n'était pas trop grand, on n'avait pas le droit d'y toucher mais je me disais: une fois terminé, on n'en parlera plus. Pas du tout. D'abord elle a mis six mois à le finir, et quand elle a placé le dernier morceau, pas question de l'enlever de là. Il fallait tourner autour, je ne pouvais même pas poser une bière sur la table pour regarder la télé. Une œuvre d'art, paraît-il! Je lui ai tout proposé, de le faire encadrer, plastifier, de l'accrocher au mur, rien à faire. Tu sais ce qu'elle me répond? Un puzzle doit rester en l'état! Sa fragilité, c'est de l'art pur! Faire d'un puzzle une pièce d'un seul tenant, immobile, figée, c'est un crime!

— Tu ne vas tout de même pas divorcer pour un puzzle?

— Pas UN puzzle! Des dizaines de puzzles. Celui du salon, c'était la première année de notre mariage. Après ça, j'ai eu droit à celui de la table de la salle à manger, puis aux autres. Il y en a partout: le plancher de la maison est envahi de puzzles. Ces deux dernières années, je n'ai même plus le droit de marcher chez moi! La chambre à coucher puzzle, le couloir puzzle, la chambre d'amis puzzle, la terrasse puzzle, le living puzzle ! À présent nous en sommes à des étages de puzzles. Elle les empile les uns sur les autres. Pour atteindre mon lit, j'ai un sentier encaissé entre des étages de puzzles. Elle est folle, et je suis en train de devenir fou !

Le collègue de Hans comprend à présent pourquoi il ne reçoit jamais personne chez lui. Pas de dîner en copains, pas de parties de cartes, jamais une invitation. Comment faire pénétrer des invités dans une maison puzzle...

Hans, qui n'en avait jamais rien dit, et qui ne faisait aucun commentaire sur sa vie privée, explose aujourd'hui.

Il a essayé l'impossible, il est vrai, depuis six ans. D'abord le raisonnement, mais Suzanna ne raisonne pas. Ou plus. Alors il a voulu l'envoyer chez un médecin spécialiste. Mais Suzanna n'a accepté qu'un seul rendez-vous avec le psychologue. Elle en est ressortie furieuse. On lui parlait d'obsession, et elle ne veut reconnaître aucune obsession de sa part.

Hans a alors proposé, avec générosité, de trouver un local, à louer ou à acheter, où son épouse pourrait donner libre cours à sa passion. Suzanne voulait bien, mais refusait de déplacer les puzzles déjà faits. Autrement dit, Hans était condamné à louvoyer entre les vieux puzzles dans son propre appartement, et à supporter en plus financièrement un autre appartement, lequel se remplirait inévitablement comme le précédent, et il ne verrait plus sa femme.

— Elle est folle !
— Fais-la soigner !
— Elle refuse ! Hier soir, on s'est battus. Je l'ai giflée ! J'étais à bout de nerfs. Elle avait fait le dîner, et tout avait brûlé. Madame était à quatre pattes dans la cuisine, elle commençait un nouveau puzzle, j'ai vu rouge.

Car c'est une histoire de fous, réellement. Lorsque

Suzanna commence un nouveau puzzle, dans un nouvel endroit de l'appartement, elle décide de l'emplacement en fonction du dessin et de la grandeur du puzzle. Elle commence en alignant les morceaux contre un mur, il lui faut donc trouver d'abord tous les morceaux qui constituent la bordure du haut. Pas question de commencer au hasard. Hier soir, la nouvelle obsession de Suzanna était en bleu. Tout en bleu, ciel bleu sur mer bleue, avec petits nuages bleu pâle. Une œuvre diabolique, quasiment infaisable, et qui lui prendrait des mois, peut-être un an de réflexion. La « chose » devait mesurer, une fois terminée, un mètre cinquante de large sur un mètre vingt de long. Suzanna avait décidé que le haut du tableau, le ciel et les nuages, partiraient de sous la fenêtre, les bords extérieurs rejoignant d'une part les éléments de cuisine, four, machine à laver la vaisselle, vide-ordures, etc., et d'autre part l'évier. Ce qui revenait à une chose extrêmement simple : plus d'accès à aucun élément. Donc, plus de cuisine, puisqu'il est interdit de marcher sur un puzzle.

Alors, Hans a éclaté : la casserole brûlée, et Suzanna accroupie tenant dans sa main le premier morceau de ce puzzle maudit, il ne pouvait plus !

D'abord, il a dit :

— Cette fois, c'est terminé, ou tu enlèves tout, ou c'est moi qui m'en vais !

Pas de réponse.

— Suzanna ? Tu as entendu ce que j'ai dit ?

— Que tu t'en vas.

— C'est moi ou tes saloperies de puzzles ! Tu t'en fiches ?

— Non, je ne m'en fiche pas. Mais si tu as décidé de partir, je ne peux pas te retenir.

Alors il est devenu fou, Hans, de rage et d'impuissance, et il s'est mis à piétiner le puzzle naissant, le ciel bleu d'azur qui commençait à envahir le sol de sa cuisine, comme une pieuvre. À grands coups de pied il a fait voler les premiers morceaux, et Suzanna s'est mise à hurler, hystérique, elle s'est jetée sur lui pour le frapper. Mais la mécanique était en route, enfin, comme un immense soulagement, une délivrance. Il est parti dans le couloir faire voler en morceaux le magnifique puzzle chinois tout en longueur, il est allé dans le living-room et il a fait sauter le décor de jardin anglais qui ornait la table, il a pulvérisé la forêt d'automne qui recouvrait le plancher, puis la caravane de chameaux qui dormait devant la télévision. Suzanna s'accrochait à lui, en hoquetant, elle hurlait comme s'il la violait.

— Pas la chambre! Pas la chambre!

La chambre n'était plus une chambre depuis longtemps, Hans la traversait en chaussettes, prudemment, entre deux reproductions de vitraux de cathédrale. En guise de carpette, il avait droit à une reproduction de la Voie lactée. Pour accéder à la penderie, il devait naviguer sur une marine, particulièrement sournoise, des vagues d'écume, des voiliers dans la brume, un coucher de soleil. Donner de grands coups de pied là-dedans, c'était une jouissance.

Alors, Suzanna s'est réfugiée devant la porte de la salle de bains, où elle exposait depuis des années de minuscules puzzles d'ivoire chinois, si délicats qu'elle se servait d'une pince à épiler pour en déplacer les morceaux. Le dos à la porte, les bras écartés, le visage déformé d'horreur, elle a hurlé :

— Tue-moi si tu veux, mais tu n'entreras pas ici !

Il n'a pas tué, Hans, bien sûr. Il a seulement giflé. La jolie tête de Suzanna a valsé, sa joue est devenue violette, et elle s'est mise à trembler de tout son corps.

La colère de Hans s'est apaisée aussitôt. Il a vu la réalité. Sa femme était folle, réellement folle à enfermer. Alors, il est parti. Il l'a laissée seule dans ce désastre, pour aller coucher à l'hôtel, en disant :

— Tu es folle. Je divorce.

Or, le lendemain, tandis que Hans raconte enfin à son collègue de travail le calvaire qu'il a vécu en silence depuis six ans, et qu'il confirme sa décision de divorcer, ce n'est pas lui qui divorce, c'est Suzanna. Diabolique Suzanna! Lorsque Hans l'a quittée après l'avoir giflée, elle s'est précipitée chez les voisins en pleurant.

— Il m'a battue, il a tout cassé dans la maison! Vous êtes témoins, regardez mon visage!

Puis elle est allée au commissariat de police porter plainte contre son mari, pour coups et blessures. De là, elle s'est rendue chez un médecin, qui a constaté les dégâts sur le joli visage. La gifle de Hans était suffisamment violente pour avoir laissé des traces. Lèvre fendue, pommette rouge et œil au beurre noir. Et dès le lendemain elle a contacté un avocat. Puis elle a appelé à son secours une mère et un père entièrement dévoués à la cause de leur chère enfant. Bref, Hans le malheureux plombier, dont la patience a été mise à rude épreuve depuis six années, se voit accuser non seulement de violences physiques sur son épouse, mais de sévices secrets. Dont l'étalage n'est pas nécessaire, mais qui ont pour effet de mettre l'époux en mauvaise posture devant le juge. Sa parole contre celle de Suzanna.

Si elle s'est réfugiée dans les puzzles, dit-elle, c'est pour compenser l'attitude révoltante sexuellement parlant de Hans. Hans voulait ceci, Hans réclamait cela...

Le pauvre Hans en a les bras qui tombent. Lui, un sadique?

Pour compléter le portrait du mari épouvantable qu'il est supposé être, Suzanna n'hésite pas à rajouter l'odeur épouvantable des petits cigares qu'il fumait, malgré ses protestations.

Que lui reste-t-il, à Hans, pour sa défense?

— Les puzzles m'ont coûté une fortune! Je pourrais faire la liste des milliers de marks qui sont partis dans ces jouets stupides! Sans compter que je ne pouvais plus marcher dans l'appartement!

Mais là aussi, c'est la parole de Hans contre celle de Suzanna. Elle a tout fait disparaître. Les parquets sont vides, les tables nettes, et le juge peut apprécier.

— Votre femme affirme qu'il s'agissait d'un passe-temps innocent, et que vous exagérez!

Le couple s'affronte au tribunal. Hans hurle:

— Où les as-tu mis? Où sont-ils? Je veux que les gens se rendent compte de ta folie! Je suis sûr que tu ne les as pas jetés! Où?

— Ils sont à la maison! Le commissaire de police les a vus! Trois puzzles, et tu en fais toute une histoire!

— Il y en avait quinze! Ou vingt, je ne sais plus!

— C'est du délire. Tu dis n'importe quoi!

Alors, malgré ses vociférations, ses affirmations, sa colère, sa frustration, Hans n'a pas pu prouver que c'était Suzanna qui était folle, pas lui. Même son collègue de travail ne le croyait plus vraiment. Un type qui se tait pendant six ans sur une situation pareille, qui n'a pas réagi avant, peut-on le croire? Il a sûrement exagéré. Il a perdu le divorce, il a été condamné à verser une pension alimentaire conséquente, et Suzanna a gardé l'appartement.

La première année de leur séparation, Suzanna n'a pas donné de nouvelles. Elle avait choisi les puzzles contre son mari. Hans ne la voyait plus, la pension lui était versée automatiquement, il ignorait ce qu'elle devenait.

Et puis, un soir, la police est venue le chercher. Suzanna avait été arrêtée dans la rue, sur le trottoir, délirante, elle voulait absolument installer son dernier puzzle devant l'immeuble, et empêcher les gens de passer. L'appartement où elle vivait était transformé en puzzle géant. Il y en avait partout. Tout son argent y passait, elle ne mangeait presque plus. Les meubles avaient quasiment disparu, à part les tables recouvertes de puzzles. Elle dormait par terre dans la cuisine, sur un matelas de camping.

Le pauvre cerveau de Suzanna, transformé en puzzle, a dû être remis d'aplomb par de puissants médicaments. Et l'on a su, un peu, l'origine de cette obsession infernale. Suzanna, qui ne pouvait pas avoir d'enfant, compensait ainsi le vide de son existence.

Le jugement de divorce a été révisé. L'extraordinaire est que Suzanna a alors reconnu les faits en déclarant :

— Mon mari n'existait pas. Il avait raison : je lui ai fait vivre l'enfer.

LA MEILLEURE DES ÉPOUSES

Comme d'habitude, Gregory Bromberg est de mauvaise humeur. L'âge sans doute, il va sur ses soixante-dix ans. Les regrets d'une vie qui appartient au passé et qui ne lui a pas permis de concrétiser ses rêves de jeunesse. Des douleurs rhumatismales aussi.

Cristina, son épouse, le connaît bien :

— Arrête de grogner pour rien. Tiens, regarde, je t'ai fait une surprise : un apfelstrudel ! Comme tu l'aimes, avec des raisins et de la crème fraîche... Tu es content ?

Gregory Bromberg esquisse un petit sourire de gourmandise en voyant le dessert aux pommes qui sort tout chaud du four.

— Alors, ça te plaît ? Il est réussi ?

Gregory, la bouche pleine, fait signe qu'il est content.

— Tu en veux une autre part ? Profites-en tant qu'il est tiède.

Et Gregory, bien calé dans son fauteuil, se ressert. Il fait de la tête une interrogation muette à Christina : « Tu n'en prends pas ? »

Pourtant il connaît la réponse : Cristina, pour conserver sa ligne, ne consomme jamais de sucreries.

Une demi-heure plus tard, Gregory Bromberg est obligé de s'allonger sur le divan du salon. Il appelle :

— Cristina ! Cristina ! J'ai mal, ça me brûle. Oh ! je n'ai jamais été aussi mal. Je crois que je vais y passer. Vite, appelle le médecin.

Cristina le rassure :

— Mais non, tu as dû avaler trop goulûment comme d'habitude. Ce n'est rien, ça va passer.

Gregory Bromberg ne peut plus répondre : il claque des dents. Il est brûlant de fièvre. Cristina, assise à ses côtés, lui passe un gant de toilette mouillé sur le front. Puis Gregory s'endort. Cristina le considère un moment et fait une grimace. Elle se comprend.

Gregory n'est pas son premier mari. Elle se revoit quarante ans plus tôt. La vie n'était pas facile à l'époque car on était en pleine guerre et l'Allemagne avait du mal à s'emparer du reste du monde. En 1941 Cristina a dix-huit ans, c'est une belle jeune fille rieuse et, malgré les privations et les peurs, elle est amoureuse du bel Adrian. En regardant de vieilles photographies, Cristina soupire. C'est fin 1941 qu'elle a épousé Adrian : juste le temps de faire des jumeaux et voilà son beau mari qui part pour servir la gloire du Führer. Adrian vient, de temps en temps, en permission. Trois fois, Cristina se retrouve enceinte. Elle attend encore des jumeaux quand, fin 1944, Adrian est expédié sur le front russe. Et puis plus rien, plus de lettres, plus de nouvelles. Cristina se retrouve veuve potentielle avec six enfants à nourrir. L'un des bébés ne résiste pas aux privations. Pour faire vivre les autres, Cristina, en plus de ses charges de famille, décroche un travail dans une usine aux environs de Magdebourg.

Ses collègues ne tarissent pas d'éloges sur elle :

— Elle est formidable, jamais fatiguée. Et la manière dont elle tient ses gamins ! Toujours impeccables. Je ne sais pas où elle va chercher toute son énergie... Et toujours le mot pour rire. Formidable !

Déclarée veuve en 1950, Cristina continue l'éducation de ses enfants avec une admirable abnégation. Pas question de refaire sa vie. Jusqu'en 1961... Un jour, en se regardant dans son miroir Cristina se dit :

— Bon, ma vieille, tu es encore présentable. Il serait peut-être temps de penser à toi.

Le jour même Cristina achète un exemplaire du quotidien régional et se précipite à la dernière page : celle des petites annonces matrimoniales. C'est ainsi que le destin met Gregory Bromberg sur sa route.

À l'époque, Gregory a cinquante-trois ans. C'est un bel homme du type paysan, tout en muscles. Lui aussi est veuf, lui aussi a des enfants, et il cherche une présence féminine pour tromper sa solitude. Cristina et lui se plaisent immédiatement et, six mois après leur première rencontre, c'est la fête au village pour célébrer les noces.

Cristina est un peu déçue quand elle découvre que, malgré sa bonne mine et sa grosse moustache blonde, Gregory n'a guère d'argent de côté. Mais elle prend les choses avec philosophie :

— Pour arrondir nos fins de mois, pour nous payer des petits plaisirs, je vais aller faire des ménages. Chez les citadins qui viennent dans leurs maisons de campagne.

Cristina peut tout faire, tout organiser, tout réussir. Cependant il y a dans ce nouveau mariage un élément qu'elle a sous-estimé. Les petites manies de Gregory, son nouvel époux. Pour une femme qui a vécu sans homme pendant seize ans, il y a quelque chose d'agaçant à devoir satisfaire les exigences de son nouveau mari. Ne serait-ce qu'au lit : il a une manière expéditive et égoïste de faire « la chose » quand il lui en prend l'envie. Sans s'inquiéter de savoir si Cristina est « d'humeur ».

Cristina prend son mal en patience mais, de petites vexations en grosses frustrations, elle finit par réexaminer la situation. Tout en soignant avec amour ses plantes vertes, elle soliloque : « Qu'est-ce que je suis allée me coller ce bonhomme sur le dos ? J'étais bien mieux sans homme. Je serais bien mieux toute seule. Il faut que je retrouve ma liberté. »

Le meilleur moyen serait de voir Gregory disparaître. Mais ce bougre de bonhomme est bâti comme une armoire bavaroise. Ce n'est pas demain qu'il va tomber en poussière ! Aujourd'hui, il n'a que soixante-dix ans. Son père est mort à quatre-vingt-dix-neuf ans. Ça promet d'être long ! Trop long ! Cristina, dans son irritation, vient de frapper la table avec le flacon de H 309 qu'elle tient en main : le produit antiparasitaire pour les plantes. C'est alors qu'elle remarque que le flacon est orné d'un petit crâne tout noir avec deux tibias croisés : « Attention danger de mort ! » Juste à cet instant le chat des voisins vient faire le gros dos sur le balcon :

— Tiens, te voilà, minet. Attends, je vais te faire une jolie pâtée avec un reste de hachis de bœuf. Tu m'en diras des nouvelles.

Le chat ne dit rien car, le soir même, ses propriétaires, désolés, le retrouvent raide mort dans leur jardin. Une semaine plus tard, Christina confectionne le délicieux apfelstrudel dont Gregory raffole. Il lui vaut une fièvre de cheval.

Cristina, prudente, attend trois ans et lui prépare un autre « strudel ». Cette fois Gregory perd connaissance et on le transporte à l'hôpital. Cristina qui l'accompagne donne des précisions sur les antécédents cliniques de son époux :

— Il n'a pas l'air comme ça, mais il a toujours été fragile. Vous savez, en 1943, il a reçu une balle dans la tête. Depuis, il s'est souvent plaint de migraines...

Dieu merci, Gregory Bromberg une fois de plus survit à ses problèmes. Et l'ambulance le ramène chez lui. Cristina l'accueille avec des cris de joie émouvants pour le voisinage. Les enfants de Gregory sont contents, eux aussi. Mais ils se posent des questions :

— C'est drôle ce qui vient d'arriver à Papa ! Cristina, tu ne crois pas qu'il aurait pu avaler quelque chose d'avarié ?

Cristina ne répond pas.

Trois ans passent encore et, une nouvelle fois, Gregory déguste le délicieux apfelstrudel si néfaste à la ligne de Cristina. Cette fois-ci, il ne résiste pas. Cristina est veuve : enfin. Rien ne sert de courir il faut partir à point et savoir attendre. Cristina va pouvoir profiter de la vie.

Mais la vie, qu'est-ce que c'est pour cette femme de soixante-deux ans ? Plus de mari, les enfants sont tous partis. Les soirées sont longues. Cristina ne perd pas de temps en spleen mélancolique. Au bout de six mois elle se met sur son trente et un et franchit la porte d'un club du troisième âge : les « Joyeux Grisonnants ». Les programmes sont alléchants : sorties en autocar, dîners gastronomiques, soirées dansantes, parties de cartes, etc.

C'est au cours d'une excursion en autocar que Cristina se retrouve assise pour toute la journée à côté d'un séduisant septuagénaire : Helmut Vitenbrook, retraité comme il se doit et veuf de surcroît. Helmut, au cours d'un déjeuner, lui ouvre son cœur :

— Je ne suis pas très riche mais j'ai de quoi vivre. J'aimerais tellement connaître une femme gentille qui viendrait m'aider à vivre mes dernières années en paix. Quelqu'un comme vous, si gaie, si dynamique. Est-ce que cela vous plairait de venir vivre chez moi? Et si nous nous découvrons de véritables affinités, pourquoi pas... vous pourriez devenir la nouvelle Mme Vitenbrook...

Cristina demande quelques jours de réflexion avant de donner sa réponse :

— D'accord, je vais venir m'occuper de vous. Je sens que nous n'allons pas nous ennuyer. Quant au mariage... rien ne presse. Alors, c'est décidé, je viens m'installer dans votre grande maison.

Cristina s'aperçoit bien vite que les mêmes causes produisent les mêmes effets. Helmut, dans le genre raffiné, lui porte rapidement sur les nerfs. Autant qu'avait pu le faire Gregory dans le genre rustique... Heureusement que Cristina a toujours, pour se consoler, sa passion pour les plantes vertes. Il faut la voir en train d'essuyer les feuilles avec une éponge humide. Il faut voir comme elle sait doser le produit antiparasitaire qui va les sauver de la vermine. La petite bouteille avec la jolie mais inquiétante tête de mort. Helmut ne sait pas que ses jours sont comptés. De toute façon, quand on a dépassé les soixante-dix-huit ans, il faut s'attendre à tout. Y compris à mourir. C'est ce qu'il fait brutalement. Sa dernière consolation, son dernier petit plaisir sera d'avoir dégusté le superbe apfelstrudel dont Cristina a le secret. Avant d'appeler le médecin au chevet d'Helmut, Cristina jette les restes du gâteau dans l'incinérateur.

Désormais Cristina a une occupation de plus dans la vie : presque tous les jours elle se rend au cimetière pour fleurir et entretenir les deux tombes de ses chers disparus, Gregory le costaud et Helmut le fluet. Elle évoque volontiers les bons souvenirs que ces deux hommes lui ont procurés. C'est au cimetière qu'elle fait la connaissance de Stephan Crostenfeld, un ancien comptable veuf âgé de quatre-vingt-cinq ans. Lui non plus ne sait pas résister au charme et à la gaieté de la charmante Cristina. Stephan est séduit. Il propose à Cristina de venir partager son existence. Mais attention, Stephan a des principes :

— Je suis catholique pratiquant. Il n'est pas question de vous faire partager mon existence sans avoir régularisé devant Dieu. Si vous êtes prête à m'épouser religieusement, je vous promets d'être le plus attentif des époux.

Cristina accepte et la voilà en train d'emménager avec son troisième mari. La maison n'est guère ensoleillée. Il suffit d'attendre un peu : Stephan a quatre-vingt-cinq ans. Cristina a hérité de ses deux maris. Le temps joue pour elle...

Attendre ! Voilà bien le problème. Toute sa vie Cristina n'a cessé d'attendre : le bon moment, la fin des périodes difficiles... Aujourd'hui elle est mariée à un homme aisé. Mais Cristina est une bonne mère. Elle veut absolument que ses enfants profitent immédiatement de sa nouvelle aisance. Elle achète des cadeaux. Pour acheter, elle imite la signature de son vieux mari, elle vide un peu les comptes bancaires.

La nuit, elle a des sueurs froides. « Et si Stephan s'apercevait de quelque chose. Il n'est pas gaga. Il remplit encore sa déclaration de revenus. S'il allait découvrir que j'ai imité sa signature ? »

Quel dommage : Stephan déteste le délicieux apfelstrudel de Cristina. Qu'à cela ne tienne : elle va lui faire déguster une compote de pêches à laquelle il ne résistera pas. Elle sert la compote de Stephan, déjà au lit, puis elle part faire des courses aux nocturnes du supermarché tout proche. Quand elle rentre, deux heures plus tard, voici Cristina à nouveau veuve. La voici riche. Ses enfants se partagent un pactole de 45 000 marks. Quelle bonne mère ! Et quel besoin d'activité.

C'est ce besoin d'activité qui amène Cristina à faire la connaissance du docteur Bismarck, un vétérinaire retraité de quatre-vingt-cinq ans... Jusqu'au jour où Fredrich, le fils de Cristina, a des ennuis : son épouse veut le quitter. Le sang de Cristina ne fait qu'un tour. Elle coince Aima, sa belle-fille, dans un coin du salon et lui dit :

— Toi, espèce de garce, tu vas me faire le plaisir de filer droit. Sinon il pourrait bien t'arriver ce qui est arrivé à mes vieux maris !

La belle-fille comprend le message et... court chez son avocat. L'avocat prévient la police. On examine les comptes, on exhume les veufs arrachés prématurément à l'affection de Cristina. Elle finit par craquer et avoue les meurtres de ses trois maris. En prime, elle avoue qu'elle s'était déjà fait la main en empoisonnant, au temps de sa folle jeunesse, son propre père et une tante particulièrement agaçante.

AMOUR QUAND TU NOUS TUES

Ils ont klaxonné dans les rues de Porto, par un samedi de mai, arborant des voiles blancs à toutes les portières de voiture. Maria Josepha, dix-sept ans, vient de dire oui, à Tonio, vingt et un ans. Ils s'aiment depuis l'enfance. Elle est si jolie qu'elle a gagné un concours de beauté, et la robe de marié qui allait avec. Ils sont si bien assortis que le photographe a mis dans sa vitrine toutes les photos de leur mariage. Ainsi les habitants du quartier peuvent admirer les tourtereaux en allant faire leurs courses. Tonio a l'œil noir, le cheveu bouclé, la moustache fine. Il est musclé, souple et agile, à force de grimper sur les échafaudages, car il est maçon, et à force de courir après un ballon, car il est aussi footballeur amateur. Maria Josepha est un mélange de roux et de noir, peau claire, taille mince et buste ensorcelant. De l'avis général, ils feront de beaux enfants.

Et la vie commence. Tonio travaille comme une bête, il fait même des heures supplémentaires pour assurer à sa jeune beauté le confort qu'elle mérite. Maria Josepha, elle, se laisse admirer. Les voisines, les copains de son mari, la famille, chacun l'encense avec conviction. Et le dimanche, à la plage, est un morceau de bravoure, car les maillots de bain de Maria Josepha sont un spectacle de choix. Un grand magasin lui en a offert toute une collection, pour son prix de beauté.

La première colère de Tonio, la première bagarre avec un admirateur trop pressant, se règle d'ailleurs sur la plage. Combat de boxe dans le sable, adversaire assommé, il expliquera au poste de police qu'il n'est pas jaloux, qu'il veut bien que l'on admire sa femme, mais pas qu'on la touche. Or l'adversaire a touché.

La deuxième colère de Tonio, dans un cinéma, se termine un peu plus mal puisqu'il comparaît devant un tribunal pour coups et blessures ayant entraîné une incapacité de travail de trois mois. Il a pris à partie, dans le noir, un homme qui profitait du noir, justement, pour effleurer les épaules de sa femme, généreusement offertes. À force de lui cogner la tête sur le montant d'un siège, il lui a brisé la mâchoire.

Visiblement, Tonio est un jaloux. Et visiblement, Maria Josepha est coquette. Seulement coquette : elle aime qu'on l'admire, qu'on la siffle au passage, qu'on lui dise qu'elle est belle. Il ne lui viendrait pas à l'idée de tromper son jeune époux.

Puis Tonio se calme, car Maria Josepha est enceinte, et lui donne un fils. Une année de répit, durant laquelle elle n'arbore plus aussi facilement des maillots de bain scandaleux, et utilise son décolleté au seul bénéfice du bébé. Deux ans plus tard, un autre enfant sert de rempart à la jalousie de Tonio. Maria Josepha a vingt et un ans, pouponne à longueur de journée, et il lui arrive parfois de contempler avec nostalgie la belle photo de son beau mariage, qui prend lentement la poussière dans la vitrine du photographe de quartier.

C'est en allant faire photographier ses enfants, en couleurs, chez ce même photographe, qu'elle accomplit le premier faux pas. Il lui offre une rose, pour la faire poser avec ses enfants, puis tout un bouquet, et désormais, chaque fois qu'elle passe devant la boutique, Maria Josepha l'écoute lui débiter des fadaises.

L'artiste a une quarantaine d'années, il est marié, père de famille, mais se déclare ensorcelé par la beauté de son modèle. À tel point qu'il est prêt à abandonner femme et enfants pour dérouler sous les pieds de Maria Josepha un tapis de roses ; prêt à affronter la jalousie de Tonio pour un seul sourire de sa belle. Il le photographie sous tous les angles, ce sourire. Et il n'étale plus de portraits en vitrine, il les conserve précieusement dans son arrière-boutique, où Maria Josepha vient parfois le rejoindre. Il y a là un canapé de velours qui sert de décor, et aussi de complice. Elle s'y installe langoureusement, prend la pose délicatement sous l'œil passionné du photographe amoureux. Et se laisse aimer par l'objectif, bercer par les compliments, enivrer par les cadeaux. Miguel se ruine en fleurs et en bijoux. En fleurs surtout, car Maria Josepha ne peut pas inventer chaque semaine une histoire nouvelle pour justifier des boucles d'oreilles en or, un pendentif ou une broche inconnus. Pour les fleurs, elle a trouvé une explication plausible. Chaque semaine, elle donne un coup de main au fleuriste, qui la récompense d'un bouquet. Tonio n'a pas vérifié l'information, les jaloux ont droit à quelques défaillances.

Deux années s'écoulent d'un amour caché, voluptueux pour Maria Josepha que son photographe encense à loisir. Non content de l'aimer une fois par semaine, dans le secret de son cabinet noir, de lui parler de sa beauté à genoux, de l'observer les autres jours passer devant sa vitrine, il lui écrit des lettres enflammées, poste restante. Une littérature passionnante à laquelle Maria Josepha n'était habituée que dans les romans photos. Jamais Tonio ne lui a dit de si jolies choses. Par exemple, qu'elle porte tous les parfums d'Arabie, qu'elle est la rose fragile de son cœur, la statue d'albâtre de ses rêves, la panthère de ses nuits, la rosée de ses matins, et autres fariboles poétiques courantes.

Hélas, voici que Maria Josepha se lasse d'être admirée. Une sorte de surdosage affectif, peut-être. Un jour, elle déclare à son amant éploré :

— Nous ne devons plus nous voir. Je suis une femme mariée, je n'ai pas le droit de tromper ainsi le père de mes enfants.

Deviendrait-elle adulte ? Elle a vingt-cinq ans, les enfants ont grandi, Tonio est chef de chantier, il a acheté une voiture neuve, s'échine à construire leur nouvelle maison, les réalités prennent le dessus sur l'amour fou et forcément stérile du photographe.

Plus de roses en bouquets, plus de lettres parfumées, plus de photos.

La première tentative de suicide a lieu quelques jours après la rupture. Miguel a été transporté à l'hôpital, il s'est ouvert les veines, la boutique est fermée. Émue, Maria Josepha va lui rendre visite en cachette, le raisonne, lui parle de sa femme et de ses enfants, l'embrasse sur le front, et retourne chez elle avec la promesse qu'il sera sage.

La deuxième tentative de suicide, plus élaborée que la première, manque de tourner mal. Miguel a avalé tellement de pilules qu'il reste en garde à vue en psychiatrie plus d'un mois. La boutique est close, le scandale couve dans le quartier. Puis l'amant éploré retrouve sa vitrine, ses clients, mais son œil est aussi triste que son objectif, et les bénéfices s'effondrent.

Le fleuriste commence à parler. D'après lui, la responsable du drame serait la bénéficiaire des bouquets de roses qu'il confectionnait chaque jeudi depuis plus de deux ans. La rumeur enfle, et menace la tranquillité de Maria Josepha, qui apparemment y tient tout autant qu'à l'adoration qu'elle suscite.

La belle décide d'affronter la situation à sa manière. D'abord, elle se rend d'un pas ferme et délibéré chez le photographe amoureux :

— Miguel, mon mari est au courant, il m'a battue, j'ai peur qu'il se venge sur toi et sur ta famille.

Le pantin triste lui répond :

— Je mourrais de faim s'il le faut. Ma vie est fichue, je t'ai perdue de toute façon.

Aïe... manqué ! Maria Josepha dit le soir même à son mari :

— Tonio, j'ai à te parler sérieusement. Miguel, le photographe, est amoureux de moi. Comme je n'ai pas voulu de lui, il me fait du chantage. Il faut que tu m'aides à me débarrasser de lui.

Le résultat est assez calamiteux des deux côtés. Miguel et Tonio se rencontrent par hasard le lendemain au café. Miguel, victime courageuse, avance vers le mari, et lui déclare tout de go :

— Je suis l'amant de ta femme, je l'aime, c'est affreux... Fais de moi ce que tu veux, l'amour est plus fort que tout...

Et il se retire dignement avant que Tonio ait pu réagir en public. Courageux mais pas téméraire ; suicidaire, mais dans les limites de la survie honorable.

Tonio rentre chez lui, attrape sa femme par le cou, et pique une colère :

— Tu es sa maîtresse ! Je suis cocu ! Je vais le tuer, et toi avec !

— Il t'a menti ! Il est fou ! Il va faire un scandale. Je t'aime, pense aux enfants, je t'en supplie aide-moi ! Il faut nous débarrasser de lui, discrètement... J'ai une idée...

L'idée de Maria Josepha est simple comme le jour.

Puisque Miguel cherche à se donner la mort, il n'y a qu'à l'empoisonner, tout le monde croira qu'il s'est suicidé.

Tonio se laisse convaincre. Mais comment empoisonner son rival ? Maria Josepha décide de la méthode. Elle va lui téléphoner, lui dire qu'elle est seule cette nuit, et qu'il peut venir la voir pour discuter. Tonio se cachera dans la maison, le temps qu'elle fasse avaler à son pauvre amant un verre de vin aromatisé de poison. Ensuite Tonio transportera le « suicidé » dans sa voiture, le mettra dans son lit, le verre empoisonné bien en évidence à son chevet, et le tour sera joué.

Le soir, Miguel reçoit un coup de téléphone juste avant la fermeture de sa boutique. Il a rendez-vous avec l'amour de sa vie. Elle a dû lui promettre monts et merveilles, car il se fait aussi beau que pour une première rencontre amoureuse. Et il se rend tout bêtement chez le fleuriste choisir un bouquet de roses somptueux, qu'il apportera lui-même.

Le détail qui pourrait faire s'écrouler le piège, s'il devait fonctionner. Un futur suicidé, dans son plus beau costume, rasé de frais, l'œil brillant, disparaissant sous une montagne de fleurs, et franchissant d'un pas allègre la porte d'un fleuriste. Va-t-il s'empoisonner tout seul dans un si bel appareil ?

Maria Josepha et Tonio ont inventé le poison mortel comme ils ont pu, avec les moyens du bord. De la poudre contre les cafards au fond d'un verre de vin, une pulvérisation de bombe insecticide en guise d'eau de Seltz, un zeste d'orange, le tout bien touillé avec un apéritif amer, pour en cacher le goût. Maria Josepha ouvre la porte, s'extasie sur les fleurs, et raconte que les enfants sont chez sa mère, que son mari a dû prendre le train pour un travail urgent, à cent cinquante kilomètres de là. Donc, que la nuit est à eux. Les enfants sont bien chez la mère, et Tonio, lui, attend impatiemment dans le garage.

Miguel boit son verre. Maria Josepha guette la grimace, et sourit en attendant qu'il tombe. Rien.

Sous un prétexte quelconque elle file au garage rendre compte de l'échec à Tonio.

— Il a tout bu, ça ne lui a rien fait.

— Recommence! Sers-lui un autre verre, mets double dose...

Cette fois, Miguel a un léger haut-le-cœur, son estomac chavire, il demande à s'allonger sur le canapé du salon, et tourne de l'œil. Maria Josepha court prévenir son mari.

C'est ici que les versions se contredisent. Car tout a raté, sauf la mort du pauvre Miguel. Il a fallu qu'on l'étrangle pour l'achever, et un suicidé ne s'étrangle pas tout seul, à deux mains. Donc, il a fallu se débarrasser du cadavre autrement qu'en le remettant dans son propre lit.

Miguel s'est retrouvé abandonné comme un colis dans le coffre d'une voiture, sur un parking de la gare des bus. Qui l'a empoisonné? Maria Josepha. Qui l'a étranglé? Tonio. Il est rare qu'un mari et une femme s'associent pour supprimer l'amant du trio.

Il est rare aussi que les complices d'un meurtre ne cherchent pas à faire porter l'entière responsabilité à l'autre. Maria Josepha dit que Tonio la battait, qu'elle ne voulait plus de lui, et qu'il a tout fait. Tonio dit que Maria Josepha le trompait, et que c'est elle qui a eu l'idée du poison.

Le fleuriste, lui, dit que Miguel voulait rompre avec Maria Josepha.

Et les lettres d'amour disent que Miguel était un vrai sentimental, un vrai suicidaire, un éperdu d'amour et un naïf pour l'éternité.

UN HOMME À FEMMES

Agatha est une enfant gâtée. Elle a de la chance. Dans ces années de l'après-guerre elle vient au monde, fille unique d'un couple bien bourgeois de Derby, en plein centre de l'Angleterre. Sa maman n'espérait plus un tel miracle et Agatha, petite blonde potelée, devient vite la reine de la maison.

— Maman, achète-moi une poupée !

— Mais oui, ma chérie. Nous irons cet après-midi.

— Papa, je voudrais un poney.

— Je suis certain que tu seras une bonne cavalière. Et comment l'appellerons-nous ?

Autrement dit Agatha obtient tout ce qu'elle veut. Elle en devient légèrement égoïste. Mais ses parents n'ont que des satisfactions avec elle. C'est une enfant parfaite qui obtient de très bons résultats scolaires. Elle obéit au doigt et à l'œil. Elle fréquente le temple protestant et demande toutes les permissions avant de faire quoi que ce soit. De toute manière, M. et Mme Nickelfield, ses parents, ne lui refusent rien.

— Maman, je voudrais être infirmière.

— Mais bien sûr, ma chérie. Avec ton bon cœur, je suis certaine que tous les malades vont t'adorer.

Au bout de quelques mois de cours, Agatha réalise que le métier d'infirmière présente quelques inconvénients et que tripoter des corps en détresse n'est pas toujours aussi romantique que dans les films et les romans d'amour.

— Papa, je voudrais m'inscrire à l'École hôtelière.

— Comme tu voudras, ma chérie. Je pensais bien que le métier d'infirmière n'était pas fait pour toi. Tu es trop sensible.

En fait, Agatha cherche à vivre le plus agréablement possible, en évitant les problèmes et les angoisses. Mais qui n'en fait pas autant parmi nous ?

— Papa, maman, je suis reçue au Centre d'aide sociale de Manchester.

M. et Mme Nickelfield sont un peu déçus. Ils avaient espéré une situation plus brillante pour leur poupée blonde. Mme Nickelfield soupire :

— Jolie comme elle est, elle finira bien par se marier. Au Centre elle sera en contact avec tout le conseil municipal. C'est bien le diable si elle n'obtient pas ce qu'elle veut...

Agatha, fine mouche ou pas, se laisse séduire, sentimentalement parlant, par Desmond Hollingworth, un joueur de rugby tout en muscles, qui exerce, dans le civil, la profession de représentant en whisky. L'argent rentre et Agatha se retrouve enceinte.

Desmond téléphone à ses beaux-parents :

— C'est une fille. Nous l'appellerons Peggy, comme ma mère.

L'année suivante Desmond appelle encore :

— C'est un garçon. Nous l'appellerons George, comme mon oncle. Il me ressemble déjà.

L'année suivante nouvel appel en pleine nuit :

— C'est encore un garçon : nous l'appellerons Irwin, comme le président du club de rugby, c'est lui qui sera le parrain.

Agatha, si l'on peut dire, est comblée. Un mari sportif et fécond, trois enfants sur les bras, un emploi stable. Pas si stable que cela puisqu'elle est changée de service.

— Madame Hollingworth, il est dommage que vous n'ayez pas votre diplôme d'infirmière. Vous ne pourrez occuper qu'un emploi d'aide-soignante.

Et voilà Agatha contrainte de passer les bassins et de donner des soins très intimes à toute une humanité souffrante et transpirante.

— J'en ai assez. Entre les gosses, Desmond qui rentre souvent bien imbibé et les malades qui sont toujours pendus à la sonnette pour un oui pour un non...

Mme Nickelfield, sa mère, essaie de la faire patienter un peu :

— Les choses vont s'arranger.

Au contraire, les choses ne s'arrangent pas et, à trente ans à peine, Agatha se retrouve divorcée avec la garde de ses enfants. Son budget ne lui a jamais semblé aussi mince.

Ses parents, qui jouissent de certains moyens financiers, viennent à la rescousse.

— Confie-nous les enfants. Cela te donnera plus de liberté pour améliorer ta situation. De toute manière nous n'avons que vous. Autant dépenser de l'argent quand vous en avez besoin.

— Je vous les amènerai pour le week-end de Pâques.

Peggy, George et Irwin se retrouvent ainsi chez papy et mamy. La maison est grande, le jardin agréable, le labrador les adore et le siamois les ignore. La vie est belle. Ils ne reviendront pas chez Agatha qui leur rend visite pour les week-ends. Très vite, ils oublient presque qu'elle est leur mère. Plutôt une grande sœur un peu autoritaire.

— Madame Hollingworth, il faudrait que je vous parle.

— Bien sûr, monsieur Warren, mais je vous précise que je ne suis plus Mme Hollingworth. Mon mari et moi avons divorcé depuis plus d'un an.

— Alors ce sera plus simple si je vous appelle par votre prénom.

— Si vous voulez, je m'appelle Agatha.

— J'ai vu votre dossier au bureau du personnel. Moi, c'est Ricky. Dites donc, Agatha, vous n'appartenez à aucun syndicat. Pourquoi ne pas vous joindre à nous ?

— Mais je manque d'informations.

— Il y a une réunion ce soir. Venez : je dois exposer les grandes lignes de notre programme. Et, ensuite, si vous n'avez rien de mieux à faire, nous pourrions finir la soirée en dînant ensemble.

— Avec plaisir. Justement je suis libre ce soir.

Agatha assiste à la réunion et se sent peu à peu envahir par le charme viril de Ricky. Elle le connaissait de vue et jusqu'à présent n'avait échangé avec lui que des paroles banales. Ce soir-là, elle l'écoute avec passion. Sa voix grave, ses envolées presque lyriques quand il parle de l'avenir lui donnent la chair de poule. Il est bel homme, c'est incontestable.

Le dîner se passe très agréablement. Lumières tamisées et vin de France. Ricky sait y faire quand il a une idée en tête...

Le dîner suivant a lieu dans le petit appartement d'Agatha. Ricky ne rentre chez lui qu'au petit matin. Aucune importance : il est encore célibataire.

— Tiens, mon cœur, j'ai écrit ce petit poème à ton intention. Tu le liras quand je serai parti. Ce matin je dois assister à la réception du ministre du Travail.

— Un poème, pour moi ? Mais tu as vraiment des talents cachés !

— Et encore, tu n'as pas tout vu.

Et Ricky monte dans sa petite Mustang rouge qui file sur l'asphalte mouillé.

Agatha pourtant connaît suffisamment les talents de Ricky pour être amoureuse. Éperdument. Amoureuse et heureuse. Il est beau, rieur, attentionné, surdoué. Son charisme fait des merveilles et sa carrière dans l'administration est fulgurante. Il est même franc-maçon et, à mots couverts, il laisse entendre qu'il pourrait prochainement devenir grand-maître de la loge. Une porte ouverte vers de nouvelles amitiés, de nouvelles alliances.

— Ricky, j'ai l'impression qu'un jour tu finiras à la Chambre des Communes.

Ricky sourit, énigmatique...

« Agatha, veux-tu m'épouser ? Agatha veux-tu m'épouser ? » De plus en plus souvent Agatha fait un cauchemar. Ricky lui demande de l'épouser et elle est incapable de répondre. Les mots ne sortent pas de sa bouche. Quand elle va enfin répondre « oui » elle se réveille en sueur. En réalité Ricky, tout à sa carrière, ne lui a jamais posé la question qu'elle attend.

Pourtant les deux amants décident de vivre ensemble. Ainsi sera-t-elle plus à même de surveiller son beau Ricky qui plaît trop aux femmes.

Cette cohabitation n'apporte pas que des satisfactions à notre blonde amoureuse. Elle constate hélas que son « trésor », comme elle l'appelle, trouve souvent de bons prétextes pour découcher. Réunions syndicales dans d'autres villes, parties de chasse, rencontres sportives, voyages à l'étranger.

— Regarde-moi ça, Agatha. Une pièce superbe.

Agatha considère Ricky, qui sort d'une boîte en bois laqué une arme ultramoderne. Elle n'a aucun goût pour ce qui tue.

— Tu vas garder ça ici ?

— Oui, et je te ferai voir comment t'en servir. On ne sait jamais. La maison est un peu isolée. Même avec les chiens.

Le samedi suivant, Ricky entraîne Agatha au stand de tir municipal et lui montre comment se servir de son fusil rutilant : le *riot gun,* le « fusil d'émeute ». Sur la cible les traces d'impact donnent le frisson. Dorénavant, le *riot gun* reste accroché dans l'entrée de la villa.

— Qu'est-ce que c'est que ce parfum ?

Agatha, après des milliers d'autres femmes, des millions d'autres peut-être, pose la question fatidique en embrassant Ricky, qui rentre d'une dure journée et s'avoue « complètement crevé ».

— Quel parfum ?

— Celui que je sens sur ton col. Ce n'est pas le mien, en tout cas. Ni ton eau de toilette. C'est une autre femme ?

— Mais non, tu rêves. Il y a eu une visite à la maison de retraite. J'ai embrassé la centenaire.

— Une centenaire qui met « Poison ». Tu te fiches de moi ?

Ricky claque la porte de la salle de bains en se maudissant d'être aussi bête. Il sait où se changer les idées.

— Ricky, mon amour, je suis folle de toi.

— Mais moi aussi, Rachel, je suis fou de toi. D'ailleurs, qu'est-ce que je ferais dans ton lit autrement ?

— Tu reprends un peu de thé ?

— Non, il faut que je file. J'ai dit à Agatha que je passais la nuit à Londres pour une réunion de la Loge.

Rachel s'étire dans le lit. C'est une grande brune un peu osseuse. Tout le contraire d'Agatha. Mais elle a, sous ses allures garçonnières, une classe incontestable. Et un sourire irrésistible. Elle aussi est amoureuse de Ricky, follement. Elle aussi travaille à la mairie de Manchester. Divorcée avec un petit garçon, elle aussi est libre. Elle aussi rêve de devenir officiellement Mme Warren. Mais il y a Agatha qui détecte si bien les traces de parfum sur les vestes. Qui l'emportera ?

Rachel, qui travaille à la comptabilité de la mairie, a souvent l'occasion d'être en contact avec Ricky. Désormais, elle multiplie les prétextes à rencontres. Quand elle ne peut pas voir Ricky de la journée, elle n'hésite pas à lui écrire un petit mot et à le glisser dans la poche de son pardessus qui reste accroché dans le vestiaire. Grosse erreur !

— Ricky, qui t'a écrit ça ?

Les yeux d'Agatha brillent. De plus, pour se donner du courage, elle a bu, c'est évident, un ou deux verres de sherry.

Ricky prend la lettre que lui tend Agatha. Sa bouche fait une moue. On voit tout de suite ce qu'il pense sans le dire : « Quelle andouille je suis ! Mais quel crétin ! Laisser traîner une lettre de Rachel dans ma poche. »

— Je t'assure que ce n'est rien, une fille du bureau qui est folle de moi. Mais je la décourage. Il n'y a strictement rien entre nous ! Je te le jure !

— Sa lettre pue. Je reconnais son parfum : « Poison ». Celui que je renifle sur tes chemises. Ne me prends par pour une imbécile. D'ailleurs, sa lettre ne laisse aucune doute : « J'ai soif de ton odeur, de ta chaleur, du poids de ton corps sur le mien. » Est-ce qu'elle écrirait cela si elle n'était pas ta maîtresse ?

Le ton monte.

— Oui, eh bien, d'accord, j'avoue, nous avons eu une petite faiblesse, mais ce n'est rien. C'est la curiosité qui m'a poussé. Mais elle ne présente aucun intérêt. C'est fini.

Et il s'approche d'Agatha pour l'embrasser. De toutes ses forces elle le gifle à la volée.

Peut-être est-ce à cause de cette réaction violente mais Ricky, le soir même, passe la nuit chez Rachel. Comme un petit garçon il a besoin d'être consolé.

— C'est fini. Je la quitte. Maintenant, elle se met à me frapper. Tu te rends compte ? Ça n'a que trop duré.

— Viens donc t'installer chez moi... en attendant.

À partir de ce jour Ricky adopte un nouveau genre de vie. Puisque Rachel connaît l'existence d'Agatha, puisque Agatha sait que Rachel existe, il navigue en zigzag de l'une à l'autre, selon ses humeurs. Rachel ne proteste pas. Après tout, elle est arrivée après Agatha. Agatha supporte les humiliations en silence. Après tout, c'est elle qui, pour l'instant, vit chez Ricky.

Pour marquer des points, elle tente de se suicider. Ricky se précipite vers l'hôpital, un bouquet de fleurs à la main. Et le regard plein d'innocence.

— Mon poussin, pourquoi as-tu fait ça ?

Agatha, sous perfusion, se tait.

— Dès ce soir, je reviens à la maison. Tout va rentrer dans l'ordre.

Ce qu'il ne dit pas c'est que Rachel et lui ont eu un accrochage sérieux. Au sujet d'une date de mariage... éventuel...

Dès que Ricky réintègre sa villa, Agatha brandit à nouveau la menace du suicide. Ricky repart chez Rachel. Agatha écrit alors au bureau des lettres, marquées « personnel », qui seront pourtant ouvertes par la secrétaire, une vieille fille qui n'en croit pas ses yeux : « Mon amour, je ne peux vivre sans toi. Ne m'abandonne pas : je suis ta chose. Ne me repousse pas. Ne me pousse pas à bout. Tu ne sais pas encore de quoi je suis capable. »

— Il faut en finir.

C'est Rachel qui vient d'énoncer cette vérité évidente. Ricky approuve d'un mouvement de tête.

— Comment ?

— Voyons-nous tous les trois. Mettons tout à plat, sur la table.

Le téléphone sonne. C'est Agatha qui veut parler à son grand amour infidèle.

— Écoute, Agatha, si tu veux, je viens te voir. Nous allons discuter et prendre une décision.

Ricky dit : « Je viens te voir » et non pas « Nous venons te voir ».

En fait, c'est tard dans la soirée, vers 22 heures, que la Mustang rouge pénètre dans l'allée qui mène à la villa. En entendant les pneus qui dérapent sur le gravier, Agatha, un peu pâteuse, quitte le fauteuil où depuis deux heures elle attend, seule dans le noir, l'arrivée de son Ricky. Sur le guéridon devant elle une bouteille de sherry. Vide, complètement vide. Agatha soulève le rideau. Enfin, le voilà. Mais elle voit que Ricky n'est pas seul. Rachel l'accompagne. Il n'avait pas annoncé sa venue, à celle-là.

Agatha descend rapidement jusqu'au rez-de-chaussée. Elle saisit un objet brillant qui pend au portemanteau, vérifie quelque chose. Elle ouvre la porte qui donne sur le jardin ou tout est enfoui dans la brume. Devant elle, serrés l'un contre l'autre, Ricky et Rachel s'avancent, bras dessus bras dessous. Agatha elle aussi a quelque chose posé sur son bras.

— Ricky, c'est toi, mon chéri. Viens.

La voix d'Agatha a une étrange douceur dans le calme du soir. Les pas de Ricky et de Rachel font grincer le gravier.

La détonation retentit dans la nuit. Ricky n'a pas dit un mot en s'écroulant. La balle du *riot gun* qu'Agatha vient de décrocher dans l'entrée lui a perforé le cœur. Rachel part en courant vers la voiture. Agatha s'approche du corps de Ricky et s'effondre.

— Mon amour, mon amour, parle-moi. Je ne voulais pas ça. Mais je souffre tant. Dis-moi que tu me pardonnes...

Bizarrement, quelques semaines plus tard, le jury acquittera Agatha.

LE CRIME LE PLUS BÊTE

Si l'on prend deux jeunes femmes de taille moyenne, de corpulence identique, et d'âge comparable, par les temps qui courent elles ont des chances de se ressembler davantage encore en hiver. Le même pantalon noir, le même blouson imperméable. De dos, il faut être un juge averti pour différencier Helga de Sophie. Le bonnet de laine dissimulant les cheveux, le cache-col au ras du nez...

Il faudrait voir les yeux de près. Sophie a un regard inoubliable, le noir de l'iris est souligné d'un maquillage en amande, alors que l'œil d'Helga est vierge de tout artifice, et d'un bleu indiscutable. L'une a vingt-cinq ans, l'autre vingt-huit. L'une est mère de famille, l'autre pas. Elles sont amies depuis les bancs de l'école, mais ne se voient plus très souvent, car Helga a fort à faire pour élever ses enfants. Trois petits, sept ans, cinq ans et deux ans. Elle ne travaille plus hors de chez elle. Il lui arrive de temps en temps de téléphoner à son amie Sophie au bureau. Mais leurs horaires ne coïncident plus. Leur dernière conversation remonte à six mois environ.

— Sors de chez toi un peu! Ton mari ne pourrait pas garder les enfants? Au moins une journée?

— On s'est disputés. Il est parti. J'en avais assez de supporter ses bêtises.

— Quel genre de bêtises?

— Oh, rien! Je préfère ne pas en parler. Ça devait mal finir de toute façon.

— Tu ne vas pas divorcer tout de même?

— Si, justement. Je te rappellerai quand ça ira mieux, pour l'instant je ne peux pas laisser les enfants tout seuls, et je n'ai pas encore averti mes parents. Tout est si compliqué... mais je m'en sortirai.

Helga vit dans un pavillon de la banlieue de Francfort. Sophie travaille en ville. La distance entre elle n'est pas grande, une vingtaine de kilomètres par l'autoroute. Mais Sophie n'a momentanément plus de voiture.

— Dès que j'aurai trouvé un moyen de locomotion, je viens te voir! Rappelle-moi quand tu veux.

Trois mois s'écoulent. Helga écrit à son amie:
« J'ai essayé de te joindre sans résultat, je suppose

142

que tu es en vacances. Je ne t'ai pas donné de détails la dernière fois, j'ai honte, tellement mon histoire est banale et triste. Depuis la naissance de ma dernière fille, mon mari s'est amouraché d'une femme plus âgée que lui. Il a toujours été coureur, je m'en doutais, mais cette fois il m'a complètement ridiculisée. Il passait presque toutes les soirées chez elle, et tout le monde était au courant. Je lui ai dit de faire ses valises, il n'a pas hésité une minute. Depuis, je n'ai pas de nouvelles de lui. On m'a dit qu'il vivait en ville, avec elle. Mon avocat fait tout ce qu'il peut pour obtenir un jugement rapide. Financièrement, ma situation est très difficile, il m'a laissée sans un sou. Nous n'avions même pas de compte commun. Tu imagines le problème avec les trois enfants. Mes parents sont obligés de m'aider en attendant qu'on retrouve sa trace. Il a quitté son emploi, plus personne ne sait où il est. Viens passer un dimanche à la maison, quand tu veux. »

Quelques jours après avoir posté la lettre, Helga voit arriver chez elle une voiture de police.

— C'est au sujet de mon ex-mari ?

— Ah non ! Nous cherchons des renseignements sur une de vos amies, Sophie G. Vous la connaissez bien ?

— Très bien. Je lui ai écrit la semaine dernière.

— Vous ne savez pas où elle se trouve actuellement ?

— Pas du tout. Justement j'avais essayé de la joindre à son bureau, on m'a dit qu'elle était absente. Il est arrivé quelque chose ?

— Elle a disparu. Son ami a signalé sa disparition, son employeur également. Nous avons contacté toutes les personnes qu'elle connaissait à Francfort. Mais votre nom ne figurait nulle part.

— Ça m'étonne, elle a mon numéro de téléphone dans son carnet, et mon adresse aussi.

— Justement, son carnet d'adresses a disparu avec elle. Nous avons reconstitué une liste d'amis avec l'aide de sa famille et de son fiancé, mais personne ne nous a parlé de vous.

— Ah bon? C'est curieux...

— Vous êtes certaine de ne rien savoir? Elle n'est pas venue vous voir? Vous l'avez invitée chez vous dans cette lettre...

— Oui, bien sûr. On ne s'était pas vues depuis longtemps, entre-temps j'ai divorcé... J'avais envie de renouer notre amitié.

— Où est votre mari?

— Je l'ignore. Nous sommes en instance de divorce, et il a disparu.

— Lui aussi? Quand?

— Il y a environ six mois...

— Soyez plus précise, quand exactement?

— Au mois de septembre de l'année dernière.

— D'après vous, il n'y a aucun rapport entre ces deux disparitions?

— Absolument pas. Mon mari la connaissait à peine, je crois que la seule fois où ils se sont rencontrés c'était le jour de mon mariage...

— En êtes-vous certaine? Votre mari vous a quittée, il avait peut-être une liaison avec votre amie?

— C'est ridicule, tout le monde sait par ici qu'il a une autre femme, mais ce n'est pas Sophie. D'ailleurs, vous me dites qu'elle a un fiancé.

— Vous connaissez le fiancé?

— Non. Elle ne m'en a pas parlé, mais ça n'a rien d'étonnant. Sophie a toujours mené sa vie comme elle l'entendait. Elle est célibataire...

— Votre mari vous a quittée en septembre, et votre amie a disparu trois mois plus tard. Que s'est-il passé dans l'intervalle?

— Je ne sais pas. Je l'ai eue au téléphone, pour lui annoncer mon divorce, c'est tout. Elle serait bien venue me voir, mais elle n'avait pas de voiture à ce moment-là.

— Avez-vous insisté pour la voir quand même?

— Pas du tout. Vous savez, quand on a les soucis que j'ai...

— Où étiez-vous le 4 janvier ?

Helga finit par comprendre que ce policier la soupçonne d'être pour quelque chose dans la disparition de son amie. En tout cas, qu'il n'exclut pas une liaison entre son mari et elle. Et le doute commence à germer. Après tout... Peter travaillait à Francfort et Sophie également. Mais cette femme alors ? L'autre ?

— Vous la connaissez ? Vous l'avez vue avec lui ?

— Non... on m'a dit qu'ils étaient ensemble presque tout le temps, il rentrait tard, parfois pas du tout, et d'ailleurs il n'a pas nié.

— Mais vous ignorez son nom ? Il ne vous l'a pas décrite ? Alors... elle a peut-être existé quelque temps dans sa vie, mais rien n'empêche de supposer qu'il avait plusieurs liaisons en même temps.

— Pas Sophie ! Puisque je vous dis qu'ils se connaissaient à peine.

— Bien, merci madame, nous vous tiendrons au courant. Si vous avez des nouvelles de votre mari entre-temps, prévenez la police.

Helga a du mal à croire à une telle hypothèse. La logique s'y refuse. Mais le doute est inconfortable. Comment savoir ? Et pourquoi Peter et elle auraient-ils aussi mystérieusement disparu ? Trompée pour trompée, que ce soit avec une amie d'enfance ou une parfaite inconnue...

Mais cette parfaite inconnue, tout de même, ce ne devrait pas être si difficile de l'identifier. L'avocat d'Helga a déjà tenté de le faire, espérant mettre la main sur le mari et l'obliger à prendre ses responsabilités dans le divorce. Sans résultat. Helga décide de s'en mêler elle-même. Qui que ce soit, Sophie ou une autre, cette femme représente la piste qui aboutira à son mari.

Ce qu'elle n'avait pas tenté de faire, par orgueil, le jour où Peter a fait ses valises, Helga le décide. Interroger les « on-dit ».

Premier point positif : la femme vue avec Peter, les soirs où il ne rentrait pas chez lui, fréquentait un bar, dans le centre-ville. Le voisin d'Helga se fait un peu tirer l'oreille mais, au mot « police », il préfère en dire plus.

— Elle est blonde, la quarantaine, le type de ce bar l'appelle Mme Verg ou Berg. C'était une habituée, à mon avis elle a des parts dans l'affaire, ou quelque chose comme ça. En tout cas on ne la voit plus.

Parmi les actionnaires du bar en question, l'avocat d'Helga découvre effectivement une Mme Berg, Brigit. Dont l'adresse, malheureusement, correspond au bar lui-même.

Helga informe la police de Francfort de ce détail. Mais la police n'est pas censée rechercher une Mme Berg pour une affaire de divorce. La personne disparue, c'est Sophie.

— D'accord, mais vous supposiez que mon mari avait plusieurs liaisons en même temps... Cette femme sait peut-être quelque chose à propos de Sophie.

Un enquêteur se présente au bar, et demande à voir Mme Berg. Le gérant se fait tirer l'oreille, puis finit par admettre que cette femme n'est pas domiciliée sur place, mais qu'elle dispose d'une garage privé au sous-sol.

L'enquêteur va faire un tour au sous-sol, se heurte à une porte métallique, ornée d'un cadenas. Personne n'a la clé, à part Mme Berg. Elle y gare en principe sa voiture, une Mercedes noire.

L'enquêteur glisse une lampe torche entre le sol et la porte, se met à plat ventre, et ne distingue aucune voiture. Par contre il aperçoit deux roues. Mme Berg aurait-elle une mobylette ?

Le gérant est certain que non. Une femme comme elle sur une mobylette ?

— Toujours coiffée, maquillée, c'est pas le genre à grimper sur un truc pareil...

On demande a Helga si son mari avait une mobylette.

— Lui ? Sûrement pas. C'est moi qui ai une mobylette ! C'est même tout ce qui me reste pour faire le marché ! Je m'en sers tous les jours depuis qu'il est parti.

Le cadenas forcé, la mobylette apparaît. Abîmée, roue tordue, phare avant cassé, manifestement accidentée. Les plaques n'existent plus, mais le numéro du moteur permet de remonter jusqu'au vendeur. Propriétaire : un certain Yann X. qui voit arriver la police chez lui.

— Cette mobylette ? Je l'ai donnée en reprise pour une neuve...

La reprise du véhicule d'occasion s'est faite dans un magasin ayant pignon sur rue, et son gérant la connaît bien.

— Vous l'avez retrouvée ? Je l'ai louée à un client, et je n'ai jamais revu ni le client ni la mobylette.

Il fouille dans ses livres, et donne le nom du client : Sophie G.

— Je lui ai loué un casque en même temps ! Normalement, elle devait la garder deux jours !

Vérification faite du kilométrage au jour de la location, Sophie a fait une vingtaine de kilomètres avec cet engin. La distance approximative qu'elle aurait parcourue si elle avait décidé par exemple de se rendre chez son amie Helga, ce fameux 4 janvier.

L'enquête sur Sophie ramène donc la police à Helga. Qui était la maîtresse de Peter ? Sophie ou cette Mme Berg ?

Et si Helga s'était vengée sur Sophie ? À moins que ce soit Mme Berg sur Sophie ?

Mme Berg fait l'objet de recherches intensives et, en matière criminelle, on a plus de moyens qu'un avocat de divorce. Localisée, Mme Berg ! Réfugiée en Suisse, avec sa Mercedes noire et son amant

147

Peter... Vivant à l'hôtel, alors qu'elle dispose d'un appartement en ville, et d'un autre garage. Dans le deuxième garage de Mme Berg, la voiture de Peter.

Dans le coffre de Peter... Sophie et son casque. Victime innocente d'un plan stupide.

Partie un dimanche matin rendre une visite à son amie Helga pour lui remonter le moral, Sophie a servi de cible aux deux assassins. Lui voulait supprimer sa femme, pour ne pas payer de pension alimentaire ; sa complice lui a fourni l'arme. Il a fait le guet à proximité du pavillon. Le but était de tirer sur Helga lorsqu'elle reviendrait du supermarché. De la tuer ou de la faire tomber en tout cas, pour l'achever ensuite. Ils avaient deux voitures, l'une pour transporter le corps, l'autre la mobylette.

La route est déserte à cet endroit, elle ne mène qu'au pavillon d'Helga. Peter attendait donc Helga. C'est Sophie qui est arrivée, perchée sur sa mobylette, avec son casque, son pantalon noir, ses bottes, sa grosse veste de laine, son blouson et son écharpe. La mobylette était de la même couleur. À la différence près que celle d'Helga était ornée d'un panier à l'arrière, bourré de provisions. Elle passerait sur cette même route, au même endroit, un quart d'heure plus tard.

La balle n'a pas tué Sophie, la cible était trop mouvante, mais la jeune femme est tombée sur la route en pleine vitesse, comme prévu, et Peter lui a arraché son casque pour la tuer à coups de cric.

À l'instant où il a retiré le casque, il s'est forcément aperçu de l'erreur. Mais il a frappé vite, pris par l'élan. Il ne savait même pas *qui* il était en train de tuer à la place d'Helga. Mais il s'est obstiné.

Le plus curieux a été l'insistance de Mme Berg à prétendre que son amant ne lui avait rien dit. D'ailleurs, elle n'y était pour rien. Selon elle, Peter lui avait menti tout le temps : il devait convaincre son ex-femme de le laisser tranquille, car c'était elle qui le trompait et l'avait jeté dehors, elle qui lui prenait sa paie. D'ailleurs, il n'avait jamais d'argent sur lui. Il était si malheureux qu'elle l'avait recueilli !

Personne n'a cru Mme Berg.

JALOUSIE AVEUGLE

Robin est un petit garçon comme les autres. Avec son frère et ses deux sœurs, il pousse à Carpentras, sans problème. Jusqu'au jour où le père disparaît. La mère ne donne aucune explication. Le père a-t-il fait une fugue ? Est-il parti avec une maîtresse ? Est-il en prison ? À cette époque, les enfants n'ont pas à connaître les secrets de famille.

Quoi qu'il en soit la mère de Robin Duvivien doit se chercher du travail et, du coup, elle n'a plus le temps de s'occuper de ses quatre enfants. Les deux garçons partent pour un orphelinat, les deux fillettes, Émilienne et Joséphine, pour un autre.

Mais le père n'est pas mort : la preuve, c'est qu'en 1940 il reparaît un beau jour, à l'orphelinat des fillettes ; il les emmène au restaurant. Mais quand Émilienne lui demande :

— Dis papa, quand est-ce que tu rentres à la maison ?

Papa fond en larmes. Et ne répond pas vraiment à la question :

— Bon, c'est pas tout ça, il faut que je vous ramène. Je reviendrai vous voir.

Hélas, jamais elles ne reverront leur père. Les garçons non plus d'ailleurs. Plus tard, on leur dira qu'il a été déporté en Allemagne, qu'il a disparu dans les bombardements de Dresde ou d'ailleurs. Voilà quatre orphelins...

Désormais Robin et son frère Jean-François vont

attendre avec impatience l'heure de la liberté, l'heure de quitter leur orphelinat. Pour eux, la première issue c'est l'armée. Jean-François, l'aîné, s'engage et d'ailleurs s'en trouve bien. La preuve, c'est qu'il rempile.

Robin attend d'avoir l'âge requis pour suivre lui aussi les traces de son frère. À part ça, la vie lui semble sans intérêt. Il s'estime d'ailleurs lui-même comme très peu digne d'intérêt. S'il présentait la moindre qualité, ses parents ne l'auraient certainement pas abandonné, non ? Pourtant Robin a un rêve :

— Si j'arrivais à retrouver mon grand-père ! Vous savez que mon grand-père est très riche. Mais il vit en Nouvelle-Zélande. Il est venu juste après la guerre de 14-18 et s'est installé à Paris. Il s'est même marié et mon père est né. Et puis, mon grand-père a fait la connaissance d'une chanteuse de l'Opéra-Comique et ils sont repartis tous les deux. Mais je ne sais pas où il habite ni même s'il vit encore.

En attendant, Robin quitte l'orphelinat, revient vivre avec sa mère, travaille dans une ferme. Jean-François lui écrit et lui raconte ses « campagnes » : Afrique, Allemagne, Madagascar. C'est là-bas qu'il se marie et qu'il devient papa... En tout cas, lui, il s'est considérablement rapproché de la Nouvelle-Zélande.

— Maman, ça y est, je viens de signer.

— À ton aise, mon Robin. J'espère qu'il ne t'arrivera rien. L'armée, c'est bien en temps de paix... mais en ce moment...

Robin part pour l'Indochine. Le voilà en train de « crapahuter », de ramper dans les rizières. Il y a des mauvais moments mais il y en a aussi des bons, les soirées arrosées de bière, les petites « congaïs » pas farouches, les petits trafics qui permettent d'arrondir la solde.

Pour l'instant Robin et son copain Parturier sont en train de se glisser entre des bambous, il y a la boue et les moustiques et surtout les Viets qui peuvent être n'importe où. Qui sait si ce morceau de bambou coupé qu'on voit dépasser de l'eau un peu plus loin n'est pas le tuyau qui permet à un Vietcong de respirer en se dissimulant sous la surface de la mare. Prêt à bondir, prêt à semer la mort.

Mais Robin n'a pas le loisir de réfléchir plus long-temps.

— À moi, Parturier, j'ai mon compte.

Parturier, lui aussi, a son compte. Une mine vient de leur exploser en plein visage et ils sont tous les deux aveuglés, sanglants. Ils hurlent de douleur... avant de sombrer dans l'inconscience.

Quand Robin se réveille il se dit :

— Au moins, je suis vivant.

Mais il est dans la nuit la plus totale. Autour de lui, on s'agite, des médecins sans doute, des voix féminines aussi, celles des infirmières. Robin n'a pas la force de s'exprimer, de dire qu'il a repris conscience. D'ailleurs ce qu'il entend le laisse comme assommé :

— Bon, j'ai retiré l'œil droit. Il était pulvérisé. J'ai eu envie aussi d'enlever le gauche mais, sait-on jamais, s'il arrivait un jour à le récupérer... Peu vrai-semblable, mais sait-on jamais.

Quelque chose fait que les autres se mettent à rire. Robin ne saura jamais ce qui peut prêter à rire. Lui a plutôt envie de pleurer : « Aveugle, je suis aveugle... »

Quelques semaines plus tard, Robin se retrouve au Val-de-Grâce. Mais pour lui le changement est minime. Autre température, autres parfums, autres bruits de ville. Pourtant une seule idée, la même : « Aveugle, je suis aveugle. »

Pourtant, Robin n'est pas du genre à se laisser glisser. D'ailleurs il se raccroche à ce qu'il a entendu dire à Hanoi : « Je lui laisse l'œil gauche. Sait-on jamais, il arrivera peut-être à le récupérer... »

Et désormais cet espoir fou lui sert de raison de

vivre. Robin se rééduque. Comme il est beau garçon et bien bâti, comme la bombe qui lui a explosé au visage ne l'a pas défiguré, on lui demande même de poser pour une photographie qui doit servir à faire des cartes postales pour l'Association des aveugles militaires...

Et c'est ainsi que Robin va rencontrer l'amour. Sans qu'il le sache, quelque part dans Paris, il y a une petite Parigote, blonde et rieuse, fraîche et coquette qui attend de la vie tout ce dont l'on peut rêver à vingt ans. Elle se nomme Léonie. Son père est mort. Sa mère travaille pour l'élever avec sa petite sœur. Léonie aime aller danser et elle « fréquente » un jeune homme sérieux. Mais le jeune homme a un frère et ce frère est lui aussi « aveugle » au Val-de-Grâce. Un soir, on organise un petit dîner au restaurant, le frère aveugle est convié et il amène un autre « grand blessé » : le beau Robin. C'est le coup de foudre « à l'aveuglette » entre Robin et Léonie. Léonie qu'il imagine seulement, dont il entend la voix, dont il respire le parfum et dont les longs cheveux soyeux effleurent par instant sa joue...

En 1953, Robin épouse Léonie. Une charmante fête de famille à Ménilmontant. Elle a envisagé l'avenir avec prudence mais détermination. Et le jeune couple montre sa foi en des jours meilleurs en annonçant la naissance d'une fillette, Lucienne.

La vie s'organise. Robin et Léonie emménagent. Léonie est toujours aux côtés de Robin. Ils achètent la télévision et elle lui explique les images qu'il ne peut voir. Elle lui lit les ouvrages qu'il doit étudier, elle lui fait réciter ses leçons.

— Ma chérie, qu'est-ce que je deviendrais si tu n'étais pas là ? Ah, si tu me quittais... si tu me quittais... Je ne sais pas ce que je serais capable de faire.

— Mais, Robin, pourquoi voudrais-tu que je te quitte ? Est-ce que nous ne sommes pas heureux tous les deux ?

— Oui, mais sait-on jamais. Si tu rencontrais un autre homme. Tu sais, les aveugles développent un sixième sens. Je m'en apercevrais tout de suite...

— Tu es fou ou quoi, mon pauvre amour? Qu'est-ce que c'est que cette histoire d'autre homme?

Robin ne sait pas pourquoi mais il se méfie. Il se met à épier Léonie. Il lui crée des obligations nouvelles. Il veut tout contrôler :

— Si tu vas voir ta mère, tu n'as pas besoin de partir avant 11 h 30. Tu n'auras qu'à la quitter à 15 heures et comme ça, tu seras à la maison à 15 h 45 précises.

Léonie ne répond pas. Elle hausse les sourcils avec étonnement.

— Léonie, où étais-tu? Ça fait au moins une heure que tu es descendue!

— Mais, mon chéri, c'est le jour du marché, il faut faire la queue chez tous les commerçants. Ça ne se fait pas en un quart d'heure.

Une fois Léonie, qui rentre ses cabas pleins, Lucienne accrochée à sa jupe, trouve Robin dans la loge de la concierge. Il est presque en larmes :

— Ma femme! Elle m'a quitté. Je suis certain qu'elle m'a quitté. Elle ne vous a rien dit? Quand elle est sortie, elle n'avait pas de valise?

— Mais non, monsieur Duvivien, tenez, la voilà, votre femme. Quelle drôle d'idée vous avez là!

À présent, quand ils sont dans leur appartement, Robin exige :

— Léonie, parle-moi, je ne t'entends pas. Je ne sais pas où tu es.

Léonie se met à chanter :

Sous les ponts de Paris...

Mais le cœur n'y est pas.

— Léonie, je m'ennuie. Il faut que je fasse quelque chose..

Et c'est ainsi que, successivement, dans les mois qui suivent, Robin s'essaie à la reliure, puis il prend des cours de massage médical, puis il s'inscrit pour suivre des cours de théâtre. Léonie l'accompagne partout. Il la tient par le bras; sinon il exige qu'elle soit là, à côté de lui, à le toucher. Si elle rit, il sursaute :

— Qu'est-ce qui te fait rire?

— Ce n'est rien, c'est le bonhomme là-bas.

Pas de doute, Robin est dévoré par la jalousie. Mais, à l'époque, on ne s'inquiète pas trop. La jalousie est un signe extérieur d'amour et de virilité. Les épouses fidèles n'ont qu'à la subir... Sans rien dire. Léonie ne dit rien, mais elle commence à vivre sur les nerfs... Émilienne, la sœur de Robin, vient s'installer à Paris pour y travailler. Les deux femmes sympathisent. La situation pourrait s'améliorer mais, au contraire, Robin devient de plus en plus méfiant :

— Qu'est-ce que vous avez à comploter, toutes les deux? Vous allez encore sortir pour vous faire filer le train par des hommes!

Les deux femmes se regardent mais ne disent rien. Quoi qu'on dise, Robin va le prendre mal. Il n'y a qu'à voir... Quand, dans la rue, un passant aimable aperçoit sa canne blanche et se propose pour l'aider à traverser, il se fait recevoir :

— Je ne vous ai pas sifflé. Je me débrouille très bien tout seul...

Robin, en fait, le soupçonne de vouloir lier conversation pour se rapprocher de Léonie et pour... On imagine la suite... La vie devient infernale.

Le coup de grâce vient un beau jour de l'armée. Un courrier arrive et Robin apprend qu'il est considéré comme « réformé » définitif.

— Mais ce n'est pas possible. Normalement, ce n'est qu'au bout de six ans qu'ils prennent la décision! Ça veut dire que mon œil gauche est foutu! Je suis foutu! Plus bon à rien!

154

Trois jours plus tard, Robin a beau appeler :

— Léonie! Léonie!

Personne ne répond. Léonie a disparu. Oh! pas complètement : elle arrive presque aussitôt chez sa mère, Madame Catillon, et s'effondre en larmes dans un fauteuil :

— Je n'en peux plus, maman, c'est au-dessus de mes forces. J'étais prête à tout, à l'aimer, à le suivre, à l'aider, mais là ce n'est plus possible. Sa jalousie est un véritable enfer. Je ne peux même plus aller seule chez les commerçants. J'en suis malade. Il faut que je me soigne. J'ai mis un mot à Émilienne pour qu'elle vienne s'occuper de son frère et de Lucienne. Moi j'ai besoin de repos.

Léonie a rendez-vous avec un médecin. Devant l'étendue des dégâts, le praticien la fait hospitaliser sans plus tarder et on la met en cure de sommeil. Léonie n'a pas voulu qu'on prévienne son mari. Émilienne s'affole un peu quand elle reçoit le mot de sa belle-sœur. Puis elle se précipite chez son frère :

— Robin, qu'est-ce qui se passe? Léonie est souffrante? Où est Lucienne?

Robin, assis dans un coin devant un verre de cognac, répond d'un air rogue :

— T'occupe pas de la gamine. Je l'ai emmenée à l'Assistance...

— Mais tu es fou? Et quand Léonie va rentrer?

— On verra bien alors.

À partir de ce jour Robin attend le retour de Léonie. Mais il ignore où elle est. Il attend, jour après jour, et nuit après nuit, des nuits sans sommeil où il vide des bouteilles d'alcool. Un jour, il prend une décision :

— Je vais passer une petite annonce.

La petite annonce paraît au bout de huit jours : « Léonie, reviens. Je ne peux pas vivre sans toi. Robin. »

Mais Léonie, plongée dans le sommeil thérapeutique, ne voit pas l'annonce. Pas de réponse. Robin imagine que son épouse est partie avec un autre... Qui sait, elle est peut-être en train de filer le parfait amour avec un commerçant du quartier. Le garçon boucher qui est célibataire et tellement aimable avec les clientes...

Robin rend visite à Mme Catillon, sa belle-mère. Elle n'a rien à lui dire. Une seconde visite ne donne pas plus de résultat. D'autant plus que la mère de Léonie est absente. Alors Robin enfonce la porte de l'appartement à coups de pied. Puis il se met à tirer des coups de revolver dans la cage d'escalier.

— Mais, monsieur Robin, vous êtes fou ? Ça ne va pas de tout démolir comme ça. Je vais appeler la police.

C'est la concierge qui réagit courageusement et essaie même de désarmer l'aveugle. En vain...

Quelques minutes plus tard, on entend la sirène de Police-Secours.

— Ça alors, ce n'est pas banal. Un aveugle à canne blanche qui vient de se tirer une balle dans la tête. Je n'ai encore jamais vu ça.

On transporte Robin à l'Hôtel-Dieu. Il n'est pas mort. Et pour cause : le revolver n'était pas chargé de vraies balles. Robin, qui veut absolument qu'on parle de lui dans la presse, qui veut obtenir un signe de vie de Léonie, vient de se tirer un coup de revolver à blanc dans le crâne. Mais il connaît les armes à feu. Il prend soin de ne pas s'appliquer le canon de l'arme sur la tempe. Même à blanc le coup pourrait être fatal.

Alors, au milieu de la place de la Trinité, Robin s'est tiré un coup de revolver en dirigeant l'arme du côté de son orbite gauche. Il a hurlé :

— Léonie, où es-tu ? Reviens.

À nouveau le voici le crâne bandé, immobile dans un lit d'hôpital. Et des médecins qui discutent :

— Là j'ai dû lui ôter l'œil gauche. Il avait explosé sous le coup. Complètement foutu.

Robin comprend que tout est fini. Plus jamais, comme il l'espérait pourtant depuis des années, il ne pourra retrouver l'usage de son œil gauche. Il vient de s'enfermer définitivement dans la nuit...

Dans les semaines qui suivent Robin accumule les tentatives de suicide, il cherche à s'étrangler, puis il saute par la fenêtre...

Léonie est toujours dans la zone inconsciente du sommeil sur ordonnance, Lucienne est toujours à l'Assistance publique...

QUADRILLE

Il était une fois un ménage heureux : Yvette et Balthazar Lemercier. Des gens modestes. Lui est employé dans une maison de commerce, elle vendeuse dans une parfumerie. Elle est rousse comme une Irlandaise, encore jolie et pimpante. Pourtant elle a donné quatre enfants à son brave Balthazar : Lucette, Madeleine, Hervé et Aline. Tout va pour le mieux dans le meilleur des mondes.

Un jour, dans la villa voisine, un autre couple heureux vient s'installer : Valentin et Clotilde Faivre-court. Lui est chauffeur routier. Le physique et la mentalité qu'on imagine facilement pour ce type de garçon : des épaules carrées, le rire facile et la main baladeuse. Clotilde est du genre blondinette à lunettes, un peu effacée. Mais elle aussi est heureuse avec son mari bâti en armoire à glace et ses deux enfants : Carole et Jean-Bernard.

Yvette bavarde avec sa nouvelle voisine, Clotilde :

— Bonjour ! Il fait beau aujourd'hui. Avec ce qui est dégringolé hier je n'aurais pas cru voir le soleil ce matin.

— Oh vous savez, nous venons de Picardie, alors les nuages, on a l'habitude...

— Je suis Mme Lemercier. Yvette. Et voilà mes gamins : venez dire bonjour à la dame... C'est notre nouvelle voisine.

— Enchantée : moi je suis Mme Faivrecourt. Mes deux enfants sont encore chez leur grand-mère. Mon mari et moi avons préféré être bien installés avant de les faire venir. Ce sera pour la rentrée scolaire...

C'est ainsi qu'Yvette Lemercier fait la connaissance de Clotilde Faivrecourt. Quelques jours plus tard, ce sont Valentin Faivrecourt et Balthazar Lemercier qui se mettent à parler du temps par-dessus la haie qui sépare leurs deux jardinets...

Désormais, les Lemercier et les Faivrecourt ont des contacts quotidiens. En plus, les deux petits Faivrecourt sont arrivés et ils forment avec les enfants Lemercier une fameuse bande. Les goûters sont pris ensemble. Clotilde ou Yvette prépare du chocolat pour tout le monde...

— Dites donc, Clotilde, est-ce que vous être libres tout à l'heure pour l'apéritif ? Balthazar vient d'avoir de l'augmentation. On pourrait fêter ça ensemble...

— Avec plaisir. Vous devez être heureuse. Avec vos quatre enfants... vous allez pouvoir les gâter...

Le soir même, l'apéritif offert par les Lemercier est une réussite. Un bon champagne brut bien frappé et des petits fours à foison...

— Il faudra que l'on vous rende votre invitation, dit Valentin. D'ailleurs la semaine prochaine, nous en aurons l'occasion...

— Ah bon, qu'est-ce que vous allez fêter ?

— Mes quarante ans ! Ça fait un coup quand on change de dizaine !

Et c'est ainsi que les Faivrecourt reçoivent à leur tour les Lemercier. Puis, les Faivrecourt rendent l'invitation. Après les apéritifs et les soirées télé, ce sont des déjeuners avec tous les enfants et des dîners. Des sorties à la mer. Des pique-niques. Les Faivrecourt et les Lemercier ne forment plus qu'une grande famille. Valentin et Balthazar vont pêcher ensemble. Clotilde et Yvette échangent des petites recettes de beauté ou de cuisine... Quelle chance d'avoir de bons voisins et amis !...

Jusqu'au fameux réveillon de 1993. Ce jour-là, ce sont les Faivrecourt qui reçoivent. Non seulement les Lemercier mais encore une douzaine d'autres couples. Devant le nombre des invités, Clotilde et Valentin ont choisi la formule buffet. Il y a tout ce que l'on peut désirer : foie gras, volailles et rôtis, un superbe plateau de fromages et des desserts variés. On a dégagé le maximum de place et chacun grignote à sa guise. Les groupes se forment. Un copain accordéoniste met de l'ambiance entre deux morceaux sur la chaîne hi-fi.

— Clotilde, cette idée du punch pour démarrer est super ! Ça met une ambiance du tonnerre. D'ailleurs, je me sens un peu pompette ! Heureusement, nous n'avons pas loin à aller pour rentrer chez nous !

Yvette éclate d'un rire un peu strident et ajoute :

— Je vais me repoudrer le nez dans la salle de bains...

Valentin lance :

— Maintenant, place à la danse !

On roule les tapis et on éteint les lumières qui sont un peu trop éblouissantes. Au plafond, une boule de miroirs tourne lentement... Le tourne-disque joue « Strangers in the Night » et les couples se font un peu plus câlins sous les étoiles lumineuses qui défilent sur les murs.

— Clotilde, tu as vu Valentin ?

Clotilde fait signe que non. Elle est trop occupée à veiller à tout... Une amie murmure :

— Valentin? Il vient d'entrer dans la chambre d'amis avec Yvette...

Clotilde reste un moment interloquée. Elle pose le plateau de sandwiches qu'elle tient à la main et monte au premier étage. Quand elle ouvre la porte de la chambre d'amis, pas de doute : Valentin est là, serrant Yvette Lemercier contre lui. Ils échangent un baiser si passionné qu'ils ne voient même pas Clotilde... Qui redescend et rencontre Balthazar Lemercier :

— Balthazar... Yvette est dans notre chambre d'amis avec Valentin. Ils sont tellement occupés qu'ils ne m'ont même pas entendue.

Balthazar monte et fait la même constatation que Clotilde. Pas de doute, Valentin et Yvette se plaisent énormément. À tel point que, quelques jours plus tard, Yvette Lemercier déclare froidement à son mari Balthazar :

— Nous deux, c'est fini. J'en aime un autre. Je te quitte pour aller vivre avec lui.

— C'est Valentin?

— Oui, c'est lui. C'est l'homme de ma vie !

Une semaine plus tard, un déjeuner « amical » réunit les Faivrecourt et les Lemercier. C'est Yvette qui dirige le débat :

— Bon, voilà. Valentin et moi, nous allons nous marier. Dès que nos deux divorces seront prononcés, bien évidemment !

Balthazar Lemercier et Clotilde Faivrecourt restent silencieux. Une même pensée leur traverse l'esprit : « Yvette et Valentin. Ça ne durera pas ! Ils sont trop semblables : impulsifs. C'est une passade. »

Balthazar Lemercier dit :

— Yvette ! Réfléchis un peu. Pense aux enfants. Et toi aussi, Valentin, pense à tes gosses ! Bon, après tout, ce n'est peut-être qu'une passade entre vous ! Personne n'en mourra !

Valentin est assez content d'avoir séduit la rousse Yvette. Mais quand il se retrouve dans une chambre d'hôtel avec sa pétulante maîtresse, il réalise les conséquences de sa passion ravageuse. Il va devoir vendre le pavillon et partager avec Clotilde... Les Faivrecourt, eux, étaient locataires. Valentin se rend compte que la vie de célibataire a quelques inconvénients. Plus de petits plats mijotés, plus de chemises repassées avec tendresse. Yvette ne pense qu'à une seule chose : les ébats tumultueux qui vous laissent un peu essoufflé... Mais Valentin, de ce côté-là, se montre un peu décevant... Malgré sa poitrine velue et ses gros bras, il a vite fait le tour de son répertoire. Yvette comprend qu'elle a fait fausse route. Tout le monde n'est pas Sean Connery ni Casanova... Un jour, elle se réfugie chez des amis :

— Pour quelques jours, sinon Valentin ne me laissera pas tranquille. Ce qu'il veut, lui, c'est que je lave ses chaussettes et ses caleçons. Ce n'est pas comme ça que je voyais la grande passion...

Valentin se retrouve gros-jean comme devant. Il finit par retrouver l'adresse des amis d'Yvette. Et le voilà qui vient monter la garde devant leur porte. Si Yvette met le nez dans la rue, il a vite fait de l'attraper par le bras. Elle proteste, pousse des cris, appelle à l'aide.

Un jour, elle décide de disparaître et part s'installer dans un petit village à soixante-dix kilomètres de là : Saint-Sauveur. Valentin tourne comme un lion en cage. Il cherche et retrouve le nouveau domicile d'Yvette. Il frappe à la porte en hurlant :

— Yvette, je suis là ! Je viens te chercher !

Yvette apparaît au balcon. Elle ne mâche pas ses mots :

— Fiche le camp d'ici. Tout est fini entre nous. D'ailleurs, j'ai rencontré quelqu'un. Je vais refaire ma vie avec lui !

Valentin reste assommé par la nouvelle. Il remonte dans sa voiture et repart dans la nuit.

Yvette se demande si elle va connaître la tranquillité. Son nouvel ami, Émilien, un petit entrepreneur de déménagement, essaie de la rassurer :

— De toute manière je suis là. Si ton Valentin revient nous enquiquiner, il va trouver à qui parler. Ne t'en fais pas !

Valentin revient. Un soir. À nouveau il martèle la porte de la maison de ses poings furieux :

— Yvette, sors d'ici ! Je suis venu te chercher ! Tu m'as fait briser mon ménage. Alors maintenant, tu dois vivre avec moi. Tu ne crois pas que tu vas foutre ma vie en l'air comme ça !

À l'étage, Yvette entrouvre les volets. Mais elle voit Valentin qui brandit une arme. Une rafale de grenaille vient percuter les volets. Yvette hurle :

— Fous le camp. Mon ami est là. J'appelle les gendarmes !

Valentin réfléchit. Il remonte dans sa voiture et disparaît à nouveau dans la nuit.

Dans les mois qui suivent, Valentin connaît des problèmes professionnels. Son patron lui « remonte les bretelles » à la suite d'un accident de la route où il a été contrôlé positif en soufflant dans l'alcootest...

— Valentin, si tu continues sur ta lancée, je serai obligé de te virer. Tu deviens un danger public. Et les assurances refuseront de payer les dégâts si tu roules bourré comme un coing !

Mais Valentin a complètement perdu le sens des réalités. Sa consommation d'alcool devient si énorme qu'il tombe un jour dans un coma éthylique. Il faut l'hospitaliser, l'interner plutôt, pour une semaine dans un service psychiatrique...

Quand il sort de l'hôpital, Valentin retrouve ses démons. Il est à nouveau dans son idée fixe : reprendre la vie commune avec Yvette. Il la harcèle au téléphone, de jour comme de nuit. Il lui fait le chantage au suicide, l'importune sur son lieu de travail. Un jour, Yvette, excédée, porte plainte. Les gendarmes se présentent au domicile de Valentin pour l'interpeller. Ils lui expliquent qu'Yvette est terrorisée et pense que son ancien amant veut la tuer...

— Alors, c'est compris, vous vous tenez tranquille une fois pour toutes, sinon ça pourrait mal tourner...

Ils ne croient pas si bien dire. Une semaine plus tard Valentin, obsédé par sa belle rousse, se présente à nouveau devant le domicile d'Yvette. Comme de bien entendu, il a bu plus que de raison : six whiskies. Il titube, il hurle dans la nuit, frappe à la porte. Dans l'appartement Émilien est là, couché. Il est fiévreux : une mauvaise grippe. Yvette frissonne, elle aussi, mais c'est de peur. Émilien dit :

— Oh! Y en a marre de ton mec! Il ne va pas nous les briser encore longtemps. Surtout aujourd'hui, ce n'est pas le jour. Je vais lui dire deux mots. Il va comprendre!

Émilien se lève péniblement du lit. Il est en nage. Quand il est debout, on voit qu'il est musclé, sportif et souple. Il ouvre la porte de l'appartement. Il interpelle Valentin :

— Bon, ça suffit! Tu vas nous lâcher. Si tu es un homme, on va s'expliquer entre hommes!

Valentin semble hésiter. Il ne s'attendait pas à la présence d'Émilien et l'aspect décidé du nouveau compagnon de son ancienne maîtresse lui donne à penser. Alors il se retourne et part en courant vers sa voiture. Émilien a compris. Ou bien il a cru comprendre :

— Ce salaud a une arme dans sa bagnole. Il est capable de me flinguer!

Comme un félin, malgré la grippe, il s'élance. Il saute sur le dos de Valentin qui titube et il le plaque au sol. Valentin gueule comme un putois, injurie Émilien, se débat. Émilien, affaibli par la fièvre, se dit : « Il faut que je le maîtrise. »

D'une prise de catch, Émilien plaque Valentin au sol. Il crie :

— Yvette, appelle les gendarmes. Je le maintiens.

Quand les gendarmes arrivent Émilien est soulagé. Ils lui disent :

— Ça va, nous sommes là, vous pouvez le lâcher.

Valentin semble évanoui. On tâte son pouls. Il est mort. La clef pratiquée par Émilien lui a été fatale... Émilien va devoir répondre de cet acte malheureux...

ADIEU, MARCEL

Un bouquet de roses, des tulipes et des glaïeuls, des lys et des marguerites, du muguet au 1er mai... Louise est marchande de fleurs.

La boutique est ancienne, minuscule, la ville est provinciale, et Louise est une vieille fille d'une soixantaine d'années. De l'avis de tous, un sale caractère. Curieux pour une marchande de fleurs, dont on attend au contraire le sourire et la douceur. Louise ne vend pas beaucoup, et les fleurs fraîches sont rares dans sa boutique. Peu à peu, elle a préféré l'artificiel, et le commerce des couronnes mortuaires en plastique.

Pas gai, tout ça. Comme la vie de Louise, la boutique s'est lentement desséchée.

Mais Louise a une sœur, dont le moins qu'on puisse dire est qu'elle refuse de se laisser dessécher. Une sœur flamboyante, dont la démarche assurée sur certains trottoirs, la jupe trop courte pour son âge annoncent aux initiés le métier qu'elle exerce.

Martha devrait se résigner à la retraite, elle n'y arrive pas. Martha a fait quatre enfants, avec quatre pères différents. Et les enfants ont grandi, qui dans les foyers de la DASS, qui dans des familles adoptives. Martha a surtout un amant. Le terme est un peu trop romantique pour qualifier les fonctions de Marcel, mais officiellement Martha le dénomme ainsi. Il y a plus de vingt ans que Marcel est fiché comme souteneur, mais chaque fois qu'elle le récupère au poste de police, ou à la sortie de prison, elle le qualifie d'amant. Une belle constance. Or cette constance est arrivée à son terme.

Juillet 1979. Un beau samedi ensoleillé amène Martha en piteux état dans la boutique de sa sœur aînée Louise. Et lorsque Martha rencontre Louise, qu'est-ce qu'elles se disent ?

— Il t'a encore frappée ? Martha, ce n'est pas une vie ! Il faut que tu le quittes ! Tu vas y laisser ta peau un jour !

— Comme si c'était facile ! Chaque fois que j'ai essayé de lui échapper, il a cogné plus fort !

Martha porte les traces anciennes de cette vie d'esclave, stupide et lamentable. Des dents cassées, des côtes fêlées, une arcade sourcilière fendue. Marcel ne fait pas dans le détail ; quand il frappe, c'est au petit bonheur la malchance. Cette fois, Martha a pris un coup de poing sur l'oreille. La tête lui tourne, elle saigne.

Voilà bien des années que Louise condamne la vie de sa sœur. Qu'elle lui répète la même litanie :

— Les hommes sont tous des brutes ! Des fainéants, des exploiteurs et des obsédés !

Martha est bien d'accord là-dessus, mais sa manière à elle de le dire, c'est le trottoir.

— Tant qu'on peut les plumer, il ne faut pas se gêner !

Mais la cinquantaine commence à réduire sérieusement les plumes qu'elle arrache. Le métier n'est plus ce qu'il était, la télévision a rongé les bénéfices. Les hommes préfèrent les matchs de foot... bref, pour Martha, c'est la crise. Mais Marcel ne veut rien entendre. Lui aussi a passé l'âge, lui aussi devrait prendre sa retraite, mais quelle retraite? Le souteneur n'est pas inscrit à la Sécurité sociale... Et chaque fois qu'il a tenté de changer de secteur d'activités, dans la contrebande de cigarettes par exemple, il a écopé! Sa seule ressource, c'est Martha.

Louise ferme la boutique. Devant la pauvre figure de sa sœur cadette, elle prend soudain une décision.

— Martha, il faut qu'on parle sérieusement. Ça ne peut plus durer. Il faut le tuer!

— Le tuer? Tu es folle! On ne tue pas quelqu'un comme ça!

— Il y a combien d'années qu'il te bat?

— C'est le père de mon fils!

— Parlons-en, de ton fils. Justement! Il n'a même pas voulu le reconnaître!

— Les autres non plus, Louise...

— Marcel va payer pour ça.

— Mais qu'est-ce qui te prend?

Il prend à Louise un énorme ras-le-bol. Tout à coup, comme ça, ce jour de juillet, l'évidence qu'il faut passer à l'acte. Concrétiser sa haine du genre masculin.

Martha l'écoute, subjuguée. Elle a toujours subi l'autorité des autres. C'est dans sa nature. Et Louise est autoritaire. D'une méchanceté naturelle aussi. Au fond, Louise n'aime ni les hommes, ni les enfants, ni les fleurs... Elle ne doit pas s'aimer elle-même d'ailleurs, et on la comprend. Sèche, plate, le cheveu et l'œil ternes, elle est le contraire de sa sœur. Martha est toute en mollesse et en rondeur... et en faiblesse.

Louise essaie de la convaincre à guichet fermé, au milieu des couronnes et des fausses plantes vertes, d'organiser elle-même les funérailles de Marcel.

— Ni toi ni moi n'avons la force de l'assommer. Appelle ton fils, dis-lui de venir nous rejoindre, j'ai une idée. Si ça marche, tant pis pour lui!

Le fils, troisième personnage de la bande familiale, le seul à ne pas avoir laissé tomber sa mère.
Non qu'elle ait fait pour lui plus que pour les trois
autres... mais il est le dernier, le tardif, et il a
échappé au foyer d'accueil, presque par miracle.
Lorsqu'il est né en 1960, Martha était encore en
pleine carrière, et Marcel, le père, en prison. Pendant cinq ans, Martha a vécu presque « bien ». Sans
coups, et sans taxation des bénéfices. Chaque fois
qu'elle allait voir son amant, elle faisait la malade.
Un bon maquillage, une mine de papier mâché, elle
affirmait à Marcel :

— Depuis la naissance du petit, le docteur dit que
j'ai de l'infection. C'est Louise qui paie tout.

Lorsque Marcel est sorti et qu'il a retrouvé ses
poings en toute liberté, il a eu vite fait de délivrer à
Martha un certificat de bonne santé obligatoire, et
le petit est resté chez Louise. Il est allé à l'école, il a
échappé à l'Assistante sociale, et à quinze ans il a
servi d'apprenti à Louise. Lorsque les affaires ont
périclité, Louise a déniché pour lui un stage de jardinier. Depuis, il travaille au cimetière. Il y est
employé municipal, dispose d'un logement dans une
HLM, et la seule chose qui le distingue des jeunes
gens de son âge, ce sont les dimanches. Il les passe à
vérifier le stock de tante Louise, et à tenir la boutique à sa place. Ni fiancée, ni concert de rock, il
vend les rares bouquets du dimanche. Fête des
mères, ou chrysanthèmes de la Toussaint, gratuite-
ment, sans paie supplémentaire : Louise a instauré
ainsi le remboursement de son affection minimale
durant son enfance.

Le fils de Marcel déteste son père. Il déteste le
métier de sa mère, et les coups qu'elle prend. Louise
le sait bien.

— Le petit ne demande que ça. Aujourd'hui, c'est
samedi, nous allons tout organiser pour ce soir.

Martha n'est pas rassurée en appelant son fils. Et
si le téléphone de Louise était sur écoute, on pourrait entendre ce dialogue extraordinaire :

— Écoute, Simon, ta tante Louise veut qu'on fasse son affaire à Marcel... je suis pas tranquille.

— Elle a raison. Ce type est un fumier !

— Simon, c'est ton père, tu le connais, il se vengera !

— Il pourra pas se venger si on le rate pas ! J'arrive !

Ce samedi-là, quelques clients trouvent porte close. La boutique de Louise arbore une affichette : « Je reviens de suite », et la suite dure jusqu'à la fermeture. Simon a quitté son travail, sans que personne l'y autorise et s'en aperçoive. Il a rangé ses outils dans la fourgonnette de service, et il est arrivé ainsi chez tante Louise avec déjà, sans le savoir, l'arme du crime. Louise a mené les débats.

— Il faut l'assommer d'abord, Simon doit s'en charger.

— Je veux bien mais où ça se passe ? Chez toi, maman ?

— Ah non ! J'ai peur ! Tu ne vas tout de même pas le tuer chez moi !

— Martha, sois raisonnable, chez toi ou chez moi, il n'y a pas d'autres moyens...

— Maman, il faut que tu nous aides, je ne veux pas prendre une raclée comme l'autre fois !

Martha se laisse convaincre. Quel que soit l'argument pour tenter d'épargner la vie de Marcel, elle sait bien qu'elle le paierait. Et Simon aussi. Peut-être même de leur vie. La seule qui n'a rien à craindre, bizarrement, c'est Louise. Dieu sait pourquoi Marcel n'a jamais tenté d'exercer directement de violence sur elle. Sûrement parce qu'il n'a aucun moyen de pression sur une vieille fille sans charmes, dont le commerce périclite... Et aussi parce que Louise s'est toujours tenue à l'écart de son milieu.

Pourtant, c'est elle qui décide ce jour-là. Elle le reconnaîtra ensuite sans aucun remords ni complexe. Son seul mobile : débarrasser la vie de sa sœur et de son neveu de ce goujat encombrant.

— Il a trop cogné jusqu'à présent! Aujourd'hui, c'est fini.

Pendant que Louise met au point le rôle de chacun dans l'exécution de Marcel, ce dernier est tranquillement installé au café, comme d'habitude. Et comme d'habitude, il boit, joue aux cartes, discute du PMU, avant de faire un tour chez Martha pour se remplir les poches. Le samedi soir est un soir particulièrement coûteux. Marcel a régulièrement besoin d'un minimum de cinq cents francs pour assurer son lendemain dimanche.

Il frappe à la porte de Martha vers minuit. Pas de Martha. Rien de vraiment inhabituel, Martha doit faire la sortie des deux cinémas locaux. Marcel va tout simplement la rejoindre, fouiller dans son sac entre deux clients, et la laisser finir sa nuit.

Effectivement Martha est à son poste, au coin de la rue, battant le pavé dans la lumière chiche des cinémas qui s'éteignent. Mais son sac est presque vide.

— J'ai prêté de l'argent à ma sœur, elle a pas pu payer l'électricité du magasin...

Louise a dit cet après-midi, et elle avait raison : « Tu vas voir, Martha, il va t'obliger à venir me réclamer l'argent. Tu ne protestes pas, tu montes dans sa voiture, il t'amène ici, il te dit d'aller sonner chez moi, et qu'il t'attend en bas. Tu sonnes, je te fais entrer par-derrière, et on l'attend... »

Ça marche exactement comme prévu.

— On va chez ta sœur!

Et, comme prévu, mais c'est la dernière fois, Martha prend des coups, bien à l'abri dans la voiture de Marcel. Petite erreur, elle proteste quand même :

— On ne va pas réveiller Louise à minuit!

Pauvre tentative de Martha de convaincre la brute d'échapper à la mort... Ah! si l'affreux Marcel avait dit à cet instant-là : « D'accord, on y va demain... », il avait une chance...

Mais c'est Louise qui a raison. Marcel est ainsi fait qu'il cogne aveuglément, et réclame « son fric » aveuglément...

Il emmène donc Martha devant la boutique de Louise, stoppe le moteur et se condamne lui-même en quelque sorte...

— T'as cinq minutes !

La tête encore bourdonnante des gifles reçues, Martha sonne à la porte de Louise. La vitrine du magasin est protégée par un rideau de fer. L'appartement est derrière, on y accède par une petite porte tout à fait discrète.

Martha entre, la porte se referme sur elle, et Marcel attend. Il guette le filet de lumière au bas de cette porte, et le retour de Martha. Or le filet de lumière disparaît, et Martha ne revient pas. Louise a dit, et elle a encore raison : « Tu vas voir... Il va être furieux, il croira que tu t'es réfugiée chez moi, et il va sonner... À ce moment-là, Simon lui ouvre sans allumer, il passe la tête, et pan ! »

Deuxième chance pour Marcel d'abandonner et de sauver sa vie... Hélas... Louise a toujours raison. Marcel est furieux, il sonne, la porte s'ouvre dans le noir.

Étonné, il passe la tête...

Simon s'est servi d'un manche de pioche. Le médecin légiste dira qu'il s'en est servi à quatre reprises au moins... et que la mort a été presque immédiate.

Ensuite, Marcel a fait un curieux parcours. Il a été emballé dans une vieille toile cirée. Transporté par le trio dans la fourgonnette municipale que Simon a amenée devant la porte. Ensuite, la fourgonnette a pris la route jusqu'à une décharge publique où Marcel a séjourné quelques jours avant qu'un chauffeur de benne à ordures s'inquiète de la chose, et prévienne la gendarmerie locale. L'enquête s'est égarée quelque temps dans le milieu des confrères de Marcel. Règlement de comptes ? C'est l'amateurisme de l'exécution et la toile cirée qui ont mis la puce à l'oreille des enquêteurs.

Martha avait pourtant fidèlement exécuté les ordres de Louise : « Tu prends sa voiture, tu vas la garer dans le quartier, à proximité du café, et tu continues ta nuit comme d'habitude.

Elle avait même déniché un client comme alibi approximatif...

Simon aussi avait obéi aux ordres de Louise : « Tu remets la fourgonnette au garage municipal, tu brûles le manche de ta pioche, et si on te demande où tu étais samedi soir, c'est simple. Tu étais ici avec moi, on préparait les couronnes pour l'enterrement de lundi... D'ailleurs, je t'attends, on a un enterrement lundi ! »

Pauvre Martha, c'est elle qui a flanché, comme d'habitude. Peu de gens dans son milieu ignoraient qu'elle prenait des coups depuis des années, elle avait un mobile, et à force d'entendre la même question :

— Qui tu as payé pour faire ça ? elle a fini par répondre :

— Personne. On l'a fait en famille.

Résultat, Louise a eu cinq ans, Simon sept ans, et Martha quatre ans... avec deux ans de sursis, pour avoir fourni des certificats médicaux et des témoignages attestant de son long calvaire de près de vingt années d'esclavage au service de Marcel.

Louise avait tranquillement déposé une couronne sur sa tombe, et déclaré aux amis le jour de l'enterrement :

— Au fond, c'était mon beau-frère... Il faisait partie de la famille depuis le temps...

Et au tribunal :

— C'est pas de la préméditation, croyez-moi... S'il était pas venu, on l'aurait laissé tranquille, Marcel !

— Mais vous saviez qu'il allait forcément venir ? Tout votre plan était basé là-dessus !

— Possible... mais on l'a pas forcé, cet abruti ! Il a eu sa chance ! Et la patience a des limites, tout de même !

HANTISE

Concepción Murcia-Gomez vient de terminer son travail à l'hôpital de Valence. Quelle journée ! Des urgences à n'en plus finir. Il est vrai qu'en cette période de Noël les Espagnols font la fête, parfois sans retenue, et dans une ville bouillonnante, entre les excès de boisson et les excès de vitesse, les accidents ne manquent pas.

Pourtant Concepción n'est pas joyeuse en rentrant chez elle. À la maison, rien qu'un vieux mari ronchon qui réclame toujours quelque chose.

— Tu arrives bien tard, lance Paco Murcia quand Concepción franchit la porte de l'appartement.

Il est là, en robe de chambre, devant la télévision. Depuis qu'il a pris sa retraite de l'armée, Paco ne fait plus rien d'utile. Regarder les jeux télévisés, les émissions de variétés, le sport, tout y passe. Mais il ne lui viendrait pas à l'idée de passer l'aspirateur ni même de faire la vaisselle. Et il fume toujours, cigarillo sur cigarillo.

Dans sa vision machiste de l'existence, Paco en est resté au Moyen Âge. C'est la femme qui doit tout faire, même si elle travaille à l'extérieur. Et voilà quatre ans que cela dure... Pourquoi Concepción a-t-elle épousé Paco ?

— Tu vas rester vieille fille, lui serinait sa mère. Regarde ta sœur : elle a dix ans de moins que toi et déjà deux petites filles.

Concepción aime bien ses deux petites nièces. Mais à trente-quatre ans, avec son métier d'infir-

172

mière elle se faisait doucement une raison et envisageait l'avenir sans trop de regret.

Et puis voilà qu'un jour, au mariage d'une cousine, elle se retrouve la cavalière d'un grand militaire déjà grisonnant. Ma foi, il est encore bel homme. La cousine renseigne Concepción en riant :

— Tu vois, j'ai pensé à toi. C'est Paco, l'oncle de mon mari, il est toujours resté célibataire et il a fait toute sa carrière au Maroc. Il ne serait pas mal, comme mari.

— Tu ne m'as pas regardée ! Il a au moins vingt ans de plus que moi !

— Raison de plus, tu feras une jeune veuve !

— Tu n'as pas honte de dire des choses pareilles. Et puis ces vieux, ça porte des caleçons longs.

— Ça se repasse aussi vite qu'un caleçon court !

— Quand ce ne sont pas des appareils pour les hernies ou des horreurs pareilles. Autant rester vieille fille.

— En tout cas, c'est ton cavalier. Tu verras, il est assez rigolo malgré son âge.

Le soir même, Concepción est un peu revenue de ses préventions sur les hommes près de la retraite. Paco est un excellent danseur et un causeur hors pair. Il a dans sa poche des tas d'anecdotes sur sa vie au Maroc. Ces petites histoires donnent de lui une image avantageuse, pleine d'humour. Concepción, en l'écoutant, éclate plusieurs fois de rire. Et quand il la serre dans ses bras pour lui faire danser le tango, elle doit bien avouer qu'il a la poitrine ferme et douce à la fois. Dommage qu'il fume ces horribles cigarillos !

— Nous reverrons-nous, jolie Concepción ? demande Paco en la raccompagnant chez elle dans sa Mercedes.

— Pourquoi pas ?

Et c'est ainsi que, six mois plus tard, Concepción, à son tour, invite sa cousine à son mariage.

Les premiers mois sont assez agréables. Paco est

toujours galant, bien qu'un peu autoritaire. Beaucoup de ses phrases commencent par : « Ma chérie, il faudra que tu... » Pour lui, le rôle du mari consiste essentiellement à surveiller et gérer les comptes du ménage. Soudain, il décide d'économiser, même sur le salaire de Concepción :

— Je crois que cet été nous resterons à Valence, j'ai besoin de changer la voiture. Nous passerons l'été chez tes parents. Ils seront heureux de te voir un peu.

La nuit, les choses ne vont guère mieux. Paco, après une vie de célibataire assez libre, manque un peu de ressort. En tout cas, ses longues années dans le Maghreb ne lui ont pas appris les délicatesses que pourrait espérer une jeune femme moderne.

— Vous permettez, mademoiselle, vous avez l'air très chargée ?

Concepción regarde ce beau moustachu aux yeux clairs qui, sans attendre sa réponse, s'empare de ses paquets au sortir du supermarché.

— Vous allez loin ?

— Jusqu'à San Martin. Je vais prendre l'autobus.

— Avec tous ces paquets ? Si vous permettez, je vous y conduis en voiture.

Et sans réfléchir, toute heureuse de rencontrer un homme qui se préoccupe de sa fatigue, Concepción se laisse emmener jusque chez elle. Elle ne songe même pas à se faire déposer au coin de la rue. Paco n'est sûrement pas en train de surveiller son retour pour descendre l'aider avec les courses. Il est rivé devant la télé à regarder le match de foot.

— J'aimerais bien vous revoir, dit le charmant brun aux yeux clairs. D'ailleurs je fais moi aussi mes courses tous les vendredis, à la même heure, au Corte Inglés.

— Alors, peut-être à vendredi, fait Concepción.

Et elle le revoit. Plusieurs fois. Quelque temps après, elle accepte d'accompagner Vincent, le beau moustachu, chez lui. Il est steward dans une compagnie aérienne, célibataire, tendre, et Concepción devient sa maîtresse.

— Tu as l'air de bien bonne humeur, remarque Paco, quand elle rentre un peu plus tard à la maison. Quelque chose en particulier?

— Il y avait des soldes très valables. Je me suis fait un petit plaisir.

Mais bientôt Paco devient soupçonneux et jaloux. Il fait des scènes de plus en plus violentes à Concepción. Un jour elle craque:

— Paco, notre mariage ne correspond vraiment pas à ce que j'avais rêvé. J'ai fait une erreur en t'épousant. Je suis jeune encore et, autant te le dire tout de suite, j'ai rencontré un homme libre. Je suis sa maîtresse et je vais demander le divorce pour l'épouser.

Paco, dressé dans sa veste d'intérieur, reste sans voix. Son éternel cigarillo tombe de sa bouche sur le tapis. Jamais il n'a, dans ses pires cauchemars, pensé entendre un jour une femme, sa propre épouse, lui faire un tel aveu sans ciller.

Il entre dans la chambre conjugale et en ferme la porte à clef sans dire un mot. Concepción, après avoir hésité, décide de ne pas aller frapper à la porte. À quoi bon? Elle s'installe sur le canapé du salon et s'endort en rêvant à Vincent et à ses caresses si douces et si savantes.

Le lendemain, elle part pour l'hôpital sans avoir vu apparaître son mari. Elle lui prépare tout ce qu'il faut pour son petit déjeuner et lui laisse un mot: « Désolée de te faire de la peine, mais ainsi va la vie. Nous parlerons ce soir. Concepción. »

Mais, le soir, quand elle descend de l'autobus pour rejoindre son appartement, elle aperçoit une voiture de police qui stationne près de son immeuble. Un policier attend dans le hall de l'immeuble et, quand il la voit ouvrir la boîte à lettres, il lui demande:

— Señora Murcia-Gomez?

175

— C'est moi, vous désirez?

— J'ai bien peur d'avoir une mauvaise nouvelle à vous annoncer. Nous avons retrouvé la Mercedes de votre mari abandonnée dans les bois tout près du Guadalaviar. Il y avait sur le pare-brise un message qui semble vous concerner.

Concepción lit le message que lui tend le policier. Elle reconnaît tout de suite la petite écriture serrée de Paco : « Ma femme veut divorcer. Je préfère en finir. »

— Avez-vous retrouvé son corps?

— Non, mais l'eau est assez boueuse. Une équipe d'hommes-grenouilles est en train de fouiller le fleuve. Nous vous tiendrons au courant.

Concepción, sous le choc de la nouvelle, fond en larmes et regagne l'appartement. Elle inspecte machinalement toutes les pièces comme pour vérifier que Paco n'est pas là, caché quelque part. Mais rien n'indique sa présence. Il n'a rien emporté de ses vêtements.

Pendant les semaines qui suivent, Concepción doit se rendre plusieurs fois aux services de la Guardia civil, régler différents papiers. Mais personne ne retrouve jamais le corps de Paco. Après deux ans, elle est enfin déclarée veuve et entre en possession de tous les biens du ménage.

— En définitive, les choses ont été plus faciles que prévu, fait Vincent, en achevant le délicieux dîner que Concepción lui a préparé.

Après les quelques mois demandés par les convenances, il a commencé à s'installer chez elle et, à présent, ils vivent ensemble. Les formalités du mariage sont déjà en train.

— Oui, mais j'aurais mieux aimé que les choses se terminent moins dramatiquement. Quand je pense qu'il n'a jamais reçu de sépulture chrétienne, que son corps, Dieu sait dans quel état, est peut-être toujours quelque part dans le Guadalaviar, coincé entre les roseaux...

— C'est lui qui l'a voulu. De toute manière tu ne crois pas aux fantômes.

— Non... Enfin, j'essaie de ne pas y croire.

Quelques jours plus tard, un samedi soir, Concepción rentre chez elle dans un état de panique évident. Elle a du mal à ouvrir la porte et Vincent, qui est déjà là, lui ouvre en entendant le bruit des clefs qui s'entrechoquent contre la serrure.

— Concepción, qu'est-ce qui t'arrive? Tu en fais une tête.

— Vincent, c'est horrible, je viens de voir Paco, au coin de la place de l'Hôtel-de-Ville.

— Mais non, ce n'est pas possible, tu te rends compte, voilà deux ans qu'il est mort.

— Je t'assure, je l'ai vu, c'était bien lui!

Concepción doit s'asseoir. Elle claque des dents.

— Ma grande folle, tu te rends compte que la nuit est presque tombée. Après tout il y a plus d'un homme qui doit lui ressembler. Et puis, s'il était vivant, il se serait manifesté depuis longtemps. Il ne nous aurait pas laissé le champ libre comme ça. Sois logique.

Mais la jolie infirmière n'est pas convaincue.

Huit jours plus tard, exactement, quand Vincent arrive de l'aéroport, il trouve Concepción dans un état de prostration évident. Elle sanglote à chaudes larmes, pliée en deux dans un canapé du salon:

— Ma chérie, calme-toi. Qu'y a-t-il? Encore Paco?

— Oui, à l'instant même, quand je suis rentrée. Il était sur le trottoir d'en face et il regardait vers nos fenêtres. Cette fois-ci, je suis certaine de l'avoir bien reconnu. J'ai même remarqué la petite tache de vin qu'il a au coin de l'œil gauche.

— Bigre, tu commences à m'inquiéter. Tu travailles trop, tu as besoin de vacances.

Dès le lendemain, Concepción se rend au bureau de la Guardia civil. Elle expose son cas et les policiers la reçoivent poliment mais rapidement.

— Rentrez chez vous tranquillement, *señora*. Nous allons demander à nos équipes de surveiller d'un peu plus près les abords de votre immeuble, mais rassurez-vous. Si votre mari avait survécu depuis deux ans, la police espagnole aurait retrouvé sa trace. Et de quoi aurait-il vécu depuis ce temps ?

Quelques jours plus tard, Vincent arrive avec une bonne nouvelle qui prend pour Concepción les allures d'une catastrophe :

— Ma chérie, j'ai de l'avancement. Je quitte le réseau intérieur et je vais faire les lignes d'Amérique du Sud. Cela va arranger les finances du ménage.

— Quelle horreur ! Alors, tu vas rester plusieurs nuits absent ?

— Oui, mais tu as l'habitude, et je rentrerai toutes les semaines.

— Écoute, Vincent, je sens la présence de Paco autour de moi. J'ai l'impression que la nuit il monte jusqu'à notre étage, qu'il est sur le palier, qu'il écoute à la porte.

— Alors là, tu deviens un peu folle, il va falloir te faire soigner avant de devenir ma femme, tu sais.

— Et puis, il y a autre chose. C'est bizarre mais je n'y ai jamais pensé auparavant : Paco a toujours les clefs de l'appartement.

— Comment ça ?

— Quand il a abandonné sa voiture avant de disparaître, il n'a pas laissé ses clefs sur le contact. Donc il est parti avec...

Vincent réfléchit un moment. Puis il ouvre son attaché-case.

— Tiens, voilà qui devrait te rassurer.

Il sort un 6,35.

— J'ai acheté ça à Barcelone. Regarde : il est

178

chargé. J'enlève le cran de sûreté. Si quelqu'un entre ici la nuit, n'hésite pas. Sauf si c'est moi, bien sûr, pas de blague.

Deux nuits plus tard, alors que Vincent est à l'autre bout du monde, Concepción qui somnole entend, au milieu de la nuit, comme un grincement de la porte d'entrée. Elle écoute un moment. Le parquet de l'entrée grince. Pas de doute, quelqu'un est dans l'appartement. Sans allumer, elle saisit le 6,35 sur la table de nuit. Horreur : la porte de la chambre s'ouvre. Elle reconnaît l'odeur des cigarillos de Paco. Alors elle tire. Quand elle entend le bruit d'une chute, Concepción allume sa lampe de chevet.

Au sol, devant le lit, Paco, geint doucement en se tenant le ventre. Près de lui un énorme couteau de cuisine. Concepción enjambe le corps et appelle la police. C'est devant les policiers que Paco explique :

— Quand j'ai su que Concepción voulait divorcer, j'ai voulu mourir. Puis je me suis dit qu'elle devait payer pour sa trahison. J'ai donc organisé ma disparition et, pendant deux ans, j'ai vécu de petits boulots anonymes ici ou là. Je la surveillais. Quand j'ai su qu'elle allait se remarier j'ai voulu la tuer.

Paco a été condamné. Concepción, qui a agi en état de légitime défense, n'a pas été inquiétée. Elle a épousé Vincent qui, dorénavant, fait un peu plus attention aux intuitions de son épouse.

LE COUCOU

La campagne allemande, des hectares de houblon, des vaches, une ferme et un vieil homme : Johan B., quatre-vingt-trois ans à Noël 84. Il est né avec le siècle, exactement en 1901. Il travaille la terre, depuis son enfance, et a donc vu passer tous les modèles de charrues. Johan a été placé comme vacher à l'âge de quatorze ans. À trente ans, il était à son compte sur une terre louée. À quarante ans, grâce à une surdité gênante, il a été réserviste de l'armée allemande, et a échappé ainsi au massacre. À cinquante ans il était propriétaire. À soixante-dix ans, il a laissé la place à sa fille unique, Suzana, une enfant née sur le tard, d'une mère déjà usée, morte peu de temps après sa naissance. C'est souvent un drame pour un paysan que de n'avoir pas de fils. Pour Johan en particulier, dont le village connaît la formule à ce sujet :

— Une fille épouse un étranger, qui la vole à son père. Cet étranger marche sur des terres qui ne sont pas les siennes, et il arrive forcément un jour ce que redoute le père, l'instant où l'étranger devient le maître de la fille et des terres.

— Père Johan, vous n'avez plus l'âge. Il faut laisser la place.

Johan a beaucoup de mal à laisser la place, et il n'entend que ce qu'il veut entendre. C'est pratique d'être aussi dur d'oreille que dur au travail. Il n'a jamais aimé son gendre. Ce Ludwig qui a réussi ce qu'il n'a pas pu faire lui-même, des fils. Même si Ludwig s'était montré parfait, il aurait eu du mal à l'accepter. Et dans le canton, on sait que Ludwig est loin d'être parfait.

La guerre civile entre beau-père et gendre a commencé peu de temps après le mariage. Ludwig a emprunté pour acheter du matériel moderne, il a mis des terres en gage pour cet emprunt, avec l'accord de sa femme évidemment puisque rien n'était à son nom à lui... Et Johan a explosé devant tout le village. Il l'a traité de « coucou ».

— C'est à moi qu'il fallait demander l'autorisation de disposer de mes biens !

— Vous les avez donnés à Suzana !

— Exact, pas à toi !

— Je suis son mari, que vous le vouliez ou non, c'est mon travail qui rapporte, et je dois assurer l'avenir de mes fils! Si on vous écoutait, on ne gagnerait même pas de quoi nourrir le bétail!

L'affaire s'est terminée par une gifle, et les pichets de bière ont volé au café du village.

La guerre a continué ensuite beaucoup plus gravement, le jour où Suzana a demandé timidement à son père de s'installer ailleurs qu'à la ferme.

— Tu serais mieux dans la maison de maman au village. Personne ne l'occupe depuis sa mort.

— Tu me flanques à la porte de chez moi? C'est une idée de Ludwig?

— Écoute, papa, nous avons déjà trois enfants, et je suis encore enceinte, la ferme ne peut pas abriter tout le monde, à moins de faire des travaux qui nous coûteraient cher.

— Ce type ne t'a fait des enfants que pour te piquer ton héritage! A-t-on idée d'être encore enceinte à quarante ans? Pendant ce temps, lui, il court les filles! Ça l'arrangerait bien que je ne sois plus là pour le surveiller!

— Papa, tu ne sais plus ce que tu dis! Ludwig aime ses enfants!

— Demande à la secrétaire de mairie! Il y passe tous les soirs, pendant que toi tu l'attends bêtement devant une soupière...

Malheureusement, c'était vrai, et malheureusement, se sentant découvert, Ludwig a cru malin d'affronter le vieux Johan une fois de plus, en lui conseillant de s'occuper de ses affaires. Les fils ont dû les séparer, il s'en est fallu de peu qu'une bûche atterrisse sur le crâne de Ludwig, et le laisse sur le carreau. La haine est devenue épidermique entre les deux hommes.

Les fils, au nombre de trois, déjà grands, sont victimes de la violence familiale. Un père qui les éduque à coups de trique, de baffes, et de menaces. Surtout l'aîné qui, à dix-sept ans, ressemble comme deux gouttes d'eau au vieux Johan, son grand-père. Entre Ludwig et ses enfants, aucun échange, aucun dialogue. Il s'agit d'abord de travailler et ensuite de la boucler. On a même vu le père flanquer une rouste à l'aîné en plein milieu d'un champ, et le poursuivre ensuite au volant de son tracteur histoire de lui apprendre à courir.

La seule qualité de ce sauvage, et de l'avis de tout le monde : le travail.

Il a su faire fructifier les biens de sa femme, il a augmenté considérablement la valeur de l'exploitation. Et cela, le vieux Johan le sait bien, il en est même vert de jalousie. Car cela veut dire pour lui que l'emprise de son gendre sur les biens qu'il a donnés à sa fille est de plus en plus évidente financièrement.

Johan a fini par s'installer dans la maison de sa femme, une masure sans grand confort, à un kilomètre de sa ferme. Et il s'est mis à ruminer davantage. Chaque jour Suzana a pris de ses nouvelles, le suppliant d'accepter au moins d'installer le téléphone. Mais le vieux Johan se fiche du téléphone, d'abord parce qu'il est réellement très dur d'oreille, et ensuite parce qu'il est sauvage.

— Si j'ai besoin de parler à quelqu'un, je le fais entre quatre yeux ! On peut pas savoir ce que les gens pensent avec ce truc-là ! On peut te raconter tous les mensonges du monde. Regarde ton mari, ça lui va bien, le téléphone, pour raconter des histoires à dormir debout ! Ce salaud ne rentre pas pour dîner, un coup de téléphone, l'affaire est dans le sac ! Alors que tu sais très bien où il est ! Mais ça, il te le dira jamais en face ! Et tu supportes ! J'en ai honte pour toi !

Suzana baisse toujours la tête devant son père à ce sujet, car il a raison : Ludwig la trompe. Au début il ne le faisait pas ouvertement. Maintenant il ne se cache plus vraiment. Et il est vrai que le téléphone sonne souvent le soir pour débiter une excuse qui n'en est plus une.

182

Mais Suzana s'en arrange finalement. Un dîner au calme avec ses fils, sans bagarres ni insultes, c'est reposant après une journée de travail. D'autant plus qu'elle doit accoucher un peu avant Noël, et que sa santé n'est pas bonne. Situation qui met son père en fureur :

— Il voudrait te tuer qu'il n'agirait pas autrement ! Divorce ! Tu n'as pas besoin de lui, les enfants sont grands, ils peuvent très bien se débrouiller seuls. Et je les aiderai, crois-moi !

— C'est compliqué, papa. Si nous divorçons, il faudra vendre la terre !

— Jamais ! C'est à nous et à personne d'autre !

— C'était à nous il y a vingt ans... Ludwig a investi depuis. Il y a des lois, papa...

— Jamais je n'aurais dû te laisser épouser ce voleur !

Au regard de la loi, Ludwig n'est pas un voleur, le vieux Johan exagère, et le notaire se charge de lui faire le point qu'il demande.

— Un divorce serait catastrophique à l'heure actuelle. Les investissements de votre gendre dépassent largement la valeur de la terre que Suzana a reçue en donation. Il faudrait partager, et qui dit partage dit démantèlement. Votre fille a raison.

Le vieux Johan n'avale pas cette raison-là. À son âge, il ne peut pas. Une terre est une terre, et c'est la sienne, celle de sa fille unique. Toutes ces histoires de prêts bancaires, de matériels et d'investissements, de quotas et le reste... il ne décolère pas. Tout ce qu'il voit, c'est que l'autre, le voleur, s'est installé comme un coucou dans le nid qu'il avait préparé. Il le hait.

Cette haine va bientôt se cristalliser à la faveur d'un moment crucial dans la vie de sa fille Suzana. À l'hôpital du canton, où il se rend avec elle, quelques jours avant son accouchement. Ludwig n'est pas là, les fils non plus, ils travaillent tous comme des esclaves. Le vieux Johan est seul à regarder pleurer sa fille.

— J'ai peur. Le médecin dit que je dois rester, il craint des complications pendant l'accouchement.

Suzana a quarante-deux ans, elle a grossi, son cœur n'est pas en bon état, trop de tension, trop d'angoisse, et de plus elle n'attend pas un enfant mais deux. Des filles, dont Ludwig ne fait pas beaucoup de cas, apparemment. Lorsque Suzana lui téléphone pour le prévenir qu'elle ne rentrera pas à la ferme, et qu'on l'a hospitalisée, il a toutes les excuses du monde pour ne pas la rejoindre.

— Tu vas accoucher aujourd'hui ? Je viendrai te voir demain ! Qu'est-ce que tu veux que je vienne faire ? Attendre ? Appelle-moi quand ce sera fini ! De toute façon, ton père est là !

Alors le vieux Johan se dit : « Le salopard, il va en profiter pour aller coucher chez sa maîtresse, pendant que ma fille est dans les douleurs à cause de lui. »

Et il prend le téléphone des mains de sa fille, lui qui déteste cet engin, et hurle :

— Si tu n'es pas là ce soir, je te le ferai payer ! Tout ça, c'est de ta faute !

Même le médecin s'étonne de la réaction du mari et futur père. Lui aussi réclame sa présence.

— S'il y a un problème, et je crains qu'il y en ait un sérieux, j'aurai besoin de votre accord. C'est la vie de votre femme qui est en jeu, et celle des enfants qu'elle porte. Sinon je devrai m'adresser au membre de sa famille qui se trouve présent, c'est-à-dire son père, à condition que vous l'acceptiez.

Est-ce l'argument qui a fait bouger Ludwig ?

Il se voit obligé de prendre la route, de faire deux heures de trajet jusqu'à la ville pour parler au médecin. L'accoucheur lui dit :

— Ce sera long, et très difficile pour elle.

Les deux ennemis attendent sans se regarder. Le temps est long face à face lorsqu'on se hait à ce point. Le vieux Johan ne desserre pas les dents pour une fois. Il se sent forcément à l'écart. Le médecin a parlé au mari, pas au père. C'est normal.

Les heures passent. Arrive un moment dans la nuit où le médecin sort de la salle de travail, et fait signe à Ludwig de le rejoindre. Le vieux Johan n'entend pas ce qui se dit. Il attend que l'autre ressorte et veuille bien l'informer.

— Il dit que Suzana n'aura probablement qu'un enfant sur les deux.

Rien d'autre. Le vieux Johan s'endort dans la salle d'attente, recroquevillé sur sa chaise.

Lorsque l'infirmière le réveille, Ludwig n'est déjà plus là, et Suzana a accouché d'une petite fille. Elle est dans une chambre seule, l'enfant en couveuse, loin d'elle. Elle a failli mourir, et son état n'est toujours pas brillant. Le vieux Johan se penche sur elle, pour l'embrasser.

— Papa?

Il colle son oreille contre la bouche de sa fille unique pour bien écouter ce qu'elle veut lui dire :

— Cette nuit, le médecin a dit à Ludwig qu'il ne pourrait peut-être pas sauver tout le monde, et Ludwig a répondu : « On garde les enfants. » J'ai tout entendu depuis mon lit.

Des enfants, l'une est morte, celle qui a survécu sera sérieusement handicapée à vie. Et Ludwig a filé avant la fin, comme un coupable d'avance. Il comptait peut-être sur le destin pour le débarrasser de sa femme ? En tout cas il l'a dit : « Gardez les enfants », pas la mère... Pas Suzana, la fille unique du vieux Johan.

La décision a été prise à ce moment-là, sûrement. Johan n'a rien dit à sa fille, il n'a pas explosé de colère ainsi qu'à son habitude. Le calvaire qu'elle venait de vivre, l'avenir de l'enfant survivante la paralysaient d'angoisse, et on dut la faire dormir.

L'exécution a eu lieu un an après cette confidence de la fille à son père.

D'abord il y a eu la confirmation de la liaison extraconjugale de Ludwig. C'est lui qui a demandé le divorce et, presque aussitôt, il n'est même plus rentré chez lui le soir. Il allait directement dîner et parfois dormir chez sa maîtresse. Suzana l'entendait rentrer à l'aube pour se raser et se changer avant le travail.

Ensuite, il y a eu la procédure amiable, que Suzana a signée. Le partage des biens y était précisé. Elle en gardait tout de même suffisamment pour pouvoir installer ses fils, et continuer à vivre elle-même. Mais Ludwig gardait la ferme d'habitation, et aussi la terre d'origine, qu'il exploitait personnellement. Le juge avait fait ce qu'il pouvait, on ne peut tout de même pas couper les toits en deux.

Le vieux Johan s'est fait expliquer tout cela par l'aîné de ses petits-enfants. Et là non plus, il n'a pas manifesté de colère homérique, ainsi qu'il en était coutumier. L'âge sans doute. Quand on va sur ses quatre-vingt-cinq ans...

En fait, il avait une autre idée en tête qu'une paire de claques ou une bûche sur la tête.

Il a attendu toute une nuit que son gendre rentre au domicile conjugal, pour se raser comme d'habitude. Et il l'a abattu d'une décharge de chevrotines. Il s'est approché du corps comme de celui d'un gibier, l'a repoussé du pied, afin de s'assurer qu'il n'avait pas raté son coup.

La haine était close. Sa fille était veuve, tous les biens revenaient à ses enfants et à elle. Le vieux Johan avait rétabli sa justice.

Justice dont il se moquait souverainement du fond de son grand âge, et de sa surdité commode.

VIE D'ARTISTE

Dans les années 1950, une jeune fille blonde aux yeux gris vit en Autriche. Elle est romantique et tout le monde s'accorde à lui trouver un joli talent de peintre, spécialement dans les portraits féminins et les bouquets de fleurs.

Elle parvient même à décrocher une bourse d'étude et ses parents, sans enthousiasme, finissent par lui accorder la permission dont elle rêve : aller étudier à Paris, la ville des musées et de toutes les émotions artistiques.

Sigrid, puisque tel est son prénom, arrive donc à Paris et s'inscrit à l'École des beaux-arts.

Une fois inscrite, elle se retrouve tout à fait perdue.

— Bonjour, vous êtes étrangère, n'est-ce pas ?

Sigrid considère le garçon qui vient de l'interpeller. Un brun souriant qui a l'air constamment prêt à faire une bonne blague. Toujours à rire avec tous ceux qu'il croise.

— Autrichienne je suis, oui.

— Autrichienne tu es ? C'est drôle. Tu es aux Beaux-Arts, moi aussi. On se tutoie, ce sera plus simple. Je parie que tu dois avoir plein de problèmes.

Sigrid, en effet, a des problèmes. Elle ne comprend pas vraiment l'esprit parisien, elle se perd dans la hiérarchie des Beaux-Arts.

À partir de cette époque, Michel Delafosse, puisque tel est son nom, prend Sigrid par la main. Il lui indique l'hôtel du Nayrac, un petit établissement plein d'artistes, de musiciens et de gens hors du commun. Il lui indique les petits bristrots où l'on dîne correctement sans se ruiner...

Quant à lui, personne ne sait exactement de quoi il vit : architecte, secrétaire, trafiquant de tableaux ultramodernes...

— Sigrid, es-tu libre ce soir ? J'aimerais que l'on dîne ensemble dans un nouveau troquet que je viens de découvrir.

— Oui, mais on paye chacun son part.

Après le dîner, charmant et très gai, Michel propose une séance de cinéma : art et essai. *Le Cabinet du Dr Caligari*.

— Tu m'invites à un dernier verre, le coup de l'étrier, comme on dit.

Sigrid ne comprend pas ce que veut dire « le coup de l'étrier » mais elle a apporté d'Autriche une bouteille de Jerusalemer pétillant qu'elle gardait dans sa chambre pour une bonne occasion...

Quand Michel quitte l'hôtel, vers 3 heures du matin, la bouteille est vide et Sigrid est amoureuse... Décidément Paris est bien une ville de rêve.

— Sigrid, je peux te parler un moment ?

La petite brune qui vient d'interpeller la blonde Autrichienne est elle aussi une locataire de l'hôtel du Nayrac.

— Oui, qu'est-ce qui se passe ?

— Michel et toi, c'est du sérieux ?

— Oh ! je ne sais pas, je suis amoureuse je crois.

— J'en étais certaine. Le salaud. Tu ne sais donc pas qu'il est déjà marié ? D'ailleurs tu dois connaître sa femme, elle expose en ce moment chez Vania Toni, tu as dû voir les affiches.

— Renate Zerjav ? Celle qui fait des sculptures cadavériques ? C'est la femme de Michel ?

— Oui, elle a gardé son nom de jeune fille. En fait, elle est rescapée de Bergen-Belsen. Elle a perdu pratiquement toute sa famille. Seule sa tante est revenue. Elle a encore sur le bras le numéro matricule que les nazis lui ont tatoué.

Sigrid reste silencieuse. Mais la brunette continue :

— Quand Renate est arrivée à Paris, Michel Delafosse a eu vite fait sa connaissance. Elle était un peu perdue aux Beaux-Arts. Au bout de quelques mois, elle lui a annoncé qu'elle était enceinte et il l'a épousée. Mais ce n'était qu'une grossesse nerveuse car rien n'est arrivé. Il voulait divorcer mais Renate n'est pas sans charme. Et, de toute manière, aujourd'hui, avec ses sculptures concentrationnaires c'est souvent elle qui fait bouillir la marmite.

— Bouillir le marmite ?

— Oui, c'est elle qui le fait vivre... De toute manière, elle a au moins huit ou neuf ans de plus que lui.

Le lendemain, Michel doit donner des explications à sa petite amie autrichienne :

— Oui, c'est vrai : je suis marié depuis cinq ans à Renate. Quand elle est arrivée à Paris, encore toute maigre et perdue, j'ai eu pitié d'elle. Je reconnais qu'elle a un certain talent. Mais ses statues sont tellement inspirées par les camps de concentration qu'elles me dépriment.

— Je ne veux pas avoir une liaison avec un homme marié, Michel !

— Attends un peu. Il n'y a plus rien entre Renate et moi. Simplement je lui sers de manager. Je gère sa comptabilité, ses impôts, je discute avec les directeurs de galerie, j'organise le transport de ses sculptures quand elle participe à des expositions à l'étranger. Mais c'est tout... Bientôt je demanderai le divorce. Nous resterons peut-être bons amis, mais, si tu as un peu de patience, c'est toi, Sigrid, qui seras Mme Michel Delafosse...

Sigrid soupire, Michel poursuit :

— À propos d'exposition, j'ai une bonne nouvelle pour toi. J'ai montré tes eaux-fortes chez Berneuil. Il est emballé. Il te propose de participer à sa prochaine expo collective : « Espoirs de la jeune gravure ».

Cette bonne nouvelle est l'occasion d'un dîner entre copains. Michel sort du restaurant complètement ivre. Le mélange whisky, bordeaux, champagne et alcool de poire est difficile.

Quand on rentre ivre, on commet certaines imprudences. Renate, l'épouse légitime, découvre, à demi sortie d'une poche de manteau, une lettre dans laquelle Sigrid se plaint de ne pas avoir revu Michel depuis toute une semaine. La lettre est adressée aux bons soins du massier de l'Atelier des beaux-arts où, épisodiquement, Michel apparaît. Personne ne saurait dire à quel titre.

La lettre est explicite, du début jusqu'à la fin.

« Mon amour chéri, pourquoi m'abandonnes-tu toute une semaine? Tu dis que je suis ta "véritable épouse", etc. »

Et, le lendemain matin, Michel, le bourreau des cœurs, subit une scène.

Mais Renate en a déjà trop vu pour élever la voix. Elle est triste, avec dignité :

— Alors, ta nouvelle conquête est cette Sigrid Weinbach. Tu vas me faire le plaisir de décrocher du mur l'eau-forte qu'elle t'a si gentiment dédicacée : « À Michel Delafosse, sans qui je ne serai pas la même. » Quand on connaît vos relations, ça ne manque pas de sel mais de là à me l'accrocher sous le nez. Excuse-moi. De toute manière je n'aime pas du tout son style, c'est de la gravure de femelle.

Michel se tait. Que dire? Nier serait inutile. Il continue à faire les mille choses qu'il accomplit pour Renate : il va chercher la terre glaise toute fraîche dont elle a besoin, il passe chez le bronzier pour voir où en sont les dernières statues « cadavériques »... et il fait un saut chez Sigrid.

— Michel, je comprends que tu ne puisses pas divorcer instantanément. De toute manière, le fait que tu sois marié ne me pose pas de problème, puisque tu me dis que votre mariage est devenu une amitié intellectuelle sans aucune relation sexuelle.

— Je te le jure. D'ailleurs, la meilleure preuve c'est que Renate a trouvé une de tes lettres dans ma poche et qu'elle a pris la chose avec philosophie. Elle aurait pu venir te voir à la galerie et faire un scandale... Tu sais, à son âge et revenant des camps, elle a une autre vision de l'existence.

Ce bel équilibre est rompu le jour où Renate reçoit un télégramme de Prague. Elsie, la tante rescapée des camps de la mort, se sent de plus en plus mal. Elle veut revoir Renate avant de disparaître.

— Michel, veux-tu m'accompagner à Prague ?
— Comment irons-nous là-bas ?
— En voiture, Vania peut me prêter sa Panhard.
— Tu crois qu'on pourrait y aller à trois ?
— À qui penses-tu ? À Sigrid ? Tu ne manques pas de culot.
— Elle ne connaît pas Prague. C'est l'occasion de le lui faire découvrir.
— Bon, si c'est la condition pour que tu m'accompagnes, j'accepte. Mais attention, à l'hôtel n'oublie pas que c'est moi ton épouse légitime. Tu dormiras dans mon lit.

Quand Michel Delafosse annonce à Sigrid ce projet de voyage à trois, celle-ci réfléchit un moment en silence. On dirait qu'un sourire apparaît presque au fond de ses yeux gris...

Mais le voyage va réserver des surprises.

À la première occasion de se trouver en tête à tête avec Sigrid, Renate aborde la question cruciale :
— Mon petit, je comprends que vous soyez sensible au charme de Michel. Je suis passée par là. Son air de chien fou. Sa manière de tourner la tête quand on le prend la main dans le sac, sa façon de promettre, de jurer que c'est la dernière fois. Plus d'une s'y est laissé prendre. Sigrid, vous êtes jeune, inexpérimentée. Cette liaison ne vous mènera à rien. Je n'ai pas l'intention de divorcer et Michel n'en a pas les moyens. De toute manière, je vais vous faire une confidence qui va vous étonner : chez Michel, la

seule chose qui m'intéresse, c'est sa braguette. Comprenez-le comme vous voudrez.

Sigrid, en entendant ces mots, se fige. Ses yeux gris prennent une couleur foncée comme un morceau de haine.

À partir de cette étape cruciale, le voyage à trois devient moins plaisant. Sigrid essaie de coincer Michel dans tous les coins des musées, derrière tous les piliers d'église.

— Fais-moi un enfant. Si j'ai un enfant de toi, tout rentrera dans l'ordre.

Michel qui dort avec sa femme toutes les nuits n'a aucune envie de compliquer la situation. Cette petite Sigrid qui lui plaisait tant quand il l'a découverte, perdue dans le grand Paris, devient un peu trop encombrante et exigeante.

— Tu devrais profiter de notre séjour à Prague pour aller jusqu'en Autriche saluer tes parents et leur dire que ta carrière prend forme à Paris. Ça serait gentil, non?

— Je n'irai saluer mes parents qu'à une seule condition. Que je puisse leur annoncer que j'attends un enfant de toi...

— Mais ce n'est pas possible. Nous allons rentrer bientôt à Paris, jamais tu n'aurais le temps de savoir que tu attends un enfant de moi. J'ai trop de problèmes professionnels en ce moment. Je ne pourrais pas supporter l'idée de procréer. Attends mon divorce.

Pourtant Sigrid est bien décidée à obtenir ce qu'elle veut. Quand le trio arrive enfin chez la tante, les recoins discrets ne manquent pas et la tante Katia, malgré son mauvais état de santé, peut constater de ses propres yeux que Michel est infidèle à Renate.

La situation est d'autant plus compliquée que Renate, malgré ses trente-neuf ans, a elle aussi des prétentions à la maternité.

Et c'est ainsi que Michel, à son corps défendant, apprend un beau soir qu'il va être bientôt père... Renate est enceinte. Il se garde d'annoncer la nouvelle à Sigrid, mais le Saint-Germain des artistes est un village et une bonne âme se charge de lui révéler la vérité.

Michel, au pied du mur, trouve cependant les arguments qui vont calmer Sigrid.

— Bon, d'accord, Renate est enceinte, mais il faut dire qu'à son âge c'est inespéré. À présent qu'elle a ce qu'elle veut, je crois qu'elle va nous laisser un peu tranquilles.

— Ah! je comprends ce qu'elle a voulu dire.

— Qu'est-ce qu'elle a voulu dire?

— Elle m'a dit que, chez toi, la seule chose qui l'intéressait, c'était ta braguette. Ça m'a étonnée, ce n'est pas son style.

— Eh oui, ce qu'elle voulait, c'est un enfant de moi. Je me demande bien pourquoi elle veut avoir un rejeton. Il risque de me ressembler. Sur le plan physique passe encore, mais si le fils a le caractère du père, elle ne fait certainement pas une affaire.

— Moi, je veux le père tel qu'il est. Tu m'aimes?

— Mais oui, je t'aime. J'avoue que la situation est un peu compliquée, mais tu es celle que je préfère. Comment peux-tu en douter?

— Pour que j'en sois certaine, ce n'est pas difficile. Je viens de louer un petit appartement de trois pièces rue du Dragon. Viens vivre avec moi...

Michel hésite. Il prétexte qu'il faut qu'il s'occupe doublement de Renate dont la grossesse est à présent bien avancée. Un jour il annonce :

— Ça y est, j'ai un fils. Ouf, une page de tournée.

— Et comment va-t-il s'appeler? J'espère qu'il te ressemble.

— Pour l'instant, il a encore l'air d'un petit singe. Mais il a déjà mes cheveux. Renate a décidé de l'appeler Othello.

— Quelle drôle d'idée! Quand viens-tu t'installer chez moi?

— Bientôt, je te ferai la surprise. De toute manière j'ai les clefs. Si ça se trouve, tu m'auras dans ton lit un beau matin et ce sera pour de bon.

Effectivement Michel, une fois de plus ivre mort, débarque une nuit chez Sigrid. Il s'écroule sur le lit sans même se déshabiller complètement. Mais elle ne lui fait aucun reproche : ça entre dans ses plans.

Elle se lève et fouille dans les poches de son amant. Le trousseau de clefs est là. Les clefs de chez Sigrid et les clefs de chez Renate. Sigrid saisit un petit sac de voyage et y glisse un petit marteau, ainsi qu'une torche électrique. Puis elle quitte silencieusement son appartement.

— Taxi, 73 rue des Petits-Champs.

C'est l'appartement de Michel, Renate et Othello. Une fois sur place, Sigrid, au cœur de la nuit, a tôt fait d'entrer dans l'appartement de la nouvelle maman. La serrure est bien huilée. Ni la porte ni le plancher ne grincent.

En recevant le faisceau de la lampe électrique en plein visage, Renate se réveille en sursaut :

— C'est toi, Michel ?

A-t-elle le temps de réaliser son erreur ? Nul ne pourra jamais le dire. L'autopsie, dès le lendemain, constate qu'elle a eu le crâne défoncé de plusieurs coups d'un petit marteau très pointu.

C'est Michel en rentrant au domicile conjugal, le lendemain, qui a constaté la tragédie. Il a tout de suite compris qui en était l'auteur. Ce matin-là, en lui servant son petit déjeuner Sigrid avait un drôle de sourire.

Elle se retrouve pour quinze ans en prison. Les jurés ne lui ont pas pardonné d'avoir aussi étouffé le petit Othello sous un oreiller.

LA MÉGÈRE

Il règne dans ce salon un silence de plomb. Quatre personnages, un homme et trois femmes, contemplent qui les dessins du tapis, qui ses chaussures, le plafond ou ses mains.

À tout seigneur tout honneur, l'homme préside. Cinquante ans, l'estomac replet, le teint un peu rougeaud, il a choisi le grand fauteuil, dont il fait craquer par moments les accoudoirs. Jean D. Nerveux, il se contient difficilement.

Sur un canapé, sa future femme, Maria, quarante ans, des bouclettes noires, un visage enfantin, le sourire gêné. À côté d'elle, Suzanne, la fille de la maison, vingt-sept ans, célibataire attardée dans la maison paternelle. Elle regarde ses chaussures avec une attention si particulière qu'on les croirait le sujet de la conversation qui va suivre. Qui va sûrement suivre... on ne sait pas, car pour l'instant seule la visiteuse doit avoir quelque chose à dire. C'est elle qui est arrivée à l'heure du café, sans avoir prévenu, dans une maison où elle n'a plus rien à faire, où elle ne devrait même pas mettre le pied.

Paulette. Une mégère. L'année précédente, elle était la future Mme Jean D. La future belle-mère de Suzanne, la future patronne des Établissements Jean D. Plomberie, chauffage, etc.

Paulette est crémière. Juste au coin de la rue, à trois immeubles des Établissements Jean D. Veuve, quarante-cinq ans, physique agréable, commerçante jusqu'au bout des ongles, n'ayant pas son pareil pour vous expliquer la tendresse d'un camembert, ou les délices d'un beurre breton. Entre le plombier et la crémière, une idylle a vu le jour pour une histoire de robinets. Veufs tous les deux, commerçants tous les deux, d'âge « équivalent » comme on dit dans les petites annonces, ils allaient se marier.

Du moins, c'était l'avis de Paulette. Une femme de décision. En fait, une femme de calcul. La plomberie marchait bien, Jean avait du bien, des espérances, une grande fille déjà élevée, supposée être indépendante, donc...

Tout le monde dans ce salon connaît la suite de l'histoire. Seule la nouvelle future Mme D., Maria, n'en a eu qu'une version allégée. Jean et sa fille, Paulette surtout, savent les détails.

C'était un matin de printemps et Paulette avait décidé de mettre, comme elle dit, les choses à plat.

— Ta fille n'a qu'à se débrouiller pour vivre ailleurs ! À son âge, moi, il y a longtemps que je ne vivais plus aux crochets de mes parents !

— Elle n'a pas à vivre ailleurs, elle est ici chez elle ! Il y a suffisamment de place pour tout le monde dans cette maison. En plus, elle travaille sur place, à la boutique, pourquoi voudrais-tu qu'elle aille louer un appartement à l'autre bout de la ville ?

— Le problème n'est pas là ! C'est une question d'indépendance ! Nous avons droit à notre indépendance ! Elle est majeure depuis longtemps, non ?

— Justement ! Cette maison lui appartient autant qu'à moi !

— Explique-toi ?

— J'ai fait une donation à Suzanne.

Ce jour-là, Paulette a montré son vrai visage. Le physique agréable s'est tordu en grimace de mégère. Suzanne, fille unique, était d'avance dotée de tous les biens de son père. À part son outil de travail, constitué de la boutique et d'un atelier, elle possédait la maison, les meubles, et l'assurance-vie de son père. Jean D., naïvement, n'en avait pas parlé à sa future femme, dont il n'était d'ailleurs pas sûr qu'elle devienne réellement sa femme. À quoi bon passer devant M. le maire, quand on a leur âge... et chacun sa propre affaire ?

Paulette a serré les dents sur une déconvenue insupportable pour elle. La guerre de tranchée s'est déclarée entre Suzanne et elle. D'autant plus mauvaise que Suzanne, petite souris grise sans grand caractère, sans beaucoup d'ambition, mais sans méchanceté non plus, n'a rien compris aux attaques sournoises de sa future belle-mère, et faisait beaucoup d'efforts de conciliation.

— Tu veux la grande chambre? Prends-la, mais papa n'aime pas y dormir, c'est pour ça que je m'y suis installée. À mon avis, il n'aimera pas que tu changes ses habitudes!

— Les habitudes de ton père, c'est moi que ça regarde! Occupe-toi des tiennes!

Les choses ont empiré, surtout dans la tête de Paulette, qui faisait une montagne du plus petit détail. Qu'il s'agisse d'une assiette de porcelaine, ou de la place d'un fauteuil, tout était prétexte à un délire de persécution. Si l'assiette était cassée, c'était volontairement, pour lui faire du mal, et parce qu'elle l'avait achetée elle-même. Si le fauteuil était déplacé, c'est parce qu'on ne voulait pas qu'elle s'assoie...

— On ne me donne rien, à moi! On ne prête qu'aux riches dans cette maison!

Après avoir haussé les épaules d'étonnement, puis d'agacement, Jean, le futur époux potentiel, a fini par piquer une colère noire, et par remettre la mégère à sa place, c'est-à-dire à la porte. Pas très patient, le plombier. Du genre à hurler sur le pas de la porte afin que nul n'en ignore :

— Va te faire épouser ailleurs!

Un an a passé. Au cours duquel beaucoup de choses ont changé dans la vie de Jean D. D'abord, il a complètement oublié la crémière, et même changé de crémerie. C'était le plus simple. Ensuite, il a rencontré Maria Josephina. Brave Maria, abandonnée par un époux volage, seule dans la vie, et bien contente de trouver refuge chez un homme comme lui. Tout le contraire de Paulette, Maria s'est installée sans bruit, cuisine, coud et repasse avec amour, s'entend très bien avec Suzanne, ne réclame ni argent ni meuble, et respecte jusqu'au chien de la maison, qui n'a jamais été aussi heureux. Jean va donc l'épouser. La veille dimanche, il s'est promené avec elle dans le quartier, elle portait une jolie bague de fiançailles, et comme tout le monde se connaît par ici, tout le monde les a félicités.

Aujourd'hui lundi, jour de fermeture des commerces, la petite famille était bien tranquillement installée dans le salon, c'était l'heure du café, lorsque la sonnette a retenti. La mégère se tenait debout sur le paillasson, raide comme la justice, l'air mauvais :

— Bonjour, je ne dérange pas, j'espère ?

Suzanne, toujours aussi grise, n'a pas osé répondre la vérité. Si bien sûr, elle dérangeait. Que venait-elle faire là, d'abord ? Au bout d'une année de silence, on ne se présente pas comme ça sans prévenir. Suzanne a bafouillé :

— Non, bien sûr... On prenait le café...

Détail important dans cette histoire : Paulette a toujours été une buveuse de café à la limite de l'overdose. Lorsqu'elle vivait dans cette maison, Suzanne l'a vue avaler plus d'une douzaine de tasses le matin, et la même chose l'après-midi. Or, curieusement, elle a répondu en entrant :

— Pas de café pour moi, merci.

Et elle a jeté un regard circulaire dans le salon, méprisé ouvertement la présence de Maria, foncé en direction du grand fauteuil, et Jean a dû s'y asseoir précipitamment pour ne pas lui laisser la place. Vexée, Paulette s'est réfugiée sur une chaise, et un silence de plomb s'est installé. Jean le rompt brusquement sans aménité :

— On peut savoir ce qui t'amène ?

— Je viens récupérer ma montre !

— Quelle montre ?

— Ma montre. À moins que tu n'en aies fait cadeau à quelqu'un ?

Jean met quelques secondes à faire le point. Il ignore manifestement de quelle montre il s'agit. C'est Suzanne qui comprend :

— Paulette avait laissé une montre en réparation, avant... enfin, avant de partir. Tu l'as récupérée chez l'horloger... Elle est dans le tiroir du buffet.

— Ah ? C'est possible.

— C'est certain ! C'était la montre de feu mon mari !

Devant l'air méchant de Paulette, Jean préfère se lever et écourter la visite :

— D'accord, alors tu prends ta montre, et on n'en parle plus.

— Je te dois combien ?

— Ça suffit, Paulette ! On n'en parle plus !

— À condition que tu cesses de me ridiculiser dans la rue !

— Moi ? Qu'est-ce que j'ai fait encore ?

— Tu passes devant ma boutique avec cette bonne femme accrochée à ton bras !

L'homme reste une seconde pantois. Il regarde la mégère, en se disant silencieusement : « Elle est folle ! Une malade ! Qu'est-ce que je fais là ? Je l'étrangle ? Ou j'en rigole ? »

Il rigole. Sa fille se recroqueville dans son coin, et Maria ne sait plus où se mettre. Elle tente une sortie sur la pointe des pieds, en rasant les murs, mais Jean l'arrête. Il a fini de rigoler.

— Ah non ! Ce n'est pas à toi de sortir ! Il ne manquerait plus que ça ! Non mais, des fois, cette crémière en folie ne va pas faire la loi chez moi ! Pour qui elle se prend ? Qui est ridicule ici ? Mais c'est toi, ma pauvre vieille. Tu te racornis derrière tes fromages !

Suzanne est toute blanche. Elle se précipite, ouvre le tiroir du buffet, sort la montre, et la tend désespérément à Paulette en suppliant :

— Papa, je t'en prie... Ne dis pas des choses comme ça...

Paulette arrache la montre des mains de la pauvre fille :

— Donne-moi ça, toi ! T'en as pas assez ?

Elle ouvre son sac, y jette la montre, sort un revolver qu'elle brandit sans trembler en visant la poitrine de l'homme :

— Répète-le si tu l'oses ! Voilà comment tu traites les femmes ? Et l'autre ? Tu la mets quand à la porte ?

Suzanne sort de la pièce en hurlant, se jette dehors :

— Elle va tuer papa ! Paulette va tuer papa !

Jean s'est immobilisé, le regard fixé sur le petit canon noir, à la fois stupéfait et incrédule :

— D'où tu sors ça ? Mais, ma parole, elle tuerait quelqu'un ! Il est chargé, ce truc ?

Maria, la douce, l'humble Maria, n'est pas dans la ligne de tir de la mégère. Elle était sur le point de s'éclipser lorsque Jean l'en a empêchée, et elle se trouve exactement derrière elle.

Au-dehors, Suzanne crie encore au secours. On l'entend parlementer avec un voisin, puis plusieurs. Des gens piétinent devant la maison.

Paulette menace toujours, et semble y prendre un plaisir évident. Le doigt sur la détente, haineuse.

— Tu veux me ridiculiser, mais tu n'y arriveras pas. Je vais te tuer ! Tu te prends pour qui ? Le seul homme sur la terre ? Tu n'es rien ! Ta fille te vole, et tu épouses une imbécile d'Italienne juste bonne à faire ton ménage !

Les voisins, deux hommes et une femme, sont dans le couloir, hésitant à intervenir :

— Il faudrait appeler la police...

Suzanne sanglote :

— Elle va tuer papa... elle va tuer papa...

Alors, silencieusement, la douce Maria, l'« imbécile d'Italienne », avance dans le dos de Paulette.

Elle est à un mètre, cinquante centimètres, l'autre ne la voit pas se détendre. Qui aurait pu penser que

Maria, avec ses bouclettes et son gentil sourire, pouvait bondir comme une panthère, avec une telle force, et une telle efficacité?

Une caméra filmant au ralenti aurait pu rendre le mouvement dans toute sa souplesse. Mais il n'y a là que les yeux agrandis de Jean fixant le revolver, et le regard des témoins coincés dans le couloir. Tout le monde fait « Ho! », sans comprendre.

Maria a expliqué plus tard à la police ce qu'elle avait fait :

— Je lui ai sauté sur les épaules, j'ai attrapé le revolver d'une main, et de l'autre je lui ai tordu la tête. Le coup est parti comme ça, ce n'est pas de ma faute.

Le coup est parti, blessant gravement la mégère, mais ce n'est pas de cela qu'elle est morte. Rupture des vertèbres cervicales. Paralysie. Fauteuil roulant. Paulette n'a quitté cette vallée de larmes que plusieurs mois après. Victime tardive de la femme douce et résignée qui avait pris sa place.

Quant à son intention de tuer Jean, elle l'a avouée elle-même. Non seulement lui mais sa fille, et sa rivale, en y ajoutant des calomnies plus monstrueuses les unes que les autres.

Maria, la douce panthère, a dit à ses juges qu'elle avait « senti » le moment où elle allait appuyer sur la détente.

— Son dos tremblait, j'ai vu son bras se raidir... il fallait faire vite... lui sauter dessus !

Mais au fait : où s'apprend ce genre de chose ?

VENGEANCE ANGLAISE

Michael Langswood, cinquante-trois ans, est cadre dans l'industrie automobile. Il a monté son affaire et il est revendeur exclusif pour une des marques anglaises les plus prestigieuses. Au début, tout marche à merveille. Et puis la crise touche l'Occident de plein fouet. Michael voit baisser son chiffre d'affaires de manière inquiétante.

— Ce n'est rien, mon chéri, une mauvaise passe. Les Anglais auront toujours envie d'acheter ce genre de voiture.

Elsa, son épouse, caresse les tempes grisonnantes de Michael tandis qu'ils boivent un whisky devant le feu de cheminée.

— Tu es gentille, ma chérie, mais il n'y a pas que la crise. Peut-être que je ne suis plus en accord avec le monde moderne. J'ai l'impression d'être dépassé.

— Mais non, tout va rentrer dans l'ordre.

— Trop tard, déjà je ne peux plus honorer les traites de l'emprunt. J'ai rendez-vous avec le directeur de la banque mais j'ai bien peur que cela ne tourne pas à mon avantage.

— Eh bien, nous ferons autre chose, ne t'en fais pas.

— Quoi ? Il va falloir vendre Grover Garden. Je n'ai plus les moyens d'entretenir une telle propriété à la campagne.

Effectivement, quelques jours plus tard, Michael ressort de son rendez-vous avec le banquier sans avoir obtenu de délai complémentaire. Son entreprise d'automobiles de luxe passe entre d'autres mains. Adieu Grover Garden.

Elsa a une idée :

— Au lieu de vendre, nous allons nous installer à Grover Garden. La maison a une allure folle. Tu vends ton appartement de Windsor Square et tu réinvestis le tout. Il y a déjà douze chambres et six salles de bains sans compter la nôtre. C'est l'idéal pour faire une auberge. Pour une clientèle triée sur le volet.

Michael réfléchit. *Gentleman farmer*, à la rigueur. Mais aubergiste, pour un ancien de Cambridge... Il ne voyait pas l'avenir comme ça.

Mais il suit les conseils d'Elsa, transforme son « cottage », aménage les cuisines, ajoute quelques toilettes supplémentaires, réinstalle les écuries, fait curer la piscine. On engage un couple : homme à tout faire et femme de chambre.

Puis Michael et Elsa préviennent leurs amis et connaissances que désormais la maison les accueillera, tous les jours de la semaine... moyennant finances.

Les premiers clients trouvent cela follement sympathique et dans le vent. Elsa s'occupe de toute la partie gastronomique et, comme elle a terminé ses études en France, la réputation de Grover Garden est très rapidement flatteuse. Londres n'est pas loin et, du vendredi après-midi au lundi soir, la maison est pleine. Une clientèle plutôt jeune, mondaine et sportive. Qui aime les promenades à cheval, les parties de tennis, les longues soirées de bridge et le bon scotch.

— Elsa, ma chérie, ton pot-au-feu est absolument délicieux. Et je ne parle pas de la tarte à la rhubarbe. Tout est parfait.

— Mais vous aussi, mes chéris, vous êtes des clients parfaits !

Au moment de l'addition, les prix sont très convenables. Au bout de six mois, Michael et Elsa, tout en ayant renoncé à un certain luxe londonien, vivent confortablement au grand air, loin des fumées et du *fog* de la capitale. Un nouveau départ.

— Tu sais, Michael, le soir, en pleine campagne, je me demande si nous ne devrions pas avoir des chiens de garde. On ne sait jamais, si des rôdeurs venaient à passer.

— Tu as raison, je vais téléphoner à Broderick. Il va me trouver ce qu'il faut.

Et, quelques jours plus tard, Michael revient avec, à l'arrière de sa camionnette, une cage qui contient deux énormes dobermans. Elsa les considère avec une certaine appréhension.

— Ils ont l'air terrible. Tu ne vas pas laisser ces bêtes en liberté dans le jardin !

— Seulement la nuit, ma chérie. Tu n'auras absolument pas à t'en occuper.

Effectivement, Michael installe les deux bêtes dans un appentis solide qui servait autrefois à des chiens de chasse. Tous les jours, il les nourrit et passe des heures à les dresser. Personne d'autre que lui ne les approche. D'ailleurs, cela vaut mieux.

Les clientes frissonnent délicieusement.

— Comment se nomment ces charmantes petites bêtes ?

— Enfer et Damnation.

— Et vous les lâchez dans le parc ?

— Tous les soirs. Aucun danger. Ils m'obéissent au doigt et à l'œil.

— Michael, c'est assez ennuyeux. Si quelqu'un arrive tard, ça peut être dangereux.

— Il suffit de sonner à la grille et on va ouvrir.

— Et si l'envie nous venait d'aller flirter au clair de lune ?

— Vous êtes priée de déposer une demande préalable à la réception... Et de limiter vos ébats à la terrasse !

Elsa, malgré toutes ses activités, s'ennuie plutôt pendant la semaine. Les jeunes gens sportifs de la City sont repartis pour leur travail, il ne reste que trois vieilles demoiselles qui passent leur temps à faire de la tapisserie et à jouer au croquet.

Il est vrai qu'elle n'a que trente et un ans, beaucoup moins que Michael. Ce qui fait qu'elle apprécie les hommages masculins du week-end. Et son charme, plus que professionnel, est pour beaucoup dans le succès de Grover Garden. Michael fait contre mauvaise fortune bon cœur.

— Elsa, je n'aime pas trop voir Eddy Barnett te tourner autour comme il l'a fait depuis vendredi!

— Mais, ma parole, tu es jaloux?

Elle rit, en se forçant légèrement.

— Qui est prévu pour le prochain week-end?

— M. et Mme Lloyd Crampton, professeur à l'Académie royale de Peinture. Des nouveaux. Ils se sont recommandés de Marjorie Villiers.

— Espérons que ce ne seront pas des rabat-joie comme elle.

Le vendredi soir, Lloyd Crampton et son épouse, Mildred, arrivent à bord de leur luxueux cabriolet rouge sang. Tout de suite, Michael Langswood, Elsa et les Crampton sympathisent. Ils sont du même monde : décontractés, raisonnablement snobs, amoureux de la flanelle et du bon whisky, sans enfant... Ils ont le même sens de l'humour et ne sont pas bégueules.

Dès le premier jour Lloyd, portraitiste et paysagiste réputé dans la société londonienne, s'avoue enchanté par la propriété :

— Ma foi, je trouve ici des paysages, spécialement le matin, quand la brume est encore là, qui m'inspirent beaucoup.

Mildred, sirotant un whisky, suggère :

— Darling, tu devrais aussi faire quelques bouquets de fleurs. Ceux d'Elsa sont superbes. Ils méritent vraiment de passer à la postérité.

— Non seulement les bouquets d'Elsa, mais j'aimerais faire un portrait de notre charmante hôtesse. Une huile. Il m'arrive d'en réussir quelques-unes.

Elsa proteste :

— Je ne sais pas si j'aurai beaucoup de temps pour poser.

Mildred précise :

— Ne vous en faites pas, ma chère, Lloyd attrape la ressemblance avec beaucoup de rapidité. Vous n'avez pas vu le portrait qu'il a fait l'an dernier de la duchesse de Kent?

Lloyd demande soudain :

— Je change de sujet. Qu'est-ce que c'est que ces deux bêtes énormes qui sont enfermées au fond du parc ?

— Enfer et Damnation, ce sont les deux petits chéris de Michael. N'allez pas traîner autour de leur cage, ça les rend nerveux. Ce sont eux qui assurent notre sécurité.

Lloyd et Mildred sont tellement enchantés de leur séjour qu'ils décident de réserver leur chambre pour trois semaines au mois d'août. Elsa note la réservation :

— Vous faites bien de vous y prendre dès à présent, car je crois que la maison va être pleine tout l'été — et ça m'affole vraiment. Voilà déjà six mois que je n'ai pas remis les pieds à Londres. Quand on me parle des derniers spectacles ou des expositions, je n'ai rien vu depuis une éternité.

Lloyd, sans lever les yeux de son chevalet, lance :

— Ma chère Elsa, dès que vous aurez du temps, cet automne, venez avec Michael passer quelques jours chez nous, à Londres.

Michael, tout en fumant sa pipe, les regarde tous les deux d'un air pensif. Le soir, quand tout le monde dort, il aborde la question de manière directe :

— Elsa, tu n'as pas l'impression que Lloyd te drague plus que de raison ?

— Encore ! Tu veux rire ? Je ne me suis aperçue de rien.

— Bon, après tout, je suis peut-être un vieux jaloux.

Mais Michael a raison de se méfier. Avant même qu'Elsa s'en rende compte, Lloyd se rend indispensable. Parfois il lâche ses pinceaux pour l'aider à faire les courses, à remonter le vin de la cave et autres menus travaux.

— Elsa, quand allons-nous commencer votre portrait ? Je sens que je suis inspiré en ce moment.

Le soir même, alors que les tables de bridge sont organisées, Lloyd dispose son chevalet dans le salon et commence à faire quelques « études » de la blonde Elsa.

— Vous auriez dû me prévenir. Je suis coiffée à faire peur.

— Mais non, vous êtes naturelle, c'est beaucoup mieux. Je n'aime pas les portraits trop posés et, en plus, ce n'est pas du tout votre style.

Dès qu'un joueur de bridge « fait le mort », il se précipite pour jeter un œil sur le chevalet. Lloyd proteste :

— Non, non, pas maintenant, c'est trop tôt. Ça me perturbe.

Michael intervient :

— Si vous voulez, Lloyd, vous pouvez disposer de la chambre verte. Elle n'est pas encore utilisée et la lumière vient du nord, c'est la meilleure je crois pour un peintre.

Michael se mord les lèvres. Pourquoi vient-il de faire cette proposition ? Maintenant Lloyd et Elsa vont être seuls. Peut-être cherche-t-il à provoquer quelque chose...

Effectivement, chaque jour le peintre et son modèle s'isolent. Personne ne peut voir les progrès de l'œuvre et Mildred, l'épouse de Lloyd, son verre à la main, commente :

— C'est bizarre, je n'ai jamais vu Lloyd s'attarder autant sur un portrait. En général il fait ça d'un seul jet. Elsa doit lui donner du fil à retordre.

Elsa ne pose aucun problème à Lloyd mais celui-ci s'attarde, tout heureux d'être seul avec cette jolie blonde, plus fraîche que Mildred et moins portée sur la boisson.

Au bout de quinze jours, Michael n'en peut plus et annonce à Elsa :

— Chérie, je vais être obligé d'aller à Manchester pour trois jours.

— Trois jours? Mais qu'est-ce qui se passe? Comment vais-je me débrouiller toute seule?

— Ça ira très bien. Lloyd te donnera un coup de main. Il est aux petits soins pour toi. Je serai de retour dimanche soir.

Quand il apprend la bonne nouvelle, Lloyd se décide à poser à Elsa la question de confiance.

— Chérie, c'est une occasion qui ne se renouvellera pas de sitôt. Ce soir, nous serons seuls aussi longtemps que nous le voudrons.

Elsa ne répond pas. Elle aussi a envie de ce moment de solitude à deux.

— Et Mildred?

— Elle s'endort comme une masse après son troisième whisky.

Michaël part et tout le monde lui souhaite bon voyage. Mais, au lieu de diriger sa voiture vers la gare du village, il revient à la nuit tombée et dissimule son véhicule près de l'enclos d'Enfer et Damnation. Ceux-ci, exceptionnellement, n'ont pas été lâchés dans le parc. Michael s'approche du cottage.

Déjà, toutes les lumières sont éteintes... sauf celles de la chambre verte. Celle qui est transformée en atelier pour Lloyd. Doucement Michael monte l'escalier extérieur qui mène à la galerie du premier étage. Il jette un œil à travers la fenêtre et, malgré les rideaux de voilage, voit ce qu'il craignait. Pas de doute possible.

— Chérie, il faut prendre une décision, nous ne pouvons pas continuer à vivre ainsi. Il est temps de songer à refaire notre vie... ensemble.

Les paroles de Lloyd Crampton sont on ne peut plus explicites. Michael serre les poings en voyant que, pour l'instant, il n'est plus tellement question de peinture. D'ailleurs, sur le chevalet, le portrait, superbe, semble terminé depuis longtemps.

Elsa est à moitié dévêtue et ne se défend même

pas quand Lloyd lui caresse la poitrine et les épaules.

Michael, sur la galerie extérieure, murmure pour lui-même : « Cocu, je suis cocu. Ils vont me le payer. »

Silencieusement il pénètre à l'intérieur de la maison, avance dans le couloir à la moquette fleurie, colle son œil à la serrure de la chambre verte. À présent Lloyd est allongé au côté d'Elsa sur le grand canapé de chintz fleuri, ses mains fouillent dans les dessous d'Elsa qui soupire de plus en plus rapidement.

C'est le moment que choisit Michael pour ouvrir brusquement la porte. Lloyd est médusé. Elsa essaie de remettre de l'ordre dans sa tenue.

— Ah ! vous vous payez du bon temps pendant que je suis en voyage !

— Mais, Michael, tu ne devais rentrer que dimanche !

— Mais je suis là. Et, à présent, vous allez me le payer.

Lloyd s'est mis debout. Avec son pantalon qui lui tombe sur les chevilles, il n'a rien du héros romantique. Un pauvre personnage de vaudeville, du genre que les Londoniens adorent. Michael annonce :

— Eh bien, nous allons nous battre.

Michael se met en garde, comme il l'a appris à Cambridge.

— Nous battre ? Mais je ne connais rien à la boxe.

Lloyd a l'air piteux.

— Je ne peux pas me battre, c'est trop dangereux pour mes mains.

— Eh bien alors, je vais me venger.

Michael sort de la chambre. Il redescend silencieusement l'escalier qui mène de la galerie au jardin et va ouvrir la cage d'Enfer et Damnation. Les deux monstres noirs remuent la queue et le suivent sans un aboiement. Quand il entre à nouveau dans la chambre verte, Elsa et Lloyd ne voient pas, tout d'abord, les deux dobermans noirs.

— Attaque !

D'un seul geste, Michael désigne leur proie aux deux chiens : Elsa. Enfer et Damnation d'un seul élan s'élancent vers la malheureuse qui hurle de terreur.

Lloyd affolé s'enfuit vers le couloir sans demander son reste. À présent Elsa, qui continue à hurler, essaie de protéger son visage.

— Stop !

Les deux dobermans se bloquent dans leur élan, la gueule ouverte. Quelques gouttes de leur bave coulent sur le cou fragile d'Elsa. Elle ne dit plus rien. On dirait une biche qui attend la mort.

— Au pied !

D'un seul mot, Michael vient de rappeler les deux grands chiens noirs qui reviennent près de leur maître. Leur maître qui s'avance vers Elsa :

— Où est donc passé ton chevalier servant ? On dirait qu'il t'aurait laissé dévorer toute crue. Tu mérites mieux !

Elsa est blanche comme une morte.

Depuis cette soirée dramatique, le portrait d'Elsa trône au-dessus de la cheminée de Grover Garden. Mais il y manque la signature... Lloyd et sa femme ne sont jamais revenus.

UNE CIBLE DANS LE NOIR

Antoine est amoureux. Il le dit à tout le monde, achète des bouquets de fleurs qu'il dépose devant sa belle. Il lui téléphone dix fois par jour, il a besoin d'elle comme un assoiffé d'une source dans le désert.

C'est trop, vraiment beaucoup trop. Mais il faut

bien admettre que l'objet de cette passion le mérite. Brigitte, vingt-cinq ans, grande fille brune, grands yeux lumineux, sourire éclatant, est extrêmement jolie. Si jolie qu'une agence de mannequins l'a repérée lorsqu'elle était adolescente, et qu'elle a travaillé plusieurs années au Canada, pour des magazines. Antoine n'aimait pas du tout cela. Il rêvait de gagner beaucoup d'argent pour que Brigitte arrête de poser, de sourire à des milliers de lecteurs sur papier glacé. Il la voulait pour lui tout seul. Il l'a épousée en 1974, alors qu'elle avait dix-neuf ans, et n'a cessé de lui tenir à peu près ce langage :

— Mannequin, ce n'est pas un métier, ça ne dure pas. Je veux que tu restes à la maison, je veux un enfant...

Et Brigitte de lui répondre régulièrement :

— C'est un métier, et j'aime ça. Je sais que ça ne dure pas, mais pour l'instant je gagne bien ma vie, et tant que ça dure, je ne veux pas d'enfant. On ne pose pas avec un gros ventre... Plus tard, Antoine.

Effectivement, à vingt-deux ans, Brigitte a dû s'effacer un peu devant les nouvelles arrivantes dans le métier. La mode change, les filles passent. Alors Antoine, toujours fou amoureux, a cru qu'il allait pouvoir enfin l'enfermer chez lui, lui faire des tas d'enfants et la contempler à loisir. Mais Brigitte ne voulait toujours pas.

— On ne peut pas vivre uniquement avec ton salaire, je vais prendre des cours pour devenir masseuse, j'ouvrirai un cabinet, on fera des enfants plus tard.

Antoine est ouvrier imprimeur à Calgary, dans la province d'Alberta. Il a beau faire des heures supplémentaires, et promettre monts et merveilles, Brigitte sait bien qu'il ne sera jamais rentier. Alors elle fait ce qu'elle a décidé. Elle suit des cours de kinésithérapie, pendant deux ans, qu'elle paie avec ses cachets de mannequin. La couverture des magazines n'est plus pour elle mais, en acceptant de poser pour du prêt-à-porter, quelques publicités de-ci de-là, elle s'en sort.

À vingt-quatre ans, son diplôme en main, elle cherche un travail régulier avant d'ouvrir son propre cabinet : il lui faut économiser de quoi investir dans un local, et acheter son matériel. Antoine revient à la charge.

— Masseuse ? C'est pas un métier... Tu ne vas passer ta vie à tripoter le corps de tous ces gens...

Celui des hommes surtout. C'est ce qu'il craint. Mais Brigitte résiste toujours.

La voilà employée dans un salon de massage, en ville. Le genre d'établissement où les clients peuvent à la fois bronzer sous des lampes artificielles, faire de la musculation à outrance, et réparer les dégâts sur une table de massage. Brigitte passe des heures à manipuler des dos, des épaules et des jambes, c'est épuisant, mais ça rapporte.

Antoine vient la chercher tous les soirs. Il est envahissant. Avant, sur les plateaux des photographes, il se faisait plus ou moins rembarrer, il lui était même arrivé de faire le coup de poing, et il n'a pas aidé la carrière de sa femme, au contraire. Un photographe a dit un jour à Brigitte :

— Ce type est un emmerdeur, avec sa jalousie. Il s'imagine que tu as autant d'amants que tu rencontres d'objectifs... méfie-toi...

Devant ces cabines de massage, Antoine est de plus en plus amoureux, de plus en plus frustré, il pique des colères, se fait pardonner avec des fleurs, et recommence. Un jour, il arrive sans prévenir dans la cabine où travaille Brigitte, et hurle :

— Qui est ce type ? Pourquoi il est à moitié nu ?

Le client se fâche, la direction intervient, et Brigitte ne sait plus comment s'excuser.

Antoine imagine des choses... qui pourraient bien arriver un jour d'ailleurs, car Brigitte commence à se lasser de l'entendre répéter tous les soirs :

— Ce n'est pas un métier de tripoter des hommes à poil !

212

— Je n'ai pas que des hommes comme clients, et ils ne sont pas à poil!

— Ces types te font du gringue!

— Ça arrive, mais je suis assez grande pour me débrouiller.

— Je veux des enfants!

— Donne-moi encore un an ou deux, Antoine, je gagne plus que toi en ce moment, et pour élever des enfants il faut de l'argent, un appartement plus grand. Et puis on ne peut pas masser avec un gros ventre!

Antoine cherche désespérément à trouver de l'argent pour pouvoir contourner l'argument de sa femme. Et il finit par faire des heures supplémentaires de nuit en plus de son travail d'ouvrier le jour, ce qui ne lui laisse guère de temps pour épier sa femme. Son état s'aggrave. Car la jalousie, dans son cas, est une véritable maladie obsessionnelle. Il compense par le téléphone.

— C'est moi, qu'est-ce que tu fais?

— Antoine, j'ai un client, les mains pleines de gras, ce n'est pas le moment...

— Encore un homme!

— Fiche-moi la paix, Antoine!

— Tu ne m'aimes plus...

C'est épuisant.

Et le téléphone sonne occupé la plupart du temps. Brigitte a dû demander à la direction de ne plus lui passer de communications pendant les heures de travail. Alors Antoine vient faire un scandale sur place, et arrive ce qui devait arriver un jour, le coup de poing. Antoine s'en prend au patron de la salle de gymnastique, se fait étaler pour le compte, et Brigitte doit démissionner. Elle ne peut plus supporter son amoureux de mari trop encombrant. Et cette fois le lui dit fermement devant témoins :

— Tu nous gâches la vie! Je sais pourquoi tu veux absolument des enfants! Tu veux m'enfermer, me surveiller à ton aise! N'y compte plus! Je te quitte!

Et Brigitte retourne chez sa mère. Antoine est bien puni, mais s'obstine quand même. Des fleurs devant la porte, le téléphone matin et soir.

— Où est-elle ?

— Elle travaille, Antoine.

— Où ça ?

— Fichez-lui la paix, Antoine ! Ma fille a vingt-cinq ans, elle travaille où elle veut !

— Elle a un amant, j'en suis sûr !

Même la nuit, il ne peut pas s'empêcher de la réveiller :

— Tu dors seule ?

Le comble est que Brigitte n'a pas d'amant. Du moins, elle n'en avait pas jusqu'à présent. Mais Antoine a tellement gâché leur existence qu'elle va finir par en prendre un. Comme son mari refuse de divorcer, déchire les lettres de l'avocat, et fait le blocus du téléphone de sa mère, Brigitte construit entre elle et lui un mur de difficultés. D'abord, sa mère change de numéro et se fait inscrire sur liste rouge. Plus de contact.

Ensuite, elle-même travaille à domicile chez les clients.

Antoine, qui fait le guet planqué dans sa voiture dès l'aube, la voit partir le matin, la suit, mais, comme elle ne va jamais à la même adresse, il est impuissant à concrétiser de visu ce qu'il redoute. Et, à 8 heures du matin, il est bien obligé de se rendre à l'imprimerie. Il n'y a que le samedi et le dimanche qu'il peut exercer une filature permanente. Brigitte s'aperçoit très vite que la voiture d'Antoine est garée chaque week-end non loin de chez sa mère, et qu'il attend qu'elle sorte. Le bel amoureux est physiquement lamentable. Il ne dort plus que quelques heures par nuit, planque sans arrêt de 6 heures du matin au réveil de sa femme, et s'écroule sur son volant. Un dimanche, c'est Brigitte qui le réveille en tapant sur la vitre de sa voiture :

— Tu peux rentrer chez toi, Antoine, je ne fais rien d'intéressant aujourd'hui...

Vexé, Antoine ne sait plus quoi dire. Ni que faire. Il a épuisé ses possibilités de chantage.

Une année passe ainsi. Et Brigitte réussit tout de même à changer de vie. Elle quitte sa mère, loue un studio meublé dans le centre-ville, son travail marche bien, et elle rencontre un homme, normal. Il lui arrive d'oublier Antoine et son amour encombrant. La demande de divorce suit son cours malgré lui. Un jour elle sera libérée, mais, sans le consentement mutuel, la paperasserie est longue. Brigitte s'appelle toujours Mme Constant, et pour l'instant vit seule officiellement.

Et Antoine est toujours victime de son obsession. Contre toute logique, il n'a pas abandonné sa filature. Il sait où elle habite, il a même compris récemment qu'il y avait un homme dans sa vie. Hélas, il n'a pu que l'apercevoir de loin, ce rival qui le rend malade. Une silhouette dans une voiture. Un pardessus épais, des cheveux courts, c'est le seul signalement qu'il possède. Il lui en faut plus pour s'en débarrasser. Car Antoine a décidé de tuer cet homme. Il a ce qu'il faut, une arme achetée d'occasion il y a cinq ans dans une armurerie de la ville pour se protéger la nuit.

Comme il ignore totalement l'identité de sa victime, il entreprend une filature le concernant. Un soir d'automne, il parvient à le localiser. Brigitte sort d'une maison de deux étages, et elle n'est pas seule. Sur le pas de la porte, elle embrasse un homme, parle un moment avec lui, et reprend sa voiture pour rentrer chez elle. Impossible de voir distinctement le visage de l'amant. Pas de nom sur la porte. Antoine enrage. Il est malade... malade! Il attend... Un quart d'heure qui lui paraît un siècle... Enfin, son rival sort de chez lui, monte dans une voiture, et prend une direction qui l'emmène à l'extérieur de la ville. Antoine ne le lâche pas, il roule dans la nuit derrière cette Buick marron, ce dos qu'il entrevoit dans la lumière des phares.

Au bout d'une vingtaine de kilomètres, ils arrivent ainsi devant un grand bâtiment en construction, entouré de palissades de chantier. L'homme gare sa voiture près d'un bungalow préfabriqué, le seul endroit éclairé. Un homme et un chien l'accueillent. Ils discutent un instant, puis l'homme s'en va. De loin et dans la faible lumière du bungalow, Antoine devine ce qui se passe : son rival est gardien de nuit, il prend la relève de son collègue de jour. Brigitte a pour amant un gardien de nuit. Voilà la raison qui faisait qu'Antoine avait tellement de mal à les surprendre... Il comprend tout maintenant. Brigitte ne peut voir son amant que le jour, entre deux clients... ou en fin de journée.

Antoine rentre chez lui et réfléchit à son plan d'action. Il va tuer cet homme dès demain.

Curieusement, ce jaloux ne va pas agir de manière impulsive. Il se prépare un alibi. D'abord changer de voiture. L'autre peut l'avoir repérée, de même son collègue de jour qui, en quittant le chantier, a dû remarquer la présence d'un véhicule dans cet endroit désert. Antoine laisse sa voiture au garage, prend le train pour se rendre à cent kilomètres de la ville et y louer une voiture sous un faux nom. Sous ce même faux nom, il prend une chambre dans un motel. À son patron, il raconte par téléphone qu'il est grippé et malade. À l'hôtelier aussi. Il s'est inscrit comme un représentant de commerce en disant qu'il avait besoin de se reposer avant de reprendre la route. Il a convenablement éternué, et même demandé de l'aspirine.

Méthodique, il a calculé le temps nécessaire pour faire la route jusqu'au chantier, tuer le gardien de nuit, et revenir à l'hôtel. Tout se passant dans la nuit, il a un alibi correct. Apparemment, la chambre 27 est occupée par un client enrhumé, abruti d'aspirine, qui a bien recommandé qu'on ne le dérange pas... et à cent kilomètres des lieux de son crime.

Antoine a tout son temps pour exécuter son plan. Il sort de sa chambre à la nuit noire, fait les cent kilomètres dans sa voiture de location, et arrive au chantier. La voiture de son rival est là. Pas de lumière dans le bungalow du garde. Il dort. Antoine s'approche, et fait du bruit à l'extérieur pour attirer son attention. Le chien aboie, la lumière s'allume, l'homme sort, une torche à la main.

Il est placé de telle façon que même un tireur approximatif comme Antoine ne peut pas rater la cible, malheureusement. La silhouette est parfaitement découpée dans la lumière de la porte. Antoine vide son chargeur, regarde l'homme tomber, et remonte dans sa voiture en vitesse, sous les aboiements du chien qui tire comme un fou sur sa chaîne.

Il refait cent kilomètres, se débarrasse de l'arme en cours de route dans un fossé. Il est de retour à l'hôtel vers 3 heures du matin, personne ne le voit se faufiler dans la chambre 27, et le lendemain, comme un client de passage normal, il paie sa note, et s'en va. Il rend la voiture de location, reprend le train, rentre chez lui, téléphone à son patron pour le rassurer. Il est guéri et reprend son travail. Deux jours de maladie, ce n'est pas si grave...

Tout ce plan compliqué doit lui permettre quoi ? De revoir Brigitte, et de la consoler ? de soulager définitivement sa jalousie morbide ? Pas du tout.

Quarante-huit heures plus tard, Antoine trouve dans son journal à la fois la certitude que le rival est mort, et son identité. Il s'appelait Ralph R. Il travaillait pour une entreprise chimique où il était responsable de la sécurité. Antoine lit l'article pour faire connaissance avec son défunt rival.

« La police suppose que le gardien a été assassiné par des cambrioleurs surpris, et qui se seraient enfuis dans une voiture dont on a relevé les traces de pneus dans la boue... Ralph R. était âgé de trente-huit ans, il était marié et père de famille, et demeurait dans une maison de Franklin Avenue, où il laisse deux orphelins. »

Franklin Avenue... le journal doit se tromper. Antoine a fait le guet devant une maison de Westfield Avenue... L'adresse est fausse, le journal se trompe...

Antoine achète tous les journaux possibles relatant la mort du gardien. Il finit par dénicher un article avec une photo de sa victime, et le dévisage avec angoisse.

Il n'a jamais vu ce visage de près. C'est lui, l'amant...

Mais un doute épouvantable le tenaille... cette histoire d'adresse. Il est impossible que tous les journaux se trompent en même temps !

L'homme en pardessus qu'il a vu aux côtés de Brigitte, qu'elle a embrassé sur le pas de la porte, et qu'il a suivi ensuite jusqu'à ce chantier... si ce n'était pas lui sur la photo ? S'il s'était trompé de victime ? Ce Ralph n'habite pas au bon endroit, de plus il est marié et père de famille. Comment Brigitte aurait-elle pu embrasser sur le pas de sa porte, devant chez lui, un homme marié et père de famille ?

Pourtant, c'est la même voiture, une Buick marron, et le même numéro de plaque...

Obsédé à l'idée qu'il s'est peut-être trompé d'homme, Antoine reprend sa filature. Il guette en fin de journée devant la maison de Westfield. Il voit sortir Brigitte, elle embrasse le même homme sur le pas de la porte, et s'en va... Et, quelques minutes plus tard, l'homme sort de chez lui, traverse la rue, marche quelques mètres et monte dans sa voiture. Une Buick marron...

Antoine craque à ce moment-là. Il se précipite comme un fou dans le premier poste de police, pour tout avouer en hurlant :

— Je me suis trompé ! Je voulais tuer l'amant de ma femme... je me suis trompé !

Le malheureux Ralph qui n'habitait pas dans la

maison de Westfied, qui n'était pas l'amant de Brigitte, avait seulement emprunté ce jour-là la Buick d'un copain. Un terrible concours de circonstances avait fait qu'il était sorti ce soir-là de la maison du copain, après le départ de Brigitte, muni des clés que l'amant venait de lui prêter... sous le regard jaloux d'Antoine. Le regard aveugle d'Antoine qui, n'ayant jamais vu le visage de celui qu'il voulait tuer... et ignorant son identité, s'était trompé de cible. Justement ce jour-là...

Pauvre Antoine! Même son alibi si soigneusement concocté n'aurait pas marché. Après avoir soigneusement inscrit une fausse identité à l'hôtel et s'être donné tout ce mal pour donner le change, il était parti en payant la note avec sa vraie carte de crédit...

Jaloux, aveugle, et dans la lune en plus... S'il n'avait pas avoué, il était pris quand même.

Antoine n'a pas supporté son erreur. En décembre 1985, il a réussi à se suicider en prison, en laissant deux phrases d'explication : « J'ai tué un homme innocent, et l'amant de la femme que j'aime à la folie est toujours vivant. Je ne peux pas vivre avec cette idée, je me fais justice. »

Remarquons qu'il ne demande pas pardon...

UN CADEAU POUR MAMAN

L'existence de la plupart des humains est le fruit de l'éducation qu'ils ont reçue. Par imitation ou par opposition ils vont, à l'âge adulte, suivre une ligne de conduite qui découle tout droit de leurs relations avec leurs parents. Vittorio Ferragli, lui, n'avait que de très bonnes relations avec sa mère. Il faut dire qu'il s'agit d'une famille d'immigrés italiens et là-bas, surtout dans les milieux terriens, la *mamma*, c'est sacré. Vittorio, fils unique, adorait sa maman qui le lui rendait bien. Elle lui mitonnait de bons petits plats et il lui apportait toute sa paie de maçon.

Aujourd'hui, Vittorio a vingt-neuf ans et il a tout le temps de réfléchir. Au fond a-t-il eu vraiment raison d'adorer sa maman chérie? Ou bien a-t-il hérité du sale caractère de son père disparu depuis quinze ans dans un accident de la circulation?

Les Ferragli, mère et fils, forment donc ce qu'on nomme une famille unie. On dirait presque un « couple ». La mère, Artemisia, est encore fort jolie et parfois, quand on la voit au bras de son grand garçon, on pourrait les prendre pour mari et femme. Une tendre complicité les unit. Ils se comprennent à demi-mot. Et s'ils ne sont pas d'accord, chacun sait créer un moment de silence qui finira par une embrassade affectueuse.

Mais un grand et beau garçon bien constitué, ça ne peut pas se contenter de vivre avec maman. La nature parle. L'instinct aussi. Vittorio, comme beaucoup d'orphelins, sent en lui un besoin formidable de reconstituer une famille. Parfois Artemisia, pour rire, lui dit :

— Je devrais peut-être me remarier. Après tout, quand tu t'en iras, quand tu te marieras...

Les yeux de Vittorio lancent alors des éclairs qui n'ont rien de comique :

— Maman, arrête de dire des... bêtises.

Vittorio emploie un vocabulaire beaucoup plus cru... et ajoute :

— ... Si je me marie, tu resteras toujours près de moi. C'est vrai, j'ai envie d'avoir des enfants, de te donner des petits-enfants. Mais jamais je ne permettrai que tu t'éloignes de moi...

Alors, on parle d'autre chose. Artemisia passe la main dans les cheveux de Vittorio pour remettre de l'ordre dans ses mèches rebelles.

Jusqu'au jour où il arrive en compagnie d'une jeune fille blonde. Une Française bien de chez nous. D'origine alsacienne. Artemisia ne comprend pas tout de suite et accueille aimablement cette gamine dont la minijupe lui semble un peu trop courte. Vittorio annonce :

— Maman, je te présente Félicité, Félicité Penfelt. C'est la filleule de mon patron... Elle est mignonne, tu ne trouves pas ?

— Très ! répond sèchement Artemisia. Ça fait longtemps que vous vous connaissez ?

— Beuh ! Deux mois, plus ou moins.

— Et tu ne m'as rien dit !

— Ben, c'est-à-dire que jusqu'à présent on ne savait pas trop où on allait...

— Et maintenant, vous le savez, où vous allez...

— Eh bien, on va se marier, voilà. C'est tout simple...

— Tu aurais pu me demander mon avis...

Vittorio se met à rire d'un air niais :

— Ben, c'est-à-dire qu'on n'a pas pensé à tout. Félicité attend un enfant...

Artemisia demande sans réfléchir :

— Bravo ! Et il est de qui, cet enfant ?

— Maman, tu exagères : il est de moi. C'est pour ça qu'on va se marier...

— Vous allez vous marier. Oui, bien sûr, il faut bien que cet enfant ait un père. Si tu es certain d'être le père.

— Maman, tu exagères. Excuse-la, Félicité, c'est l'émotion, la surprise : maman est un peu sous le choc !

Félicité a rougi sous le soupçon de sa future belle-mère. Elle reprend son souffle pour dire en détachant bien toutes les syllabes :

— Oui, madame, j'étais vierge quand j'ai connu Vittorio, et c'est le père de mon enfant. C'est le seul homme que j'aie connu !

— Eh bien, c'est toujours ça ! Et vos parents, sont-ils au courant de vos projets ? Connaissent-ils la situation ?

Vittorio tousse un peu pour s'éclaircir la voix :

— Félicité est la filleule de M. Desjardin, mon patron. Mais il y a de la brouille dans la famille. Les parents de Félicité ont des problèmes...

— De quel genre ?

— Bon, autant le dire tout de suite. Pour l'instant son père est en prison. Il en a tiré pour cinq ans.

— Alors, c'est ça ! Après tout le mal que je me suis donné pour t'élever convenablement, pour t'éviter les mauvaises fréquentations, la première fille que tu mets enceinte et que tu me ramènes est la fille d'un repris de justice...

Félicité s'est mise à sangloter. On l'entend qui bafouille :

— ... Tout de même... pas de ma faute...

Vittorio tranche nettement cet aspect du problème :

— Je ne peux pas « blairer » les parents de Félicité. Donc, une fois que nous serons mariés, on ne risque pas de les avoir tous les jours dans notre potage. Il y aura toi, moi et Félicité... et le bébé ! Pas de souci à se faire...

Au contraire, pour quelqu'un qui assisterait à la scène de l'extérieur, il y a du souci à se faire... Beaucoup de souci.

La noce a lieu. Entièrement payée sur les économies d'Artemisia. D'ailleurs, les invités sont peu nombreux. La famille italienne est trop loin. Il y a M. Desjardin, le patron de Vittorio, et les meilleurs copains du boulot. Du côté des Penfelt, personne, ni le père qui est derrière les barreaux, ni la mère qui prétexte qu'elle a trop de travail. Quel travail ? Mystère...

Félicité regrette l'absence de sa mère... Elle se console en prenant sa jeune sœur Véronique et son petit frère Jonathan comme demoiselle et garçon d'honneur. Mais une mère, un jour pareil, c'est irremplaçable :

— Quand même elle aurait pu venir ! Elle devrait être heureuse de voir que je me case...

Vittorio, avec un joli manque de logique, lance :

— Oh ! lâche un peu ta mère ! Quand on se marie, on ne s'occupe plus de sa mère !

— Ça te va bien, toi ! Tu la lâches, ta mère ? J'ai parfois l'impression qu'elle va venir dormir avec nous, tellement elle traîne dans la chambre le soir...

— Oui, mais ma mère essaie de tout faire pour que nous soyons bien. Ta mère, elle est toujours en train de foutre... le bazar dans notre ménage ! La prochaine fois que je la vois, si elle la ramène trop, je la dérouille !

Le jeune couple trouve un petit appartement sans grand confort, juste au-dessus d'un bar. Enfin, ils sont chez eux. Mais Vittorio, sans oser se l'avouer, s'ennuie de sa mère. Artemisia, désormais seule, s'ennuie aussi. Ils se téléphonent durant de longs moments pour un oui pour un non. Félicité trouve que la note de téléphone est faramineuse... Nouvelle raison d'accrochage.

Vittorio et Félicité, il faut bien l'admettre, auraient tous les deux besoin de mettre beaucoup d'eau dans leur vin pour former un couple « en état de marche ».

Artemisia, de son côté, ne perd jamais une occasion de faire remarquer à Vittorio :

— C'est fou ce que Félicité peut ressembler à sa mère. Le même caractère de cochon ! Eh bien, ça promet... Enfin, si ça ne va pas, le divorce n'est pas fait pour les chiens...

La naissance du bébé, la petite Charline, n'arrange pas les affaires du ménage : les biberons, les nuits interrompues. Vittorio, de plus, est un téléphage insatiable. Il reste vissé devant le petit écran une partie de la nuit. Félicité cherche en vain le sommeil. Elle, de son côté, est assez « panier percé » et semble incapable de résister aux « petits ensembles » qu'elle aperçoit dans les vitrines de mode.

Le père de Félicité, sur ces entrefaites, rejoint son domicile conjugal une fois sa peine terminée. Il se précipite pour faire la connaissance de sa petite-fille Charline. Il ne pourra pas en profiter bien longtemps car, quatre mois plus tard, il est tué chez lui, sous les yeux de son épouse. À la suite d'une bagarre avec un « ami » de celle-ci.

Et, du coup, voilà la belle-mère de Vittorio qui se retrouve en prison. Véronique part chez une tante en Bretagne. Mais le jeune Jonathan est encore bien petit, cinq ans à peine. Félicité décide :

— Il va venir vivre avec nous, le temps d'y voir plus clair.

Vittorio n'est pas particulièrement emballé par cette bouche supplémentaire. D'autant que Jonathan est un peu souffreteux, et que Félicité aime beaucoup son petit frère. Vittorio ne tarde pas à faire des remarques désagréables :

— Dis donc, tu finis par t'occuper davantage de ton frangin que de Charline. Ça ne va pas !

Cela va si mal qu'un beau jour Vittorio quitte le domicile conjugal. Il emmène Charline et laisse Félicité seule avec son petit frère et son chagrin. Comble de détresse pour Félicité, la justice confie la garde de Charline à Vittorio. Après tout, il n'est pas tout seul pour élever sa fille : Artemisia est prête à prendre les choses en main.

Mais Élisabeth Penfelt, la mère de Félicité, est enfin libérée et regagne son foyer. Elle se met alors en devoir de faire des démarches. Un beau jour, Vittorio entend sonner à la porte. Artemisia va ouvrir : ce sont deux gendarmes qui tendent un papier officiel. L'assistante sociale qui les accompagne explique :

— Nous venons pour récupérer la petite Charline. La justice vient d'en confier la garde à sa mère, Félicité.

Vittorio est comme assommé. Son enfant, sa Charline, cette petite fille qu'il a tellement désirée « qu'il l'aurait eue avec n'importe qui ! ». La voilà partie dans le clan adverse. Il faut dire que Vittorio et Artemisia l'ont un peu cherché. Félicité, depuis des mois, n'a pas eu l'occasion de revoir Charline. Jamais même elle n'a pu lui dire au téléphone :

— Je t'aime, ma chérie, c'est ta maman qui t'embrasse, à bientôt...

Vittorio se précipite au domicile de Félicité, mais, surprise, elle est partie sans laisser d'adresse. Quant à Élisabeth Penfelt, la belle-mère, elle refuse d'ouvrir sa porte à son gendre et ils échangent des épithètes malsonnantes qui mettent tout l'immeuble en émoi. Vittorio rentre chez Artemisia et ronge son frein.

Un beau jour, il appelle sa chère maman depuis son travail et lui annonce avec une nuance de triomphe dans la voix :

— Ça y est, je sais où est Charline. Tu vas la récupérer !

Vittorio ne donne pas de détails. Artemisia n'en demande pas plus. Enfin, la vraie famille, les Ferragli, va être reconstituée. Et que les Penfelt, mère et fille, aillent au diable ! Quand Vittorio sonne à la porte du nouveau domicile de Félicité, il est 10 heures du soir :

— Qui est là ?

— C'est moi, Vittorio. Je viens faire un bisou à Charline. Ça fait un moment que je ne l'ai pas vue !

— Tu as du toupet. Et moi, quand tu l'avais, tu me la montrais tous les combien ? Tous les 36 du mois ! Rien ne me force à t'ouvrir !

— Allez, sois sympa... Juste une minute !

Félicité défait la chaîne de sécurité et entrebâille la porte. Vittorio ne lui laisse pas le temps de réaliser qu'elle vient de commettre l'erreur de sa courte vie. Il enfonce littéralement la porte et vise Félicité, tombée à terre. Le pistolet à grenailles qu'il tient à la main tire une fois, deux fois, trois fois... Félicité aurait pu survivre à un seul impact mais au bout du septième elle reste sans vie :

— Tu as ton compte, non ? demande Vittorio.

Jonathan, attiré par le bruit, apparaît dans l'entrebâillement de la porte de la chambre. Il fronce les sourcils et dit :

— Félicité ! Bobo ?

Vittorio téléphone alors à sa chère maman :

— Viens chercher Charline. Elle est à toi... C'est ton cadeau d'anniversaire !

Il se garde bien d'ajouter aucun détail sur la manière dont il a réalisé ce joli cadeau pour sa chère maman. Elle en aura la surprise une demi-heure plus tard. Mais bien sûr, la police va s'en mêler. Vittorio a doublement raté son coup. Il a perdu Charline. Pour les vingt ans qui lui restent à arpenter sa cellule. Artemisia, elle, se console. Elle garde Charline. Les Penfelt n'ont pas été jugé dignes de l'élever respectablement.

LA FEMME DE L'ADJUDANT

Le soleil entre gaiement dans la chambre à coucher. Au mur, juste en face du lit, un cadre en miroir biseauté entoure une photographie. On y voit Georgette et son adjudant de mari, le beau Fernand.

Elle est en robe de mariée, avec le voile, la couronne de fleurs blanches, le bouquet tout aussi virginal et un sourire un peu idiot. À côté d'elle, Fernand en uniforme d'artilleur, avec épaulettes, fourragère, médailles et une petite moustache conquérante de garçon coiffeur.

— Avoue qu'il n'était pas mal à l'époque !

Dans le lit conjugal, Georgette, avec pour tout vêtement une légère combinaison de rayonne plus que transparente. Une des bretelles a glissé sur son épaule et l'un de ses seins est près de se montrer au grand jour.

À côté de Georgette, dans une tenue encore plus sommaire, un joli blond à moustache. De toute évidence, ce n'est pas le Fernand du cadre. De toute manière, la photo doit dater d'au moins une quinzaine d'années. On voit que Georgette a perdu sa fraîcheur en même temps que le bouquet et la couronne de fleurs d'oranger. Mais elle a encore de beaux restes.

— C'était en quelle année, votre mariage ?

— En 59. J'avais vingt ans. J'étais mignonne, tu ne trouves pas ?

— Mouais ! Mais je suis certain que tu te débrouillais moins bien que maintenant.

— Dame, Fernand m'a appris pas mal de choses. Ce n'est pas pour rien qu'il avait fait l'Indochine.

— Tu te rends compte : en 1959, j'avais six ans.

— Tu aurais pu tenir ma traîne !

— Et voilà, maintenant je m'occupe d'autre chose.

Georgette soupire :

— Pauvre Fernand ! S'il savait ! J'aurais intérêt à compter mes abattis. Tu sais qu'il est jaloux comme un tigre.

— Tu m'étonnes ! Un Corse. D'ailleurs, ma sœur dit que ça se voit sur sa figure.

— Ah bon ? Comment ça ?

— Il a les sourcils qui se rejoignent entre les deux yeux. Il paraît que c'est un signe.

— Eh bien, tu ferais bien de te méfier ! De toute manière, si un jour tu m'embêtes, je n'aurai qu'à dire à Fernand que tu me tournes autour et il t'aura vite réglé ton compte. Ensuite, on le mettra en tôle et je serai débarrassée des deux d'un seul coup.

— À propos, quelle heure est-il ?

— 11 heures. Tu as le temps. Fernand ne rentre jamais avant 1 heure moins le quart, pile. C'est réglé comme du papier à musique. Je ne sais pas comment il fait, on dirait qu'il a un chronomètre dans la tête.

À ce point de la conversation, Maurice, le blond à moustache, décide de profiter encore un peu de la matinée, de Georgette, de ses réserves personnelles.

— Ah, encore ton chat qui se ramène !

— Ben oui ! Il est content de me voir heureuse. C'est normal ! Ne t'en fais pas : s'il grimpe sur le lit quand tu es avec moi, c'est qu'il t'aime bien.

— Oui, ben moi, je ne l'aime pas trop, ton greffier. Il a un air chafouin qui ne me dit rien qui vaille. Il n'y a pas, je préfère les chiens.

Georgette répondrait bien mais déjà Maurice lui ferme les lèvres dans un baiser passionné.

— Mon adjudant, on vous demande au téléphone. L'adjudant Fernand Mattei, qui déambule dans la cour du quartier Berthezène, lève les yeux vers le soldat qui l'interpelle depuis la fenêtre du bureau, au premier étage.

— C'est qui ? Fais patienter, j'arrive...

En définitive, l'adjudant Mattei apprend par son correspondant téléphonique que le préfet vient visiter la caserne à 13 heures pile, en compagnie d'un attaché militaire saoudien.

— Il faudrait que vous puissiez aligner une compagnie en uniforme, pour une petite parade.

— À vos ordres, mon commandant, je m'en occupe. Tout sera prêt.

Et l'adjudant Mattei transmet les ordres à ceux que cela concerne.

— Bon, tout est en ordre. Ah mais... Je ne peux

pas présenter la compagnie en tenue de combat. Il faut que je me change. J'ai le temps de faire un saut à la maison et de revenir.

Et l'adjudant Mattei rentre chez lui sans prendre le temps de prévenir son épouse. Georgette est une parfaite maîtresse de maison. Il est certain de trouver son uniforme impeccablement repassé, ses gants dans le tiroir qui convient, une chemise bien fraîche et une cravate assortie. Quant aux chaussures, n'en parlons pas, Georgette est une perle.

C'est un peu normal. Depuis quinze ans qu'ils sont mariés, Fernand a formé son épouse. Il lui a appris beaucoup de choses dans tout un tas de domaines : elle est la première à l'admettre...

— C'est toi, chéri ?

Fernand Mattei referme derrière lui la porte de l'appartement. Il n'habite pas à la caserne, mais dans un immeuble coquet à deux kilomètres de là. Le matin, une voiture passe le prendre avec quelques autres collègues qui sont disséminés, avec leurs familles, dans l'agglomération.

Dans leur immeuble les Mattei sont les seuls militaires. Ils ne fréquentent pas leurs voisins. Même pas le voisin de palier, un petit blondinet à moustache qui est représentant. « Bonjour, bonsoir », et voilà tout.

— C'est toi, chéri ?

Fernand répond, un peu agacé :

— Et qui cela pourrait-il être ? Tu entends la clef tourner dans la serrure et tu me demandes : « C'est toi, chéri ? » C'est un comble. Est-ce qu'il y a beaucoup de monde qui possède la clef de l'appartement et qui entre ici sans sonner ?

— Mais que tu es bête, bien sûr que je sais que c'est toi, mais c'est un réflexe ! J'avoue qu'en y réfléchissant, c'est une phrase idiote.

— Dis donc, tu es encore au lit à midi moins le quart ? Et le déjeuner ?

— J'ai fait une tourte, elle est encore dans le four. Elle sera toute tiède. Avec une salade d'endives. Tout est prêt. Et puis, après ton départ, j'ai eu un petit coup de pompe et je me suis dit : Georgette, ma fille, remets-toi au lit. Y a pas de mal à se faire du bien.

— Oui, eh bien, c'est pas tout ça. Ta tourte, tu vas la manger toute seule. Je ne serai pas là à 13 heures.

— Qu'est-ce qui se passe ?

— Le préfet qui rapplique avec un berluron du Moyen-Orient. Ils me demandent de présenter une compagnie en uniforme de parade pour impressionner ce bonhomme. Sans doute qu'il va acheter de l'armement. À moins qu'ils ne nous envoient des stagiaires.

— À quelle heure, ta revue ?

— Il faut que j'y sois dans une heure.

— Tu sais quoi ? Quand je te vois dans ton battle-dress, avec ton revolver, ça me donne des envies.

Georgette, en disant ça, ne fait pas mine de se lever. Au contraire elle se pelotonne dans les draps avec une drôle de lueur dans les yeux. C'est vrai qu'elle est encore belle femme et Fernand, malgré quinze ans de mariage, se sent encore des envies soudaines...

— Alors en vitesse, parce que après il faut que je me sape. Décorations, fourragère et tout le tremblement. Felloux passe me chercher en voiture à 12 h 30 exactement.

— Mais on a tout le temps, mon chéri. Tu pourras même prendre une douche avant de t'habiller. Tu sais bien que tout est prêt... comme d'habitude.

Fernand est pris d'un rire silencieux. Il dégrafe son ceinturon et pose son revolver sur le guéridon au pied du lit. Puis il fait glisser rapidement la fermeture à glissière de sa tenue de combat.

— Tiens, je n'ai pas vu Poucet, où est-il encore fourré ?

— Oh, tu sais, il sort par la fenêtre de la cuisine et

après il va vadrouiller. Il y a une jolie petite chatte blanche et je crois qu'ils se donnent des rendez-vous dans la gouttière.

— Un de ces jours il va se casser la figure à jouer les acrobates...

Fernand est nu. Il se glisse dans les draps, auprès de son épouse qui lui ouvre ses bras avec un sourire prometteur. La suite ne nous concerne pas...

L'adjudant, pourtant, ne sera pas là pour diriger la manœuvre au moment où, à 13 heures pile, M. le préfet se présente dans la cour du quartier Berthezène en compagnie de l'attaché militaire saoudien. Au dernier moment, un coup de téléphone de Fernand lui-même a prévenu le commandant qu'un incident fâcheux le retenait chez lui. Et qu'il attendait l'arrivée de la police. L'adjudant Fernand Mattei ne reparaîtra d'ailleurs pas avant quelque temps au quartier militaire. Il va devoir répondre d'une accusation de meurtre qu'il ne cherche aucunement à nier.

« Mon chéri, mon chéri... » Laissant Georgette soupirer, Fernand s'est levé pour aller prendre une cigarette. Le paquet est dans la poche de son battledress. Le battle-dress est posé sur le pied du lit. Pas jeté n'importe comment, posé bien proprement. Juste à côté du revolver, qui est sur le guéridon.

— Et si tu allais prendre ta douche maintenant ? Pendant ce temps-là je sortirai ton uniforme, ta chemise, des chaussettes propres, la cravate, et tout ce qu'il faut.

— Eh, doucement, laisse-moi quand même fumer une petite Gitane. Il n'y a pas le feu.

Georgette a insisté.

— Mais non, pas de cigarette, saute dans la douche. Comme ça j'aurai le temps de te frictionner le dos avec ta nouvelle eau de Cologne. Tu verras, ça va te détendre, tu seras en pleine forme pour tout à l'heure.

« Miaou! Miaou! » Un miaulement plaintif s'est fait entendre.

— Tiens, on dirait Poucet. Où est-il fourré celui-là ?

Fernand a appelé le chat :

— Poucet! Poucet! Où es-tu, sacré lascar ?

« Miaou! Miaou! » Le chat, entendant son nom, a redoublé de miaulements plaintifs.

Georgette a sauté du lit. Elle était soudain toute rouge :

— Ne t'occupe pas de Poucet. J'ai l'impression qu'il a dû se mettre dans la penderie du couloir.

— Non, ça a l'air de venir d'ici. On dirait qu'il s'est enfermé dans l'armoire. Il faut absolument l'empêcher de faire ça. Après, il saute sur les étagères et il fout le bazar dans mes chemises.

Tout en parlant, Fernand a ouvert la porte centrale de la grande armoire à glace qui est le principal meuble de la chambre à coucher. Une solide construction de style 1930, rachetée aux précédents occupants de l'appartement. Dès que la porte a été ouverte, Poucet est sorti de l'armoire et s'est précipité pour se frotter le long des jambes nues de Fernand :

— Regarde-moi ça. En voilà une idée d'aller t'enfermer là-dedans. J'espère que tu n'as pas mis tout sens dessus dessous.

Fernand, tout en parlant au chat, tend la main vers les vêtements accrochés dans la partie centrale de l'armoire. C'est la penderie : deux uniformes kaki, deux complets civils. Machinalement, il a écarté les vêtements.

À ce moment-là, il a du mal à croire ce qu'il voit. Là, dans l'armoire, Fernand vient de distinguer une paire de jambes. Des jambes nues, couvertes de poils blonds...

— Sortez de là !

De l'armoire, un jeune homme blond s'est extrait, nu comme un ver, en écartant les vêtements de Fernand.

— Ah, mais je vous connais, mon saligaud.

Fernand, cramoisi de rage, identifie le personnage qui apparaissait entre son uniforme et son complet de flanelle à rayures :

— Alors c'est comme ça que vous faites de la représentation dans le lit de ma femme?

— Je vais t'expliquer, a lancé Georgette sans conviction.

— Il n'y a rien à expliquer. Tout est parfaitement clair : j'ai épousé une...

Fernand n'a pas eu besoin d'en dire plus. Malheureusement pour Maurice, le galant blondinet, c'est à ce moment que l'adjudant trompé voit sur le guéridon son revolver de service qui, si l'on peut dire, lui tend les bras :

— Non, non, Fernand, ne fais pas ça!

Georgette qui a réussi à enfiler sa robe de chambre en soie ornée de dragons orientaux, essaye de lui attraper la main. Mais Fernand, dans un geste professionnel, fait jouer le mécanisme de l'arme. La balle était engagée. Il tire une fois, deux fois, trois fois...

Maurice, projeté par le premier impact le long du mur fleuri de la chambre, a pris une expression étonnée. Puis il a glissé le long du mur et est resté assis, la bouche ouverte, coincé entre le lit capitonné de satin et la table de nuit.

Le long du mur une vilaine traînée sanglante. Georgette a couru vers le couloir, vers la porte de l'appartement :

— Au secours! Il vient de le tuer! Au secours!

Fernand a visé le peignoir de soie aux dragons multicolores. Mais l'arme s'est enrayée : « Clic! clic! »

Georgette est déjà sur le palier. Elle tambourine sur la porte d'en face :

— Au secours! Il va me tuer!

Soudain elle réalise qu'elle était en train de tambouriner sur la porte de Maurice, son amant, celui qui est dans la chambre, ses yeux morts grands ouverts...

On la retrouvera dans la rue, pieds nus, à moitié folle.

Là-haut, quand la police, appelée par Fernand lui-même, arrive sur les lieux, elle constate que Maurice est bien mort.

Fernand, drapé dans un drap de bain, est assis dans la salle à manger. Il boit un whisky bien tassé, sans glace.

— Tenez, prenez ce foutu revolver. S'il fonctionnait correctement vous auriez trouvé deux cadavres de plus. Georgette a eu de la chance. Et moi, bof, j'ai essayé de me flinguer, mais ce bazar ne veut rien savoir... Si les Saoudiens veulent en acheter, il faudra leur dire que c'est de la camelote.

LE DERNIER VIVANT

Adelaïde, Australie. Là-bas comme ailleurs, à la nuit tombée, les voitures de police font hurler leurs sirènes. Là-bas comme ailleurs, une bande de voyous fait des siennes. Dans le lot, Arnold Hataway, seize ans, race blanche, 1,90 mètre pour quelque 80 kilos, une brute. Il n'est pas le meneur de la bande, mais l'exécutant. En cas d'affrontement avec une autre bande ou la police, c'est lui qui donne et prend les coups. Il est facilement repérable, non seulement à cause de sa taille, mais par son accoutrement. Ni Zoulou, ni Rambo, il mélange les deux images. La tenue léopard convenablement déchiquetée, des chaînes au cou, un bandeau rouge sur la tête orné d'une plume, et pieds nus. Il casse.

Lorsqu'il a réduit une vitrine en morceaux, les autres volent.

Cette fois, il s'est fait prendre. La bataille a été rude, la devanture d'un marchand de voitures en a fait les frais, la bande a mis le feu, s'est acharnée sur les véhicules, et la police a dû employer les gaz lacrymogènes, les lances à eau et les matraques. Il a fallu un coup de matraque pour venir à bout, momentanément, d'Arnold Hataway, dit l'Indien.

Il est en cellule, le visage tuméfié, accroupi, et les mains sur la tête. Le fauve étant mineur, il doit, comme c'est la loi, passer devant un juge pour mineurs, afin d'y répondre d'un certain nombre de délits majeurs. Le plus grave étant les coups et blessures sur un agent de la police municipale, actuellement entre la vie et la mort.

La procédure de flagrant délit est expéditive dans son cas. Après une nuit en cellule, le voilà devant le juge. Qui se demande bien quoi faire de ce gamin encombrant. En prison avec les adultes ? Son gabarit le mérite. Ses antécédents aussi. L'Indien s'est déjà échappé d'un centre de redressement où il semait la panique en boxant tout le monde au moindre prétexte.

— Où sont tes parents ?

— À la ferme. Qu'ils crèvent !

Bon début. Lisbeth et George Hataway ont un fils fugueur depuis deux ans. Le rapport fait sur eux, lors du dernier méfait de leur fils, n'est pas encourageant. Le père est quasiment analphabète, la mère complètement. Ils survivent dans un taudis au milieu des poules et des moutons, avec leur fille aînée. Chaque fois qu'ils sont convoqués par le juge, il faut leur envoyer la police pour les convaincre de comparaître. L'adolescent n'a pas fréquenté l'école, sa sœur non plus. Aucun service social n'a réussi à y obliger les parents.

Le juge prend une mesure d'incarcération dans un centre pour jeunes délinquants, assortie d'une mesure d'isolement, vu la violence du sujet. Le procès est fixé six mois plus tard.

Entre-temps Arnold Hataway est devenu un meurtrier : l'officier de police est mort de ses blessures. C'est devant une cour criminelle qu'il passe. Rasé, vêtu de l'uniforme gris du centre de grande délinquance, menottes aux poignets, l'Indien n'a plus la même allure. La brute a l'air malade, on peut supposer que son temps de préventive n'a pas été facile. Il n'est guère sorti de l'isolement. Complètement asocial, il ne connaît que ses poings. Le directeur du centre en témoigne.

— Nous ne pouvons pas le garder, il est impossible de le faire participer aux activités habituelles. Refus de travailler, refus de respecter l'ordre au réfectoire. À chaque tentative d'insertion parmi les autres détenus, nous avons eu des violences, ou une tentative d'évasion. Ce garçon relève du pénitencier, pas d'une maison de correction.

Pourtant Arnold n'est guère vindicatif durant cette audience. La raison en est donnée par le médecin du centre. Il a dû le calmer sur ordonnance.

— J'ai été appelé à plusieurs reprises par le comité directeur de l'établissement. Arnold Hataway est sujet à de telles crises qu'il est non seulement dangereux pour les autres mais pour lui-même. Lors de mon dernier examen, il a fallu le maîtriser pour lui administrer une piqûre calmante. Depuis, il est régulièrement traité. Je recommande l'hôpital psychiatrique. C'est un grand malade, il présente des bouffées délirantes assorties d'épisodes d'extrême violence. Lorsqu'il ne peut pas s'attaquer à un adversaire, il cherche à se détruire.

Le juge procède à un interrogatoire de routine concernant les faits reprochés au prévenu. Il va prendre de toute évidence la mesure d'internement préconisée. Arnold répond aux questions par monosyllabes, le visage crispé, les dents serrées. Mais, au moment où le juge expose en détails l'émeute à laquelle il a participé et la mort du policier, il marmonne :

— Des morts, y en a tout un tas à la ferme.

— Expliquez-vous, Hataway.

— Demandez au père et à la mère. C'est derrière l'étable...

Seul le père d'Arnold, George Hataway, est présent dans la salle. Il se lève, brandit le poing en direction de son fils :

— Boucle-la ! C'est pas tes oignons.

Le juge intervient aussitôt, craignant que l'affrontement ne déclenche chez l'accusé le genre de crises dont il est coutumier. Mais Arnold ricane :

— Y a qu'à fouiller, des tas d'os... et c'est pas de la brebis malade !

George Hataway est un colosse comme son fils. Il se rassoit en maugréant des insultes, avec une dénégation qui étonne le juge :

— De quoi je me mêle ! Y a rien derrière l'étable, que du déchet !

— Monsieur Hataway, présentez-vous à la barre des témoins !

— J'ai rien fait ! Qu'est-ce que vous me voulez ! Vous avez qu'à l'enfermer, ce bon à rien ! C'est pas un fils !

George Hataway doit cependant obtempérer, et se dandine devant le juge, l'air mauvais.

— C'est pas moi qu'ai tué ce flic-là... j'ai rien à dire.

— Expliquez-moi ce que veut dire votre fils. Il a parlé de morts et d'étable, de quoi s'agit-il ?

— J'en sais rien. Il dit ce qu'il veut !

Arnold se tape la tête de ses deux énormes poings, en affrontant son père.

— Et les petites têtes ? Tu sais pas ce que t'en as fait ? J'les ai vues moi ! Y en a plus que les doigts de ma main ! Y a qu'à creuser ! Un vrai cimetière !

— J'vais te dérouiller, moi !

— Vas-y pour voir!

Les insultes qui suivent entre père et fils dans cette salle d'audience ne contribuent pas à éclaircir le sujet. L'audience est suspendue, Arnold renvoyé dans sa cellule d'isolement, et le père sommé de s'expliquer en audience particulière.

De ses dénégations maladroites et contradictoires, il ressort que l'accusation de son fils concernerait une fosse où ils ont coutume d'enterrer les déchets de la ferme. Puis, traqué par des questions trop précises pour lui, George Hataway finit par dire qu'il y a mis autre chose que des déchets. Mais qu'il considère tout de même comme des déchets.

— La mère a eu des gamins morts. Fallait bien les mettre quelque part.

C'est ainsi que l'histoire d'Arnold Hataway change d'aspect. Il ne s'agit plus uniquement de lui, lors du nouveau procès qui se déroule en 1986, à Adelaïde.

Cette fois George et Lisbeth, ses parents, sont tous les deux dans le box de la cour de justice criminelle. Il y a aussi dans la salle Lise, la sœur d'Arnold, vingt-deux ans, la seule de la famille en liberté. Et Arnold qui sera entendu cette fois comme témoin. Arnold a passé plus d'une année en psychiatrie, il a subi un traitement de choc, avant d'être incarcéré dans un nouveau centre de détention pour inadaptés. On sait maintenant que son QI ne dépasse pas celui d'un enfant de cinq ans. Il a encore grandi, il est majeur, et doit encore purger une peine de trois années d'internement. Mais il n'est plus violent.

L'enquête menée à la ferme familiale sur la base de son accusation nous ramène au Moyen Âge.

Arnold avait une dizaine d'années environ lorsque, en jouant derrière l'étable, il a découvert quelque chose qu'il n'a pas compris tout d'abord. Il voulait construire une cabane. Pour cela, il avait ramassé des piquets de bois, et il creusait la terre le long du mur, pour les planter bien droit. Cette terre était sèche, il avait du mal à y faire un trou, et il a choisi un endroit plus propice à son ouvrage. Il y avait un carré de terre plus meuble, le long de ce mur. Après quelques coups de pioche, il a rencontré un objet bizarre. Un crâne, tout petit.

Arnold n'a pas eu peur de sa découverte, au contraire, il a fouillé davantage. Et il en a trouvé un autre, puis des ossements minuscules, guère plus gros que ceux d'un lapin. Il a construit sa cabane ailleurs.

Un jour, il a vu son père enterrer quelque chose au même endroit, alors il est allé voir. Mais cette fois il a eu peur, et il n'a pas déterré complètement sa trouvaille.

Les années passant, il a eu douze ans, puis treize, Arnold a fait dans sa tête un rapprochement simple : chaque fois que la mère avait un gros ventre, le père prenait sa pelle.

Alors, même avec un QI comme le sien, il a compris. La dernière fois que la mère s'est trouvée enceinte, il a demandé à sa sœur pourquoi le bébé n'était jamais là. Lise lui a expliqué ce qu'on lui avait dit :

— Il y a trois bébés qui sont morts, les autres ils ne pouvaient pas les garder. On peut pas les nourrir.

— Et nous ? Pourquoi ils nous ont gardés, toi et moi ?

— Je sais pas, Arnold. On était pas morts en arrivant... ça doit être pour ça. Maman dit que je suis la première, et qu'une fille c'est utile. Toi, je sais pas.

Arnold s'est sauvé quelque temps après que le père a enfoui dans la fosse le septième d'une tribu qu'il ne voulait pas nourrir. Il a juré, et sa femme aussi, que trois des nouveau-nés en dix ans étaient morts-nés. Les autres, trois filles et un garçon, il les a étouffés. Avec l'accord de la mère.

Elle dit qu'il ment. Qu'il a décidé seul, et qu'elle ne voulait pas. Elle dit aussi qu'Arnold a échappé au massacre parce que c'était un garçon après deux filles. Il leur fallait un garçon. Elle dit de telles horreurs devant la cour, d'une voix neutre, d'un air stupide. La contraception, elle ne sait pas ce que c'est. Elle a toujours fait ce que disait George. Pas question d'aller voir des médecins à la ville. Pas question d'accoucher comme une « coquette », disait George. Tout se fait à la ferme. La vie et la mort.

Pourtant ils ont une voiture, un tracteur, un élevage de brebis, et la radio. Mais personne ne lit, personne n'entend, on vit dans cette ferme comme des bêtes. On y meurt comme des bêtes.

Arnold ne sait même pas qu'il a eu peur, que la raison de sa fugue, de sa violence, de son refuge dans une bande de casseurs, était là. À l'époque de son arrestation, il fonctionnait comme un fauve.

Il a simplement accusé son père pour le remettre à sa place. Pour lui faire des ennuis, pour qu'on ne l'accuse pas d'avoir tué un homme et qu'on l'enferme, alors que son père tuait et que personne ne l'enfermait pour ça.

Depuis, il a compris son état de survivant. L'unique garçon dont les parents s'étaient dit : « Il nous en faut un... »

Depuis, il accuse consciemment, et lorsque sa mère affirme qu'elle n'était pas d'accord, il témoigne contre elle :

— Une fois, t'as dit au père que tu montais dans la chambre, et qu'il vienne avant que ça braille !

Sa sœur Lise a une autre idée de l'infanticide.

— C'était dur pour la mère. Elle était malade quand elle était enceinte, elle avait mal au dos, elle pouvait pas trimer comme d'habitude.

Lise dit aussi, dans son langage particulier, que le Bon Dieu lui a donné un ventre stérile :

— J'ai eu des hommes, ça m'a rien fait. J'aime autant ça.

La ferme des Hataway n'est située qu'à une cinquantaine de kilomètres de la civilisation. À Ade-

240

laïde, il y a, comme partout, des écoles, des médecins, des hôpitaux, des cinémas, des bibliothèques,
des concerts de musique, la télévision...

Arnold s'y est réfugié à quatorze ans, le monde de
la cité lui a sauté aux yeux trop vite, sans prépara-
tion, sans mode d'emploi, et il n'y a trouvé que la
violence. La découverte d'une autre vie a transformé
le gamin qu'il était en dynamite ambulante.

Les parents Hataway, eux, n'y auront jamais
connu que la cour criminelle et la prison.

Lise n'y est venue que pour témoigner au procès,
ce monde-là n'est pas pour elle. D'ailleurs, elle doit
s'occuper de la ferme à la place de ses parents. Pendant vingt années, toute une vie.

UN TRAITEMENT RADICAL

Beaucoup de provinciaux se laissent tenter par
Paris. En tous les cas c'était courant dans les
années 1950. Paris, une ville où les opportunités de
travail ne manquaient pas, Paris, ses spectacles,
Paris la Ville lumière. Une lumière à laquelle de gen-
tils papillons venaient se brûler, parfois jusqu'à la
mort.

Nous sommes dans un petit appartement de la rue
Lécluse dans le XVIIIe arrondissement de Paris.
Sous les toits : toutes les pièces sont mansardées et
il faut monter cinq étages sans ascenseur pour y
accéder. Mais une fois arrivé, c'est l'appartement de
Mimi Pinson : quatre pièces principales qui
prennent le soleil matin et soir. Et une vue sur les
toits de Paris. Un nid pour des amoureux.

Pour l'instant, l'occupante des lieux est entièrement nue dans la salle à manger remplie du soleil de

mai. Un peu rougissante, elle se laisse examiner par un bel homme à la moustache conquérante. Il parle avec un léger accent italien et il s'exprime par de courtes phrases :

— Tournez-vous ! Approchez-vous ! Penchez-vous en avant ! La jeune femme, blonde et sportive, obéit à l'homme moustachu. Elle se nomme Sylvie Vitaldi et peut avoir dans les trente-deux ans. L'homme à moustache pose sa main sur son sein nu :

— Respirez ! À fond !

Doucement, il masse le sein de la jeune femme. Soudain, on entend un bruit de clefs dans la serrure de la porte d'entrée. Sylvie attrape un châle espagnol qui sert de nappe sur la table de la salle à manger. Elle s'en drape rapidement et lance :

— C'est toi, chéri ?

Un grognement lui répond. Elle reconnaît la voix de son mari, Charles. Il est 18 h 30 et il rentre du bureau.

Charles est parti très tôt ce matin. Il travaille pour une compagnie d'assurances et il a presque une heure de trajet pour rejoindre les bureaux de sa société, en banlieue. Autant pour le retour. Huit heures passées sur de fastidieuses additions, un sandwich et une bière à midi. Cinq jours par semaine. On comprend qu'il ait les traits tirés. D'autant qu'il vient de grimper les cinq étages avec un sac rempli d'épicerie et de légumes.

Charles entre dans la salle à manger. Il considère Sylvie et l'homme à moustache avec un certain étonnement. Sylvie lui applique un baiser sur les lèvres et dit :

— Chéri, je te présente le docteur Nanzio Pontelmino.

De toute évidence, Charles ne voit pas bien qui est ce docteur inconnu. Sylvie lui rafraîchit la mémoire :

— Mais si, tu sais bien, le docteur Pontelmino ! Celui dont maman nous avait parlé pour soigner ma dépression !

Le docteur se lève. Il est d'une élégance certaine et s'incline devant Charles en précisant :

— Docteur Nanzio Pontelmino, agrégé de l'Université, diplômé CSA, membre honoraire de la SIMC...

Charles l'interrompt :

— Ah oui, eh bien, bonjour, docteur ! Qu'est-ce que vous pensez de l'état de santé de mon épouse ?

Le docteur Pontelmino est péremptoire :

— Votre belle-mère a bien fait de vous diriger vers moi. De toute évidence, votre épouse souffre d'une anémie pernicieuse dont les causes sont certainement le mal du pays et la mauvaise qualité de l'air parisien. Avec toutes ces automobiles, vous êtes loin de son Jura natal.

— Et que pensez-vous faire ?

— Vous savez que je suis parvenu à guérir votre belle-mère de ses migraines persistantes. Mais cela n'a pas été sans mal. J'ai dû utiliser des produits qui ne sont pas encore commercialisés en France. Cela représente un certain investissement...

Charles d'une voix un peu lasse dit :

— Je suis prêt à tout pour que Sylvie retrouve sa bonne mine d'autrefois et son dynamisme. Ah ! docteur si vous l'aviez vue quand nous nous sommes connus. C'était au mariage d'une cousine à Gérard-mer, il y a trois ans. Elle était fraîche comme un bouton d'églantine...

Le docteur Pontelmino est déjà en train d'écrire sur son ordonnancier :

— Voilà ce que je vous propose... Mais vous n'obtiendrez aucun de ces produits ici. Si vous voulez, je vais les faire venir de Suisse et d'Italie. Nous commencerons le traitement dans dix jours.

Charles et Sylvie acquiescent. Pontelmino regarde Charles et s'écrie :

— Mais dites donc, mon cher monsieur, vous non plus vous n'avez pas l'air au mieux de votre forme. Pendant que j'y suis, j'aimerais vous ausculter. Si vous n'y voyez pas d'inconvénient. Soyez assez gentil pour vous mettre torse nu.

Charles s'exécute. Pontelmino a sorti un stéthoscope. Sylvie s'éclipse pour enfiler un peignoir. Quand Pontelmino quitte le nid d'amour des Vitaldi ceux-ci espèrent des jours meilleurs. Ils viennent de confier 7 000 francs au Docteur Miracle. Une fois seuls, ils comparent leurs impressions. Sylvie affirme :

— Je suis certaine qu'il va te remettre en forme. Une série de piqûres intramusculaires une fois par semaine ce n'est pas trop grave. Qu'est-ce qu'il a dit que c'était ?

— Des extraits de glandes de singe et toi, ce sera quoi ?

— Des cachets de vitamines, des ampoules et des massages pour réactiver mon système neurolymphatique. Je suis certaine que ça va nous faire le plus grand bien.

Dix jours plus tard le bon docteur Nanzio Pontelmino se présente au domicile des Vitaldi. Il a prévenu Sylvie par un courrier. Elle l'attend et elle s'est mise dans une tenue adéquate : un simple déshabillé orné de dentelles...

Quand Charles arrive vers 18 h 30, Sylvie est étendue sur le lit conjugal. C'est Nanzio qui accueille le mari. Il explique :

— Votre épouse se repose. Ce traitement est un peu fatigant. Dans quelques minutes, elle va se réveiller. Bon, puisque je vous tiens, je vous propose de commencer votre traitement. Une première piqûre dans le haut de la cuisse.

En prenant congé le docteur Pontelmino précise :

— Si vous n'y voyez pas d'inconvénient, j'aimerais suivre les progrès de ce traitement au jour le jour. Et puis, avec ces médicaments encore nouveaux, on ne sait jamais. Si vous ressentiez des effets secondaires...

C'est pourquoi le bon docteur vient désormais tous les deux jours chez ses patients. Puis tous les jours. Un jour, Sylvie lui propose :

— Appelez-moi Sylvie, je vous appellerai Nanzio.

Charles trouve l'idée excellente. Désormais, chaque soir, il trouve le docteur en bras de chemise. La table est mise pour trois. Il faut dire que Nanzio possède une conversation très variée. Il a toujours une aventure extraordinaire à raconter. En général, une guérison miraculeuse due à l'un de ses traitements.

Après l'utilisation de leurs prénoms, Sylvie propose que tout le monde se tutoie. Nanzio fait tellement partie de la famille.

Pourtant, Charles commence à avoir des doutes. Il se demande si les injections miraculeuses de Nanzio sont aussi efficaces que ce dernier le prétend :

— Écoute, je ne sais pas ce qu'il me plante dans les cuisses mais je me sens de plus en plus flagada. J'ai de plus en plus de mal à me lever le matin et le soir je suis obligé de m'arrêter à chacun de nos cinq étages.

Sylvie rougit :

— Oui, tu as peut-être raison. Mais tu ne trouves pas que j'ai meilleure mine depuis que Nanzio me fait ses massages et me donne ses vitamines suisses ?

Charles se renfrogne.

— Oui, ses vitamines ! Parlons-en, de ses vitamines !

Nanzio d'ailleurs, dès le lendemain, fait une proposition :

— Je crois que Sylvie est suffisamment en forme pour envisager un bol d'air du pays. Si j'étais elle, j'irais passer trois semaines à Nantua, chez sa mère. Quant à toi, mon cher Charles, je crois qu'il faut interrompre ton traitement. Pour permettre à ton organisme d'absorber et d'intégrer le concentré de glandes de singe.

Sylvie part chez sa mère. Charles reste seul. Nanzio ne vient plus partager le dîner du soir et le saouler de belles paroles. Alors, Charles réfléchit... et il prend une décision qu'il met immédiatement à exécution.

Dès qu'il arrive à Nantua, chez sa belle-mère, il n'a plus aucun doute sur la nature du traitement du bon docteur Pontelmino. La porte de la villa est ouverte. Il grimpe jusqu'à la chambre où Sylvie a dormi toute sa jeunesse, et découvre son épouse et Nanzio au lit, tendrement enlacés. La belle-mère survient et se met à pousser des cris de perruche. Charles la fait taire d'une gifle magistrale. Puis il se calme et accepte de descendre au salon avec les autres pour que chacun s'explique. Charles a tous les arguments en sa faveur. Mais c'est compter sans la verve et le charme du docteur moustachu : il invoque la beauté de Sylvie, leur intimité à tous les trois... et il parvient à convaincre Charles, qui est pourtant à bout de nerfs, que ce n'est qu'un accident.

Nanzio, avant de partir, s'est abstenu cependant de préciser un détail : Sylvie est enceinte de quatre mois... C'est sans doute pourquoi, le soir même, Charles, qui a regagné le lit de sa chère épouse, se voit repousser au moment où il voudrait lui faire comprendre qu'il l'aime toujours autant. Et il est surpris que le lendemain, elle ne soit plus là et que sa belle-mère lui apprenne, l'air penaud, que Sylvie est partie à l'aube. Pour une destination inconnue :

— Inconnue peut-être, mais elle est certainement allée rejoindre ce salaud de Nanzio !

C'est d'autant plus vraisemblable que le portefeuille de Charles a disparu, lui aussi. Charles arrache quelques informations à sa belle-mère et se lance à leur recherche.

Il finit par repérer Sylvie et Nanzio réfugiés dans un hôtel sordide dans le quartier de la gare de Nice. Ils ne doivent pas rouler sur l'or. Le lendemain, à l'abri d'une porte cochère, il monte la garde devant l'entrée de l'hôtel. Quand il voit le couple sortir du hall, il s'avance et tire cinq balles. Toutes en direction du ventre de Nanzio Pontelmino, le « Docteur Miracle ».

À peine Nanzio s'est-il écroulé, baignant dans son sang, que les événements se précipitent. Des policiers en civil ceinturent Charles et lui mettent les menottes aux poignets. Ils ont la délicatesse d'expliquer :

— Nous aussi, on le file depuis des mois. Avec nos collègues italiens, pour différentes escroqueries et vols. Et aussi pour exercice illégal de la médecine. C'est pourquoi nous étions en planque. Mais on ne s'attendait pas à le voir se faire descendre sous notre nez !

Charles se retrouve derrière les barreaux. Sylvie, enfin réveillée de son beau rêve d'amour, s'est reprise et lui rend visite en prison. Charles lui demande :

— Mais enfin pourquoi t'es-tu enfuie avec Nanzio ?

Elle avoue :

— Je m'inquiétais de te voir avec une si mauvaise mine. Nanzio m'a convaincue que tu avais attrapé une maladie vénérienne et que tu risquais de me la passer !

En définitive, Charles a eu de la chance : le Docteur Miracle (le bien nommé) a survécu aux cinq balles qu'il a reçues dans le ventre. S'appuyant dramatiquement sur une canne à pommeau argenté, la moustache toujours aussi conquérante, il est apparu comme témoin au procès de Charles qui, cependant, a été acquitté. Nanzio est, lui, parti vers son propre procès qui l'a conduit dans les prisons italiennes.

Quant à l'enfant que portait Sylvie, il n'a pas résisté à toute l'aventure. Un ange qui n'avait rien à voir dans cet imbroglio est remonté au ciel.

TROIS GÉNÉRATIONS DE FEMMES

Les femmes tuent beaucoup plus rarement que les hommes. On les voit moins porter des fusils, des revolvers et des couteaux. L'arme est en général une affaire masculine, qu'elle serve à la guerre ou au crime. La femme est chargée de donner la vie, la mort est moins son affaire.

Rares sont les femmes gangsters, encore plus rares les tueuses professionnelles. Les faits divers racontent plus souvent les méfaits masculins. Et lorsqu'une femme tue, le mobile est, la plupart du temps, profondément différent de celui de l'homme. Jalousie, autodéfense, vengeance, folie : la femme semble plus « réagir » à une situation qu'agir.

Suzanne est une paysanne de France. Une exploitante agricole, qui mène avec son mari depuis des années la même vie de travail. Les agriculteurs n'ont pas de vacances. Une terre vit en toutes saisons, le bétail ne se donne pas en garde, les poules pondent tous les jours, et un champ n'est pas une plante verte.

Depuis vingt ans, la vie de Suzanne se passe dans un hameau que ne fréquentent pas les touristes, ni l'été ni l'hiver. Pas de résidences secondaires pour Parisiens épuisés. Une terre dure, âpre, mais qui fait vivre son monde. Suzanne ne voit quasiment personne à part son mari, sa fille, et le grand-père âgé dont elle s'occupe. Sa maison est isolée, l'intérieur impeccable, c'est elle qui tient les comptes et, à quarante ans, elle a dû aller au cinéma deux fois dans sa vie. Elle a des qualités reconnues de parfaite ménagère.

Elle s'est mariée en 1970, elle a accouché deux ans plus tard. Sa fille Monique a seize ans.

Une femme ordinaire, donc. Mais personne n'est ordinaire autrement qu'en apparence.

Par exemple, Suzanne et sa fille sont devenues végétariennes. Plutôt curieux pour une fermière. Encore plus bizarre : elle ne supporte pas l'abattage des animaux de boucherie. À la campagne c'est rare, et au village on a fini par s'en apercevoir. Suzanne a lu un de ces livres qui font la fortune de leurs auteurs, et malheureusement pas mal de dégâts chez leurs lecteurs. À force de refuser le moindre morceau de viande, elle est maigre au-delà de la maigreur, et sa fille Monique également. L'adolescente en est même malade. Dix kilos de moins qu'une fille normale de son âge. Avec toutes les carences que cela suppose. Elle ne va plus à l'école et suit des cours par correspondance. Sa mère la surveille en permanence, elle n'a de distractions qu'avec elle, et ces distractions se résument en de longues promenades à deux dans la campagne avec le chien-loup.

Au mois de janvier de cette année, Suzanne a reçu les confidences de sa fille : le père a tenté d'avoir des rapports sexuels avec elle. Suzanne a donc décidé de la protéger, et de le faire seule. Comme c'est souvent le cas, la honte l'a enfermée dans le silence, et depuis dix mois elle guette sans relâche ce père incestueux. Il la dégoûte.

Suzanne est assise dans sa cuisine, un soir d'automne 1989. Elle réfléchit à une décision qu'elle vient de prendre : tuer son mari.

Elle le hait. Comme elle hait les hommes en général, quels qu'ils soient. Une des rares confidences qu'elle ait faite à ce sujet, à une femme du village, se résume ainsi : « Ce sont tous des cochons, ils ne pensent qu'au sexe. Mon mari me harcèle sans arrêt. »

Robert n'est pas végétarien, il dévore de la viande à chaque repas. Il n'est pas sauvage et fréquente volontiers les gens du village. Il ne déteste pas tuer les animaux, puisqu'il va régulièrement à la chasse. Et il aimerait bien avoir sa femme dans son lit. Elle refuse : alors, il se console avec des revues pornographiques. Mais il s'est aussi attaqué à sa fille.

Donc, Suzanne va le tuer. L'événement qui l'a décidée s'est déroulé le matin même. Il a tenté de recommencer, elle l'a vu cette fois, derrière le carreau d'une fenêtre de son bureau. Si elle n'avait pas surgi à l'improviste, en faisant claquer ses talons sur le sol, Monique aurait dû subir ce nouvel outrage. Évidemment, en entendant arriver sa femme, il a fait semblant de lire un journal.

Monique s'est enfuie, et Suzanne a regardé son mari en silence. Ni insultes, ni hurlements, ni explications. Il a fait l'innocent, elle ne l'a pas accusé. Dans le silence entre eux, elle s'est dit simplement : « Je vais le tuer. »

Et lui n'aurait jamais songé une seconde qu'elle en soit capable. Si elle s'était jetée sur lui sur le moment, il se serait défendu facilement. Il est fort, il mange de la viande, c'est un homme. Suzanne ne peut pas l'affronter à égalité. Il ne peut pas y avoir de combat. Ni en paroles, parce qu'elle le hait trop ; ni avec une arme, parce qu'elle n'en a pas.

Sa décision prise, elle réfléchit toute une journée aux moyens de le faire. Préméditation. Le lendemain, elle met sa fille au courant.

— Je vais l'éliminer, le faire disparaître. Tu devras dire exactement la même chose que moi.

Monique ne cherche pas à dissuader sa mère qui met son plan à exécution immédiatement.

Il faut d'abord le rendre incapable de se défendre. Pour cela, Suzanne va voler les puissants tranquillisants du grand-père, en allant le soigner comme elle le fait chaque jour.

Ensuite, pendant que son mari est encore à la chasse, elle va chercher une barre à mine, une scie, un grand couteau et des sacs en plastique. Elle dissimule le tout dans la salle de bains.

Lorsque Robert rentre pour déjeuner, la mixture est prête. Suzanne a passé les comprimés au mixer afin de les réduire en poudre. Elle a confectionné une sauce blanche dans laquelle elle a incorporé la poudre et du jùs d'ananas afin d'en dissimuler le goût.

Elle sert à son mari du poisson noyé dans cette sauce. Tandis qu'il avale son assiette, sa fille et elle grignotent comme d'habitude des crudités.

Lorsque Robert s'endort devant la télévision, Suzanne éloigne Monique.

— Va dans le jardin avec le chien. Ne reviens sous aucun prétexte, je t'appellerai quand ce sera fini.

Monique obéit.

L'opération dure trois heures. Suzanne allonge d'abord le corps de Robert endormi par terre, elle le tue d'un coup de barre à mine sur la nuque. Ensuite, elle le traîne dans la salle de bains, sur le carrelage, pour pouvoir nettoyer. Là elle tranche et scie la tête. Elle la fait bouillir dans une grande casserole, la laisse refroidir et la cache dans le congélateur. Le reste du corps est réparti en plusieurs paquets enfermés dans les sacs plastiques.

Une fois le ménage terminé, les vêtements qu'elle portait passés à la machine à laver, le sol javellisé, Suzanne appelle sa fille. Il est cinq heures de l'après-midi, elles partent en promenade. Les habitants du village voient passer la voiture sans s'étonner, simple promenade dominicale des deux femmes. Monique va aider sa mère à se débarrasser des sacs plastiques dans les décharges environnantes.

De retour à la ferme, Suzanne s'occupe enfin de détruire le fusil de chasse, elle en brûle la crosse, réduit le métal en morceaux, qu'elle met tout simplement au réfrigérateur.

Et, le soir venu, mère et fille mettent le couvert pour trois et attendent. Tard dans la soirée, Suzanne alerte la gendarmerie : Robert n'est pas rentré de la chasse. Les recherches commencent. Mère et fille y participent. Robert, disent-elles, est parti chasser le canard... Étonnement du village : on ne va pas chasser le canard, alors que c'est l'époque du lapin.

Les jours passent. Les battues, les avions et les chiens n'ayant rien donné, les gendarmes inspectent la maison. Sauf le congélateur et le réfrigérateur. Suzanne et Monique ont tellement fait de ménage que rien n'est visible. Salle de bains impeccable, pas une trace de sang.

Mais ils s'obstinent tout de même. Un chasseur qui disparaît avec son fusil sans qu'aucun accident n'ait été signalé par la société de chasse, ça se retrouve quelque part normalement.

Durant plusieurs semaines, Suzanne et sa fille répondent aux mêmes questions avec la même constance. À quelle heure est-il parti ? Quels vêtements portait-il ?

Les vêtements sont transformés en chiffons de ménage, la tête est toujours au congélateur, le fusil au frais, et mère et fille tiennent bon.

Plus personne ne croit à la chasse au canard pourtant. D'autant plus que, la veille de la disparition de son mari, Suzanne est allée vider un compte épargne à la banque. Par précaution, elle voulait que sa fille ait de l'argent. Elle le lui a dit :

— Si on m'arrête, tu auras besoin d'argent pour vivre.

C'est l'adolescente qui finit par céder à la pression d'un interrogatoire de plusieurs heures. C'est elle qui commence à dire l'histoire de Suzanne, sa mère.

Alors, lorsqu'il s'agit de juger Suzanne, sa haine des hommes, son crime de ménagère appliquée, utilisant les ustensiles à sa disposition — mixer, couteau de cuisine, casseroles, réfrigérateur et congélateur, sacs-poubelle —, bien sûr on demande au psychiatre si cette femme est « normale ».

La réponse est : « À part quelques traits de paranoïa, et une certaine réticence à parler des choses du sexe, dont elle ne semble pas avoir une très bonne opinion, rien de particulier. »

Le mobile de Suzanne, protéger sa fille, n'est pas

présent au procès. Mineure, Monique a été confiée à une famille d'accueil durant l'incarcération de sa mère. Elle s'est échappée et s'est fondue dans l'anonymat. Depuis, elle a eu dix-huit ans. La gendarmerie qui l'a recherchée au moment du procès de sa mère ne l'a pas retrouvée. Elle n'a donc pas témoigné, ni contre son père, ni pour sa mère.

Personne ne pouvait donc parler intimement de cette femme devant un jury de cour d'assises. Et elle a si peu parlé d'elle qu'il n'est resté d'évident que les faits dans leur horrible simplicité d'exécution.

Le jury d'assises a vu comparaître une femme mince, calme, impénétrable, dont on a dit qu'elle était une prisonnière sage, affectée à l'intendance de sa prison. Elle a répondu aux questions les plus difficiles sur l'exécution de son crime, avec une froide logique de ménagère. Pourquoi mettre la tête au congélateur?

— Pour la refroidir.

Ensuite, c'est à peine si l'on a entendu l'avocat tenter de remonter un passé pourtant lourd de conséquences. Toute une histoire personnelle cachée dans la grande. La mère de Suzanne, jadis déportée par les Allemands dans un camp russe, et devenue folle, racontant d'horribles souvenirs à Suzanne sur les hommes de ce camp. Des souvenirs de faim et de froid, mais surtout de souffrance. Dans le camp, disait la mère de Suzanne, les hommes étaient comme des bêtes, tous des porcs. Suzanne est née de cette femme égarée et d'un déporté français qui l'avait mise enceinte.

L'histoire a charrié ainsi trois générations de femmes en leur inculquant la haine des hommes : l'aïeule dans les camps, la mère face à un mari obsédé sexuel, la fille face à un père incestueux.

Ce n'était pas suffisant aux yeux d'un jury horrifié pour lui reconnaître des circonstances atténuantes.

Suzanne a été condamnée à perpétuité.

JUSTICE EST FAITE

Paris, la Ville lumière, le centre de la civilisation, la patrie des arts, l'endroit du monde où il fait le meilleur vivre. Enfin... Laissons parler la légende, la réalité est peut-être moins éclatante. En tout cas, pour bon nombre d'étrangers, Paris est l'endroit où il faut avoir été. Et, si l'on en a les moyens, l'endroit où il faut vivre...

De même que nous rêvons de visiter le Japon des samouraïs, des fleurs de pêcher et des geishas qui semblent glisser sur le sol, les Japonais, eux, rêvent de venir humer l'odeur de Paris, l'odeur des petites femmes et des peintres maudits, l'odeur des meilleurs restaurants du monde et celle du Quartier latin.

Meisho Mizuno est une Nippone de trente-huit ans. Elle n'est ni grande ni blonde, cela va sans dire, mais elle a la grâce et l'élégance que peut conférer la fortune. Car Meisho est riche, très riche : son père est milliardaire. Une fortune construite pas à pas dans l'immobilier. Quand on connaît le prix du mètre carré à Tokyo, on commence à frémir. Ensuite, on se dit que là-bas tout doit aller très vite. Les fortunes se font et se défont à vue d'œil. Même quand il n'y a pas de crise internationale.

Meisho Mizuno, vêtue d'un des derniers modèles de la haute couture parisienne, se fait annoncer auprès de son père. Celui-ci, Hishimo, la reçoit sans attendre. Après tout, Meisho est sa seule héritière et il sait qu'elle ne le dérange jamais pour des brouilles.

— Que puis-je pour toi, ma belle?

— J'ai décidé d'aller m'installer à Paris. Et d'y agrandir notre empire. Vous savez que je ne suis pas maladroite en affaires. En ce moment il y a des placements intéressants. Que diriez-vous d'un palace

254

parisien que l'on connaîtrait sous le nom prestigieux de « Palais Mizuno » ?

Hishimo ne laisse paraître aucune émotion. Il sourit. Ce n'est pas forcément un signe d'approbation. Ni même de bonne humeur.

— Mon enfant, car malgré tes trente-huit ans, tu es toujours ma petite poupée de porcelaine, je conçois très bien que tu aies envie d'aller visiter Paris. Mais de là à y investir... Que dirais-tu d'un premier voyage d'exploration ? Histoire de flairer l'atmosphère, de prendre des contacts. Au bout du temps qui te paraîtra nécessaire, nous pourrons faire le point. Au besoin, j'irai te rejoindre sur place. Moi aussi, j'aimerais connaître un peu la ville de tous les plaisirs... À mon âge, je n'aurai plus longtemps l'occasion de profiter de la vie...

Meisho proteste en souriant :

— Mais non, vénéré père, vous êtes bâti pour vivre mille ans...

Ce que femme veut, les dieux le veulent aussi, même au Japon, et quelques mois plus tard Meisho débarque à Roissy. Une limousine noire l'attend et un chauffeur japonais la conduit directement jusqu'à une suite de l'hôtel Ritz. Papa Mizuno a des relations et il estime que sa fille unique a dépassé l'âge des petits hôtels pour étudiants faméliques.

Meisho se fait très bien à l'air de Paris. Elle y est arrivée au mois d'avril et le printemps lui fait la fête. Après les visites des musées et la tournée des grands succès au théâtre, après quelques soirées mondaines où sa beauté orientale est très remarquée, Meisho décide qu'il est temps de se mettre au travail. Elle convoque à son hôtel un agent immobilier spécialisé dans les grosses affaires hôtelières :

— Je désirerais faire l'acquisition d'un hôtel d'une centaine de chambres, dans un quartier d'affaires, à Paris, bien entendu.

L'homme, qui était déjà au courant des desiderata

de sa cliente, sort une feuille de papier de son atta-ché-case. Avec un plan de Paris :

— J'ai plusieurs affaires à vous proposer. Tout dépend du prix que vous êtes prête à y mettre...

— Le prix en soi n'a guère d'importance. Mon père, M. Mizuno, que vous connaissez peut-être de réputation, saura investir les sommes nécessaires. Je suis ici pour visiter, estimer le parti que l'on peut tirer des affaires disponibles, et diriger les travaux de rénovation. Donc, je vous écoute...

— Eh bien, chère mademoiselle, je vous propose dans le XIIIe arrondissement un hôtel très bien situé, avec un jardin très agréable. Il s'agit d'un immeuble de 1930 qui possède tout le charme des années folles. Les Montparnos...

Meisho doit se faire expliquer ce que signifie le terme « Montparnos » mais elle connaît Modigliani, Soutine et le célèbre Foujita, son compatriote...

Après avoir visité les différentes maisons qui peuvent l'intéresser, Meisho se décide. Son père vient la rejoindre et elle devient propriétaire des cent chambres et dépendances de l'hôtel Persigny. L'homme d'affaires lui propose de la mettre en rela-tion avec un cabinet d'architectes susceptibles de réaliser les idées qu'elle a en tête, mais Meisho le remercie avec un sourire :

— Je connais déjà beaucoup de monde à Paris et je crois que j'ai ce qu'il me faut pour mener à bien les travaux nécessaires...

Elle décroche son téléphone et appelle quelqu'un qu'elle aime beaucoup :

— Colin ? C'est Meisho. Comment allez-vous ? Cela fait longtemps que je n'ai plus eu de vos nou-velles. Vous m'avez un peu, comment dites-vous, « laissé tomber », n'est-ce pas ?

À l'autre bout du fil une voix virile répond par monosyllabes. Les paroles sont rares mais la voix un peu cassée évoque l'aventure, la force physique, la brutalité, la sensualité. Colin est un type d'hommes comme on en voit peu au Japon : 1,92 mètre, blond, moustachu, les yeux bleus.

Meisho se sent fondre rien qu'à entendre le son de sa voix :

— Colin, pourriez-vous passer me voir ? Nous pourrions dîner chez Ledoyen demain soir. J'ai besoin de vous... Je veux dire : j'ai besoin de vos conseils...

Colin Villebon, sa carrure athlétique et ses quarante-huit ans peuvent avoir tout le charme du monde mais, à première vue, on ne voit pas bien le rapport qu'il peut y avoir entre ce « baroudeur » et l'installation d'un petit palace en plein cœur de Paris. Colin a toute l'allure du « mercenaire » habitué aux révolutions des républiques bananières. Il porte avec panache une queue de cheval grisonnante, quelques cicatrices au visage et il se déplace avec une souplesse de félin. Meisho a fait sa connaissance par l'intermédiaire d'un ami japonais qui dirige une salle de sport spécialisée dans les arts martiaux. Colin est ceinture noire de judo et il fait très bonne figure dans différentes autres disciplines plus ou moins meurtrières.

Quand il pénètre chez Ledoyen, tout le personnel remarque ce bel homme au regard froid qui semble sorti d'un film de kung-fu. Meisho, déjà installée, l'accueille avec des démonstrations de joie qui choqueraient à Tokyo. Un long baiser unit leurs lèvres avant même qu'il se soit assis.

— Colin, vous savez que j'avais des projets immobiliers sur Paris. Eh bien ça y est, je me lance. Avec la bénédiction de mon père. Je suis depuis hier propriétaire de l'hôtel Persigny. Vous voyez où il est ? Dans le XIII⁰ arrondissement, presque aux Gobelins. C'est à deux pas du Quartier latin, de la Seine. Cela plaira beaucoup à la clientèle japonaise. Mais, avant d'en arriver là, j'ai besoin de tout refaire à mon idée. Je crois que vous avez dans vos relations un ami qui est japonais et qui possède un cabinet d'architecte. J'aimerais que vous nous mettiez en relation. Vous comprenez, je serai plus à mon aise avec un compatriote. Il saisira plus facilement les nuances de ce que j'ai en tête.

Colin a compris :

— Oui, je crois que j'ai la personne qu'il vous faut : il se nomme Gosaï Hironoyi, il a cinquante-trois ans et son cabinet est dans le Vᵉ arrondissement. Il s'est chargé, m'a-t-on dit, de plusieurs chantiers importants dans Paris. Je vous le ferai connaître dès qu'il sera disponible. Nous pourrions dîner ensemble...

— Je savais que je pouvais compter sur vous, cher Colin, vous êtes un véritable « samouraï » comme on n'en voit plus chez nous. Et si vous me raccompagniez jusqu'à mon hôtel, je pourrais vous offrir une coupe de saké qui vous mettra de bonne humeur...

Car Meisho et Colin sont, si l'on peut dire, des amis de longue date. Elle apprécie en lui l'homme occidental un peu froid mais si inventif au lit. Il se laisse fasciner par le regard noir et la bouche pulpeuse de la belle Japonaise. Au petit matin, Colin annonce :

— Dès que je vous aurai fait connaître Gosaï Hironoyi, vous devrez vous passer de moi. J'ai un contrat qui m'appelle d'urgence en Tanzanie.

— Soyez prudent, je tiens trop à vous. Quand vous vous absentez, je suis un peu perdue.

Gosaï Hironoyi présente bien. Il a la politesse onctueuse et pour lui aucun problème ne semble sans solution. Bien sûr, il n'oublie jamais de fixer le prix de ses prestations, ni de rappeler le cas échéant qu'il y a des suppléments imprévus... Mais Meisho paie rubis sur l'ongle. Les disponibilités de son père semblent formidables.

Dès son retour de Tanzanie, Colin accompagne sa

belle amie sur le chantier. L'hôtel Persigny, momentanément « fermé pour travaux », change d'allure :
on abat des cloisons, on installe des Jacuzzi, une
cuisine à la japonaise. Il faut que les futurs touristes
qui viendront de l'Empire du Soleil levant puissent
se retrouver « chez eux » après les longues journées
qu'ils auront passées à visiter Versailles ou le
Louvre. Il faut qu'ils puissent se détendre, comme à
la maison, en rentrant des soirées passées au Lido
ou au Crazy Horse...

Le Persigny se nommera désormais : le Fuji-
Yama. Inutile de mettre en lumière les investissements de la famille Mizuno.

Cependant les travaux traînent en longueur...

— Colin ! Il faut que je vous voie de toute urgence.
C'est une catastrophe. Venez vite.

Une demi-heure plus tard, Colin Villebon est
auprès de la belle Meisho. Elle est défigurée par les
larmes et son impassibilité nippone est bien loin. En
faisant nerveusement les cent pas, elle explique :

— Je viens de vérifier les comptes. Les entrepre-
neurs qui travaillent sur le Fuji-Yama ont cessé
toute activité. Je découvre qu'ils n'ont plus été payés
depuis six mois. Malgré les protestations de
M. Hironoyi. Je lui ai fait entièrement confiance. Je
lui ai versé 1 million de francs, en liquide, de la
main à la main. Il me disait que cette façon de faire
lui permettait d'obtenir des conditions avantageuses
auprès des entreprises. Et aujourd'hui je m'aperçois
que tout cet argent a disparu. Avec Hironoyi... J'ai
téléphoné à mon père qui m'a dit des choses que je
ne pourrais pas vous répéter. Je suis couverte de
honte devant lui et toute ma famille.

Colin Villebon ne répond rien. Au bout de quelques minutes il demande :

— Que comptez-vous faire pour le chantier ?

Hystérique, Meisho hurle :

— Mais rien ! Il n'y a plus rien à faire. Je dois

revendre le Fuji-Yama. Enfin je veux dire le Persigny. Le plus vite possible, à n'importe quel prix. Pour sauver les meubles et quitter Paris. J'avais tant espéré que cette ville m'apporterait le bonheur. J'avais rêvé de m'y faire un nom, d'être respectée, de devenir une vraie Parisienne, et voilà que tout s'écroule... par la faute d'un Japonais en plus. Quelqu'un qui se disait un homme d'honneur. Si nous étions à Tokyo, mon père saurait bien qui contacter pour lui faire rendre gorge. S'il ne parvenait pas à récupérer tout l'argent qu'il m'a volé, on retrouverait sa tête plantée sur un pieu dans la campagne. Là-bas, nous avons des gens qui savent rendre ce genre de service.

Colin saisit les mains de la belle Meisho et dit :

— Moi aussi, j'ai le cœur et l'esprit des samouraïs d'autrefois. Je me charge de vous rendre justice. Faites-moi confiance... J'y mettrai le temps qu'il faut.

Cependant, à l'autre bout du monde, Hishimo Mizuno, devant l'ampleur des pertes provoquées par l'imprudence de sa fille, prend la seule décision qui s'impose pour un vieux Japonais qui a connu la grandeur de l'Empire : il se suicide. Meisho rentre précipitamment au pays pour assister aux funérailles de son cher papa. Puis elle décide de revenir à Paris dans l'espoir d'y obtenir un jour justice. Elle attendra tout le temps nécessaire.

Les années passent : seule dans l'immense appartement qu'elle a acquis avenue des Ternes, Meisho se ronge de remords et de haine. Les années s'inscrivent sur son visage avec une terrible cruauté. La belle jeune femme qui est arrivée dix ans plus tôt dans la Ville lumière reste une femme toujours élégante, mais les rides qui marquent son visage lui font perdre tout son charme. Seul demeure le mystère d'une âme inassouvie. Colin, entre deux mystérieux voyages en Amérique du Sud, en Orient ou en Afrique, vient rendre visite à son amie. Parfois ils évoquent à demi-mots le « démon ». Car c'est ainsi que Meisho désigne Gosaï Hironoyi :

— Jurez-moi, Colin, que vous finirez par le retrouver. Jurez-moi que vous lui ferez rendre gorge. Et, si je ne peux pas récupérer la fortune qu'il m'a volée, punissez-le comme on le ferait chez nous. D'ailleurs, je n'ai plus le temps d'attendre, mon cher ami, mes jours sont comptés. Le chagrin qui me ronge a déclenché un cancer et je sais que je ne reverrai jamais mon pays. Vengez-moi, c'est ma dernière volonté...

Colin, sous le hâle de son beau visage d'aventurier, a pâli. Ainsi sa Meisho est en train de mourir. Il n'a pas été capable de la protéger. Depuis des années, il suit Gosaï Hironoyi à la trace. Ce n'est guère difficile car le personnage est plutôt voyant malgré sa soixantaine grisonnante. Il donne dans le genre « dans le vent ». Gosaï, à part ses talents de faux maître d'œuvre et de véritable escroc, possède des revenus importants dus au trafic de drogue. Ses clients se recrutent facilement parmi la jeunesse branchée hétéro, homo ou bisexuelle de Paris et de la Côte d'Azur...

Une nuit de septembre, Colin sonne à la porte d'un appartement de l'avenue Trudaine. C'est le « démon » Gosaï qui lui ouvre. Colin l'immobilise d'un seul coup fulgurant de nunchaku. Un coup décisif... Puis il roule le corps dans un tapis et le transporte jusqu'à la 2 CV qui est garée devant l'immeuble. Gosaï respire encore, malheureusement pour lui, car la nuit va être longue.

Une nuit d'horreur dans un pavillon de banlieue. Dans la cave de Colin, Gosaï, qui a repris ses esprits, réalise l'identité de celui qui vient de l'enlever. Il comprend pourquoi Colin Villebon l'a amené ici. Le bâillon de sparadrap qui lui ferme la bouche empêche qu'on entende ses hurlements quand son kidnappeur lui applique des électrodes qui le font sauter en l'air malgré les cordes qui l'entravent. Il sent les mains du « samouraï » qui l'étrangle, puis les coups qui lui brisent les os. Avec toujours la même question :

— As-tu l'argent ? Vas-tu rendre cet argent ?

Gosaï, ses yeux de myope révulsés par la peur, fait signe que « non ». Il n'a plus les millions de la belle Meisho. Partis, envolés, dépensés. Alors, Colin sort d'un étui le magnum qu'il emmène dans tous ses voyages et il l'appuie sur la nuque de Gosaï. Un petit mouvement de l'index suffit. Justice est faite. Un peu de sang coule de la bouche de l'architecte escroc. Colin met la tête de sa victime dans un sac de plastique... C'est plus propre. On retrouvera Gosaï quelques semaines plus tard dans le congélateur du pavillon de Colin Villebon. Colin, le « samouraï » français tout imprégné de culture japonaise, n'exprime aucun regret. Pour lui tout est en ordre. Meisho a eu le temps de savoir qu'elle était vengée. Alors elle s'est pendue dans la cellule où on l'avait incarcérée...

LE CLOWN

Hélène retourne chez sa mère. Tout l'immeuble est au courant, car elle vient de le hurler sur le palier.

— Je vais chez ma mère ! Débrouille-toi tout seul ! J'en ai marre de tes menaces !

C'est un petit immeuble de brique rouge, comme on en voit beaucoup dans le Nord. Trois étages, un jardin en longueur, où le linge des locataires se balance tristement dans le vent d'hiver.

Hélène descend l'escalier du troisième, traînant sa fille d'une main et une valise de l'autre. Au deuxième étage, la voisine l'arrête :

— Entrez une minute, calmez-vous, vous n'allez pas partir comme ça avec une gamine de son âge ! Si vous le laissez seul, qu'est-ce qu'il va devenir ? C'est votre mari tout de même !

— Je m'en fiche !

Les voisins croient savoir ce qui se passe chez les autres, les petits drames quotidiens n'ont guère de secrets. Et il arrive qu'ils prennent parti.

— C'est pas bien de dire ça. Il a besoin de vous. La dernière fois que vous l'avez laissé, il était tout perdu, le pauvre ! Je lui ai même monté de la soupe !

— Il peut très bien manger tout seul. Si vous croyez toutes ses jérémiades ! Je m'en vais, et cette fois c'est définitif ! La petite est terrorisée, ça ne peut plus durer.

Hélène descend l'étage suivant, passe devant la voisine du premier. Qui s'en mêle aussi.

— Vous voulez que mon mari monte le raisonner ?

— Ça m'est égal ! Dorlotez-le si vous voulez, moi c'est fini !

Hélène est à l'entresol, au milieu des poubelles alignées, les voisins encore sur le pas de leur porte, qui voient maintenant le mari dévaler l'escalier à la poursuite de sa femme.

Les Magnien sont jeunes. Hélène a vingt-trois ans, son mari vingt-quatre, la petite Cécile a cinq ans. Il est ouvrier, elle est employée de bureau. Il est en congé maladie depuis la rentrée de 1984, mais ce n'est pas son inactivité qui semble responsable du conflit entre eux.

Plus de deux ans que les voisins entendent régulièrement des disputes. La plupart du temps, Hélène déserte le champ de bataille pour aller se calmer les nerfs dehors. Lorsque la petite n'est pas à la maternelle, elle l'emmène avec elle. Si le motif des disputes n'est pas clair pour les autres, il l'est encore moins pour l'enfant.

— Papa est méchant, il fait tout le temps pleurer maman.

Hélène n'est pas une femme battue. Roland n'a jamais levé la main sur elle. Si c'était le cas, elle serait partie définitivement depuis longtemps. C'est beaucoup plus compliqué à expliquer. Si l'on écoute le mari, il est à l'article de la mort! Au milieu des poubelles, aux oreilles de qui veut l'entendre, il clame :

— Je suis malade! Tu devrais avoir honte de me traiter comme ça! C'est facile de claquer la porte! S'il m'arrive malheur, tu l'auras voulu!

Le « malade » n'a effectivement pas bonne mine. Il est maigre, sec, le teint gris, et la larme à l'œil. Il s'accroche à sa femme :

— Si tu pars...

— Tu vas mourir, c'est ça? Depuis le temps que tu le dis! Fais-le! Vas-y! Saute par la fenêtre!

Hélène se dégage des bras suppliants, la petite fille fond en larmes, en se réfugiant contre elle, et les voisins pensent : « Elle est quand même dure avec lui! Le pauvre, il est malade! Le médecin vient régulièrement, il a fait au moins trois séjours à l'hôpital... »

Ce que ne savent pas les voisins, c'est le nom de la maladie de Roland Magnien. Et pour cause : il en change comme de chemise. Il a mal au dos, il ne peut plus bouger, le médecin l'examine, fait une ordonnance, Roland se précipite à la pharmacie, et entasse les médicaments.

Il a mal au ventre, il est plié en deux dans son lit, le médecin l'envoie chez un spécialiste qui ordonne des examens, ne trouve rien, le renvoie chez lui, et Roland insulte la Faculté pour incompétence.

Il a mal à la tête, il a des boutons, il a toujours quelque chose, et rien. Ce rien porte un nom : hypocondrie. À la moindre contrariété, Roland a mal quelque part et appelle au secours.

L'ennui, c'est qu'un médecin ne peut pas refuser de soigner. Il ne peut pas dire à son patient :

— Fichez-moi la paix, vous n'avez rien du tout, ne m'appelez plus en urgence tous les dimanches !

Il ne peut pas non plus l'interdire de consultations chez ses confrères. Roland en a fait le tour. L'hôpital l'a vu arriver aux urgences, plus d'une fois, se plaignant de malaises incompréhensibles. Vertiges, nausées, douleurs à l'estomac, Roland n'est pas à court d'imagination.

Hélène, elle, n'y comprend rien. Hélène ne sait pas qu'elle a un grand malade pour mari. Elle s'efforce de lutter avec une logique qu'il n'entend pas.

— Tu sais parfaitement que tu n'as rien, le médecin te l'a répété cent fois ! Arrête de faire le clown !

Ce matin-là, un dimanche de septembre 1984, elle le répète pour la dernière fois :

— Arrête de faire le clown ! Personne n'applaudit !

Et elle fuit. Ce qu'elle a déjà fait, pour toujours revenir. Tellement il est difficile d'expliquer à un avocat :

— Je veux divorcer, parce qu'il est tout le temps malade.

La dernière fois qu'elle a demandé le divorce, Roland a avalé des tranquillisants. Pas assez pour mourir, mais suffisamment pour que les pompiers soient obligés de casser la porte et d'intervenir. Il ne répondait plus aux voisins, Hélène s'était réfugiée chez sa mère... À son retour de l'hôpital, il a donné sa version aux voisins. Il ne supportait pas les médicaments qu'il était « obligé » de prendre, vu son état... et Hélène l'avait lâchement abandonné, en le privant du réconfort de sa petite fille adorée...

Avant cela, Roland avait déjà passé toute une nuit sur un banc en plein hiver, afin de faire comprendre à sa femme qu'elle était un monstre d'indifférence à son égard. Le vague rhume qu'il avait attrapé s'était bien entendu transformé pour les voisins en double pneumonie...

— Elle m'a mis à la porte, j'ai failli crever...

Il manque toujours à ces accusations une bonne partie de la vérité. Lasse de l'entendre se plaindre, au fond de son lit, d'une nouvelle maladie imaginaire, Hélène lui avait en fait intimé l'ordre de se lever, de s'habiller, de sortir, et d'aller enquiquiner les autres... Qui il voulait mais pas elle!

— Bouge, va voir des copains, fais quelque chose!

— Je vais tomber malade dans mon état!

S'il n'y avait pas de quoi en pleurer, Hélène aurait bien ri de ce raccourci surprenant.

Les exemples de ce genre, elle pourrait en donner des dizaines aux voisins. Roland est un comédien. Son « état », comme il dit, relève plus de la maladie mentale que physique, mais à la moindre allusion à cette vérité, il la refuse. On voudrait lui faire croire qu'il est fou peut-être?

— Ça t'arrange, hein? C'est moi qui invente, je ne suis pas malade peut-être? Tous ces médicaments qu'on me donne, c'est pour rien?

Effectivement. La plupart du temps il avale une pilule, et range la boîte dans la pharmacie, jusqu'à la prochaine ordonnance.

— Ça ne me fait rien! Ce médecin est un incapable!

Depuis quelques mois, il a donc ajouté les menaces de suicide à sa panoplie de grand malade.

— Tu veux divorcer, c'est ça? Me priver de ma fille? J'en mourrai!

Ce matin, dimanche, après une nuit d'enfer où il n'a cessé de gémir sur son sort, de réclamer pour la énième fois une consultation médicale, Roland s'est mis debout devant la fenêtre du troisième étage, et il a dit:

— Si c'est comme ça, je vais sauter un jour, comme ça tu seras délivrée de ma présence!

— D'accord. J'emmène la petite, saute si tu veux!

Hélène n'en peut vraiment plus cette fois, et elle se sent démunie, abandonnée, sans aucun argument ni recours. C'est elle qui va tomber malade en fin de compte, et sa fille ne peut plus s'épanouir dans un climat pareil. L'autre jour, Cécile a trouvé son père comme mort sur son lit, dans le noir, et elle a eu si peur...

— Papa est mort! Il veut pas me parler!

Du chantage, même avec sa fille, pour inquiéter la mère.

Il n'y a plus que la fuite. Elle n'a plus le courage de le consoler, de discuter à l'infini, elle l'a trop fait. Chaque fois qu'elle arrive à le calmer, la trêve ne dure pas longtemps.

Le dimanche à midi, après l'avoir planté là au milieu des poubelles, elle est chez sa mère, une fois de plus. L'avenir est sombre pour elle. Quand on fuit de cette façon, sans emporter ses affaires, qu'il faut retrouver un endroit pour vivre, racheter des meubles, payer un divorce... Même sa mère ne comprend pas très bien ce qui se passe. Il faut vivre avec un malade imaginaire au quotidien pour savoir.

— Ne prends pas de décision trop vite, Hélène, après tout il est peut-être vraiment malade... Et s'il se suicidait? C'est le père de ta fille, vous devriez pouvoir régler ça... Vous êtes jeunes!

Au dessert, le téléphone sonne. La voisine du premier demande à parler à Hélène :

— Ça ne me regarde pas évidemment, mais vous devriez venir le voir. Il s'est enfermé dans l'appartement, et il a dit qu'il allait ouvrir le gaz... Il est vraiment désespéré, vous savez...

— Ça sent le gaz?

— Non, mais on n'est pas tranquilles. Mon mari a essayé de lui parler, il vous réclame, il dit qu'il veut voir sa fille... C'est une misère de voir ça.

— Je ne viendrai pas, appelez les pompiers si vous voulez.

— Mais on n'a pas la clé! Ils vont enfoncer la porte, et puis on lui a promis qu'on allait vous appeler...

— Pourquoi il ne l'a pas fait lui-même?

— Il dit que vous ne voulez pas lui répondre, il pleure... Ça ne peut pas durer comme ça, vous êtes responsable tout de même!

Hélène est prise au piège une fois de plus. Cette fois, il a mis tout le monde de son côté. Le chantage est évident, mais on ne sait jamais, à force de faire le clown...

En désespoir de cause, Hélène prend une décision.

— Dites-lui que je vais venir avec le médecin.

Et Hélène explique à sa mère ce qu'elle va faire. Le médecin va constater l'«état» de Roland, elle veut un certificat médical qui lui permette d'obtenir le divorce qu'il refuse. Pour une fois, la situation doit tourner à son avantage à elle.

— Je vais y aller avec Cécile et le médecin, il va faire sa comédie habituelle, tant mieux. Il refuse de divorcer sous prétexte que je vais lui enlever sa fille? On va voir comment il s'en occupe, de sa fille... Un père qui passe son temps à lui dire qu'il va se jeter par la fenêtre! C'est la dernière fois qu'il fait son cinéma!

Hélène a du mal à convaincre le médecin de l'accompagner. Un dimanche, alors qu'il n'y a pas d'urgence médicale... Mais il finit par se laisser convaincre, d'autant plus qu'il est à même de comprendre la situation d'Hélène. Il est même le seul à savoir ce qu'elle endure. Ils se donnent rendez-vous devant l'immeuble à 3 heures de l'après-midi.

Avant de partir de chez sa mère, Hélène appelle la voisine et lui dit:

— Dites-lui que je viens avec la petite...

Elle ne parle pas du médecin, d'ailleurs cela n'a pas d'importance.

À 15 heures, les voisins voient arriver Hélène, sa fille Cécile, et le médecin de famille. La voisine du premier leur dit que Roland est toujours enfermé chez lui, et que, depuis une heure, on ne l'entend plus.

— Mon mari lui a dit que vous alliez venir, il n'a pas voulu ouvrir, mais il a dit merci. Le pauvre...

Hélène monte les escaliers en tenant sa fille par la main, suivie du médecin. Elle arrive sur le palier du troisième étage, où tout est silencieux. Elle croit deviner ce qui se passe, ce n'est pas la première fois...

— Il a dû s'enfermer dans la chambre, fermer tous les volets, et s'allonger sur le lit, comme un mourant. Ce qu'il veut, c'est que je parle la première, que je demande s'il est malade. Après, ça n'en finit plus...

Hélène tourne la clé dans la serrure, et ouvre la porte. L'appartement est effectivement dans le noir, tous volets fermés. Une petite vague d'inquiétude tout de même : si Roland a encore avalé des comprimés...

Elle tourne l'interrupteur. Et c'est l'explosion.

Roland a ouvert la bouteille de gaz, mais il ne s'est pas mis la tête dans le four. Il s'est effectivement allongé dans la chambre, sur le lit, comme un mourant, qu'il n'est toujours pas. L'explosion a brûlé gravement Hélène et le médecin, au visage et sur le corps.

Roland est sain et sauf, il s'est complètement raté.

Mais cette fois, il a une vraie raison d'être désespéré. Sa petite fille de cinq ans est morte sur le coup.

Plus question de faire le clown, personne n'applaudit.

Au Club d'ornithologie de Derby, c'est le moment de la réunion hebdomadaire. On va préparer la sortie du week-end. Dans trois jours, les membres des deux sexes vont partir dans la campagne, pour observer à la jumelle, dessiner, photographier les oiseaux. Le téléphone sonne. Alison Bannister, la présidente, décroche et entend une voix masculine :

— Pourrais-je parler à M. Ernest Thompson ? Son épouse m'a dit que je le trouverai chez vous.

— Je suis désolée. Nous l'attendons, mais il n'est pas encore arrivé. Puis-je lui transmettre un message ?

— Pourriez-vous noter, je vous prie : je suis William Parish et j'aimerais que M. Thompson passe chez moi pour une assurance. Mon adresse est au 232 East Lily Drive. J'aurais aimé lui parler mais puisqu'il n'est pas là... Encore merci !

Alison Bannister note soigneusement le message et le transmet à Ernest Thompson au moment où, quelques minutes plus tard, il arrive pour la réunion ornithologique. Ce nom de William Parish ne lui dit rien.

— Je vais essayer d'y passer demain. Vous savez où se trouve East Lily Drive ?

— Pas vraiment, mais derrière le collège je sais qu'il y a un Lily Circle. Ça doit être dans le même quartier.

Le lendemain, vers 18 heures, Ernest Thompson rentre chez lui après une longue journée de démarchages dans différentes parties de la ville. Il ne possède pas de voiture et tous ses trajets doivent se faire par les moyens de transport en commun : le tramway, les autobus. Parfois un taxi, mais Ernest Thompson évite les taxis car on ne lui donne qu'une indemnité forfaitaire pour ses déplacements.

Le foyer des Thompson est une villa en brique, ali-

270

gnée sur vingt autres villas toutes semblables dans un faubourg peuplé de petits bourgeois, employés, fonctionnaires qui vivent tranquilles en rêvant d'aller passer quelques jours chaque été à Brighton.

— Ernest, vous n'oubliez pas que vous devez aller prospecter un client ce soir. Ce M. Parish qui a appelé hier et à qui j'ai indiqué que vous étiez parti au Club ornithologique.

— Je me demande pourquoi il ne vous a pas donné directement ses coordonnées. Quel besoin de m'appeler au Club?

— Il m'a dit qu'il voulait vous donner des détails de vive voix.

— En fait, il n'a rien donné du tout, sauf une adresse que je n'arrive pas à situer sur le plan. Personne ne connaît ce East Lily Drive.

— Vous verrez bien sur place. Il y a peut-être une petite erreur. À moins qu'Alison Bannister ait mal noté le message.

Ernest Thompson hausse silencieusement les épaules. Le timbre de l'entrée retentit:

— Virginia, il me semble qu'on vient de sonner à l'entrée.

— C'est le boucher. Je lui ai demandé de me livrer à 18 h 30 un gigot de mouton pour dimanche. Vous n'avez pas oublié que nous recevons Emily et Joseph.

— Comment oublierais-je une visite de votre chère sœur et de son passionnant époux?

Y a-t-il un peu d'ironie dans la réponse d'Ernest? Un peu d'agacement même? Ernest demande encore:

— Pourquoi faut-il que vous nous serviez encore du mouton? Nous avons dû en manger au moins trente fois depuis le début de l'année.

— Joseph adore ma recette...

Ces propos n'ont pas d'autre témoin qu'Ernest Thompson lui-même...

Déjà, Virginia ouvre la porte. Le garçon boucher

tient le gigot de mouton commandé, enveloppé dans un linge. Virginia a préparé quelques shillings de pourboire :

— Merci, Michael, je passerai régler M. Carmichael demain matin.

Mais Virginia Thompson n'aura plus jamais l'occasion de régler ses dettes ni de préparer le gigot de mouton et la sauce à la menthe qui l'accompagne si bien.

À 19 heures, Ernest Thompson quitte sa maison et se dirige vers l'arrêt du tramway qui va le conduire à l'autre bout de la ville, vers East Lily Drive.

Une fois arrivé sur place, il consulte le plan de la ville qui ne quitte jamais sa serviette de cuir noir. Pas d'East Lily Drive. Pourrait-il s'agir d'une voie nouvelle ?

Ernest Thompson entre dans un pub tout proche :

— Connaissez-vous East Lily Drive ? Je n'arrive pas à situer cette rue dans le quartier.

Ni le patron du pub ni la serveuse ne connaissent. Pourtant ils sont nés là.

— Il y a en revanche un West Lily Drive. Vous êtes certain de l'adresse ?

Ernest Thompson se rend au 232 West Lily Drive, mais la personne qui lui ouvre n'a aucun rapport avec un certain William Parish :

— Avez-vous essayé Lily Crescent ?

Ernest essaye Lily Crescent mais il n'y a pas de 232. Puis il rencontre un employé des postes qui relève les boîtes à lettres. L'autre ne connaît pas d'East Lily Drive. Mais il connaît une famille Parish. Ces Parish-là n'ont pas besoin d'assurances et personne chez eux ne se prénomme William.

Ernest reprend alors le tramway qui le ramène dans son quartier.

— Stephen, regardez un peu. Ernest Thompson semble avoir des problèmes.

C'est Mathilda Mulbridge, la voisine des Thompson, qui vient d'alerter son époux. Celui-ci jette un œil et aperçoit Ernest Thompson, en tenue de ville, sa serviette noire à la main. Il est à l'arrière de sa maison et examine les fenêtres du premier étage en appelant :

— Virginia ! Virginia, vous êtes là ?

Stephen Mulbridge ouvre sa fenêtre :

— Un problème, monsieur Thompson ?

— Je n'arrive pas à rentrer chez moi. Je n'ai pas pris mes clefs. Virginia devrait être là et tout est fermé.

En disant cela, Ernest Thompson manœuvre la poignée de la porte de la cuisine.

— Tiens, la porte s'ouvre maintenant. Ça fait cinq minutes que j'essaie en vain de rentrer. Merci beaucoup.

Les Stephen referment leur fenêtre et continuent, par curiosité, d'observer le jardin des Thompson, vide à présent. Pas pour longtemps.

Ernest vient de réapparaître à la porte de la cuisine. Il se tourne vers les Mulbridge en faisant de grands gestes.

— Un problème, monsieur Thompson ?

— Virginia est morte. On l'a assassinée.

Les Mulbridge prennent l'air désolé. Stephen Mulbridge dit :

— Je vais appeler la police.

Mathilda fait le tour par-devant, pénètre dans le périmètre de la villa des Thompson, longe le petit chemin qui passe à côté de la maison et rejoint Ernest Thompson. Il est là, dans le jardin, sa serviette encore à la main. Elle veut entrer dans la maison mais Ernest l'arrête :

— Chère madame, je crois que vous ne devriez pas entrer. C'est horrible.

La police, une fois sur les lieux, ne peut que

constater l'étendue du désastre : une vraie boucherie. L'officier de police Burns note. Un autre prend des clichés de la scène :

« La victime, Virginia Thompson, gît au milieu de la salle à manger. Elle a le crâne défoncé, apparemment à coups d'un instrument contondant qui semble avoir disparu. Auprès de la victime une gabardine d'homme tachée de sang. »

Thompson reconnaît que la gabardine lui appartient. Que fait-elle près du corps de son épouse ? Mystère. Il n'y a aucun signe d'effraction.

« La victime n'a subi aucune violence sexuelle. »

Une longue enquête commence.

Tout d'abord, on interroge Alison Bannister, la présidente du Club d'ornithologie. C'est elle qui a reçu ce mystérieux message qui a tenu Ernest Thompson éloigné de chez lui entre 19 heures et 20 h 45. Elle est formelle :

— Je suis certaine que la personne qui m'a dit se nommer William Parish n'était pas Ernest Thompson. Même si celui-ci avait cherché à déguiser sa voix. En tant qu'animatrice du Club ornithologique, habituée à identifier les chants des oiseaux, je peux prétendre à une certaine oreille. La voix n'était pas celle de M. Thompson.

L'inspecteur principal Woodehouse décide de s'intéresser à l'appel téléphonique. Il provenait d'une cabine publique et, normalement, celle-ci n'aurait pas dû être identifiée.

— Nous avons de la chance, inspecteur, ce soir-là il y a eu une embrouille sur le standard et les opératrices ont dû prendre le relais. Il y en a une qui a repéré l'appel pour le Club ornithologique. Cet appel provenait de la cabine B-43.

— Tenez, regardez sur le plan. Voici la B-43. Les Thompson habitent là. À peine un demi-mile de distance.

— Bizarre, normalement cet appel aurait dû provenir d'East Lily Drive ou au moins de l'autre bout de la ville. Mauvais point pour M. Thompson.

— Vous ne pensez pas que quelqu'un ait voulu éloigner Thompson de chez lui pour assassiner Virginia ?

— Pour quel mobile ?

L'inspecteur Woodehouse visualise les choses autrement.

— Supposons que Thompson, malgré les affirmations d'Alison Bannister, ait vraiment appelé le Club ornithologique afin de se créer un alibi au moment du meurtre.

— N'oubliez pas qu'à 18 h 30 le boucher a parlé avec la victime.

— Mais, selon ses propres dires, Thompson ne quitte son domicile qu'à 19 heures. Cela lui laisse amplement le temps pour commettre le meurtre.

— Et, à 19 heures, il quitte son domicile, propre comme un sou neuf, sans émotion, sans la moindre trace de sang ?

— Voilà le problème. Il quitte son domicile. Se rend dans le quartier de West Lily Drive, se fait bien remarquer en cherchant East Lily Drive et ce William Parish fantôme. Puis il revient chez lui et prétend que tout est fermé. Comme par miracle la porte s'ouvre au moment où les Mulbridge sont témoins de son retour.

L'inspecteur Woodehouse, amateur de jeu d'échecs, finit par imposer sa version du meurtre.

— Selon moi, Ernest Thompson assassine son épouse entre 18 h 30 et 19 heures, l'heure de son départ. Le fait qu'il n'a aucune trace de sang sur lui s'explique par la gabardine ; avant de commettre son crime Ernest se déshabille entièrement au premier étage de la villa et enfile sa gabardine. Puis il descend et fracasse le crâne de son épouse. Comme il est pieds nus il abandonne la gabardine près du cadavre, se rue dans la salle de bains, prend une douche. Puis il se rhabille, se rechausse et sort. Il est 19 heures.

On arrête Ernest Thompson. Ce veuf, qui devrait être un peu éploré, se fait remarquer par la froideur de son attitude. Il déclare simplement :

— Je n'ai rien à voir avec le meurtre de mon épouse.

Un point c'est tout.

Dans tous les bars de la région les commentaires vont bon train :

— Et pourquoi il aurait tué sa bourgeoise, cet homme-là ? Tout le monde dit que c'était un petit couple sans histoire. Jamais un mot plus haut que l'autre.

— Tu en connais, toi, des couples sans histoire et des ménages parfaits ? Tu n'as jamais eu envie d'étrangler ta bonne femme ?

— Ben, l'envie oui, souvent, mais de là à le faire vraiment...

Les jurés du procès, en définitive, tombent d'accord pour estimer que le gentil M. Thompson a certainement pulvérisé le crâne de sa gentille épouse et même qu'il a bien prémédité son coup. Il est condamné à la pendaison.

Heureusement qu'il possède un bon avocat. Celui-ci fait appel et ses arguments ne manquent pas :

— Mme Bannister affirme qu'elle aurait reconnu sa voix au téléphone. L'appel téléphonique provient d'une cabine proche du domicile des Thompson ? La belle affaire ! Qu'est-ce qui prouve que l'assassin n'est pas venu, justement, dans le quartier des Thompson pour repérer les lieux ? Il tenait peut-être à éliminer Virginia Thompson sans que son mari soit inquiété. Il surveillait sans doute les allées et venues de Thompson pour appeler le Club ornithologique et laisser le message à un témoin. M. Thompson s'est fait voir par de nombreuses personnes dans le quartier de Lily Drive : c'est tout à fait normal. Dans son métier de démarcheur d'assurances, il doit montrer une certaine constance quand il recherche un client éventuel.

Et l'avocat poursuit :

— Une demi-heure pour se déshabiller, assassiner son épouse, se doucher, se sécher, se rhabiller. Ça ne vous semble pas un peu court ? Et l'arme du crime, où est-elle ? Il en faut du temps pour faire disparaître l'arme d'un crime. Surtout s'il s'agit d'un objet contondant, donc forcément encombrant et lourd. Et le mobile ? Où est-il, le mobile ? Les Mulbridge, les gens du club, les collègues de Thompson et même sa belle-sœur Emily et son mari Joseph sont tous d'accord : les Thompson étaient un couple modèle.

La cour d'appel se livre alors à une analyse originale du premier jugement.

— Si les jurés ont tous été d'accord pour reconnaître la culpabilité de Thompson, c'est parce que, pour la plupart d'entre eux, ils sont mariés. Aucun d'entre eux n'a eu le courage de rentrer chez lui et d'expliquer à une épouse plus ou moins acariâtre qu'il venait d'acquitter un monsieur accusé d'avoir fracassé le crâne de son irréprochable épouse.

Après avoir senti le nœud de chanvre bien près de lui serrer le col, Ernest Thompson se retrouve miraculeusement en liberté : acquitté pour manque de preuves.

Que peut-on faire d'un acquitté ? Le réintégrer dans sa compagnie d'assurances.

— Mon cher Thompson, étant donné les circonstances, vous comprendrez que vous ne pouvez plus faire de démarchage. Malgré votre acquittement, les clients éventuels auraient sans doute une réticence à vous confier leur destin. D'autant plus que, jusqu'à présent, on n'a pas réussi à identifier le meurtrier de votre malheureuse épouse. Dorénavant, si vous le voulez bien, vous travaillerez à la comptabilité.

Ernest, toujours égal à lui-même, ne manifeste aucune émotion devant cette « promotion » bizarre. Il continue à fréquenter le Club ornithologique où presque tout le monde, les hommes surtout, se croit obligé de le féliciter pour sa libération.

Les années passent : l'âge de la retraite arrive. Thompson, qui a quitté la villa du meurtre depuis longtemps, finit ses jours seul, emportant peut-être dans la tombe le secret du crime parfait.

Et le mobile, dans tout ça ? Dans combien de ménages modèles ne trouve-t-on pas, au bout de dix-neuf ans, des griefs muets, des haines exaspérées pour des motifs que tout le monde ignore ? Peut-être Virginia Thompson avait-elle une manière particulièrement exaspérante de préparer le gigot de mouton sauce à la menthe ?

UN BAISER

Plus personne ne va divorcer à Las Vegas. La mode est à Mexico. Dieu sait pourquoi, les formalités y sont probablement plus simples. Et plus personne ne conteste un divorce, ça ne sert à rien.

Antony Casserino, quarante-sept ans, conteste tout.

Antony est amoureux de sa femme. Trop amoureux, jalousement amoureux. Depuis un an, Carolyn a tenté mille fois de lui faire comprendre que le mariage battait de l'aile, et qu'un bon divorce valait mieux qu'un mauvais mariage. Carolyn est allée jusqu'à accepter l'arbitrage d'un conseiller conjugal : c'est à la mode, ça aussi, du côté de Manhattan. Le conseiller était d'accord. Divorce. Même les enfants étaient d'accord. Devenus grands, seize et dix-neuf ans, ils ont exprimé ainsi leur opinion personnelle :

— Une dispute par soir, une bagarre par nuit, une colère par petit déjeuner, et ça recommence. Ils se battent. Ce n'est plus vivable.

Le seul à ne pas être d'accord, c'était Antony.

Il ne l'est toujours pas. Et il sonne un soir à la porte des parents de Carolyn, son ex-femme.

— Je veux la voir, elle n'avait pas le droit d'aller divorcer à Mexico ! Je l'aime !

— Antony, soyez raisonnable. D'ailleurs Carolyn refuse de vous voir, elle ne sait plus quoi vous dire !

— Moi je sais ! Parce que moi je l'aime !

— Antony ! Rentrez chez vous !

— Je n'ai plus de chez moi ! Chez moi, c'était avec elle ! Je refuse ce divorce !

— Mais vous ne pouvez pas, il est effectif !

— Personne n'a le droit de décider pour moi !

Une heure de discussions. Fatigue, problèmes avec les voisins, menaces... Antony finit par s'en aller.

Hélas, deux heures plus tard, en pleine nuit cette fois, il est à nouveau planté devant la porte des parents de son ex. Complètement ivre, ce qui n'arrange rien.

— Je vais me suicider, je vais mourir pour elle, comme ça elle comprendra que je l'aime !

Réfugiée dans son ancienne chambre de jeune fille, après vingt ans de mariage, dont une bonne dizaine d'années infernales, Carolyn est à bout de nerfs. Elle n'en peut plus, vraiment plus. Antony est de plus en plus fou. Et il refuse de plus en plus de l'admettre. Il boit, et les derniers temps il la battait !

Si c'est ça, l'amour...

Carolyn passe la tête à la fenêtre :

— Antony, si tu ne files pas d'ici tout de suite, j'appelle la police! Tu n'as pas le droit d'ennuyer mes parents, ils sont âgés! Fiche le camp!

— Je m'en fous! Reviens à la maison! Si tu me dis non encore une fois, je vais sauter du pont!

— Fais ce que tu veux! Mais fiche le camp!

Et Carolyn, à bout d'arguments, referme la fenêtre. La main sur le téléphone, elle hésite à appeler la police. Il vaudrait mieux pourtant. Mais elle en a tellement marre, Carolyn... Le 1er janvier 1980, Antony a déjà fait un scandale pour le réveillon et ameuté tout l'immeuble où ils habitaient. Ce sont les voisins qui ont appelé la police, et il a passé une nuit en cellule, pour pas grand-chose car il a recommencé au prétexte suivant : l'anniversaire de sa femme.

Depuis qu'il refuse de se soigner, refuse d'arrêter de boire, refuse tout en bloc, Carolyn a pris la seule décision qu'elle croyait définitive : le divorce.

Et voilà qu'il refuse aussi d'accepter un divorce, pourtant rendu depuis une semaine, dont il a été avisé légalement, et qui ne le pénalise même pas, puisque Carolyn lui a laissé l'appartement, les meubles, et ne réclame pas de pension alimentaire! À quoi bon? Si Antony continue à vivre comme un obsédé, il finira par se faire renvoyer de son job, et se retrouver sur le pavé. Ça lui pend au nez depuis des mois.

En fait, Carolyn a pris la fuite, c'était l'unique solution.

Ce soir, 26 septembre 1980, minuit passé, elle a donc crié par la fenêtre :

— Fais ce que tu veux, mais fiche le camp!

Un grand silence s'ensuit. Au bout de quelques minutes, prudemment, le vieux papa de Carolyn met le nez à la fenêtre, plus d'Antony! Enfin l'énergumène s'est résigné.

La nouvelle fait le tour de la famille par téléphone. Carolyn rassure ses enfants, sa fille et son fils, étudiants tous les deux à l'université. Puis la propre mère d'Antony, Mme Casserino, couturière à la retraite, maman de ce fils unique et caractériel, qui n'a pas toujours accepté les récriminations de Carolyn, mais se rend presque à l'évidence comme tout le monde :

— Si seulement il acceptait de se soigner... Vous pourriez revivre ensemble...

— Belle-maman, je ne peux pas vous promettre une chose pareille. Il y a plus de dix ans que la vie est insupportable avec lui. J'ai tenu le coup pour les enfants, maintenant c'est fini. Un soir, c'est la déclaration d'amour fou, le lendemain, il me tape dessus ! Fini. C'est fini !

Deux heures du matin, tout le monde dort dans la famille. Carolyn a pris un somnifère, ses parents reposent tranquillement. Soudain, on frappe vigoureusement à la porte. Ça tambourine en hurlant :

— Police ! Ouvrez !

La tête vaseuse, Carolyn s'entend demander si elle est bien Mme Casserino, ex-épouse d'Antony Casserino ?

— Oui, oui...

... Lequel la réclame à grands cris. Grimpé sur le pont de Queensboro qui enjambe l'East River.

— Mais je ne veux plus entendre parler de lui !

— Il faut nous aider, madame, il est en danger de mort.

Ça recommence !

Un passant a prévenu la police en le voyant courir comme un fou et escalader l'enchevêtrement d'acier. Antony n'est plus sur le pont lui-même, il est tout en haut d'une perche métallique, à plus de trente mètres au-dessus du pont. Hors d'atteinte des sauveteurs, et menaçant de lâcher cette perche si on ne lui amène pas sa femme !

— Il faut venir, madame, le psychologue de chez

nous n'arrive à rien, et nous avons déjà perdu beaucoup de temps à vous retrouver ! On entend mal ce qu'il crie depuis là-haut, et dès qu'on essaie d'approcher, il se balance ! Il peut tomber, même sans le vouloir. La fatigue, il va lâcher prise...

Carolyn n'a même pas le temps de s'habiller. La voilà en robe de chambre, l'œil embrouillé par le somnifère, dans une voiture de police hurlante qui la dépose sur le pont, en plein courant d'air, sous les projecteurs. En levant la tête, elle distingue la silhouette de son ex-mari, accroché comme un pantin de foire au-dessus du vide.

Il y a là un prêtre que la police a fait venir avant elle, un médecin psychologue, une foule de badauds évidemment et, à environ dix mètres d'Antony, dans la structure métallique du pont, deux policiers alpinistes, grimpeurs émérites, qui ne peuvent plus avancer depuis une heure. Antony les tient à distance en hurlant des menaces.

Un policier lui parle dans un haut-parleur, s'efforçant de le convaincre de descendre. Par moments, Antony semble accepter, il glisse de quelques mètres vers le bas, mais dès qu'il aperçoit les deux policiers sauveteurs faire un mouvement vers lui, il regrimpe !

Or la perche qu'il a choisie pour refuge, une sorte d'échelle sans rampe de protection oscille dangereusement. En bas, la foule fait des « Hoooo... » et des « Haaaaa », au rythme des exploits du désespéré.

Carolyn écoute les conseils du médecin :

— Vous allez prendre le haut-parleur, lui dire que vous êtes là, en bas, et qu'il doit descendre pour vous rejoindre. Parlez lentement, articulez avec soin, il y a du vent là-haut, et il peut vous entendre mal. Tout à l'heure, il a exigé un baiser de vous, c'est ce que nous avons cru comprendre en tout cas...

— Vous avez bien compris. C'est son système chaque fois qu'il a fait une bêtise, qu'il m'a battue, ou qu'il a trop bu, il veut un baiser pour se faire pardonner...

— Bien. Allez-y, madame, mais du calme surtout, contentez-vous de répéter toujours la même chose, quoi qu'il dise, ou réclame. Devant ce genre de crise, il faut de la douceur et de la patience.

Carolyn prend le porte-voix, et le chantage commence :

— C'est moi, Carolyn, tu peux descendre, je suis là! Viens me rejoindre, Antony!

— Dis-moi que tu m'aimes!

— D'accord, je t'aime!

— C'est pas vrai, tu dis ça pour que je descende...

— Je t'aime, Antony, descends...

— Tu me donneras un baiser?

— Je te donnerai un baiser... Descends...

Deux heures... Pendant deux heures, Carolyn promet, Antony réclame, et il ne descend toujours pas. Comment fait-il pour ne pas lâcher prise? Pour surveiller comme un chat malin les deux hommes qui tentent régulièrement de le rejoindre? Finalement, la police abandonne l'idée d'aller le chercher là-haut, et préfère attendre qu'il descende tout seul. Le problème est que son cerveau ne fonctionne plus logiquement. On dirait qu'il n'arrive pas à enregistrer le fait que Carolyn est en bas, que c'est bien elle. Il redemande toutes les cinq minutes :

— Je veux ma femme! Je ne descendrai que pour ma femme!

Et Carolyn de répéter :

— C'est moi, ta femme! Je suis là! Descends, mon chéri!

Autour d'elle, les avis sont partagés. Sautera, sautera pas... Mettre un filet, c'est impossible à l'endroit où il se trouve.

Les badauds sont de plus en plus nombreux, malgré le vent frisquet, et la nuit humide. La circulation est complètement coupée sur le pont, dans les deux sens.

On a fait venir sa mère, il refuse de l'écouter. Les enfants, il s'en fiche. L'obsession, l'idée fixe, c'est Carolyn, et un baiser...

— Je ne peux tout de même pas grimper là-haut pour aller l'embrasser! J'ai le vertige, moi...

— On ne tient pas à deux sur cette perche... Allez-y, recommencez!

Et Carolyn recommence patiemment:

— Antony? C'est moi, Carolyn...

— Jure-le!

— Je le jure! C'est moi, chéri!

— Je vais sauter!

Est-ce la fatigue, les nerfs, le ras-le-bol de toutes ces années de chantage affectif qui soudain se cristallise? Presque sans l'avoir décidé, à la seconde où Antony a crié:

— Je vais sauter!

Carolyn a répondu tout naturellement:

— Eh ben, vas-y, saute!

Tout le monde sursaute, le policier la secoue par les épaules et lui arrache le porte-voix!

— Vous êtes folle?

— Qu'est-ce que j'ai dit?

— Mais vous lui avez dit de sauter!

— Moi? Ah oui...

Panique autour de Carolyn. Et là-haut, Antony doit avoir l'impression qu'on ne s'occupe plus de lui, car il hurle:

— Je veux un baiser! Je veux ma femme, je veux un baiser!

Et Carolyn hausse les épaules:

— Vous voyez... il n'a même pas entendu!

Le nouveau hurlement d'Antony la détrompe aussitôt:

— Tu veux que je saute, je vais sauter! Je veux un baiser avant de sauter!

Le porte-voix est confié au prêtre, qui cherche à calmer le jeu:

— Votre femme veut que vous descendiez.

— Pourquoi?

284

— Pour vous donner un baiser.

— Pourquoi ?

Le prêtre, affolé et impuissant, se retourne vers Carolyn, il ne sait plus quoi répondre au « pourquoi », dans cette histoire de fou. Alors Carolyn dit au policier :

— Laissez-moi faire. Je vais recommencer.

— Vous êtes calme ? Vous n'allez pas lui dire de sauter ?

— Je vous jure que non... Ça m'a échappé. Depuis le temps qu'il me fait du chantage à tout propos ! Ça durait des heures comme aujourd'hui, alors à la fin, pour qu'il arrête, j'avais pris l'habitude de répondre ce qu'il voulait : Tu veux me donner une gifle ? Vas-y, cogne ! Il cognait et on était tranquilles. Tu veux ci, tu veux ça, vas-y... Ce n'est pas la première fois qu'il menace de se suicider, vous savez.

— Que voulez-vous lui dire maintenant ?

— Je ne sais pas, on va voir. Il a besoin de provocation.

Et Carolyn recommence :

— Antony ?

— Carolyn ?

— Oui, c'est moi. Tu viens ?

— Où ?

— En bas, on rentre à la maison ! Y en a marre !

— Je vais sauter...

Et là, Carolyn prend une grande respiration pour hurler avec mauvaise foi :

— Tu viens de dire que tu voulais pas sauter, salopard ! Faudrait savoir ce que tu veux ! Qu'est-ce que tu veux ? Tu veux sauter ou tu veux un baiser ? J'en ai marre de toi, Antony ! C'est toujours pareil ! J'en ai ma claque ! Décide-toi ou je me tire ! Tu veux quoi, espèce de malade ?

— Un baiser !

— D'accord, vas-y, embrasse-moi si tu peux, espèce de lâche !

— Où tu es, saloperie ?

— Sur le pont, imbécile!

— J'arrive! Je te préviens, j'arrive! T'as pas intérêt à changer d'avis, espèce de pourrie! Saleté!

— Toi non plus, crétin! Parce que je te le dirai pas deux fois!

Et devant l'assistance muette, pétrifiée par cet échange d'insultes (dont je vous ai épargné les pires), Antony commence à descendre. Continue de descendre... Le voilà sur la structure du pont, puis le voilà sur la rambarde, puis le voilà enfin sur la route du pont... Puis qui avance vers Carolyn d'un pas incertain mais vindicatif, les yeux hors de la tête en criant toujours :

— Je suis ton mari! T'entends? Je suis ton mari! Quand je veux un baiser, j'ai droit à un baiser! T'as pas le droit de dire non, t'entends? T'as pas le droit... Je vais te filer une avoine!

Quatre policiers lui sautent dessus avant qu'il ait atteint son ex-épouse, laquelle s'évanouit de fatigue dans les bras du curé.

Un peu plus tard, elle s'explique devant les journalistes, tandis qu'une ambulance est partie déposer un Antony proprement ficelé aux urgences d'un hôpital psychiatrique.

— Quand il commençait une discussion, ça finissait toujours en insultes. Le système de la police n'était pas le bon. Le consoler, l'encourager, le convaincre par la douceur, ça, ça n'a jamais marché! Il fallait faire comme d'habitude à la maison. Il avait besoin de m'insulter, et je l'insultais aussi. C'était le sommet de la crise, il explosait; après, il se calmait. Alors, j'ai fait comme d'habitude.

— Mais à un moment, vous lui avez crié de sauter! Il aurait pu le faire!

— Ça m'est sorti naturellement, comme à la maison, je vous dis! Quand je lui disais : « Vas-y, enfonce la porte! », ou : « Vas-y, jette-toi par la fenêtre! » il ne l'a jamais fait! En fait c'est moi qu'il veut, toujours moi, ou pour me frapper, ou pour m'embrasser... Mais à condition qu'on se soit disputés avant !

Alors Antony a eu sa dispute, mais pas son baiser.

D'abord on a emmené trop vite le forcené, et ensuite...

Elle en avait vraiment marre, Carolyn.

LA FEMME ET LE PANTIN

— Tu sais que tu me plais, toi.

L'homme qui vient de prononcer ces paroles aimables ne sait pas qu'il vient de faire le premier pas sur le chemin qui le conduira en prison. Quand on dit « l'homme », c'est d'un jeune homme qu'il s'agit : Thibault Leroy n'a que dix-sept ans et trois poils sous le nez qu'on pourrait presque qualifier de « moustache ».

Et la femme qui entend ce compliment ? Viviane Demaisons n'est pas encore une femme, tout juste une gamine. Pourtant cette blondinette a déjà de jolis petits seins qui pointent sous son tee-shirt. Elle n'a que quatorze ans, mais déjà elle est bien consciente de son pouvoir naissant sur les garçons.

— Ah oui, je te plais ? Ben... toi aussi, tu me plais, mais mes parents me trouvent un peu jeune pour sortir le soir.

— Pas grave. Il n'y a pas que le soir pour s'aimer...

Viviane réfléchit. Elle aimerait bien goûter au fruit défendu. Après tout, beaucoup de ses amies ont des petits copains. En prenant des précautions, la pilule, des préservatifs, on peut se donner du bon temps sans risquer de se retrouver enceinte. À quatorze ans, cela ferait un peu désordre.

Viviane se refuse pourtant à Thibault pendant

quelques semaines. Histoire de le mener par le bout du nez, de tester ce dont il est capable pour elle. Et puis, un beau jour, elle lui cède. Thibault Leroy croit toucher le paradis du bout du doigt.

Hélas, la République vient bouleverser ce bel amour enfantin :

— Viviane, ça y est, j'ai reçu ma convocation pour le service militaire. J'espère que je n'irai pas trop loin. Ça serait moche de ne plus pouvoir se voir pendant des mois...

— Oui, tu as raison. Je serais très triste si on était longtemps séparés...

Viviane a le regard dans le vague. Après tout, l'absence de Thibault pour cause de service militaire, ça lui laissera un peu de liberté. À présent, elle est une vraie femme et ce premier amant, un peu fruste, l'a mise en appétit. Elle a déjà dans l'idée d'exploiter les joies de l'amour avec d'autres garçons, de vrais hommes, eux, plus âgés que Thibault, plus expérimentés.

Thibault part servir la patrie sous les drapeaux. Il n'a pas beaucoup de chance car on l'expédie en Allemagne. À part des considérations climatiques, il souffre de l'absence de son premier amour, l'angélique Viviane. Il la revoit pourtant à l'occasion de deux très courtes permissions. Il se jette sur elle avec la force de la passion mais Viviane ne reçoit ses hommages qu'avec une certaine réticence :

— Oh là là, Thibault, je viens de me faire une permanente, tu vas la démolir...

Puis c'est à nouveau le départ de Thibault pour l'Allemagne. Viviane l'accompagne à la gare et lui envoie des baisers tandis qu'il agite un mouchoir à la portière. Dès que le dernier wagon a disparu à l'horizon, elle court rejoindre Alexandre, son nouveau petit ami.

Quand Thibault est enfin libéré de ses obligations militaires, il arrive avec un bouquet de fleurs pour sa demande en mariage. Mais là, il se heurte aux parents de Viviane qui ont d'autres ambitions pour leur fille :

— Tu es sympathique, Thibault, mais tout ça, ce sont des gamineries d'enfant. Vous êtes encore trop jeunes pour vous marier. D'ailleurs, Viviane veut faire des études pour devenir esthéticienne. Ce n'est pas avec ton salaire de maçon que tu pourrais la faire vivre comme elle a l'habitude de vivre chez nous. Tu comprends ça, Thibault ?

— Et Viviane ? Qu'est-ce qu'elle en dit ? On s'était juré de se marier à mon retour du service !

— Viviane t'a promis ça ? C'est étonnant. D'ailleurs, pour ne rien te cacher, elle a un autre petit copain avec lequel elle aimerait bien faire sa vie, c'est Jean-Denis Simenot, le fils du boucher-charcutier. Il a des espérances, ce gars-là !

Thibault a compris. D'ailleurs, Viviane savait qu'il viendrait aujourd'hui faire sa demande et il semble qu'elle ne soit même pas là. Ou alors elle est restée enfermée dans sa chambre en laissant à ses parents la corvée d'éconduire son amoureux.

C'est pourquoi, un an plus tard, la rubrique des mariages du journal local annonce les épousailles de Thibault Leroy et d'Emmanuelle Sourion, une autre fille du bourg. Les routes de Thibault et de Viviane se séparent définitivement. D'autant plus que Viviane, de son côté, six mois plus tard, convole en justes noces avec Siméon Vacquart, installateur en plomberie. Aucun des deux n'est invité à la noce de l'autre. Le passé est bien mort. C'est du moins ce que chacun pense. Viviane part pour vivre à Clermont-Ferrand.

Six ans plus tard, Thibault et Emmanuelle ont quatre enfants. Viviane et Siméon en ont un. Le père de Viviane est mort, moyennement regretté par sa veuve et par ses deux enfants : Viviane et Claude. Car Viviane a un frère plus jeune qu'elle. Quand elle a connu Thibault, Claude n'était encore qu'un morveux qui n'avait pas droit à la parole.

À ce moment, le destin joue un mauvais tour à Thibault. Viviane et son mari, après avoir connu des jours difficiles à Clermont, décident de revenir s'installer à Rodez, leur ville d'origine. Le ménage bat de l'aile : Viviane n'a pas l'âme d'une femme au foyer. Elle ne pense qu'à aller danser à chaque occasion. Elle ne rêve que de rencontrer son idole : Johnny Hallyday. Elle néglige son mari et son enfant, le petit Hubert, qu'elle voudrait voir devenir un rocker célèbre...

Et un jour, Viviane et Thibault tombent nez à nez sur le parking d'un supermarché :

— Viviane ! Qu'est-ce que tu fais là ? Je te croyais à Clermont ! Tu me reconnais, c'est moi, Thibault.

— Ah, Thibault ! Mais oui, ta moustache a bien poussé. Et puis, tu t'es un peu remplumé. Tu étais si maigre. Ça fait combien de temps qu'on ne s'est pas vus ? Sept ans, non ?

— Hé oui, sept ans ! Comme le temps passe ! Comment ça va ?

— Bof... Et toi ?

— Ben moi, j'ai quatre gamins avec Emmanuelle. Tu te souviens d'Emmanuelle ?

— Oui, enfin... pas très bien. Moi, j'ai un enfant, Hubert, il a quatre ans. Et tu sais que papa est mort. Un infarctus. On n'a rien pu faire. Et puis Siméon n'a pas eu de chance. Il a été obligé de déposer le bilan. Alors on est venus vivre ici. Mais ça ne va pas. Tu sais, il est très coléreux. Il me frappe. Maman me conseille de demander le divorce et de venir vivre avec elle et Claude. Il y a de la place à la maison...

— Tu as l'intention de divorcer ? Tu sais que je ne t'ai jamais oubliée. J'ai épousé Emmanuelle mais... je crois que ce qui m'a plu en elle, c'est qu'elle te ressemblait...

— Il faut croire qu'elle t'a bien plu, puisque tu lui as fait quatre mômes.

— Oh! ils n'ont pas tous été programmés. Et puis on a eu des jumeaux... Mais, tu sais, je crois que je t'aime toujours...

— Tu crois?

Viviane soupire :

— Ah! si on pouvait refaire sa vie. Avec Siméon, j'ai fait le mauvais choix. Mais j'étais si jeune. Moi non plus, je ne t'ai pas oublié...

— J'espère qu'on pourra se revoir. Pour parler d'autrefois. Et puis ça fait du bien d'exposer ses problèmes à quelqu'un qui vous connaît bien et qui peut vous comprendre.

— Oui, on se reverra. De toute façon, je viens faire mes courses ici tous les lundis matin.

— Moi, c'est exceptionnel, mais je vais m'arranger.

Thibault et Viviane prennent désormais l'habitude de se rencontrer sur le parking de la grande surface. Ils sont tranquilles car, à cette heure-là, ni Siméon ni Emmanuelle, leurs moitiés respectives, ne peuvent les surprendre.

— Ce n'est pas très confortable, ce parking. Si on allait chez maman prendre un verre? Tu sais que maintenant je suis séparée de Siméon. Au moins, à la maison, il ne risque pas de me surprendre. J'en avais marre de me faire pocher un œil tous les deux jours. Même aujourd'hui il me harcèle. Il insulte maman. L'autre jour, il l'a rencontrée dans la rue et il lui a dit qu'il la pendrait par les tripes à la suspension. J'ai peur...

C'est ainsi que Thibault rend maintenant visite à Viviane chez sa mère. Un jour, les choses vont plus loin et ils font l'amour sur le canapé du salon. Maman Demaisons a pudiquement refermé la porte et s'est retranchée dans la cuisine en compagnie de Claude. Quand Viviane et Thibault ont remis un peu d'ordre dans leur tenue, ils viennent prendre l'apéritif dans la cuisine. Thibault est très tendre. Il embrasse les cheveux de sa maîtresse enfin retrouvée :

— Ma chérie, je t'adore. Il faut que nous fassions notre vie ensemble...

Maman Demaisons intervient :

— Et Siméon ? Vous l'oubliez celui-là. Sans compter que c'est un vrai danger public. Je suis certaine qu'il ne pense qu'à nous assassiner. Thibault, si un jour il nous arrivait quelque chose, n'oubliez pas de le dénoncer à la police. Ce sera certainement lui.

Claude ajoute :

— Il faudrait le descendre. C'est un vrai cinglé.

Thibault ne s'étonne pas quand, deux mois plus tard, Claude l'attend à la sortie de son atelier :

— Thibault, il faut que tu me prêtes ton fusil. Celui qui a le canon scié.

Pourquoi Thibault possède-t-il un fusil à canon scié ? Mystère qui ne pourra qu'aggraver son cas. Méfiant, il répond :

— Oui, mais reviens demain.

Le soir même, Thibault passe une heure à limer le numéro qui, sur la culasse du fusil, pourrait permettre de l'identifier, lui, Thibault Leroy, si un malheur arrivait à Siméon Vacquart. Il ne souffle mot à son épouse Emmanuelle sur ce qui se trame. D'ailleurs il ne lui a même pas dit que Viviane était revenue.

Quelques jours passent encore. Thibault, le lundi suivant, rend visite à Viviane et sa famille. Soudain, alors qu'ils boivent l'apéritif, un klaxon se fait entendre dans la rue. Claude risque un œil par la fenêtre :

— C'est Siméon !

Thibault regarde à son tour. Il voit Siméon installé au volant de son véhicule. Il ne le connaît pas, mais cet homme correspond à la description que Viviane a faite de son mari le tortionnaire. L'homme quitte le volant de sa voiture et se dirige vers une cabine téléphonique. Presque aussitôt, le téléphone sonne chez les Demaisons. Maman décroche. Thibault entend une voix d'homme qui hurle dans le combiné. En même temps, à travers la fenêtre, il voit Siméon qui a l'air de s'énerver dans la cabine. Qui donne des coups de poing sur la tablette métallique à côté de l'appareil. Un vrai fou furieux. Viviane accrochée au bras de Thibault dit :

— Il va nous tuer !

Thibault a compris où est son devoir. Il prend son fusil à canon scié qui, comme par hasard, est là, sur le tapis de la table du salon. Il quitte l'appartement des Demaisons, descend en courant l'escalier. Dans la cabine, Siméon continue ses vociférations. Il ne voit pas Thibault qui s'approche. Le temps est couvert et froid. La pluie a chassé les passants de la rue. Siméon ne voit Thibault qu'au dernier moment. Il voit le fusil et il a un geste instinctif pour se protéger le visage.

Quand l'épicier qui est tout proche de la cabine entend la double détonation et sort sur le seuil de sa boutique, il n'aperçoit qu'une silhouette d'homme qui fuit sous la pluie. Dans la cabine, Siméon est mort, le visage éclaté...

Les Demaisons sont restés calfeutrés dans leur appartement. Ils osent à peine soulever le rideau. Ils savent bien que les gendarmes seront bientôt là pour leur poser quelques questions...

Thibault est arrêté le lendemain. Sa culpabilité ne fait aucun doute mais, à l'audience, il aura une surprise. Les Demaisons ne se souviennent absolument pas de sa visite chez eux juste avant le meurtre. Viviane nie formellement lui avoir fait des confidences sur la « violence » de Siméon. Non, dit-elle, son mari était « fort en gueule », mais cela n'allait pas plus loin que quelques gros mots...

Selon elle, Thibault a tué Siméon par jalousie pure. Jamais il n'a été question pour elle de refaire sa vie avec celui qui lui avait fait connaître les plaisirs de la chair quelques années plus tôt... D'ailleurs, elle avoue qu'elle a un amant : un certain Xavier Della Vina. C'est avec lui qu'elle a l'intention d'être heureuse. Et de monter une boîte de nuit, le rêve de sa vie. Une question reste en suspens : « Avec quel argent ? »

C'est à ce moment que l'on apprend que Viviane, petit bout de femme très bien organisé, doit toucher le montant d'une assurance-vie : 600 000 francs, en cas de mort de Siméon. On comprend tout. Elle a manipulé Thibault pour que son amoureux élimine son mari et fasse tomber le pactole dans sa poche. Le crime parfait. Thibault se voit condamner à dix ans de prison pour avoir été le pantin de la perverse Viviane. Mais le juge fait impliquer Viviane comme « inspiratrice » du meurtre. Cela empêchera qu'elle touche le produit de l'assurance. Justice est faite.

AVOIR DIX ANS

Philippe, dit Filou, a eu dix ans à Pâques. Pendant dix ans, il a vécu, comme on dit maintenant, « dans le non-dit ». Expression hypocrite s'il en est. Or les enfants ont besoin de vérité.

Une fois, une seule, alors qu'il avait la moitié de son âge, sa mère lui a expliqué qu'il faisait partie des petits veinards, dont la vie ne serait pas encombrée par l'autorité paternelle :

— Alors, voilà... pour faire un petit garçon, il faut un papa et une maman, mais toi, tu es un petit garçon spécial, papa est parti, et maman est restée. Si on te pose la question à l'école, tu n'as qu'à répondre ça !

Depuis, plus rien. Filou ne posait plus de questions. D'ailleurs, il n'était pas le seul à l'école à être spécial. À la longue, il a même fini par devenir banal. Papa est parti, ou maman a divorcé, les nounous et les baby-sitters en ont pris la place, et la télévision aussi. Il y a belle lurette que les enfants ne se sentent plus « spéciaux ». Idée générale qui arrange tout le monde.

Mais allez donc savoir pourquoi ce jour-là, à cette heure-là, Filou a tout de même reposé la question, et sa mère a tenté de répondre :

— Je te l'ai déjà dit, il est parti...

— Oui, mais où ?

— Je ne sais pas. Je crois qu'il habite quelque part dans le Nord.

— Pourquoi tu regardes pas sur le Minitel ?

Logique enfantine. Réponse à tout. Cette fois, la mère doit trouver autre chose. Difficile de répondre qu'elle ne connaît pas le nom du père de son fils. Difficile d'empêcher Filou de regarder lui-même sur le Minitel. À dix ans, les jeux vidéo vous ont tout appris, et ce n'est pas un clavier de Minitel qui vous arrête.

— Écoute... je crois qu'il n'a pas envie, enfin, il n'aimerait pas ça...

— T'es fâchée avec lui ? C'est pour ça ?

— Tu ne voudrais pas parler d'autre chose ? Qu'est-ce qu'il y a ? On t'a posé des questions sur ton père ? Quelqu'un t'a embêté à l'école ?

— Non. Laisse tomber, ça fait rien. D'abord, je m'en fous. Alors...

Ce genre de phrase, à dix ans, veut dire exactement le contraire. Filou ne s'en fout pas. Au contraire, quelque chose le tracasse. Mais cette chose est bien trop compliquée pour lui. Sa petite copine lui a tenu des propos qui le dépassent. Et il n'ose pas les répéter à sa mère, car on est pudique à dix ans.

Élisabeth a trente-cinq ans, elle vit seule avec son

fils, et travaille dans un laboratoire pharmaceutique. Une femme seule a du mal à se faire des amis, en dehors de son travail. Personne ne l'invite en week-end, et les soirées sont généralement tristes. Le samedi, la promenade essentielle de Filou et sa mère se déroule au supermarché, pour les courses de la semaine. Le dimanche, Filou attend que sa mère ait fini de faire le ménage en grand, de faire tourner la machine à laver, de ranger les placards, pour espérer une balade ou une séance de cinéma. Et le lundi, ça recommence. Aux vacances d'hiver, il part en colonie de vacances. L'été, chez grand-mère avec maman, et le reste des vacances scolaires, il a droit au centre aéré. Il n'est pas plus malheureux que la plupart de ses « confrères »... Mais au fond si.

— Filou, regarde-moi, qu'est-ce que tu as derrière la tête ? Ça te tracasse tellement ?

— Non, je m'en fiche !

Pourquoi ne pas dire la vérité à ce Filou ? Élisabeth a tort. À sa décharge, ce n'est pas facile pour elle. La vérité serait :

— Ton père était un irresponsable, je n'ai même pas voulu qu'il te reconnaisse, on s'est quittés quand tu avais zéro an, moins trois mois. Depuis, je sais qu'il a fait l'imbécile, et qu'il est en prison. Il a une femme, trois enfants. Qu'est-ce que tu veux faire de tout ça ?

Un pieux mensonge ferait peut-être aussi l'affaire de Filou. Un père qui serait à l'étranger, un aventurier de quelque chose, un papa excentrique, un papa quelconque, où qu'il soit, quoi qu'il fasse, pourvu que ce soit un homme.

Car il est là, le problème, dans la tête de Filou, plus naïf que sa petite copine Cathy. Et la petite Cathy raconte ce qu'elle entend dire chez elle à la maison :

— Ta mère, elle est pas normale. Elle a pas d'amant. Toutes les femmes ont un amant. Ma mère, elle en a un, même que c'est pour ça que mon père est parti. T'as jamais vu un type chez toi ? Comment elle fait, ta mère ? Elle aime les femmes ou quoi ?

Il faut s'y faire. Les films, la télé, les journaux racontent aux enfants bien plus qu'on leur en dit.

Et Filou, s'il est aussi malin que les gamins de son âge quand il s'agit de roller, de vidéo et de musique rap, ne connaît rien aux choses de l'amour.

Alors il invente. Histoire de clouer le bec à Cathy.

— Ma mère, elle a le même amant que la tienne !

— Tony ? C'est pas possible ! D'abord, il est marié, Tony ! Je le sais, même qu'il va divorcer !

— Bon, si tu me crois pas, je m'en fiche !

— Et quand tu l'as vu ?

— Je l'ai vu, c'est tout... Il vient à la maison, qu'est-ce que tu crois ?

— Tu sais même pas qui c'est !

— Si, je sais qui c'est... Il a un break bleu ! Et il fait du ski. Il a dit qu'il m'emmènerait faire du ski !

Le break bleu, c'est une pierre dans le jardin de Cathy. Le ski, tout le monde en fait dans la région. Mais le break bleu...

— Ah oui ? Et quelle tête il a, Tony ?

— Il ressemble à Bruce Willis...

Un vrai pavé dans la mare de Cathy. Qui ne connaît pas Bruce Willis, mais qui a déjà entendu sa mère faire ce genre de réflexion. Filou, lui, l'a entendue aussi, et sur le chapitre des acteurs américains du genre explosif, il est imbattable.

Cathy est donc persuadée que sa mère a le même amant que la mère de Filou. Son commentaire est tranchant :

— Ben, c'est dégueulasse !

Les vacances d'été approchent. Et Filou vit mal avec son mensonge. Il boude sa petite copine, qui le lui rend bien. Des deux côtés maternels, la même question se pose à la sortie de l'école :

— On ne voit plus Cathy. Tu es fâché avec elle ?

— Et ton copain Filou ? Qu'est-ce qu'il devient ?

Cathy va craquer la première :

— Il est dégoûtant ! Je veux plus le voir !

— Pourquoi dégoûtant ?

— Il a dit que sa mère connaissait Tony !

— Comment ça connaissait ?

— Ben, qu'il vient chez elle, quoi !

C'est ainsi que la suspicion est venue à l'esprit de Suzanne, la mère de Cathy. Et que l'histoire a pris une autre allure, celle de la crise de jalousie entre les deux amants. Prêcher le faux pour savoir le vrai.

— Tony, je t'ai vu avec une femme brune !

— Moi ? Ça m'étonnerait !

— Brune, cheveux frisés, ne me raconte pas d'histoire... Même ma fille t'a vu !

— Cathy ? Elle se fait du cinéma... Ta fille ne m'aime pas, c'est normal... Ou alors c'est son père qui cherche à me descendre...

— Ne parle pas de Cathy comme ça... Les enfants ne mentent pas sur ce genre de chose ! Tu ne pouvais pas savoir que son petit copain est justement le fils de cette femme ! Alors, tu trompes tout le monde ? Depuis combien de temps tu dis que tu vas divorcer pour moi ? Et moi, pauvre naïve, je crois tout, j'avale tout ! Je te préviens, Tony, si tu ne prends pas de décision, c'est moi qui irai lui parler, à ta femme ! C'est moi qui lui dirai tout, sur moi et sur l'autre !

— Laisse-moi interroger ta fille, au moins, qu'est-ce que c'est que cette histoire ?

— Laisse ma fille tranquille ! Je t'interdis de la mêler à ça !

— Mais qui est cette femme ?

— Élisabeth M.

— Ça ne me dit rien, je t'assure, c'est une histoire de fou !

Etc.

Si bien qu'au bout de quelques jours, le Tony en question décide de prendre le mors aux dents, et de rencontrer Élisabeth, qu'il ne connaît absolument pas. Le premier contact est prudent. Élisabeth ne comprend pas grand-chose à ce que dit ce monsieur au téléphone.

— Oui c'est moi... oui mon fils est à l'école Jules-Ferry... Une petite copine Cathy? Oui pourquoi? Il est arrivé quelque chose?

Tony explique qu'il n'est rien arrivé, mais qu'il doit absolument rencontrer Élisabeth pour lui parler d'un sujet important qui concerne tout le monde...

Les deux inconnus se donnent rendez-vous à la sortie des bureaux d'Élisabeth, ils se présentent, vont s'installer dans un café, et Tony explique laborieusement la situation.

— À mon avis, c'est une histoire de gosses. Seulement, Suzanne est terriblement jalouse, je ne sais plus quoi faire. Elle est bien capable d'aller raconter cette histoire à ma femme uniquement pour se venger... Et pour moi, ce serait la catastrophe!

— Qu'est-ce que vous voulez que j'y fasse! C'est très gênant... Je ne connais pas la mère de Cathy, nous nous sommes croisées quelquefois, mais de là à me justifier auprès d'elle... Écoutez, ce n'est pas si grave, parlez à la petite...

— Difficile. Sa mère ne veut pas. Rien n'est officiel à mon sujet, je n'ai pas encore divorcé, ma femme n'est au courant de rien... Tout ça risque de me coûter cher...

Tristes amours! En fait, Tony n'a pas tellement l'intention de divorcer. Élisabeth le trouve un peu antipathique: cette désinvolture, cette histoire à dormir debout... Et il lui fait du charme en plus... Décidément, c'est non. Qu'il se débrouille! Elle n'a rien à voir dans cette histoire. Si Cathy a raconté des blagues à sa mère, que la mère se débrouille...

Les deux inconnus, qui ne le sont plus, se quittent sur le trottoir. Élisabeth va prendre le bus, Tony l'accompagne un moment en insistant encore, puis s'en va, bien embêté, et remonte dans son break bleu garé sur le parking municipal.

C'est une petite ville de province. Lorsqu'on veut suivre quelqu'un, la piste est relativement facile. Suzanne, qui se croit trompée, dont le caractère est excessif et le tempérament aussi, a suivi son amant. Elle a vu la rencontre de loin... Elle les a vus marcher, s'asseoir au café, discuter beaucoup... Sa conviction est faite.

Le lendemain, c'est elle qui attend Élisabeth à la sortie de son bureau. L'agression est si rapide que la victime n'a même pas le temps de voir d'où viennent les coups. Elle entend les injures, distingue une harpie qui se jette sur elle, ressent une violente douleur au ventre, et titube. Puis une autre douleur, elle ne sait pas où, et encore une autre...

Suzanne s'enfuit en lâchant le couteau qu'elle dissimulait sous la manche d'un anorak. Elle a frappé au hasard, cinq fois. Si sa victime n'avait pas été si chaudement vêtue... elle passait devant les assises.

L'histoire s'est terminée ainsi. Suzanne a été punie de quelques mois de prison. Il est probable que son amant a dû divorcer, de gré ou de force, après avoir dû témoigner... Mais nous n'en savons rien. Le mensonge du petit Filou est donc parvenu jusqu'à l'instruction judiciaire.

Et c'est ainsi que le petit bonhomme de onze ans a enfin appris où était son père. Quelque part dans une prison belge...

S'il avait su, le petit Filou, il aurait peut-être tenu sa langue. Le monde des adultes n'est pas vraiment marrant.

Toutes les belles histoires sont des histoires d'amour. Mais, par contre, toutes les histoires d'amour ne sont pas belles. Certaines même sont particulièrement horribles.

Le premier personnage de notre histoire est un commerçant, impitoyable en affaires, Daniel Petignot. Daniel est jeune, vingt-trois ans à peine, grassouillet. Il a encore l'allure d'un gros bébé avec un nez en trompette mais avec un menton volontaire. Trop volontaire. La preuve c'est que Daniel se promène toujours avec un revolver dans sa poche. Au cas où, dans une discussion d'affaire, les arguments verbaux se révéleraient insuffisants. Ceux qui côtoient Daniel le traitent de « voyou ». Pas en face, évidemment.

Daniel, revolver mis à part, est normalement constitué. Ses affaires le mettent un jour en contact avec un certain Arnaud Harcendy, qui, lui non plus, n'est pas un enfant de chœur. Mais ni Daniel ni Arnaud n'ont, pour l'instant, eu maille à partir avec la justice de leur pays. Alors ils se jaugent, argumentent, et finissent par tomber d'accord pour un commerce un peu illicite.

— Bon, on est d'accord : livraison le 27 février à minuit. Paiement en liquide, rien que des petites coupures. OK ?

— OK ! Ça roule !

— Je repasserai te dire bonjour très bientôt.

Si Daniel annonce déjà une prochaine visite, ce n'est pas parce qu'il est sous le charme d'Arnaud Harcendy. C'est parce qu'il vient de faire la connaissance de Caroline Harcendy, la propre nièce d'Arnaud. Tout à la fois nièce et secrétaire. Une blonde élancée pas vraiment jolie mais qui possède un charmant sourire et un rire communicatif. Daniel Petignot, dès qu'il l'a aperçue, s'est dit : « Celle-là, elle sera à moi ! »

Il aurait pu demander l'avis de l'intéressée, mais, à vingt-trois ans, Daniel, enfant gâté trop sûr de lui, n'éprouve pas le besoin de consulter les autres avant de décider de leur destin.

Quelques jours plus tard, Daniel se présente au bureau d'Arnaud, un cabanon perdu au fond d'une casse de voitures usagées. Il a prévenu de sa visite et c'est Caroline, la blonde nièce, qui lui a répondu. Daniel, qui a des usages, s'est muni d'un magnifique bouquet de roses :

— Bonjour, mademoiselle. Tenez, c'est pour vous. J'ai pensé que ça égaierait un peu votre bureau. Parce qu'il faut dire qu'ici, le paysage... C'est un peu déprimant.

— Merci beaucoup, c'est trop gentil. Vous avez fait des folies. Ces roses sont magnifiques et elles sentent divinement bon. À propos, tout s'est bien passé le 27 avec mon oncle ?

— Super ! Presque toutes les « tires » sont reparties pour l'étranger. Il ne reste plus qu'à organiser un nouveau convoi... Excusez-moi si je passe du coq à l'âne. Mais vous êtes bien jeune pour vous occuper du secrétariat d'Arnaud.

— Bof ! Si vous voulez : j'ai quand même dix-neuf ans. J'ai mes diplômes de sténodactylo et je me débrouille sur l'ordinateur...

— L'ordinateur ! Je n'aime pas beaucoup ces trucs-là. Ça garde trop de traces cachées dans les coins. J'aime mieux me fier à ma mémoire. Et puis, moins on écrit, moins on a de chances de se faire coincer...

De toute évidence, les « affaires » que Daniel traite avec Arnaud ne sont pas du tout légales. Ça durera ce que ça durera...

— À propos, c'est quoi, votre prénom ?

— Caroline !

— Eh bien, jolie Caroline, si vous êtes libre ce

soir, j'aimerais vous inviter à un super gueuleton chez Charlie de Wensbeck. Vous connaissez?

— Oui! De réputation! Mais c'est un endroit horriblement cher! Et puis moi... les « super gueuletons », j'évite un peu. J'ai un appétit d'oiseau.

— Eh bien, si ça colle, je passe vous prendre à 20 heures et je vous invite à un gueuleton d'oiseau. Au champagne. OK?

Caroline accepte. Daniel n'a pas le physique d'un don juan mais il est si décidé, si dynamique. Il a l'argent facile, et Caroline se dit qu'il ne faut pas croire qu'on va toutes épouser Sean Connery.

Alors, une petite idylle débute. Au début, tout va très bien. Les bouquets de fleurs, les chocolats, les soirées en boîte, les pique-niques et, très bientôt, les nuits d'amour. De ce côté-là, Caroline est un peu déçue : elle avait rêvé d'autre chose. Daniel est du genre ultrarapide. Elle n'a pas eu le temps de se décontracter un peu et déjà il lui lance le classique :

— Alors, chérie, heureuse?

Un jour où Caroline ne répond pas avec assez d'enthousiasme, Daniel, histoire de marquer le coup, lui balance un grand coup de poing dans l'œil... Caroline, vraiment, se dit qu'elle attendait autre chose de l'amour :

— Espèce de grosse brute! Tu n'as pas honte de me traiter comme ça? Tu te prends pour qui? Tu crois que tu vas réussir à m'envoyer au septième ciel parce que tu gardes ton flingue dans ta poche arrière? Ça serait plus intéressant si tu étais aussi bien outillé à l'avant...

Une seconde gifle fait comprendre à Caroline qu'elle vient de toucher un point sensible. Mais elle n'est pas du genre à rester sans décision :

— Bon, gros lard! C'est la première et la dernière fois que tu me frappes! Je te quitte et bonsoir.

— Tu me quittes? Tu crois que je suis du genre qu'on balance comme un vieux pneu hors d'usage?

Tu te trompes, ma belle. Je ne te suffis pas sur le plan du « radada ». Je sais bien que je n'étais pas le premier. Mais écoute bien ce que je te dis : si tu prends un autre amant, je te tue ! Bang ! Bang ! Tu saisis ?

Caroline achève de se rhabiller, enfile son manteau, attrape son sac à main et sort en disant :

— Tu reviendras me voir quand tu seras un homme. Dans quelques années. Si tu y arrives, comme me dit maman !

Là-dessus elle claque la porte et rentre chez elle.

Malgré les apparences, dans ce duel cruel ce n'est pas Daniel et son coup de poing facile qui ont fait le plus de dégâts. C'est Caroline qui a visé juste. Daniel sait bien qu'il a des problèmes physiques. Comme dit la sagesse populaire, « bon coq n'est jamais gras ». Et puis il y a eu ces mauvais souvenirs de la tendre enfance quand il a fallu l'hospitaliser et l'opérer pour qu'il ait des chances d'être un jour un homme normal. Daniel sait bien que l'opération n'a pas servi à grand-chose.

Caroline l'a blessé à mort.

La preuve, c'est que Daniel prend une décision, au cours d'une de ces sinistres semaines des pays du Nord, quand on finit par croire qu'il va pleuvoir jusqu'à la fin des temps. Une de ces semaines qui vous donne l'impression qu'on a été fabriqué à l'envers. Daniel sent son revolver dans sa poche arrière. Ce n'est pas avec ce genre d'engin qu'il va décrocher le titre d'« amant du siècle », ça non. Daniel lève le revolver vers sa tempe et, sans qu'il s'en rende vraiment compte, il appuie sur la détente.

À l'hôpital, on constate qu'il n'est pas mort.

— Il va s'en tirer, il a de la chance.

— Oui, si l'on peut dire. La balle a sectionné le nerf optique. Il va rester aveugle. Un gars si jeune. Quelle connerie !

Désormais, Daniel doit apprendre à vivre au son.

Il s'y fait. On dit souvent que les non-voyants sont des gens gais. Plus gais que les sourds. Mais Daniel n'a jamais été du genre gai. C'est un non-voyant enragé. Son revolver ne peut plus lui servir à rien. Même pas à impressionner ses relations d'affaires.

— Vous avez vu ce crime dans le quartier de Bellevue ? Arnaud Harcendy, un négociant en voitures d'occasion, a été retrouvé tué d'une balle dans la nuque. Dis donc, Daniel, tu le connaissais ce Harcendy, non ?

Derrière ses lunettes noires, le regard de Daniel n'exprime aucune émotion :

— Oui, on a bossé ensemble, il y a longtemps. C'est de l'histoire ancienne. Sûrement un de ses clients qu'il a dû arnaquer. Alors, forcément, il y en a qui savent encore viser juste...

Caroline n'a plus de raison de tenir le secrétariat de son oncle. Elle trouve un emploi comme sténodactylo dans une petite entreprise. Un soir, en rentrant chez elle un inconnu l'attend devant sa porte :

— Caroline Harcendy ?

— Oui, c'est moi.

— J'ai un message de la part de Daniel Petignot. Il voudrait absolument vous voir... enfin je veux dire vous « rencontrer ». Si vous pouviez le rejoindre ce soir à 23 heures sur le parking de l'hôtel Lambremont.

— Nous n'avons plus rien à nous dire. C'est triste qu'il soit devenu aveugle, mais enfin tout ça est entièrement de sa faute. Bon ! D'accord, dites-lui que je serai sur le parking du Lambremont. Il pourrait choisir d'autres heures pour ses rendez-vous, avouez un peu !

— Il m'a dit qu'il avait une surprise pour vous. Un cadeau d'adieu, à ce qu'il paraît !

Caroline est sur le parking à 23 heures précises. Apparemment, il n'y a pas de Daniel en vue. Un aveugle, ça se remarque. Mais un homme inconnu s'approche d'elle. Lui aussi demande :

— Caroline Harcendy ?

— Oui, c'est moi !

Sur le coup, Caroline ressent comme un coup de poing. Elle a juste le temps de voir une lame briller sous les néons de l'hôtel. L'homme frappe trois coups. Avant de s'évanouir, elle a aussi le temps de sentir son sang tout chaud qui coule de ses deux joues lacérées à coups de rasoir.

Quand elle se réveille à l'hôpital, personne ne peut lui donner la moindre information sur son agresseur. Quant aux raisons de cette sauvagerie, elle a une petite idée. Mais Daniel Petignot est insoupçonnable. Comment un aveugle aurait-il pu lacérer le visage d'une jeune fille la nuit et s'enfuir ? Pour la forme on interroge Daniel, on le garde quelques jours en prison et on le relâche. Caroline a été attaquée par un inconnu.

La fatalité s'acharne sur la famille Harcendy car, six mois après l'attentat commis sur Caroline, c'est la mère de celle-ci qui rencontre son destin : elle est en train de garer sa Volkswagen dans le garage de sa villa quand un motard freine brusquement à la hauteur de la porte du garage. Marcelle Harcendy interroge du regard l'homme dont le visage entier est dissimulé sous un casque intégral.

Conversation sans paroles si l'on peut dire : le motard ouvre la fermeture à glissière de son blouson. La main gantée qui ressort brandit un revolver. On relèvera dix impacts de balles sur le corps de Marcelle Harcendy, sœur du défunt Arnaud, et mère de Caroline. Cinq d'entre elles auraient suffi à donner la mort.

Caroline a compris le message. Son visage commence à cicatriser mais le plus urgent pour elle est de changer de quartier... Sans perdre une minute.

306

Et la police pendant ce temps-là, que dit-elle ?

— Bah, tout ça, ce sont des règlements de comptes entre truands. Nous avons l'habitude. Et, en confidence, plus ils se flinguent entre eux, mieux ça nous arrange. Alors on ne va pas prendre trop de risques pour savoir lequel de ces macchabées était pire que les autres.

— Mais moi, vous voyez mon visage. Je n'ai rien à voir dans ces règlements de comptes. Je suis une jeune femme honnête. Je suis certaine que c'est moi qu'on cherche à détruire. Et vous savez très bien qui est derrière tout ça.

— Enfin, soyez raisonnable... un aveugle ! Ce n'est pas Superman. Vous avez simplement eu la malchance de ne pas naître dans la bonne famille.

Alors Caroline disparaît. Oh ! elle ne s'enfuit pas en Amérique ni au Brésil. Elle change de province, d'employeur. Elle respire un peu, pendant quelques mois. Elle rencontre même un amoureux sympathique, Gilbert. Lui n'a strictement rien à voir avec les « bagnoles » volées et maquillées.

Un soir, Gilbert et Caroline décident de dîner en amoureux : pour fêter le beau visage presque tout neuf de la jeune femme. Ils font déjà des projets de mariage...

C'est en riant aux éclats qu'ils sortent par la porte arrière de l'Auberge des Princes. Ils sont gais de vin de Moselle et de projets d'avenir. L'inconnu qui les attend dans l'ombre abat Caroline d'une seule balle dans la tête. Gilbert s'en tire avec un projectile dans la poitrine. L'assassin vérifie que Caroline est bien morte le visage éclaté. Il va donner le coup de grâce à Gilbert quand d'autres convives surgissent sur le parking.

La police se décide alors à interviewer sérieusement Daniel. Celui-ci s'habitue à sa nouvelle vie de non-voyant sous la surveillance affectueuse de ses grands-parents. Mais une perquisition permet d'établir qu'il a récemment pris contact avec un tueur à gages français que toutes les polices d'Europe recherchent activement. Son compte est bon.

C'est comment, la vie en prison d'un non-voyant condamné à vingt ans?

COLÈRE NOIRE

Ciglio, petit village d'Italie, automne en douceur. L'été torride vient de s'achever, le soleil déclinant adoucit les mœurs, l'eau de la fontaine municipale est fraîche, si fraîche que Theresa y a trempé ses cheveux.

Jolie Theresa, la trentaine, le buste avantageux, la jambe alerte, une femme de paysan comme les paysans du coin aimeraient en voir davantage... Mais Theresa appartient à Giuseppe, dort avec Giuseppe, a fait des enfants à Giuseppe, et lorsqu'elle traverse le village, sourit tranquillement aux hommes l'air de dire : « Mettez vos yeux dans votre poche... Je ne suis pas pour vous... »

Sa longue chevelure mouillée, Theresa rentre chez elle, une serviette enroulée sur la tête. Elle aime bien se rincer à la fontaine, c'est plus pratique qu'au robinet de sa cuisine de pauvre. Car ils ne sont pas riches tous les deux. Giuseppe s'échine à la terre du soir au matin, et il a dû emprunter pour ses machines agricoles.

Sa dernière dette est entre les mains de Luigi, propriétaire terrien plus riche que lui, son voisin. Un million de lires, ce n'est pas énorme dans les années 1970, disons de nos jours, cela représente 3 500 francs. Mais Luigi les réclame avec insistance depuis la veille, et ce matin encore, il emboîte le pas de Theresa et de sa crinière mouillée. Il pénètre derrière elle dans sa cuisine. Theresa a horreur de cela :

— Sors de chez moi !

— Ton mari me doit 1 million de lires !

— Alors va le lui demander.

— *Momento*... Theresa... on peut discuter ?

— Je n'ai rien à discuter...

— Mais si... réfléchis... Tu pourrais peut-être éviter à ton mari de me rembourser ? Non ? Qu'en penses-tu ? C'est facile pour toi...

L'œil lubrique de Luigi est encore plus clair que son discours. Theresa le regarde, méprisante :

— Tu oses me proposer de faire la *putana* avec toi ? Tu oses ?

Ce n'est pas parce que Luigi est laid qu'elle s'insurge avec autant de violence. Ni parce qu'il est gras, que son cheveu est maigre sur son crâne pointu comme un œuf... Non, c'est par principe ! Theresa est fidèle. Et elle a l'habitude du regard des autres sur son corps, elle sait ce que veulent les hommes, elle ne s'en fâche jamais autrement que par une boutade, sauf... avec ce Luigi. Qui ose lui proposer d'annuler 1 million de lires de dettes pour coucher avec lui !

Et Luigi prend une claque en pleine figure, qui lui donne immédiatement des couleurs. Son visage, rouge de concupiscence, devient jaune de dépit, puis blanc d'humiliation, pour retourner au mauve cuisant.

Avant de fuir, il s'écrie :

— C'est aujourd'hui qu'il va me les rendre !

Lorsque Giuseppe rentre du travail, vers 1 heure de l'après-midi, Theresa lui parle de la visite de son créancier, en y mettant des formes.

— Il est venu te réclamer l'argent ce matin, il le veut aujourd'hui !

Elle ne révèle pas qu'il lui a fait des avances ni qu'elle lui a claqué la figure. Elle connaît trop bien les colères de Giuseppe. Elle se contente de dire :

— Je l'ai mis à la porte.

— Il t'a mal parlé ?

— Non...

— Theresa, ne me mens pas... Il t'a mal parlé! Il a osé entrer ici? Chez moi? Pour insulter ma femme!

— Je lui ai dit de filer, rassure-toi!

— Oui, mais il est entré chez moi, il est venu insulter ma femme! Je vais lui montrer qui je suis, moi, à cet usurier! Je vais lui expliquer qu'il faut respecter ma femme!

Si Giuseppe savait les avances, la claque... — il ferait un massacre. Theresa ne veut pas envenimer l'histoire mais il est malin, Giuseppe, et jaloux et perspicace...

— Il est venu pendant mon absence! Je sais ce qu'il cherche ce gros lard... Il te veut!

— Giuseppe, non, je t'assure...

— Si, on ne me raconte pas d'histoires. Si c'est l'argent qu'il voulait, il avait qu'à venir maintenant, me le demander à moi! Il me prend pour qui?

Et la colère noire, noire de Giuseppe, que sa femme connaît si bien, se met à enfler. Elle n'y peut plus rien. Le voilà qui décroche son fusil du mur, et qui part en courant et en hurlant :

— Je vais lui montrer de quel bois je me chauffe! Il a pas intérêt à remettre les pieds ici! Je m'en occupe!

Pas facile de vivre avec un mari pareil lorsqu'on est aussi jolie que Theresa. Pourtant, il n'est pas vraiment jaloux. Il a confiance en elle. Ce qui ne va pas chez lui, c'est l'orgueil. Démesuré. L'honneur.

Les fusils. Toujours les fusils. Dans ce coin d'Italie, il semble que rien ne se règle sans fusil...

Theresa est morte de peur. Si son mari fait une bêtise, qu'il tire, qu'il blesse, ou qu'il tue son créancier, tout le monde dira qu'il l'a fait exprès pour ne pas le rembourser, qu'il avait un mobile pour l'assassiner! Alors que, Theresa le sait bien, au fond de lui, Giuseppe n'est pas un assassin, pas du tout! C'est un coléreux. Il n'a pas encore l'argent pour rembourser Luigi en totalité, mais il l'aura bientôt...

Toute cette histoire va tourner au drame alors qu'elle pourrait être si simple !

Que faire ?

Theresa se jette à la poursuite de son mari, mais il est déjà loin. Alors, elle fonce chez le curé.

Sur le chemin, elle croise son cousin en voiture et lui crie :

— Va vite, va prévenir Luigi, Giuseppe est parti avec le fusil ! Dis-lui de se sauver ! Tu as des chances d'arriver avant lui ! Il a dû prendre la mobylette !

Le cousin file jusqu'à la maison de Luigi, au village voisin, et raconte à sa manière :

— Giuseppe va arriver, il veut te tuer !

Luigi comprend. Il se dit que Theresa a tout raconté, la proposition, la claque, et là, pas de mystère : si Giuseppe sait, il va tirer !

Le quiproquo s'installe. Pendant que Luigi file se terrer dans la forêt, Theresa, elle, demande au curé de faire sonner les cloches ! Et d'alerter les villageois, qu'ils viennent tous et qu'ils prient !

— Les cloches ? Pour quoi faire ?

— Pour le protéger. Si Giuseppe les entend, il saura que je vous ai prévenu, que tout le village est au courant, alors il s'arrêtera. J'ai peur... C'est si vite parti, un coup de fusil...

Et les cloches de l'église sonnent à toute volée, la grosse et la petite, dans le vent de l'automne... Et les gens accourent, apprennent la nouvelle, et les femmes prient, et les hommes discutent.

Évidemment, Theresa ne raconte pas aux villageois la vraie vérité. Elle ne veut pas que son Giuseppe l'apprenne. Car s'il ne tue pas Luigi cette fois-ci, il le tuera forcément après...

Le quiproquo continue... Les cloches sonnent, mais le vent d'automne n'est pas dans le bon sens, et sur sa mobylette Giuseppe n'entend rien. Aucun signe de Dieu et des hommes pour l'arrêter.

Pour arriver plus vite chez Luigi, il a pris le sentier forestier, et non la route. C'est pour cela qu'il n'a pas croisé le cousin...

Et c'est pour cela qu'il tombe directement sur son ennemi, en train de filer comme lièvre dans les sous-bois.

Le face-à-face est inévitable. Giuseppe lâche la mobylette, arrache le fusil de la sacoche, arme, et se met en chasse, à la course, en hurlant :

— Arrête-toi, espèce de lâche ! Viens me le dire en face ! Ah ! Tu veux ton fric ? Viens ! Allez, viens ! Viens le chercher !

Et Luigi de courir, et Giuseppe de courir... Et les cloches de sonner qu'ils n'entendent pas, le vent soufflant vers le nord, alors qu'ils courent au sud.

À l'église les femmes prient toujours et les hommes cherchent à s'organiser.

Le cousin, de retour, annonce que Luigi s'est caché dans les bois, et que Giuseppe doit y être aussi, car il ne l'a pas croisé sur la route au retour. Les deux villages étant à peine distants de deux kilomètres, avec une seule route carrossable et un sentier à travers bois, il ne reste comme terrain de duel que le bois...

Le drame va se passer dans le bois... Il faut y aller.

Le cafetier a une sorte de Jeep tout terrain qui lui sert à transporter son ravitaillement. Les hommes s'y précipitent, le cafetier au volant, chacun avec son fusil de chasse évidemment.

Et Theresa sanglote dans l'église, agenouillée devant la Sainte Vierge, en la suppliant d'arrêter cette guerre civile.

— Tout ça pour 1 million de lires, dit un vieux sage sur son banc de pierre... 1 million de lires, de nos jours, ça ne vaut plus rien... Il n'y a pas de quoi s'entre-tuer.

Luigi, lui, commence à s'essouffler, il est gros, il court moins vite. Et derrière lui les hurlements de Giuseppe se rapprochent et le traquent sans merci :

— Tu vas l'avaler, ton million, je vais te le faire avaler !

Curieusement, mais dans l'affolement c'est compréhensible, Luigi ne remarque pas que les cris vengeurs concernent uniquement le fameux million, et non l'honneur perdu du chevalier Giuseppe... Mais quand on court devant un chasseur, on ne se pose pas la question de savoir ce qui anime le fusil. On court... et on tombe.

Luigi est tombé sur une souche. Il s'est écroulé la figure en avant, les pieds par-dessus, bref il s'est fait très mal, et de toute façon il n'a plus de souffle.

Arrive Giuseppe. Essoufflé lui aussi, mais toujours animé de sa colère noire.

Le fusil braqué sur son ennemi à terre, il crie :

— Lève-toi, salopard ! Debout ! Mais debout !

L'autre évidemment s'aplatit. S'il pouvait rentrer sous terre, il le ferait. Vague espoir qu'on ne lui tire pas dessus tant qu'il sera à plat ventre.

Mais Giuseppe a des principes. Il avance, donne un coup de canon dans le dos de Luigi :

— Debout ! Je veux voir ta sale gueule de face ! Debout, ou je te tire dans les pieds !

Et il oblige lui-même sa victime à se redresser à coups d'insultes dont je vous épargne la traduction française, certaines dépassant la réalité des choses possibles...

Enfin, Luigi est debout, tremblant, suant, couvert de terre et de feuilles d'automne, le regard affolé, prêt à supplier son bourreau au bord des larmes...

Giuseppe a le doigt sur la détente. À cette distance, à peine un mètre, les chevrotines vont faire du mal.

Luigi a tellement peur que plus un son ne sort de sa gorge. Il fixe le canon, hypnotisé, il attend la déflagration, l'explosion de son corps, la fin du monde. Giuseppe le fixe avec une telle intensité que si ses yeux étaient des pistolets...

— Regarde ce fusil, animal, espèce de chien...

regarde-le bien! Tu n'en as pas un comme ça! Tu ne sais même pas ce que c'est! Toi, tu ne penses qu'à l'argent! Tu vois ce fusil? C'est mon oncle Marco le patriarche qui me l'a offert! Et tu sais pourquoi? Parce que je suis le meilleur tireur de la famille! Et l'aîné de ses neveux! Et tu sais combien il vaut ce fusil? Il vaut dix fois plus que ton malheureux million de lires!

Giuseppe s'arrête de crier. Il le regarde, ce fusil. Il est beau, il est magnifique, ce fusil. C'est vrai qu'il vaut cher, c'est vrai...

Maintenant il regarde Luigi, le gros, l'adipeux, le rat, l'usurier, et la peur dans les yeux de l'usurier... Une balle, et plus d'usurier!

Finalement, dans un dernier cri de colère, il lance :

— Attrape-le ce fusil! Il te paie dix fois!

Luigi n'a même pas le réflexe d'attraper l'arme qui lui cogne l'estomac et retombe à ses pieds. Pétrifié, déconcerté, il voit Giuseppe tourner les talons et repartir en courant!

Ainsi finit l'histoire du miracle de Ciglio.

Car les villageois persistent à croire au miracle. Même si Giuseppe n'a pas entendu les cloches. Même s'il a décidé au dernier moment de payer sa dette avec son fusil, au lieu de s'en servir. Même s'il a appris plus tard, c'était inévitable, que son ennemi avait pris une gifle, pour avoir fait de vilaines propositions à Theresa.

Le miracle demeure : il n'a pas tué Luigi. Il s'est contenté le lendemain, puisqu'il n'avait plus ni fusil ni dette, d'aller lui coller son poing dans la figure.

Pour l'honneur de Theresa.

— Tu es nul, archinul! Voilà ce que je pense de toi... C'est tout!

La haine est parfois préférable au mépris et cette phrase désabusée qu'Estelle Vaudroux lance à son mari est pire qu'un poignard chauffé à blanc. La petite phrase lui entre dans la tête. Et ça fait mal, très mal... Corentin préférerait que sa femme le traite de « salaud », qu'elle lui reproche d'être coureur, ou buveur, ou menteur, ou escroc, n'importe quoi, mais pas « nul »...

Le destin de Corentin est celui de millions d'ouvriers. Il travaille dans une usine de chaussures. Il travaille dur, mais c'est là qu'il a rencontré, il y a dix ans, la jolie Estelle. Oh! Quand on dit jolie, ce n'est pas une candidate au titre de Miss France. Elle avait la fraîcheur de ses vingt ans et elle était toujours impeccable. Alors elle lui a plu, il le lui a dit. Ils sont allés danser, ils ont très vite échangé un premier baiser, suivi de tout ce que l'on imagine, et quand Estelle lui a annoncé qu'elle attendait un « heureux » événement, Corentin a dit :

— Marions-nous!

Alors ils se sont mariés et le bébé est arrivé : un joli garçonnet qui ressemble à son père. Et puis un autre a suivi : une gamine brunette comme sa mère. Mais ce n'est pas pour cela que Corentin a vu sa carrière avancer d'un pas. Estelle non plus, entre son emploi à la cantine et la tenue de la maison, n'a pas beaucoup de temps pour songer au destin de l'humanité en général.

Pourtant, Corentin est courageux. Il travaille maintenant tous les week-ends pour améliorer leur pavillon. Alors forcément, entre l'usine et le pavillon, en fin de journée il n'a plus la force pour tourner un compliment. Il s'écroule le nez dans la soupe et Estelle reste seule devant la télé qui diffuse « Les feux de l'amour », « Amour, gloire et beauté », et toutes ces belles histoires où l'on s'embrasse. Ce doit être ça, la vraie vie...

Entre deux « services » à l'usine, Estelle trouve le temps d'aller fumer une cigarette dans le parc qui sert de lieu de détente pour le personnel. C'est là qu'elle remarque un beau garçon athlétique, rouquin, les cheveux un peu longs, moustachu. Du style qu'on imagine en train de traverser l'Atlantique en solitaire. Estelle se verrait bien en train de traverser quelque chose avec lui.

— Vous avez l'air bien songeur !

— Oh ! Vous savez ! Je pense... à la vie. Au boulot, à mon mari, à mes gamins, vous voyez. Il y a du bon et du moins bon !

Estelle a tout annoncé d'un seul coup. Le joli rouquin n'a pas l'air rebuté :

— Oui, la vie est parfois un peu compliquée. Moi, pour l'instant je n'ai pas encore décidé de me mettre la corde au cou. Je suis libre comme l'air. De jour comme de nuit...

Le joli rouquin a l'art de se faire comprendre à demi-mot. Il se nomme Octave Féral, il a trente-quatre ans et, quand il s'assied sur le banc près d'Estelle, elle trouve qu'il sent bon l'eau de Cologne.

Voilà une histoire bien banale. Et la suite aussi. Estelle, entre l'usine et le ménage, trouve le temps de sauter sur sa mobylette et d'aller faire une petite visite au bel Octave Féral, dans le deux-pièces qu'il loue dans un hameau tout proche : La Gartille. Corentin, pendant ce temps, se débat avec les panneaux de Placoplâtre et les soudures pour aménager le grenier en chambre supplémentaire. Six mois plus tard, il apprend, un peu contrarié, qu'Estelle est encore enceinte... Mais Corentin se dit que trois enfants, c'est bon pour la France.

Estelle donne le jour à un deuxième garçon. On se

demande bien de qui il peut tenir, à être rouquin comme ça. Un vrai « Poil de carotte ». Corentin n'a pas le temps d'y réfléchir trop. Alors ses copains le mettent en boîte et attirent son attention sur la présence du seul rouquin de l'usine : Octave et sa belle moustache ! Corentin a beau être « nul », il comprend tout. Et tout se confirme quand, un an plus tard, Estelle lui dit :

— Corentin, mon pauvre Corentin, tu es vraiment nul ! Je sais que tu vas me dire que tu fais tout pour que je sois heureuse, mais je suis désolée, c'est raté. Je te quitte ! Je vais m'installer en ville avec les enfants.

Elle va vite en besogne, Estelle. À croire que quelqu'un l'a aidée à faire ses valises. Corentin se dit :

— Alors il me prend pour un c..., cet Octave Féral. Il croit que je lui ai préparé une jolie petite famille préfabriquée. Je vais lui régler son compte, à cet enfant de salaud !

En apparence, les deux époux restent « en bons termes ». Corentin voit tout le monde régulièrement. On admire la sagesse de ce couple désuni qui essaie de ne pas traumatiser les gosses.

Mais pour Corentin, en réalité, la seule solution à son problème, c'est l'élimination pure et simple du bel Octave. Comment ? Le revolver ? Il n'y a pas de crime parfait. On viendrait tout de suite le renifler pour les traces de poudre. Et puis, comment s'approcher assez près ? Corentin sait qu'il est un piètre tireur. Là aussi, les retours de chasse, en automne, ont confirmé qu'il est « nul ». Ou peut-être un peu myope ou presbyte, ou les deux.

La lecture d'un fait divers navrant dans le quotidien régional illumine Corentin !

— Mais c'est bien sûr ! Il suffit de bien s'organiser !

Tous les matins ouvrables, Octave arrive de La

Gartille à l'usine par la même route. Comme il fait partie de la première équipe, le jour se lève à peine. La petite route départementale qui vient de La Gartille passe juste sous un pont... Tout est facile à mettre au point : Corentin n'a qu'à relire le fait divers pour connaître le mode d'emploi de sa vengeance mortelle. À condition d'avoir un peu de doigté, de ne pas être, pour une fois, complètement « nul ».

Une semaine plus tard, dès potron-minet, Corentin, le cœur rempli d'une haine légitime, gare sa voiture sur un chemin de campagne, celui qui, grâce au petit pont, surplombe la départementale. Cette départementale par laquelle, chaque matin, Octave arrive à l'usine. Corentin sort de son coffre un gourdin, sorte de grosse canne de chêne, et un bidon d'essence. Il les pose près du coffre. Dont il extrait maintenant un gros parpaing :

— Bon sang, c'est lourd, cette vacherie !

Mais, les parpaings, il en a assez manipulé au pavillon. Il porte le sien jusqu'au parapet du pont et le met en équilibre. Il n'y a plus qu'à attendre. Aucun véhicule n'emprunte le pont. La départementale, en dessous, n'est guère fréquentée non plus : un camion, une voiture de sport...

— Ah ! le voilà ! Tiens, mon vieux ! À la tienne !

Corentin a poussé le parpaing qui tombe, comme une pierre, c'est le cas de le dire, vers la départementale. Plus exactement vers la voiture d'Octave Féral : une petite Ford bleu marine que Corentin a repérée depuis des mois !

Le parpaing atterrit directement dans le pare-brise de la Ford. Le pare-brise vole en éclats. Juste à la place du conducteur. Corentin, penché sur le parapet, entend un crissement de freins. La Ford disparaît sous le pont. Corentin traverse le pont et se précipite vers l'autre parapet : la Ford est là, arrêtée net sur le bas-côté. Tout juste comme prévu.

Corentin passe à la phase numéro 2 de l'opération intitulée « Récupérer Estelle ». Il saisit le gourdin qu'il a posé près du pont et le bidon d'essence, puis il dégringole plus qu'il ne descend la pente d'herbe humide qui mène à la départementale.

Corentin arrive près de la Ford. Avec un peu de chance, Octave aura été tué sur le coup ! Non, sinon il n'aurait pas pu freiner ! Si au moins il était évanoui, Corentin n'aurait pas besoin de l'estourbir à coups de gourdin ! C'est ce qui le dégoûte le plus dans son plan. Mais enfin, à la guerre comme à la guerre. Il faut savoir ce que l'on veut.

Corentin arrive près de la Ford. Il passe devant la voiture dont le pare-brise n'est plus qu'un trou béant. Dans la faible lumière du jour, entre chien et loup, il voit Octave qui a l'air sonné. Avec le sang qui lui dégouline sur la figure, il est méconnaissable...

Corentin est juste devant le capot de la Ford quand celle-ci fait un bond en avant. Il est heurté de plein fouet et projeté dans le fossé de la départementale, pêle-mêle avec son gourdin, son bidon d'essence, ses projets et ses rancœurs... Et il s'évanouit. Ce n'est pas le moment. Corentin est vraiment nul !

Quand Corentin reprend connaissance, le jour est déjà pratiquement levé. Il a dû rester « dans les pommes » pendant une bonne demi-heure. Tout lui revient en mémoire d'un seul coup : Estelle, Octave, le parpaing, la Ford qui démarre...

La Ford n'est plus là. Donc, Octave n'a pas eu son compte... Il va certainement courir à la gendarmerie et porter plainte contre Corentin qui se dit : « Bizarre qu'ils ne soient pas déjà là pour m'alpaguer ! »

Il se met à reprendre espoir : « Peut-être qu'Octave est un peu plus loin sur la route. Peut-être qu'il... »

Il essaie de sortir du fossé et pousse un cri de douleur :

— Merde ! Ah la vache ! Dans quel état je suis !

Pas de doute, la Ford, en le projetant dans le fossé, l'a blessé, et même sérieusement, au visage. Quant à sa jambe, elle n'a pas bonne allure. « Je suis vraiment nul, Estelle a raison : je ne suis bon à rien. Je suis le roi des "nuls", le roi des... »

La douleur fait qu'il ne termine pas sa pensée. Il abandonne son gourdin et le bidon d'essence dans le fossé. Maintenant, il faut qu'il remonte la pente d'herbe humide pour rejoindre sa propre voiture sur le chemin du haut. Il y parvient en transpirant à grosses gouttes froides. Personne auprès de sa voiture. Pas de gendarme. Corentin démarre en direction de son pavillon. Après avoir étanché son sang et s'être bandé le genou, il décroche le téléphone :

— Estelle ? Ah ! tu es encore là. J'avais peur que tu sois déjà partie pour la boîte.

— Mais non ! Tu sais bien qu'aujourd'hui je n'y vais qu'à 11 heures. Qu'est-ce qu'il y a ? Tu n'as pas l'air dans ton assiette !

— Estelle, je viens de faire une connerie. Je crois bien que j'ai tué Octave !

— Comment ça, tu « crois bien » ?

En pleurnichant Corentin raconte tout : le petit pont, le parpaing, le pare-brise et la Ford qui démarre et Octave la gueule en sang : « Je ne l'ai pas reconnu ! » Corentin continue, toujours larmoyant, et raconte le gourdin et le bidon d'essence, sans oublier le fait qu'il est bien amoché de son côté :

— Tu comprends, ma chérie, je n'en pouvais plus. Je ne veux pas vous perdre. Alors je voulais l'estourbir et mettre le feu à la bagnole. On n'aurait jamais su ce qui s'était passé vraiment...

Estelle a brutalement raccroché le téléphone. Elle a du mal à respirer. Une seule pensée l'obsède : Octave ! Est-il mort ? Blessé ? À l'hôpital ? En train d'agoniser seul sur la départementale ? Elle jette un regard à la pendule. Normalement Octave est à l'usine. Pas d'hésitation, elle appelle :

— Bonjour pourrais-je avoir Octave Féral, au service « Expéditions », c'est très urgent !

— Ah ! C'est vous madame Vaudroux ? Vous ne venez pas avant 11 heures, ce matin. Rien de grave, j'espère ?

Estelle grince des dents d'énervement. La sonnerie retentit au service « Expéditions ». Le père Bermellet répond, c'est lui le chef :

— « Expéditions », j'écoute !

— C'est Mme Vaudroux. Est-ce que vous avez eu des nouvelles d'Octave Féral ce matin ? J'ai peur qu'il ait eu un accident !

— Octave ? Attendez un peu ! Octave ! C'est pour toi ! « Personnel ! » Alors, tu m'as compris : pas deux heures au téléphone...

— Oui, Octave Féral à l'appareil. Qui me demande ?

Estelle ne parvient pas à répondre. Octave est là, au bout du fil. Mais alors, le parpaing ? Le pare-brise ?

La vérité éclate dans la journée. Un collègue d'Octave, d'Estelle et de Corentin manque à l'appel : le malheureux Jean-Michel Ferrières : il est à l'hôpital parce que ce matin un fou furieux a essayé de le tuer en lançant un parpaing dans son pare-brise. Un truc inexplicable. Mais qui trouve très vite une explication : Corentin Vaudroux s'est trompé de cible. À cinq minutes près.

Corentin est vraiment « nul ».

Sheila est une fille modeste, manutentionnaire dans un supermarché de Manchester. Vingt-sept ans, un corps sans grâce, des cheveux tristes, des mains courtes et rougies habituées à manipuler les colis, empiler les boîtes de bière, pousser les énormes chariots de la réserve du magasin. Seul son regard est extraordinaire. Des yeux si clairs, presque blancs, et largement cernés. Ils ont l'air de ne pas lui appartenir. Sheila est un fantôme dans sa propre vie.

Un fantôme qui a peur. Fascinée par cette peur, Sheila est paralysée. Incapable de réagir.

Depuis un an, elle vit aux côtés d'un assassin.

Trevor Ashley lui a tout raconté, dans le détail.

Vu de l'extérieur, il n'est pas très intéressant. Grand front dégarni, sourcils jaloux, regard fixe, il croit pouvoir jouer les séducteurs avec sa petite moustache et ses chemises à fleurs, son blazer de faux marin. Vu de l'intérieur, même constat. Il avait quinze ans quand il s'est fait prendre pour la première fois. Cinq ans de prison pour avoir agressé un vieil ouvrier sur un chantier à coups de pioche. Motif : le vieux ne voulait pas lui donner de cigarettes... Il a raconté à Sheila qu'il n'avait même pas fait son temps de prison complet. Trois ans, et dehors.

— Dans cette saleté de ville, ou on va en tôle, ou on cogne, ou on vole ! Je joue à ça depuis que je suis gosse.

C'était le premier aveu, un hors-d'œuvre. Le plat de résistance, il l'a détaillé avec une désinvolture qui fait froid dans le dos. Il a dit :

— Tu connais Clara ? Une grande blonde ?

Sheila a fait non de la tête.

— On allait se fiancer, officiel. Mais j'ai pris six

mois pour une bagarre, et quand je suis sorti elle était plus là. Elle s'était tirée avec un autre type. On me fait pas des trucs comme ça ! On se conduit pas mal avec moi, tu le sais, Sheila ? Sinon je cogne... Tu le sais ?

Sheila a fait oui, de la tête...

— Alors voilà. C'est la faute à pas de chance, je me suis trompé de fille. Je croyais qu'elle se planquait dans le quartier, j'ai cogné sur la barmaid, cette Wanda... Elle lui ressemblait vachement de dos. Quand j'ai vu sa photo dans le journal le lendemain, je me suis rendu compte que j'en avais assommé une autre !

C'était il y a un an, en 1985, et Sheila l'a vu ce journal, avec la photo. Quand la police a interrogé Trevor, Sheila a raconté qu'il n'avait pas bougé de la maison cette nuit-là, qu'il dormait à côté d'elle. Pourtant l'article disait : « Une femme sauvagement assassinée à coups de pierre a été retrouvée mutilée et nue, victime d'un sadique. Le haut de son corps était couvert de morsures. »

Trevor a fait cela. Il le raconte presque avec le sourire, sur ses dents jaunes de tabac, en jouant avec un paquet de cartes.

— T'as été chic avec moi. Ils demandaient qu'à me coffrer, ces salauds.

— Je ne savais pas ce que tu avais fait, Trevor.

— Et maintenant tu sais ! Ça change quelque chose ?

— C'est tes affaires, Trevor... Je m'occupe pas de tes affaires.

— Tu vas pas me faire un enfant dans le dos ?

— T'es mon ami, Trevor, le reste ça me regarde pas.

Sheila ne le dénoncera pas en effet. Cet assassin qui vit chez elle depuis un an peut lui raconter sa vie, elle ne dira rien. La peur. Celle des coups, celle de la solitude, une peur des hommes née avec elle. Il ne faut pas qu'elle y pense : si elle y pense, il devinera cette peur, et il la tuera. Alors elle ne pense pas, Sheila. Elle balaie, fait la vaisselle, se couche, dort aux côtés de l'assassin, et retourne travailler le lendemain matin, tandis qu'il va jouer aux cartes.

Il a raconté un crime vieux d'une année, qu'elle ignorait, mais il n'a pas parlé de celui du journal de la veille.

Lesley, quinze ans, une écolière. La police l'a trouvée découpée à la hache et mutilée comme la première victime. Un chien a déterré le corps, la mort remonte à plusieurs semaines. Trevor a dû l'apprendre comme tout le monde par le journal. C'est peut-être pour cela qu'il a parlé. Un besoin de révéler à quelqu'un sa véritable personnalité. De revendiquer le crime. Pour le premier, Sheila lui a donné un alibi, sans savoir. Elle était donc complice, sans savoir. Mais pour celui-là ?

Sheila sait que c'est lui qui l'a commis. Elle a peur qu'il recommence à parler, à se confier, qu'il raconte en détail ce deuxième crime horrible. Il dit que, depuis cette histoire de fille qui l'a laissé tomber, il déteste les femmes. Sheila n'est donc pas une femme pour lui, c'est une servante. Il ne la touche pas, elle dort à ses côtés comme un chien de compagnie, elle ne sert qu'à l'abriter chez elle, à lui donner à manger quand il rentre, à laver ses chemises, à cirer ses chaussures. Il se sert de son porte-monnaie comme de son lit, sans penser à elle.

— Si je savais où elle est, cette salope !

Il cherche toujours Clara, qui a disparu. Et il en a tué deux à sa place.

Ce soir, Sheila enveloppe les épluchures de légumes dans le journal du crime, elle en fait une boule qui disparaît à la poubelle. Elle ne parlera pas. Pendant onze mois exactement, elle passera plus de vingt fois devant un commissariat de police sans y entrer. Et pourtant, elle n'est pas complice, et son attitude est incompréhensible. Il lui suffirait de parler, et Trevor serait arrêté dans la minute qui suit. Avec son casier, les soupçons qui pèsent déjà sur lui depuis un an, il ne s'en sortirait pas, cette fois. Mais Sheila s'arrête à des arguments indicibles. La peur qui paralyse est indicible. Et puis elle a fourni un alibi, l'année dernière, on la mettrait en prison. Ou alors Trevor réussirait à s'en tirer et il la tuerait comme il a tué les autres.

Alors Sheila vit avec sa peur, comme un fantôme impuissant à maîtriser la réalité. Elle s'entend parler, elle entend le bruit de la vaisselle, le bruit de ses savates sur le carrelage, tout est disproportionné, amplifié, comme si elle était quelqu'un d'autre. Elle passe l'éponge sur la table où il a mangé, elle s'assoit en face de lui, elle attend. Que la vie décide à sa place. Dans la journée ça va mieux. Elle oublie, derrière les cartons, les chariots, dans le bruit du magasin. Le travail physique épuisant la sauve de penser. Le soir, elle s'enferme dans sa tête. Elle dit : « Oui, Trevor, non Trevor, c'est tes affaires, Trevor... », fascinée par la peur.

Un soir de septembre 1985, Trevor rentre tard, l'air fatigué. Il réclame une bière qu'il ne boit pas, se rince la bouche avec le liquide ambré, et va s'étaler dans un fauteuil.

Sheila croit sentir un parfum, une odeur inhabituelle, qui n'a rien à voir avec l'eau de Cologne dont il s'asperge tous les matins.

Il refuse de manger, et s'endort dans le fauteuil puis, vers 1 heure du matin, avale un grand verre d'alcool et se couche.

Tout au bout du lit, Sheila est recroquevillée dans sa peur. Il a encore tué, elle le devine. La nausée lui prend la gorge, elle voudrait se lever, fuir, courir au-dehors, mais il la rattraperait, car il ne dort jamais vraiment. Le moindre bruit le met en alerte, comme les fauves. Et il sent les choses comme eux.

— Qu'est-ce que t'as, Sheila ? T'es malade ?

— J'ai mal au cœur.

— T'es jamais malade! Qu'est-ce que ça veut dire?

Vite vite! Sheila invente une histoire presque vraie.

— Le patron nous a fait cadeau de boîtes de gâteaux, des invendus, on les a mangés avec les copines, c'est pas passé.

C'est gagné, il éclate de rire, se retourne pour dormir en se moquant d'elle:

— Va dormir la tête dans le lavabo!

Sheila les a bien mangés ces gâteaux. Ils n'étaient pas très frais, mais son estomac de pauvre en a vu d'autres. Heureusement, d'ailleurs, car elle est incapable d'inventer une histoire qui se tienne. Si Trevor lui dit: « J'ai passé la nuit avec toi, t'as que ça à dire aux flics! », elle peut, parce qu'elle obéit. Mais inventer, mentir d'elle-même, surtout avec cette peur qui lui retourne l'estomac, ce n'est pas possible pour elle.

Le lendemain matin, il dort encore lorsqu'elle part travailler. Sheila est restée dans la salle de bains durant six heures d'affilée, à trembler, à pleurer, à vomir. Il ne s'en est pas soucié. Les gâteaux étaient pourris, l'explication lui a suffi.

En partant, Sheila entend:

— Ramène-moi le journal!

Sheila descend l'escalier de l'hôtel meublé, les jambes flageolantes, la bouche amère et les yeux gonflés. Elle approche du kiosque, elle regarde les images.

C'est l'instant. L'instant mystérieux où quelque chose se déclenche enfin dans la tête de la pauvre Sheila. Dehors, dans le brouillard de ce petit matin, elle est supposée ramener le journal et le petit pain qui accompagnera le café de l'assassin. C'est ce qu'elle fait tous les jours, esclave consentante et soumise d'un maître méprisable.

Le journal raconte l'histoire d'une jeune fille disparue, qui s'appelait Sharon, et avait seize ans. Une écolière blonde avec un petit nez en trompette, un joli sourire sur une photo de communiante que ses parents ont confiée aux journalistes.

Sheila lit avec difficulté, l'école n'était pas pour elle lorsqu'elle avait seize ans. Mais les grosses lettres, les grands titres simples, elle les prend comme tout le monde en plein dans les yeux : « Sharon n'est pas rentrée du collège, on a retrouvé son cartable sur un banc. »

Elle n'a pas besoin d'essayer de lire la suite. Pas besoin de regarder la deuxième photo d'un chemin sinistre au bord du canal.

Cette fois, enfin, Sheila prend le trottoir de droite, celui qui mène au poste de police.

Elle ne ramènera pas le journal ce matin à celui qui a fait ça. Elle ne le regardera pas avaler son petit pain, boire son café, examiner ce journal, et dire encore une fois :

— Si je pouvais mettre la main sur cette salope de Clara !

Pris dans son lit, l'assassin n'a fait aucune difficulté pour avouer. Absolument aucune. Comme s'il n'attendait que l'occasion de pouvoir raconter les horreurs dont il est capable.

Cette fois il avait suivi la jeune Sharon dans une rue déserte le long du canal. Il l'a étranglée, et, comme elle se débattait, il l'a tuée avec un tournevis. Ce même tournevis qui lui sert d'habitude à forcer les portières de voitures pour y voler les radios. Ensuite, il l'a déshabillée, il l'a mordue, et jetée dans le canal.

Son troisième crime en deux ans. Il explique avec véhémence et une certaine complaisance qu'il hait les femmes à un point tel qu'il ressent le besoin de les torturer. À cause de Clara, la fiancée perdue qui ne l'a pas attendu pendant qu'il était en prison. Celle qu'il n'a pas retrouvée, et a échappé à la mort. Celle qui s'était dit : « Il n'est pas normal. Chaque fois que je dis bonjour à un homme, il me gifle. Profitons-en pendant qu'il n'est pas là. »

Sheila, la pauvre esclave terrorisée, n'a été sauvée de l'accusation de complicité de meurtre et recel que grâce à l'examen de son quotient intellectuel. À vingt-huit ans, Sheila avait dix ans d'âge mental. Une orpheline, à la limite de la débilité, une pauvre fille sans langage, sans éducation, sans famille, sans ami, juste bonne à empiler les boîtes de conserve, dont Trevor Ashley avait fait sa domestique, son chien de compagnie. L'être qui ne juge pas. La fidélité sans question.

Le jury a renvoyé Sheila à sa triste vie. La petite lumière qui s'est allumée ce jour-là dans sa tête, l'instant où la peur lui a fait faire demi-tour, sa décision, en fait, est demeurée mystérieuse. Pourquoi cette fois-là et pas avant ?

Elle a dit :

— Je sais pas. Je sais pas.

SÉRIES NOIRES

La « mort subite du nourrisson » : terrible sujet de colloques, terrible mystère durant des années. Les partisans du sommeil des nouveau-nés couchés sur le ventre et ceux qui préconisaient le sommeil sur le dos s'affrontaient. Aujourd'hui on y voit plus clair et les statistiques s'améliorent, heureusement.

La Plymouth 1960 fonce à tombeau ouvert sur la route. Presque aussitôt, on entend la sirène d'un motard de la police qui prend le chauffard en chasse. Mais le conducteur de la Plymouth ne veut pas comprendre malgré les appels de phare et appuie sur l'accélérateur. La course poursuite dure encore sur deux kilomètres jusqu'à ce que le policier, par une habile queue de poisson, parvienne à bloquer le véhicule et l'oblige à se garer sur le bas-côté. Le policier dégaine son revolver, descend de sa moto et se précipite vers la portière du conducteur. À l'intérieur, une jeune femme en larmes ne lui laisse pas le temps de parler :

— Vite, aidez-moi, mon bébé, il va mourir, c'est pour ça que je ne voulais pas m'arrêter. J'essaie d'arriver à temps aux urgences de l'hôpital de Skenkady !

Le policier voit effectivement, à la place du passager, un nourrisson qui ne doit pas avoir plus de quelques jours. Il est déjà bleu et il n'y a pas une minute à perdre :

— Bon, je vous ouvre la route. Tout va bien se passer.

Quelques instants plus tard, c'est la Plymouth qui suit la moto, toujours à très grande vitesse. Mais, cette fois-ci, la sirène du motard est là pour ouvrir la voie...

La jeune maman se nomme Ulma Wenders. Elle arrive hélas trop tard et, aux « urgences », on ne peut que constater le décès du petit ange, une petite fille qui aurait dû répondre un jour au joli nom de Rosella. Rosella est montée au ciel. Ulma doit recevoir les soins du psychiatre de l'hôpital. On appelle Herbert Wendels, le père, qui viendra depuis son travail et repartira avec son épouse.

À l'autre bout du continent, la même scène se répète, presque exactement, ici ou là. Aujourd'hui, c'est une autre jeune maman, Bessie Poulright, qui vient d'apporter son bébé évanoui au service des urgences de l'hôpital de Santa Fe. Elle a plus de chance qu'Ulma Wenders car les médecins parviennent à réanimer le petit Edwin et, après l'avoir gardé en observation vingt-quatre heures, ils ont la fierté et la joie de voir la mère et l'enfant repartir. Tout est bien qui finit bien.

Hélas, quatre jours plus tard, Bessie Poulright et son mari Charles, accablés, font part de leur désespoir à leurs parents et amis. Décidément le petit Edwin était voué à un court destin. Il vient de mourir, comme ça, subitement, dans son berceau. Le médecin, appelé, ne peut rien faire :

— Un arrêt du cœur ! Inexplicable ! Cela arrive parfois. Je dirais même trop souvent. Pour l'instant, aucune hypothèse n'est vraiment reconnue comme valable...

Nous sommes dans les années 1960, ne l'oublions pas.

Au fil des semaines et des mois, d'autres petits bouts de chou, que leurs mamans ont laissés sagement endormis dans leur berceau, sont retrouvés morts, sans qu'on puisse expliquer la raison de cet arrêt cardiaque.

Dans l'Amérique des années 1960, fille de pionniers religieux et fatalistes, on estime que Dieu peut reprendre ce qu'il vous a donné. Dans le pays des familles nombreuses et chrétiennes, on est habitué à voir un certain nombre de bébés se révéler incapables de survivre malgré les soins attentifs des parents... Seuls quelques chercheurs se posent vraiment la question :

— Pourquoi le cœur de ces bébés s'arrête-t-il alors qu'ils ne souffrent d'aucune malformation ?

Ulma, une fois surmonté le chagrin de la mort de Rosella, se trouve à nouveau enceinte. La joie revient au foyer des Wenders. On fait le choix des prénoms :

— Si c'est une fille je voudrais l'appeler Rosella, comme sa sœur !

— Je ne suis pas certain que cela soit une bonne idée. Il paraît que les enfants qui se trouvent dans cette situation ont des enfances difficiles. Ils grandissent dans l'idée qu'ils doivent remplacer un frère ou une sœur. Ce frère ou cette sœur, disparu au bout de quelques mois à peine, est souvent doté dans l'esprit de ses parents de toutes les qualités du monde. Le malheureux ou la malheureuse « substitut » n'arrive pas à affronter cette concurrence unilatérale et injuste. Les absents ont toujours tort mais les bébés morts trop tôt auraient toujours été parfaits...

Après Rosella Wenders, la petite fille qu'Ulma met au monde ne portera donc pas le prénom de sa sœur. Elle est bien vivante et ce sera Winifred. Si Dieu lui prête vie. Car, avant la fin de l'année, Winifred, comme Rosella, rejoint le paradis des petits anges. Les médecins ont du mal à calmer les larmes des Wenders.

— Est-ce que nous sommes maudits ? Dites-nous, docteur. Est-ce que nous souffrons d'une incompatibilité génétique ? Enfin, vous vous rendez compte...

— Ayez confiance en Dieu. Il finira pas bénir votre union et votre prochain enfant arrivera certainement jusqu'à l'âge adulte. Il faut du courage, et tout ira bien.

Ulma et son mari se laissent convaincre car elle attend, dans les mois suivants, une nouvelle naissance. Le père croise les doigts. Tous les parents et amis encouragent le couple :

— Rosella et Winifred sont au paradis. Elles doivent veiller sur celui qui va venir. Il ne lui arrivera rien !

Quand Jeremy Wenders vient au monde, Ulma dit à son mari :

— C'est un garçon, il aura peut-être plus de chance que ses sœurs. Et puis, tu sais, c'est vrai que pendant les premiers jours de Rosella et de Winifred je devais couver quelque chose. Je me sentais patraque, un peu déprimée. Aujourd'hui, c'est différent. Jeremy vivra !

— Et non seulement il vivra mais nous lui donnerons au moins deux autres frères ou sœurs. Nous ne nous laisserons pas abattre par le destin.

C'est à peu près à la même époque que Bessie et Charles Poulright, qui ont eu la chance de mettre au monde un deuxième enfant, une fillette prénommée Graziella, sont à nouveau frappés par la fatalité : Graziella meurt de la mort subite du nourrisson. Certificat de décès. Courte cérémonie au temple méthodiste. Une petite dalle de pierre grise dans l'herbe verte du cimetière. À côté de celle du petit Edwin.

Une autre petite pierre tombale, dans un autre cimetière sera très bientôt gravée. Elle porte le nom de Jeremy Wenders. Encore un ange qui va grossir l'armée des saints innocents.

Ainsi deux familles, les Wenders et les Poulright, vivant à des milliers de kilomètres l'une de l'autre connaissent le même drame : la mort subite du nourrisson. Les Poulright sont des ouvriers modestes. Les Wenders vivent du revenu d'une supérette. Des gens qui devraient être sans histoire. Les gens heureux n'ont d'ailleurs pas d'histoire, c'est bien connu.

Et justement les Wenders et les Poulright vont avoir une histoire. Pratiquement la même. Ulma et Herbert Wenders, après avoir perdu Rosella, Winnifred et Jeremy, vont, pratiquement dans les mêmes circonstances, perdre encore deux nouveaux enfants, deux nourrissons : Kathleen et Walter.

L'Amérique adore tout ce qui sort de l'ordinaire. Les coups de chance incroyables, les coups de malchance inouïs. Au bureau du *Skenkady News*, l'examen de rubrique nécrologique attire l'attention d'un journaliste qui a la mémoire des noms :

— Dites donc, c'est bizarre, cet avis de décès : « Dieu a voulu rappeler à lui notre petit Walter âgé de deux mois et douze jours. Il est allé rejoindre ses frères et sœurs Rosella, Winifred, Jeremy et Kathleen au Paradis des âmes innocentes. Priez pour eux et que la volonté de Dieu soit faite ! » C'est vraiment une famille qui a la poisse. Tous leurs enfants ont l'air d'être morts en bas âge, puisqu'ils disent « au Paradis des âmes innocentes ». J'ai envie de faire un papier sur eux.

— On pourrait peut-être leur foutre la paix, à ces malheureux.

— Oui, mais tout de même, j'aimerais en savoir davantage. Est-ce qu'ils ont d'autres enfants ? Est-ce que les choses se passent mieux chez d'autres couples de la famille ?...

Quand le *Skenkady News* découvre que les cinq enfants des Wenders sont tous morts de la « mort subite du nourrisson », le couple fait, à son corps défendant, la « une » de ce journal très local. Mais la nouvelle est reprise par les quotidiens de l'État, l'Illinois. Puis les Wenders deviennent, sans même le savoir, le sujet d'une rubrique dans une revue médicale. Après tout, dans cette série de morts toutes semblables d'enfants issus du même père et de la même mère, peut-être va-t-on découvrir un élément qui permettrait de faire avancer la science ? De sauver d'autres innocents de cette mort inattendue ?

— Ça serait intéressant de savoir si les Wenders détiennent le record dans cette sinistre spécialité. Il y a peut-être, quelque part aux États-Unis ou même dans le monde, une famille qui a subi une série semblable. Pire peut-être.

En cherchant bien, on finit par trouver ces tristes héros de la malchance, Bessie et Charles Poulright. Ulma et Herbert Wenders, après leurs cinq essais infructueux, ont renoncé à donner à nouveau le jour à un autre bébé marqué par le destin. Les Poulright, eux, ont eu plus de constance. Et plus de malchance. Car après la disparition d'Edwin et Graziella, la main implacable de Dieu va s'obstiner à leur arracher successivement Monica, Valérie et Hector. Mais Bessie et Charles, d'après les archives de l'hôpital de Santa Fe, sont vraiment marqués par le destin. Car ils ont déjà perdu, depuis 1949, Benjamin, Alma, Suzan, Michael et son jumeau Andrew.

Du coup les Wenders sont relégués au deuxième rang. Les Poulright sont pratiquement champions du monde des « morts subites ». Ils vont sans doute entrer dans le *Livre des records*. Dès que l'Amérique connaît leur existence et l'acharnement du malheur sur eux, un courrier énorme leur parvient. Des lettres et des chèques de consolation, des jouets en peluche pour qu'ils puissent aller les déposer sur les tombes des petits Poulright qui n'ont pas eu de destin. Des recettes raisonnables ou farfelues pour combattre leur incroyable continuité dans le malheur. Charles et Bessie restent égaux à eux-mêmes, modestes et résignés. D'ailleurs eux aussi, comme les Wenders, ont depuis longtemps renoncé aux joies de la famille. Ils vont vieillir sans enfants, sans petits-enfants, sans postérité. C'est la vie.

Leur seule consolation est, si l'on peut dire, d'être entrés dans la petite histoire des États-Unis. Par la porte du cimetière...

Mais le corps médical s'intéresse de plus en plus à la « mort subite du nourrisson ». Les Poulright sont comme un « signal » de détresse. Un exemple sinistre d'une fatalité qu'il faut combattre. Car, la statistique aidant, on comprend que ce malheur frappe beaucoup plus de couples qu'on n'avait pu le pressentir. Miracle de la statistique et de l'informatique.

Les Poulright vieillissent entourés de la commisération de leurs concitoyens. Pendant ce temps-là, les pédiatres discutent ferme. Jusqu'au jour où un spécialiste lance :

— Moi, je dis qu'il est statistiquement impossible qu'un couple voie disparaître dix de ses enfants par la mort subite du nourrisson. Ces morts ne peuvent pas être normales, ou alors c'est que nous vivons dans un univers surréaliste.

Du coup, les policiers emboîtent le pas des pédiatres et viennent jusque chez les Poulright pour leur poser quelques questions sur leur incroyable série de malheurs.

C'est Bessie qui leur ouvre la porte. Aujourd'hui elle va fêter ses soixante-dix ans. Ses cheveux blancs lui donnent l'air d'une gentille grand-mère. Dans le salon, Charles, lui aussi, a l'air du « papy gâteau » d'un conte de fées. Au bout d'une demi-heure de conversation, Bessie, d'un air las, finit par en convenir :

— Oui, je me souviens d'avoir étouffé au moins quatre de nos enfants. Pour les autres, je ne sais plus trop bien si c'est Charles ou moi.

Les psychiatres de la prison où ils finiront peut-être leurs jours expliquent qu'ils se sont livrés à cette série d'infanticides dans le désir « inconscient » d'attirer l'attention et la compassion des gens de leur entourage.

Ulma Wenders a été convoquée, elle aussi, pour expliquer ce qui s'est passé dans les premières années de son mariage.

DIVORCE AU DÉCOLLAGE

Sur l'aérodrome de Big Bear, station de montagne touristique à 120 kilomètres de Los Angeles, le piper vert et blanc demeure immobile, moteur tournant. La tour s'énerve.

— Dégagez, bon sang !

Il y a un léger grésillement sur la ligne, puis le contrôleur entend :

— D'abord, j'en ai marre ! Vraiment marre ! Tu veux divorcer ? Divorce ! Que veux-tu que je fasse ? Que je t'attache ?

Le pilote n'a pas coupé le circuit radio, et il est en train de s'engueuler avec sa femme.

— Tu ne sais même pas ce que ça veut dire, divorcer! Ça veut dire travailler, devenir indépendante! T'assumer au lieu de rêver aux mouches!

Le contrôleur rigole avec son collègue. Un type qui divorce sur la fréquence 122! Il veut que tout le monde le sache?

— Branche-le sur le général...

Ainsi tout le personnel de la tour peut entendre à loisir la voix de Peter Lork, vice-président de la Compagnie Lork, une chaîne de motels de San Diego, hurler dans son micro :

— Tu n'es qu'une gosse sans cervelle! Fous le camp avec ton joueur de tennis minable! Et que je ne te voie plus!

— Tour de contrôle à Piper Cherokee! Vous divorcez ou vous décollez? Piste 3, nom de dieu!

— Désolé...

— Confirmez destination!

— San Diego dans cinquante minutes!

— Vent favorable, attention au trafic, j'ai une douzaine de zincs en attente, meilleurs vœux de divorce, monsieur!

Il est 17 h 30 lorsque le piper décolle enfin au-dessus des montagnes de Big Bear. Peter Lork et sa femme viennent d'y passer le week-end avec leur fille Julie, huit ans. Ce dimanche soir, ils ont laissé le souvenir d'une conversation très particulière en matière de transit radio. Il y aurait matière à plaisanter, si le piper atterrissait comme prévu cinquante minutes plus tard à San Diego.

Or ce n'est pas le cas. Aucune nouvelle de l'avion, ni le dimanche soir, ni le lundi, et les recherches entreprises sur la demande de M. Fred Lork, le père du pilote, ne donnent aucun indice.

Fred Lork, soixante ans, symbole du manager américain, n'a jamais décroché des affaires. Et c'est lui qui a offert à son fils, tout récemment, le piper Cherokee vert et blanc disparu du ciel de Californie.

L'avion est neuf, il volait par beau temps : que s'est-il passé ?

Fred Lork senior loue un hélicoptère pour effectuer des recherches personnellement. On lui a rapporté la conversation de son fils et de sa belle-fille au moment du décollage, et cela l'a énormément surpris. À sa connaissance, le ménage n'avait pas de problèmes. L'hypothèse demeure cependant que le couple se soit disputé violemment en cours de vol, et que le pilote ait fait une fausse manœuvre. Il n'a pas signalé de changement de fréquence, comme il aurait dû le faire dix minutes après le décollage, il n'a lancé aucun appel au secours. Mais la région qu'il survolait est particulièrement sauvage, des ravins, des collines entières de forêts, et s'il s'est crashé quelque part dans cette région, il est hors de vue des avions d'observation.

Fred Lork ne croit pas à cette histoire de bagarre, il envisage une panne mécanique. Il craint que son fils, sa bru et sa petite-fille soient blessés quelque part, sans secours, et il réclame deux choses : de doubler les avions de recherche, et d'interdire tout commentaire aux journalistes.

Le soir du deuxième jour des recherches, aucun avion n'ayant repéré d'épave dans cette région trop forestière, Fred Lork décide d'organiser une expédition à pied. Les spécialistes sont d'accord sur un point : puisque le pilote n'a pas signalé son changement de fréquence à dix minutes du décollage, le problème a eu lieu durant ces dix minutes. La caravane de secours prend donc la même direction au sol que le cap de l'avion, sur une distance égale à celle parcourue en vitesse normale par un piper.

Deux mille six cents mètres d'altitude en moyenne dans ces montagnes, une température la nuit avoisinant 0 degré, une couverture de sapins si drue qu'on distingue à peine le ciel. Fred Lork est certain que le piper vert et blanc est quelque part sur ce trajet, dissimulé par les arbres.

Et il a raison. À l'heure où la caravane se met en marche, composée de six hommes et menée par Fred Lork lui-même, le piper de son fils s'est littéralement intégré au paysage. Le nez enfoncé dans le sol, les deux ailes brisées, et la queue vers le ciel, il est totalement invisible du ciel.

À l'intérieur de la carlingue, Peter, prisonnier de l'épave. À l'extérieur, Laurie sa femme, qui a été éjectée au moment du choc. Sa tête repose contre un tronc de sapin, elle a les yeux clos. Entre l'avion et le corps de sa mère, Julie, huit ans, assise en tailleur, enroulée dans une couverture. Elle fait tout ce qu'elle peut pour ne pas avoir peur.

— Si tu t'endors, maman, tu vas prendre froid, c'est toi qui l'as dit. Parle-moi, maman... ou alors je retourne dans l'avion avec papa.

— Julie, reste tranquille! Tu as assez fatigué ton père, il est gravement blessé! Tu peux comprendre?

— Il a la jambe cassée mais ça l'empêche pas de parler... Je veux lui parler, maman...

— Essaie plutôt de sortir ma valise.

— J'y arrive pas, c'est coincé.

— Prends les outils de papa, essaie encore. Si tu y arrives, on pourra faire du feu. J'ai des pull-overs et de l'aspirine... J'ai tellement mal...

Personne n'est mort mais, depuis quarante-huit heures, la situation n'a pas changé pour les blessés. Peter ne peut pas sortir de la carlingue, sa jambe est brisée, ainsi que son épaule droite. Julie l'a aidé à improviser des attelles. La mère suppose qu'elle a une fracture du bassin, il lui est impossible de changer de position. Julie a des bleus et des coupures légères, rien d'autre, et l'avion n'a pas pris feu, ce qui est un miracle.

Outre la douleur, leur première préoccupation est le froid. Les bagages sont coincés dans le compartiment sur le côté de la carlingue et inaccessibles, sauf en y grimpant comme un singe et en utilisant un tournevis, ce que Julie tente de faire sans y parvenir.

La première nuit a été la plus dure pour l'enfant. Sa mère était inconsciente, son père aussi, elle les a crus morts. À l'aube du lundi, sa mère a repris connaissance, mais, paralysée, elle n'a pu que guider Julie dans l'examen de son père. Lorsqu'il a ouvert les yeux, Julie lui a fait avaler du café d'un Thermos. Puis elle est allée chercher des bouts de bois, elle a déchiré la chemise en lanières pour confectionner les attelles, maman donnait les indications de loin.

Ensuite, la nuit venant, Julie s'est pelotonnée contre son père, après avoir recouvert le corps de sa mère de tous les vêtements disponibles : écharpe, veste de fourrure, et un morceau de carlingue pour l'isoler du froid.

Le lendemain les blessés sont passés régulièrement d'un état comateux à un éveil douloureux. Et ce n'est que dans la nuit du mardi que Julie s'est mise à discuter.

— Pourquoi tu veux divorcer, maman ?

— Julie, ce n'est pas le moment.

— Si ! On peut jamais parler alors ! C'est qui, le joueur de tennis ? Pourquoi t'es une gamine sans cervelle ?

Difficile de la faire taire, car Julie a vécu un instant crucial dans cet avion. Sa mère criait :

— Je ne t'ai trompé avec personne ! J'aurais peut-être dû ! Ça ne change rien. Tu ne t'occupes que de tes affaires, jamais de moi. Je suis la gourde, l'imbécile, la potiche de salon !

Et son père criait :

— Et ce week-end alors ? Qu'est-ce que tu veux de plus ? Qu'on te berce le soir ?

— Par exemple ! Et qu'on se parle ! Et qu'on déjeune ensemble, qu'on dorme ensemble ! J'en ai marre que tu sois à des kilomètres !

Combien de minutes, cinq-six minutes d'engueulades de ce genre, de reproches amers, du genre : « Tu n'as jamais voulu que je travaille... »

— Tu n'es même pas capable d'élever ta fille !

— Ma fille ? C'est la tienne !

— Elle est insupportable, mal élevée ! Elle se mêle de tout.

C'est vrai, Julie se mêle de tout. Papa a giflé maman, qui s'est rebiffée, et Julie sur le siège arrière a défait sa ceinture pour se jeter entre eux.

Hélas, l'avion était trop bas. En quelques secondes de bagarre désordonnée, le piper a plongé dans les sapins. Voilà ce que Julie a fait. Elle a failli régler définitivement le problème du divorce en faisant mourir tout le monde.

Mais, miracle, ils sont là, toujours vivants, et Julie choquée, morte de peur, ne cesse de jouer les redresseuses de torts, car elle se sent coupable évidemment. Elle parle, elle discute, elle s'est armée d'un tournevis et d'une clé à molette, et elle s'acharne à décoincer la porte du compartiment à bagages, sans cesser de donner son avis sur la situation. « Si tu laisses maman divorcer, où je vais, moi ? Mes copines, elles ont toutes des parents divorcés, elles disent que les parents divorcent pour embêter les enfants ! Tu m'aimes, papa ?

— Évidemment.

— Et maman, tu l'aimes ?

— Julie, ça ne te regarde pas ! Arrête ! Je t'en supplie, ma fille, tu es la seule à pouvoir faire quelque chose en ce moment, ouvre cette fichue porte, trouve mon sac, il y a des médicaments à l'intérieur !

Le troisième jour, Julie a réussi à décrocher la lune. La valise de maman, le sac de voyage de papa. Elle a distribué des comprimés pour la migraine, enfilé les pull-overs à chacun, allumé un feu avec le briquet de sa mère, trouvé les cigarettes, grignoté les bonbons, et elle a fini par tomber de sommeil après une journée de travail physique intense, et de psychothérapie de couple :

— S'il te plaît, papa, divorce pas, et je ne nous ferai plus tomber... je te promets...

Le mercredi matin, un hélicoptère aperçoit enfin une légère fumée au milieu des sapins, la caravane est à 7 kilomètres de l'accident, mais dans le mauvais axe. Fred Lork rectifie la direction en fonction des indications de l'hélicoptère et, trois heures plus tard, atteint enfin le lieu de l'accident.

Brutalement réveillée, Julie saute au cou de grand-père. Tout le monde pleure, sauf elle. Solennellement elle avoue :

— Papy, c'est moi qui ai fait tomber l'avion. T'es fâché ?

Julie Lork, malgré les souhaits de son grand-père, n'a pas échappé aux journalistes. Elle est apparue dans la presse locale, blonde, des yeux marron de petit singe déluré, un front haut et volontaire. Elle est évidemment devenue la vedette de cette histoire tragique.

Son père a dû être opéré à trois reprises avant d'espérer retrouver l'usage de sa jambe. Sa mère souffrait de complications multiples, après une mauvaise fracture de la colonne vertébrale. Elle a failli mourir d'une congestion pulmonaire.

Et l'assurance a refusé de payer puisque l'enfant n'était pas attachée sur son siège au moment de l'accident et que c'est elle qui avait provoqué le crash.

À une journaliste féminine de la télévision, Julie a déclaré avec son air insupportable de mademoiselle « je me mêle de tout » :

— Ils disent que c'est ma faute, oui, mais papa volait trop bas, c'est maman qui l'a dit.

Ils ont dû finir par divorcer, ces deux-là.

UN BOUT DE PAPIER

L'amour, le grand amour, l'amour fou. C'est le sujet de 90 % de la littérature mondiale, y compris la Bible. Qu'est-ce que l'amour ? Le don de soi, la possession de l'autre, la folie, la douceur tranquille, les grands serments, les petites concessions, les illusions, les bonnes et les mauvaises surprises.

Hermin Grauberish est en prison. Condamné à la détention à vie pour le meurtre de son épouse. Elle a absorbé un produit vétérinaire très toxique. Sa mort aurait dû rapporter 50 000 marks. Le paiement d'une assurance que la pauvre défunte Wilma Grauberish avait souscrite au bénéfice de son mari. Hermin a beau protester de son innocence, affirmer qu'il ignorait tout de l'assurance, il se retrouve derrière les barreaux pour le restant de ses jours. Ou presque...

Hermin Grauberish, trente-neuf ans, aurait tout pour être heureux. Il est marié et père de famille. Sa femme l'adore. Lui est vétérinaire : c'est un homme bâti en armoire à glace, le teint rouge et la main carrée. Il est toujours sur la route, préoccupé d'arriver à temps pour aider une vache à vêler, pour soigner une épidémie chez une famille de porcs ou pour soulager des poulets saisis par la pépie.

Hermin Grauberish est donc un homme qui parcourt de nombreux kilomètres chaque jour ouvrable dans les charmants paysages du sud de la Bavière.

C'est ainsi qu'il débarque un jour chez Violetta Beengist, une belle fermière de quarante ans qui vient de le joindre par téléphone. Quand Hermin parvient chez elle, au fond de la forêt, le temps est épouvantable. Violetta l'attend sur le seuil de l'étable et le ciré vert dont elle est vêtue met particulièrement en valeur son teint de rousse et sa chevelure flamboyante.

— Ah! vous voilà enfin. Je désespérais de vous voir. Il fait si mauvais avec cet orage. C'est même de la tempête!

— Madame, vous me connaissez mal. Si je vous dis que je viendrai, vous pouvez compter sur moi...

Violetta Beengist, la fermière rousse, pousse un soupir :

— Ah là là! De nos jours, un homme sur qui l'on puisse compter, cela devient si rare. Je n'en ai pas vu l'ombre d'un seul depuis des années...

— Mais votre mari? Car je suppose que vous n'êtes pas seule à la tête d'une exploitation de cette taille...

Violetta Beengist a un petit sourire triste :

— Mon mari, le pauvre Herbert, il est mort depuis six ans. Il a été écrasé par son tracteur. Vous n'étiez pas au courant?

— Il y a six ans, je n'étais pas encore installé dans la région. J'arrive de la Poméranie. Mon épouse ne supportait plus le climat. Elle a toujours été fragile et très nerveuse...

— Ah! parce que vous êtes marié. Évidemment, un homme comme vous, à votre âge, dans votre métier, on imagine mal que vous soyez encore célibataire. À la campagne, ce serait un peu trop dur. Vous avez des enfants?

— Malheureusement non. Nous avons tout essayé. Dès que mon épouse sera remise sur pied, nous songeons à adopter un ou deux orphelins.

— Moi j'ai un grand fils. Mais il a déjà vingt-deux ans et je pense qu'un jour il voudra voler de ses propres ailes. J'en serai réduite à engager un ouvrier agricole. C'est la grande loterie : Dieu sait sur qui l'on peut tomber.

La nuit est déjà tombée. Violetta propose à Hermin de partager son repas du soir. Le vétérinaire est bien tenté : l'odeur du pot-au-feu le fait saliver. Il y a si longtemps que son épouse, Wilma, n'a plus le courage de lui mitonner de bons petits plats. Mais non il faut qu'il rejoigne Mme Grauberish qui doit être réfugiée au coin du feu, frileusement enveloppée dans un plaid. Ce soir, on se contentera d'un plat surgelé passé au micro-ondes.

Alors Hermin reprend la route malgré la pluie violente, les branches cassées qui encombrent les routes, les coulées de boue. Hermin rejoint son foyer. Wilma, l'épouse dolente, l'accueille avec un murmure plaintif. Hermin essaie de lui remonter le moral :

— Aujourd'hui, j'ai eu du mal sur la route mais j'ai réussi à accoucher une splendide vache frisonne. La mère et l'enfant se portent bien. Ouf ! une bonne douche et on passe à table. Du poisson à la moutarde, ça te dit ? Avec de la tarte aux prunes. Hein ?

— Oh ! tu sais, moi, je n'ai d'appétit pour rien... Fais à ton idée. Ce sera bien.

Ce soir-là, en se glissant entre les draps du lit conjugal, Hermin remarque :

— Tu as les pieds et les mains gelés. Je vais faire venir le docteur Hertbinger.

— Oh, tu sais, pour ce qu'il pourra faire ! Me donner encore des cachets qui me brûlent l'estomac. Mon pauvre Hermin, tu as épousé une souffreteuse. D'ailleurs c'est de famille : souviens-toi de ma grand-mère, Albertine. Toujours malade, pendant cinquante ans...

Hermin songe à la rousse fermière, Violetta comment, déjà ?... Violetta Beengist. Ce n'est pas elle qui doit avoir les pieds glacés et des humeurs déliquescentes... « D'ici un ou deux jours, je lui téléphonerai... pour lui demander des nouvelles de Bellina, la vache frisonne, et de son veau. »

Bellina, justement, inquiète un peu Violetta Beengist. Elle serait heureuse si Hermin pouvait venir faire un saut pour l'examiner. Surtout qu'aujourd'hui il fait beau. Elle paiera la consultation, bien sûr...

Et c'est ainsi que Hermin Grauberish et Violetta Beengist deviennent amants. Ils ne se faisaient aucune illusion. Dès le premier regard, ils avaient compris que leur destin était scellé. Wilma, toujours aussi dolente, continuellement frigorifiée, éternellement enfouie sous un plaid près du feu de la cheminée, n'est pas complètement inconsciente. Elle remarque des coups de fil mystérieux. Quand Hermin raccroche, une expression heureuse toute nouvelle illumine son regard. Jamais l'annonce d'une fièvre porcine ni celle d'une épidémie de poulailler ne l'a réjoui à ce point-là.

— Tu repars tout de suite ? Ça ne peut pas attendre demain ? Tu en as pour longtemps ? Tu vas de quel côté ?

Bizarrement, ces catastrophes vétérinaires qui mobilisent Hermin tard le soir se situent toujours dans un rayon de vingt kilomètres... Et, malgré la courte distance, Hermin rentre de plus en plus tard dans la nuit. Le visage rayonnant de bonheur. Un bonheur qui n'a rien à voir avec la satisfaction du vétérinaire qui vient de tirer d'affaire trois brebis ou cinq cochons. Wilma comprend qu'il y a anguille sous roche. Peu importe qu'elle soit blonde ou brune. Il y a dans un secteur de vingt kilomètres une femme en bonne santé. Wilma broie du noir : « Comment cela va-t-il finir ? Je n'ai aucune chance de m'en sortir. Jamais je ne pourrai me retrouver suffisamment en forme pour lutter contre l'intruse. Au fond, Hermin ne doit avoir qu'une idée en tête : me voir disparaître. Et le plus vite possible pour pouvoir enfin refaire sa vie. Si j'avais pu croire qu'il soit le genre d'homme à me trahir. Nous nous sommes mariés pour le meilleur et pour le pire. Il pourrait au moins attendre que je disparaisse. Mais non, quand je vois l'étincelle du bonheur au fond de ses yeux, je sens qu'il compte les heures qui le séparent de la liberté... Eh bien, tu la veux la liberté, tu vas l'avoir... »

Un soir, en rentrant d'une journée harassante, Hermin tente de prendre un ton joyeux pour appeler sa femme. Après tout, il sait ce qui l'attend : une mine défaite et des jérémiades, toujours les mêmes. Wilma ne lui annonce jamais qu'elle a réussi à faire quelque chose : elle se contente de faire la liste des actions qu'elle n'a pas pu accomplir ou des catastrophes qu'elle a occasionnées par maladresse, par faiblesse, par inadvertance... Puis elle se déchaîne en reproches. Elle hurle avec une force étonnante pour une femme si affaiblie :

— Oui, ne mens pas, je sais d'où tu viens ! Je sais que tu as une maîtresse. L'autre jour, j'ai fait la touche « Bis » sur le téléphone de ton bureau pour voir à qui s'adressait ton dernier appel. Tu m'avais dit que tu allais consulter ton collègue Wurmser. Mais au bout du fil j'ai eu une femme, une femme jeune encore. Rien à voir avec le vieux Wurmser. Je ne suis pas idiote ! Tu me trompes, tu profites de mon état de santé. Mais tu ne l'emporteras pas au Paradis...

Pour l'instant Hermin essaie de prendre l'air le plus naturel possible :

— Wilma ! Wilma ? Je suis là ! Où es-tu ?

Mais ce soir la maison semble plus sinistre encore qu'à l'habitude. Hermin soudain remarque que Grussli, leur berger allemand, attaché à sa chaîne dans la cour de la ferme, est en train de hurler à la mort. Il sent un terrible pincement au cœur.

Wilma est là, un peu tassée dans le grand fauteuil, le plaid sur les genoux. Elle a dû mourir en buvant un verre d'orangeade car le verre s'est brisé sur le sol. Il n'y a plus rien à faire qu'à appeler le médecin.

Hermin dit, l'air contrit :

— Cela devait arriver, depuis des années, elle se laissait aller. On aurait dit qu'elle en avait assez de l'existence. Une sorte de maladie de langueur comme on disait autrefois. Mais enfin, quand même, si je m'attendais... à quarante-sept ans. Elle avait la vie devant elle.

Le médecin légiste fronce les sourcils :

— En définitive, souffrait-elle d'une affection précise ? Avait-elle un traitement précis ? Était-elle suivie par un spécialiste ?

— Non, rien de tout ça, des états de faiblesse, un manque d'énergie. On lui donnait des vitamines, des remontants, des antidépresseurs...

— Je suis désolé, mais, en mon âme et conscience, je vais devoir demander une autopsie de votre épouse.

— Quelle idée horrible ! Mais enfin, si cela permet de savoir de quoi elle est vraiment morte, c'est la meilleure chose à faire.

Dans les jours qui suivent, Hermin reçoit plusieurs chocs psychologiques. Le premier lui vient de la compagnie d'assurances qui lui annonce que la mort de sa femme lui permet de toucher la jolie somme de 50 000 marks. Heureuse nouvelle, bien que surprenante. Petite consolation qui lui permettra sans doute de choyer une certaine Violetta si rousse et si heureuse de vivre depuis quelques mois.

La seconde nouvelle, qui suit de très près la première, est plus sinistre : Wilma Grauberish a, sans le moindre doute, succombé à l'absorption d'un produit vétérinaire hautement toxique. Ce produit, Hermin Grauberish en possède de nombreux flacons, ce qui est normal étant donné ses activités.

L'affaire est vite jugée. On a le cadavre, le mobile, les mobiles plutôt : la prime d'assurance et la liaison avec la rousse Violetta si veuve et si disponible. Hermin se retrouve très vite en cour d'assises et tout aussi vite condamné à la perpétuité :

— Je suis innocent ! C'est une erreur judiciaire ! Même si tout semble me désigner comme le meurtrier de ma femme, j'ai la conscience tranquille : je n'ai rien à voir avec sa mort.

Les membres du jury arborent des sourires de commisération devant ces pauvres affirmations d'innocence. Vraiment, Hermin Grauberish s'est cru trop fort. Pauvre criminel naïf, comment a-t-il pu penser que la justice l'innocenterait? Les ficelles étaient trop grosses.

Violetta Beengist, quant à elle, s'en tire bien : la justice estime qu'elle est restée étrangère au meurtre et elle est laissée libre. Elle joint ses protestations à celles de son amant, condamné à vie :

— Je le connais assez bien. Oui, nous avions une liaison. Et c'est même la raison pour laquelle je peux vous dire, vous jurer qu'il est innocent. Hermin a été infidèle mais jamais il n'aurait attenté à la vie de son épouse...

Ces véhémentes protestations restent sans effet. Alors Violetta Beengist demande et obtient d'épouser Hermin dans l'enceinte de la prison. On trouve sa démarche courageuse et digne de compassion.

Maintenant que Violetta est devenue la nouvelle Mme Grauberish, elle passe une partie de son temps dans la villa de son mari, là où la malheureuse Wilma a absorbé le fatal verre d'orangeade empoisonnée.

Les soirées sont longues en attendant la visite qu'elle fera à son mari, le lendemain, derrière les murs sinistres de la prison d'Ingolstadt. Alors, pour tuer le temps et en même temps pour compléter ses connaissances en matière vétérinaire, Violetta grimpe sur un escabeau. Elle a envie de feuilleter la collection de *La Vie vétérinaire* qui figure sur l'étagère en haut de la bibliothèque. Qui sait, on peut toujours glaner un renseignement utile pour les vaches, les veaux, les cochons ou les poules...

C'est en feuilletant le volume IV de l'année 1975 qu'elle voit s'en échapper un petit bout de papier qui tombe à terre. Machinalement, Violetta le ramasse et le lit : sans doute une note, une recette pour une potion vétérinaire. Mais ce qu'elle lit lui fait l'effet d'un coup de poing en plein visage.

Il est plus de 1 heure du matin mais Violetta

n'hésite pas et compose un numéro de téléphone.
Celui de l'avocat de Hermin :

— Il faut que je vous rencontre immédiatement,
je viens de découvrir un élément qui peut prouver
l'innocence de Hermin.

— Ah, chère madame, j'aimerais pouvoir vous
croire, mais j'ai des doutes. De quoi s'agit-il exactement ?

En fait, le petit morceau de papier est un texte
manuscrit. On le reconnaîtra comme étant de la
main même de Wilma Grauberish. Une sorte de
message d'adieu qui aurait pu rester caché pendant
deux cents ans. Wilma y dit :

« Hermin chéri. Je t'aimais et je t'ai perdu pour
une autre. Je ne t'oublierai jamais mais je ne te
laisse rien. À part ce petit bout de papier. Si tu le
trouves, peut-être, c'est que Dieu aura décidé de
t'épargner le châtiment que je te réserve pour ton
infidélité. De toute manière, la vie pour moi n'offre
plus d'intérêt, alors je préfère en finir. »

Plus de doute, ce message, miraculeusement retrouvé, prouve que Wilma Grauberish s'est bien sui-
cidée et qu'elle s'était arrangée pour maquiller ce
suicide en meurtre, ce qui conduisait directement
Hermin l'infidèle en prison pour le restant de ses
jours.

Aujourd'hui, après trois ans de prison, il se retrouve libre et heureux entre les bras de la belle Violetta qui a parfois de bonnes intuitions.

LE POINT DE RUPTURE

— Madame, la vie est un tissage du quotidien.
Chaque jour vous devez refaire le même point. Le
point des enfants, le point du mari, le point du

ménage, le point de la cuisine. Surtout ne changez pas de point, ne le tricotez pas à l'envers. Évitez le point fantaisie, vos journées ne seraient plus ce qu'elles étaient. Et chacun vous en voudrait d'avoir modifié le point qui lui convient. Si vous désirez changer de quotidien, abandonner le tissage que vous fabriquez savamment et patiemment depuis des années, le risque est grand de vous retrouver seule et abandonnée, dans une existence à la maille incertaine. Vous aurez froid et peur, vous serez coupable, vous craindrez le vide du lendemain. Mais si vous le faites, alors peut-être connaîtrez-vous le bonheur.

Caroline a un gourou. Caroline est suisse, elle a découvert une secte suisse dont les membres se résument pour l'instant à deux femmes. Madame la gourou et Caroline.

Madame la gourou s'est intitulée gourou elle-même. Ex-coiffeuse, elle a décidé d'inventer une religion nouvelle, qui tient à la fois de la folie paranoïaque et du féminisme attardé.

— Madame, si vous adhérez à ma philosophie de la liberté, moyennant la modique somme de 500 francs suisses par mois, sans les stages de libération intérieure, nous fabriquerons ensemble un nouveau monde.

Madame la gourou a la soixantaine agressive. Le cheveu ras, l'œil illuminé, et le verbe sentencieux. Pour l'état civil, elle se nomme tout bêtement Suzanne, divorcée sans enfants, et son cabinet de consultation est situé dans les trente mètres carrés de son ancien salon de coiffure.

Pour le tribunal de commerce, elle a été déclarée en faillite. Pour le tribunal civil, elle perçoit une pension alimentaire. Pour le psychiatre qui vient de la laisser sortir d'un hôpital de long séjour, elle est guérie. « Stabilisée » est le terme employé. Stabilisée à quel niveau d'humeur? Grand mystère.

Bien entendu Suzanne n'est pas sortie de ce long

séjour sans biscuits. Deux ou trois pilules à prendre régulièrement, un suivi médical, mais personne n'a revu Suzanne depuis des mois, ni à l'hôpital, ni chez le médecin. La liberté l'a avalée, elle a jeté ses pilules aux orties et, en ouvrant la porte de son salon de coiffure déserté, Suzanne s'est sentie devenir indispensable au monde.

Si Caroline n'était pas entrée ce jour-là pour demander bêtement si le salon était ouvert, rien ne serait arrivé.

— Une mise en plis ? Vous n'avez pas besoin d'une mise en plis, madame, mais de la liberté comme tout le monde. Asseyez-vous et écoutez. La première consultation est gratuite. Vous voyez ce carnet de rendez-vous ? Il est plein tous les jours. Des dizaines de femmes viennent ici, des femmes comme vous, accablées par le quotidien, rongées par les soucis. Je leur redonne le goût de vivre, la certitude, l'espoir et le bonheur. Nous allons parler de vous. Uniquement de vous. Parlez, parlez, dites-moi ce qui vous rend si triste et si invisible à la clarté du monde. Je vous écoute.

Caroline parle. D'abord étonnée par le personnage, puis fascinée, elle confie sa petite vie de femme mariée, mère de famille. Une vie comme des milliers d'autres. Mariée à vingt ans, trois enfants, un chien et un époux fonctionnaire. Une petite maison, avec un petit jardin. La messe du dimanche matin, le flan au caramel, la soupe et la poularde aux navets. Les devoirs des gamins, les chemises du mari, les parquets à cirer une fois par mois, les vitres à faire tous les quinze jours, le ravitaillement hebdomadaire au supermarché, en même temps que le plein de la voiture. Et la comptabilité du ménage.

— Et votre vie, madame ? La vôtre ? À quoi ressemble votre vie à vous ? Que faites-vous pour être heureuse sur cette terre de larmes ?

Caroline ne s'est pas demandé si elle était heureuse depuis bien des années. Le bonheur? Ça ressemble à quoi, le bonheur? À des enfants bien propres, qui jouent au volley-ball, à un époux rassasié qui zappe tous les soirs sur les programmes de télévision? À un chien qui ronfle dans sa niche? À de la confiture de rhubarbe en pots bien alignés?

— Madame, le bonheur ne se cache pas dans une serpillière, il n'est pas planqué dans la marmite, il ne risque pas de surgir du panier de la ménagère. Vous avez quarante ans? Il est temps de faire le point. Analysons vos possibilités.

Suzanne la gourou fait partie de ces fous géniaux doués d'une parole persuasive et d'une apparente lucidité. Elle se sent missionnaire. Sauver les femmes, les libérer à sa manière. Casser leur vie, en faisant miroiter devant elles le fol espoir de la vie à ne rien faire d'autre que se regarder le nombril.

— Votre physique d'abord. Il est triste. Cette mise en plis que vous réclamiez, oubliez-la. Le cheveu court est la première manifestation de la liberté. Vous vous sentirez légère, sans contrainte, deux doigts pour vous peigner le matin, ça vous dit? J'en étais sûre, il suffit d'un petit coup de pouce. Vous n'êtes pas la première ni la dernière! Je reviens d'un voyage aux États-Unis, un séminaire de médecins. Là-bas au moins, les femmes savent qu'on peut les aider. Je vais vous raconter l'histoire de ma dernière patiente...

Et Suzanne la gourou, mélangeant allègrement médecine et ciseaux de coiffeur, invente. Elle a le génie de l'invention. Les histoires naissent dans sa tête, à la seconde, à la demande. Ainsi l'histoire de cette soi-disant Américaine étouffée par une vie entièrement consacrée à sa famille, et qui a retrouvé la liberté grâce à la thérapie nouvelle dite de la « mise au point ».

— Il faut toujours commencer par la mise au point. Vous comprenez, Caroline? C'est la base de tout. Lorsque vous êtes malade physiquement, le médecin commence par vous faire passer une série de tests, d'analyses, qui serviront à établir son diagnostic. Pour le bonheur, c'est la même chose...

— Mais je n'ai pas 500 francs à y consacrer !

— Ne vous inquiétez pas, la première consultation est gratuite, je vous l'ai dit. Vous comprendrez ensuite pourquoi vous pouvez, vous DEVEZ consacrer de l'argent à l'établissement de votre bonheur personnel. Votre mari, par exemple, dispose d'argent personnel ?

— Oui, c'est normal, je ne travaille pas.

— Vous ne travaillez pas ? Comment appelez-vous ce que vous faites toute la journée alors ? Du bénévolat ? Ma chère Caroline, votre cas est encore plus grave que vous ne le pensez. Vous n'avez qu'une vie, une seule et unique vie : comment pouvez-vous accepter que les autres s'en servent à votre place ? Depuis quand n'avez-vous pas voyagé ? Depuis quand n'avez-vous pas dansé ? Quand vous a-t-on offert des fleurs pour la dernière fois ? Ne répondez pas, je sais ! Vous allez me dire que vous êtes partie en vacances à la montagne ou je ne sais où, avec papa et les enfants, qu'on vous a offert des fleurs pour votre anniversaire. Je ne parle pas de ce genre d'obligations ! Je parle de la fantaisie ! Du jour qui ne ressemble pas à la veille !

Suzanne la gourou sait faire une chose, qui en soi n'a rien d'illégal : couper les cheveux. Caroline n'a plus de cheveux. Il lui reste, en sortant du salon-conseil de Suzanne, une tignasse réduite à quelques centimètres qui a le mérite de la débarrasser du problème des bouclettes, de la teinture contre les cheveux blancs, et ne craint plus la pluie.

Le mari est choqué :

— Qu'est-ce que ça veut dire ? En voilà une idée ! Tu as l'air de...

— De quoi ? Si ça me plaît, à moi ! Ce sont mes cheveux, pas les tiens ! Pour une fois que je ne te demande pas ton avis, évidemment tu critiques! Fiche-moi la paix!

C'est parti. Et c'est logique, si l'on y réfléchit un peu. Une femme qui n'a jamais pris de décision seule, qui reçoit de son époux, chaque début de mois, une enveloppe destinée à faire tourner le ménage, avec prière de justifier tout dépassement de budget. Qui n'a pas droit de vote sur la couleur de la voiture, encore moins sur le choix des vacances, pas du tout sur la destination des économies, une femme comme Caroline devait craquer un jour, se révolter plus ou moins. Mais il est bien tard, lorsqu'on a accepté pendant vingt ans ce genre de soumission, bien tard pour envoyer promener un mari stupéfait devant le nouveau visage de l'épouse indocile.

Et les enfants? Ils n'ont jamais pris de claques. Et le chien? Personne d'autre que Caroline ne lui prépare sa pâtée! Et les parquets, qui va les cirer? Et le marché, qui va le faire?

Car, au fur et à mesure des jours qui passent, le désordre s'installe dans la vie de Caroline. Plus qu'un désordre, une révolution. Les conseils de la gourou sont devenus indispensables à sa vie.

Et l'argent indispensable à la gourou. Désormais, Caroline paie chaque consultation. La mise au point a été faite, reste à envisager l'avenir, dit la gourou. Et l'avenir, c'est tout simplement le divorce.

— Larguez, larguez les amarres! Vous voulez vivre? Larguez!

En six mois, Caroline a dépensé plus d'argent pour elle qu'en vingt ans de vie commune avec son époux. C'est que la gourou participe à la nouvelle vie de sa recrue. On sort le soir, on joue au casino, on part en week-end, et voilà qu'un long voyage est organisé. Une croisière de luxe, avec soleil et palmiers garantis sur facture, pour deux personnes. Le compte en banque du mari de Caroline est au rouge vif. Le banquier déconcerté.

— Plus de 50 000 francs! Que comptez-vous faire?

« Ma femme est folle », se dit le mari. « Je vais lui interdire l'accès au compte commun. »

Mais ce n'est pas si facile à faire. Il faut pour cela justifier de sa folie. On ne dépose pas de plainte contre sa propre épouse.

Alors, le mari fait faire une enquête privée pour remonter aux sources et se retrouve devant la boutique de Suzanne. Trente mètres carrés de salon de coiffure déserts, l'unique cliente étant son épouse. La seule source de revenus de la gourou.

— Qui êtes-vous, monsieur, pour vous mêler de ma vie privée? Moi, j'aurais détourné votre femme de ses devoirs conjugaux et familiaux? Vous vous prenez pour qui? Elle est libre! Je ne lui ai rien demandé! Nous sommes amies, ça vous défrise? Je vous prive de femme de ménage? D'infirmière à domicile? Elle est heureuse et vous ne l'êtes plus? Allez-y, déposez plainte contre moi! Pour quel motif?

Aucun motif légal. Pas d'association, pas de secte, rien. Caroline est consentante, adulte et même informée de l'inexistence des centaines de femmes qui auraient suivi la « thérapie » de Suzanne. Même en ayant sous les yeux le résultat de l'enquête qui fait de sa meilleure amie une simple déglinguée mentale, Caroline refuse de rentrer dans le rang. Elle exige le divorce, réclame la moitié des biens de l'époux, lui laisse le chien et la garde des enfants, n'écoute ni sa mère ni son frère venus à la rescousse, refuse de consulter un psychologue pour troubles émotionnels, hurle que son mari cherche à la faire enfermer pour se débarrasser d'elle!

Il n'y a rien à faire de légal. Le tribunal se déclare incompétent. Il ne peut pas statuer sur une amitié. Suzanne n'a rien volé à personne. Son compte en banque de gourou est normalement alimenté par une pension payée par un mari qui l'a abandonnée il y a plus de dix ans. La boutique, bien que n'exerçant plus de commerce, lui appartient. Elle a le droit d'en ouvrir la porte et d'y faire entrer une copine. La faire interner? Elle ne s'est rendue coupable d'aucun désordre public, elle ne met en danger la vie de personne, pas même sa propre vie. Si Caroline a décidé de suivre ses conseils, elle était libre de le faire.

— Je ne l'ai pas enfermée! Je l'ai libérée!

1981 : le procès intenté par l'époux avorte. 1983 : l'appel est rejeté. 1985 : Caroline a obtenu le divorce, la vente des biens matrimoniaux, sans pension alimentaire tout de même! C'est la seule consolation de l'époux qui, enragé, se retrouve lui-même condamné pour menaces, coups et blessures. Il est carrément venu flanquer une volée à la gourou à domicile. Qui l'aurait cru de la part d'un fonctionnaire calme et zélé de l'administration des douanes? La hiérarchie s'en émeut, et le colle dans un service où les possibilités d'avancement sont nulles et les points de retraite plafonnent.

Lentement mais sûrement, le mari devient fou. De rage. Il est obsédé par cette vilaine bonne femme qui a purement et simplement ruiné sa vie. Son fils aîné est en fugue, le deuxième traîne dans les rues; quant au petit dernier, son retard scolaire est une catastrophe.

Claude C., cinquante-quatre ans, vit désormais dans un petit appartement, sans jardin et sans chien, seul, devant des montagnes de lessive et de vaisselle, hagard. Il rumine.

C'est ainsi que l'on a retrouvé, étranglé et découpé en morceaux, le corps de Suzanne, la gourou. Par une nuit froide de décembre 1987, Claude C., divorcé de Caroline C., est allé surprendre chez elle l'objet de sa rancœur. Après l'avoir étranglée avec sa propre cravate, il l'a traînée dans sa voiture au fond d'un bois, découpée maladroitement au couteau de camping, et ensevelie sous des feuilles mortes.

Il a avoué trois jours plus tard, au premier policier venu l'interroger sur son emploi du temps.

Il avait voulu mettre le feu aux tas de feuilles mortes, mais il faisait trop froid, la terre était humide, et il n'a réussi à faire brûler que le chemisier en soie synthétique de sa victime. Même le pneu de sa roue de secours n'a pas voulu flamber.

— Je n'en pouvais plus. Si j'avais su où m'en procurer, je me serais servi de dynamite.

En prison, au moins, il n'y a plus de vaisselle à faire.

UN CRI DANS LA NUIT

Le téléphone sonne au milieu de la nuit. Ferdinand Berlinot se retourne dans le lit, sans vraiment se réveiller. À ses côtés, Évelyne, sa compagne. La sonnerie insiste. Évelyne donne une bourrade dans les côtes de Ferdinand :

— Décroche, chéri! Tu n'entends pas le téléphone? Ça va réveiller la petite!

Ferdinand émerge de son rêve. Il finit par saisir, à l'aveuglette, le combiné sur la table de nuit :

— Allô?

Évelyne s'est levée. Elle va jeter un coup d'œil dans la chambre voisine. Dans son berceau, Yolande, leur bébé de sept mois, dort comme une bienheureuse.

Quand Évelyne se glisse à nouveau dans le lit, Ferdinand est toujours au téléphone. Il ne parle pas. De temps en temps, il bougonne quelque chose : « Mmm! Mmm! » qui doit signifier « Oui, d'accord! ».

Évelyne vérifie l'heure au réveil : il est 3 heures du matin. Elle pousse un soupir qui signifie : « J'aimerais bien qu'on puisse dormir tranquilles de temps en temps. »

Ferdinand finit par dire dans le combiné :

— Calme-toi. Prends le premier train pour Besançon. Tu sais où nous sommes. Tu as assez d'argent.

Quand il raccroche, Évelyne a compris :

— C'est ta fille ? Ça n'a pas l'air d'être la joie !

Ferdinand, un robuste quinquagénaire barbu, regarde dans le vide. Il est très pâle et de grosses gouttes de sueur perlent de son front puissant :

— Non, pauvre Amélie, depuis le divorce elle n'a jamais su où était sa place. Quand elle vivait avec sa mère, elle faisait fugue sur fugue. Quand elle est venue vivre avec moi à Valence, ça a bien marché un moment et puis, un jour, pffft ! la voilà partie.

— Mon pauvre chéri... Tu as eu raison de lui dire de venir. On va essayer de lui remonter le moral.

— Ça m'étonnerait qu'on y arrive. Il s'est passé quelque chose d'horrible. J'en claque des dents. C'est la catastrophe...

Évelyne aimerait en savoir davantage mais elle n'insiste pas. De toute évidence Ferdinand va avoir besoin de tout son sang-froid dans les heures qui vont suivre. Évelyne sait qu'Amélie, sa fille unique, une gamine qui est à peine âgée de vingt ans, a toujours eu des problèmes. Mais là, ça a l'air vraiment grave...

Quand, le lendemain soir, Amélie sonne à la porte de l'appartement de Ferdinand et Évelyne, c'est cette dernière qui ouvre :

— Bonjour, tu es Amélie, bien sûr ! Je te reconnais d'après les photos ! Entre ! Moi, je suis Évelyne...

Amélie pénètre dans la petite entrée. Avec son ciré noir, son sac de voyage et ses longs cheveux très bruns, elle fait pitié. Ses yeux sont cernés.

Évelyne poursuit :

— Ton père va bientôt rentrer de son chantier. Tu as l'air fatiguée. Qu'est-ce qui te ferait plaisir ? Du café ? Prendre un bain chaud ? Si tu veux, tu peux faire un petit somme.

Amélie murmure :

— Un petit somme ? Voilà près de deux ans que je ne ferme pratiquement plus l'œil.

Évelyne dit :

— Tu permets, une seconde. C'est l'heure de changer Héloïse. Tu sais que ton père et moi nous avons eu une petite fille. Un vrai bout de chou. Tiens, viens la voir. C'est fou ce qu'elle vous ressemble à tous les deux.

Amélie, comme une somnambule, suit Évelyne jusqu'au berceau mais, au moment où elle aperçoit sa demi-sœur, elle fond en larmes et tombe à genoux.

Évelyne, qui a pris Héloïse dans ses bras, repose le bébé dans le berceau. Amélie s'est mise à crier :

— Sylvia ! Sylvia ! Non ! Non ! Je n'en peux plus...

Un quart d'heure plus tard, Ferdinand est de retour. Il serre Amélie sur son cœur :

— Ma pauvre gamine. Tu vois, la vie n'est pas toujours ce qu'on rêve... Évelyne, tu nous excuses un moment, je vais dans la chambre avec Amélie. Nous avons besoin de parler, seul à seule.

— Mais bien sûr, chéri. Ça se voit à l'œil nu... Amélie, dis à ton père tout ce que tu as sur le cœur. Quel que soit ton problème, il va te dire ce qu'il faut faire...

Amélie et Ferdinand s'enferment dans la chambre destinée à la jeune fille. Ils vont y rester toute la nuit. Et toute la journée du lendemain dimanche. Évelyne, de temps en temps, vient aux nouvelles :

— Vous n'avez pas faim ? Vous voulez quelque chose à boire ?

Ferdinand ouvre la porte. Il a les yeux cernés, lui aussi, comme Amélie :

— Excuse-nous, mon poussin. J'ai besoin d'une bière. C'est trop horrible... Amélie, tu permets que je mette Évelyne au courant ?

Amélie n'a plus la force de répondre. Elle fait juste un signe de tête. Évelyne s'assied au bord du lit. Ferdinand reprend le récit des événements depuis le début, au moment où Amélie, deux ans plus tôt, l'a quitté brusquement sans laisser d'adresse :

— Tu sais qu'il m'a fallu plus de six mois pour retrouver sa trace...

Ferdinand donc retrouve Amélie. Elle est dans la région de Moissac. C'est la pleine saison du « chasselas ». Elle travaille aux vendanges avec toute une bande de jeunes venus des quatre coins de l'Europe. Elle est bronzée, heureuse. Elle dit à son père :

— Tu vois, ici je suis dans mon élément... J'ai tout un groupe de copains. Le climat est plus agréable que dans les Ardennes. Je vais essayer de me fixer par ici. L'hiver, la vie est moins dure.

Ferdinand est rassuré par ces bonnes dispositions :

— Quand même, tu aurais pu me donner de tes nouvelles. Bon, si tu te plais par ici, pourquoi pas ? Si tu as besoin d'argent pour t'installer... Tu ne pourras pas vivre éternellement à l'auberge de jeunesse.

Ferdinand repart donc vers les Ardennes, un peu rassuré sur le sort d'Amélie. Mais, durant les mois qui suivent, les nouvelles sont rares. Une carte postale de temps en temps. Un coup de téléphone un peu laconique :

— Ça va, papa, ça va. Tu sais, j'ai rencontré un garçon. Sympathique. Un garçon originaire de Madère. Il est chauffeur routier. Mais je l'aime. Et puis j'ai trouvé un petit studio.

Amélie a donc rencontré Sylvio, le chauffeur routier de Madère, et elle croit vivre le grand amour. Elle ne fait pas encore de projets d'avenir. Sylvio non plus d'ailleurs. Mais, pour elle, l'avenir est précis : vivre ensemble, se marier peut-être, fonder une famille...

Un beau matin, ou peut-être un triste soir, Amélie s'inquiète :

— Une semaine de retard... Non, non, surtout pas ça.

Mais si, c'est « ça ». Amélie est enceinte... Jamais elle n'a envisagé d'avoir un enfant avec Sylvio. Alors, elle serre les dents et décide de ne rien dire. Son travail intermittent dans une grande surface lui permet de garder sa grossesse secrète. Même Sylvio ne se doute de rien. Jusqu'au jour où elle l'appelle chez lui. Ou plutôt chez ses parents puisque le chauffeur routier vit toujours avec papa, maman et ses cinq frères et sœurs.

— Sylvio ! C'est toi ? C'est moi. Viens vite ! Tout de suite !

— Qu'est-ce qui se passe ?

— Viens vite !

Sylvio abandonne le repas de famille qui réunissait quelques cousins portugais et saute dans sa petite Peugeot. Chez Amélie, il comprend tout : sur le lit de la jeune femme un bébé qui vient de naître. Amélie dit :

— C'est notre fille. J'ai accouché toute seule. J'ai réussi à couper le cordon... J'ai eu peur de m'évanouir. Elle a l'air en bonne santé... On va l'appeler Sylvia... Qu'est-ce que je dois faire ?

— Prends un manteau et le bébé. Je t'emmène.

— Où ça ?

Sylvio ne répond pas. Amélie le suit. La petite Peugeot démarre sur les chapeaux de roues. Pour s'arrêter deux kilomètres plus loin devant une petite cité. Sylvio dit :

— Attends-moi là.

Il disparaît et revient quelques minutes plus tard. À la main, il tient une pelle-bêche. Amélie regarde le visage rouge et chiffonné de Sylvia :

— Où va-t-on?

Sylvio ne répond pas. Les phares éclairent la petite route pierreuse que la voiture vient d'emprunter. On est en pleine campagne, vers le causse. Tout autour, des bois de chênes. Une belle région pour la truffe. Mais un vilain endroit pour tomber en panne.

Sylvio stoppe la voiture. Il descend et attrape la pelle sur la banquette arrière. La lune qui paraît et disparaît derrière les nuages éclaire assez ce paysage sinistre pour qu'il puisse accomplir sa besogne sans le secours d'une lampe. C'est assez simple : il creuse un trou. Amélie est sortie de la voiture. Encore sous le choc de la naissance, elle met un moment à comprendre. Tout semble être un rêve, un cauchemar :

— Non, Sylvio, pas ça! Non!

Sylvio s'arrête un instant. Il tourne son visage vers Amélie. Sans dire un mot : Amélie voit les sourcils épais qui se froncent dans un signal de colère animale. Quand elle a connu Sylvio, c'est son sourire éclatant qui l'a séduite en un quart de seconde. Sylvio élève soudain la pelle-bêche au-dessus de sa tête. Au-dessus de la tête d'Amélie... Elle cherche à s'enfuir. Mais très vite elle tombe lourdement dans la terre encombrée de pierres. D'un bond, Sylvio est sur elle :

— Si tu résistes, je creuse un trou plus grand et je te fourre dedans avec ta lardonne. Compris? Il n'y a pas d'autre solution. Allez! Hop!

Sylvio arrache la petite Sylvia des bras de sa mère. Il retourne auprès du trou qu'il vient de creuser et jette le bébé vagissant dans la terre noire. Puis il se met à recouvrir la petite fille à coups de pelle rapides. Amélie entend son bébé hurler. Un cri dans la nuit. La terre vient emplir la bouche du nourrisson. Et puis plus rien, le silence et les dernières pelletées. Puis Sylvio entraîne Amélie vers la voiture. Et la voilà qui se retrouve dans son studio :

— Pourquoi, Sylvio? Pourquoi?

Sylvio ne répond pas. Amélie ne comprend pas. Mais lui sait « pourquoi ». Parce qu'il a toujours eu d'autres projets. Là-bas, à Madère, il y a une jeune fille, une cousine à lui qu'il doit un jour épouser. Quand il aura réussi à amasser assez d'argent, il rentrera là-bas et vivra enfin la vraie vie, celle que ses parents ont décidé de lui faire vivre. Amélie là-dedans ? Rien du tout. Une fille facile qu'on prend et qu'on laisse. Rien de sérieux pour le chauffeur routier...

Amélie, le lendemain de la nuit tragique, va prendre un jour de congé. Elle prétexte un rhume. Et la vie reprend son cours. En apparence. Sylvio, comme autrefois, reprend la vie commune, si l'on peut dire. Il apparaît quand il rentre d'une mission. Histoire de se soulager... Si Amélie et lui se disputent, il devient menaçant :

— Tu sais de quoi je suis capable !
— Jure-moi que tu tiens à moi !
— Sur la tête de notre fille !

Amélie tient le coup pendant six mois. Puis un jour ses nerfs lâchent. Elle quitte le Tarn-et-Garonne. Elle s'enfuit dans la région de Nantes. Elle trouve un nouveau travail mais, jour et nuit, elle est torturée par la même vision. Celle de Sylvio qui recouvre de terre le bébé vivant. Et le seul et unique cri de la petite Sylvia. Alors elle appelle son père, Ferdinand, et lui raconte la tragédie...

Le lendemain de cette confession, Amélie ira avouer toute son histoire à un avocat qui va lui conseiller de se rendre à la police. Sylvio, très vite, sera lui aussi interpellé. Jusqu'à présent on n'a pu retrouver la moindre trace de Sylvia, perdue dans la terre jalouse du Causse. Cela l'arrange plutôt. Pas de crime sans cadavre. S'il a les nerfs assez solides pour ne pas avouer, il s'en tirera peut-être...

N'AYEZ PAS PITIÉ

Barcelone. La nuit trop chaude, après une journée de canicule, empêche les citadins de dormir. Les rues crépitent encore d'une fête qui n'en finit pas de s'éteindre. Il est 4 heures du matin.

Une voiture de police rampe doucement le long d'un square, où l'on sait que se cachent des drogués, leurs dealers, les filles du trottoir, les skins, et tous les chiens sans maître. Ce que l'on appelle un quartier « chaud », un secteur « sensible ».

Cette nuit-là, les contrôles d'identité se sont multipliés, pour des raisons de sécurité renforcée. Barcelone a accueilli les équipes d'un match de football, et désormais, dans les grandes villes, le football est une sorte de déclaration de guerre...

La voiture de police s'arrête à la sortie d'une allée. Deux hommes en sortent pour une patrouille de routine.

Le garçon est affalé sur un banc, le visage caché dans les bras repliés. À ses pieds, un sac de plastique, des canettes de bière, une seringue. La torche électrique découpe la silhouette avachie.

— Ça va ? Hé ! Debout, toi !

Un drogué qui n'a pas la même tête que les autres. Un drogué sans visage. Le policier recule, éteint sa lampe, surpris par le spectacle. La peau est affreusement brûlée, les yeux sans sourcils, la tête chauve. Une cicatrice vivante.

— Foutez-moi la paix !

— Police ! Tes papiers.

Le garçon déplie ses jambes, se redresse péniblement et fouille maladroitement dans son sac en plastique. Il en sort un bonnet qu'il s'enfonce d'abord sur le crâne jusqu'aux yeux, remonte le col de son blouson. Les gestes sont ralentis, mais l'intention est évidente : il veut dissimuler son visage le plus possible. Le policier ne tient pas compte de cette pudeur pourtant compréhensible. Au contraire, il bouscule l'interpellé sans aucune pitié.

— Debout ! Et fais pas l'imbécile !

Son collègue, qui se tenait en retrait, ne comprend pas immédiatement.

— Laisse tomber, ce type a des problèmes...

— Préviens le central ! Il a un flingue là-dedans ! Allez toi, en vitesse, debout les mains sur la tête !

Un flingue dans un sac en plastique. On ne plaisante pas.

Le garçon est jeune, moins de trente ans. Ivre sans agressivité.

Il bredouille sans beaucoup de conviction des « Foutez-moi la paix » qui n'impressionneraient personne. C'est son visage qui impressionne. Dans la voiture de police qui l'emmène au poste, les hommes s'en détournent avec gêne. S'il n'y avait pas ce pistolet, la patrouille l'aurait laissé sur place.

D'ailleurs, le « foutez-moi la paix » veut plutôt dire « ne me regardez pas ».

Ses papiers sont en règle, il a une adresse, son nom ne figure pas au fichier, ses empreintes non plus. Il a même un métier : « musicien ».

Mais il est incapable de répondre aux questions qu'on lui pose. Trop de drogue ou d'alcool qu'il a besoin de cuver.

Dans la journée du lendemain, c'est un inspecteur qui vient le tirer d'une cellule en sous-sol, où la patrouille l'a isolé. L'arme trouvée en sa possession a servi récemment.

— Je suis malade. J'ai rien fait.

— D'accord, t'es malade. D'où vient l'arme ?

— Je l'ai achetée à un type dans la rue.

— Pour quoi faire ?

— Pour me défendre.

— Tu t'es défendu contre qui ?

— Personne. Je suis malade, laissez-moi partir.

Deux heures plus tard, et après avoir vu un médecin, la situation du prévenu est à peine plus claire.

José Luis Dongo, vingt-sept ans, célibataire, ex-musicien, ex-visage normal, a été victime d'un incendie dans une boîte de nuit. Son visage et une partie de son corps en portent les traces. Il touche une pension, habite un studio dans les vieux quartiers, sa concierge le connaît. Ce n'est pas un drogué tout à fait ordinaire, dans la mesure où sa dépendance est consécutive aux médicaments qu'il a reçus durant des mois pour atténuer ses souffrances.

— Ça m'arrive encore de me shooter de temps en temps, mais c'est pour le moral. Si vous aviez ma tête, vous en feriez autant.

— C'est l'arme qui nous intéresse.

— J'ai rien à dire. Je vous dis que je l'ai achetée hier à un type. Si elle a servi avant, c'est pas ma faute. Je pouvais pas savoir.

— Quel type ?

— Je le connais pas.

— Pourquoi t'as pas demandé de permis ?

— Parce que je m'en fiche. C'était juste pour me défendre.

— Qui te menace ?

— Tout le monde. Baladez-vous dans la rue avec ma gueule, vous verrez.

Deuxième jour. José Luis Dongo est sur le point d'être relâché en attendant de passer devant un tribunal pour port d'arme sans permis, lorsque la procédure se complique à son sujet. Cette fois, il est amené dans le bureau d'un commissaire, menottes aux poignets.

— Tu connais Isabel Maria Lopez ?

— Non.

— Tu mens. Non seulement tu la connais mais tout le monde dans son immeuble sait que vous vous êtes fréquentés.

— Et alors? On se fréquente plus, c'est évident, tout le monde le sait aussi.

— Tu l'as vue quand pour la dernière fois?

— Il y a longtemps.

— Elle dit le contraire. Vous vous êtes rencontrés la semaine dernière. Vous deviez même sortir ensemble.

— Ça, c'est elle qui le dit. J'en veux pas, de sa pitié. Je m'en fous. Je me fous de tout. Vous avez vu ma gueule? Fichez-moi la paix.

— Ta gueule n'a rien à voir. Tu as un meurtre sur le dos. Une jeune fille a été tuée dans l'appartement de ton amie Isabel. Deux balles, tirées par la fenêtre d'une chambre, par un assassin qui a tout simplement grimpé l'échelle de secours, et est reparti par le même chemin.

— Une fille?

— Béatrice Gomez, vingt-deux ans, employée de magasin. Ça ne te dit rien?

Le garçon baisse la tête, les mains sur le visage, il se balance, tape du pied sans répondre.

— Alors? Tu vas nous la raconter, ton histoire? T'as fini de te foutre du monde? Cette fille a été tuée avec l'arme que tu traînais sur toi. Ça s'est passé la nuit de ton interpellation. Tu as tiré par la fenêtre...

— C'est pas moi, j'ai rien fait! Vous m'accusez parce que j'ai une sale tête!

— La fille était dans son lit, elle n'est pas morte sur le coup, elle a dû souffrir longtemps. Et pendant ce temps tu te baladais dans les rues, tu sifflais de la bière et tu te payais un shoot en trimballant ce pistolet. Alors vas-y, raconte-la, ton histoire!

Une histoire dure et courte en vérité. Il fut un temps où José Luis et Isabel étaient amoureux. Un temps où ils sortaient ensemble, dormaient ensemble. Isabel travaillait dans une librairie, José vivait de musique. Ce n'était ni la gloire ni l'argent, des cachets de-ci de-là dans des cabarets, des dancings, des bals. Une liaison qui ne les engageait que momentanément.

Les soirs où il ne voyait pas son amie, José Luis traînait avec des copains musiciens, après le travail. Et un soir, le drame dans une boîte de nuit, le feu, l'affolement, les pompiers qui évacuent. Heureusement, il y a peu de victimes graves. À part José Luis.

Le blouson synthétique qu'il portait ce soir-là lui a été fatal. Visage en lambeaux, bras en lambeaux, poitrine à vif. Des mois d'hôpital, de souffrance et de greffes. Il ne voulait plus voir Isabel. Il ne voulait plus voir sa famille ni les copains. Sa clarinette aux ordures, sa vie fichue.

Les copains du métier n'ont pas tenu le coup longtemps. Lentement, José Luis a sombré dans la solitude et la paranoïa. Il y avait sûrement de quoi.

Depuis l'accident en 1985 il se battait contre les assurances. Cinq ans de lutte et de remise en question des responsabilités. Chaque fois qu'il passait devant un médecin expert, il devait passer devant un contre-expert. Chaque fois qu'on lui proposait une indemnisation pour solde de tout compte, elle couvrait à peine les honoraires de son avocat. Les assurances sont parfois coupables de cet acharnement à payer le moins possible...

— Vous comprenez, l'incendie n'a fait qu'une seule victime grave, vous. Le vêtement que vous portiez en est le principal responsable.

— Mais j'ai pris le plafond sur la tête ! Le projecteur a explosé !

— Retournez-vous contre le fabricant du vêtement !

Ben voyons ! Un blouson fabriqué quelque part en Thaïlande, ou à Bombay. Acheté aux puces, il ne savait même plus où... Une histoire de fous. À rendre fou.

Alors un jour, en ayant marre, José Luis a largué les amarres. Il a signé, et empoché le capital ridicule que lui offrait, parcimonieusement, un fonctionnaire en complet veston ininflammable. Il a abandonné les opérations de chirurgie plastique qui ne servaient, selon lui, qu'à lui faire une tête de « cochon grillé ». Et il s'est terré le jour dans un studio meublé, ne sortant que la nuit, le bonnet enfoncé sur la tête, des lunettes sur un nez encapuchonné de sparadrap, un blouson en jean remonté sur le cou. Un visage est la chose la plus difficile à dissimuler aux regards des autres.

Surtout au regard d'Isabel.

— Viens à la maison, ce soir, on discutera...

— De quoi ? De l'avenir ? Tu te sens concernée ?

Isabel se sentait concernée en effet. Lorsqu'on a été amoureuse d'un garçon en bonne santé, plutôt séduisant, fêtard et insouciant, on se sentirait coupable de l'abandonner parce qu'il est défiguré à vie. Au début, José Luis en était parfaitement conscient. Il refusait les rencontres et les invitations d'Isabel, avec fermeté, et une apparente lucidité.

— Trouve-toi un type normal.

Puis il s'est mis à l'épier. Il est devenu jaloux sans vouloir l'admettre.

— C'est qui, le type avec qui tu es sortie ? T'as pas trouvé mieux que ce ringard ?

Isabel s'est montrée patiente. Jusqu'au jour où, complètement ivre, José Luis a débarqué chez elle et s'en est pris à « ce type ». Jusqu'au jour où, drogué de désespoir, il s'est jeté sur elle de force.

Et là encore, Isabel a été patiente et compréhensive. José avait besoin d'un médecin qui l'aide à vivre, on le lui avait souvent répété, mais il n'écoutait personne. Isabel était sûrement la seule à pouvoir le convaincre.

La psychothérapie a échoué parce que José Luis l'a abandonnée très vite.

— Viens à la maison, on en discutera.

— Tu m'aimes ? Non, alors ? Qu'est-ce que ça peut te faire ?

— Écoute, José, on peut rester copains ! Après

tout, on n'était pas mariés, et tu ne te privais pas de courir les filles...

Le pire pour lui. Devenir le copain... C'est vrai qu'il ne se privait pas de courir les filles. C'est vrai qu'il n'était pas parti pour se marier et devenir père de famille. Tant qu'il avait un visage, son indépendance passait avant tout. Mais, à présent, il trouvait injurieux qu'Isabel ose le lui rappeler. La jalousie le bouffait, le saoulait la nuit, augmentait son besoin de drogue. Isabel avait un amant. Un type « normal », qui la ramenait chez elle à moto, qui passait parfois la nuit chez elle. Il en devenait fou. Et Isabel tentait maladroitement de lui mentir pour l'épargner.

— C'est un copain, je t'assure !

— Un copain qui dort chez toi ? Il s'installe, ce mec. Tu vas lui faire des gosses à ce nul ?

Ce soir de fête, après avoir négocié l'achat d'une arme et de trois balles à un dealer complaisant, José Luis a décidé d'éliminer son rival. Il a grimpé l'échelle de secours, la fenêtre était ouverte à cause de la chaleur. Il a vu quelqu'un dans le lit, il a tiré.

Béatrice, une amie d'Isabel, était venue dormir cette nuit-là à Barcelone, avant de prendre le train pour Madrid où elle devait rejoindre sa famille. Une grande fille brune, aux cheveux courts. La veille au soir elle avait dit à Isabel :

— Je ne suis pas sûre de venir, il est possible que mon frère vienne me chercher en voiture et qu'on fasse la route de nuit. Je lui ai donné ton téléphone.

Et Isabel avait répondu :

— Fais comme tu veux, voilà la clé. Cette nuit je reste avec mon copain, ça ne me dérange pas.

À onze heures du soir, le téléphone a sonné, le frère de Béatrice ne viendrait pas la chercher. Ils ont convenu qu'elle prendrait le train du lendemain. Et elle s'est endormie sans méfiance, allongée sur le ventre, vêtue d'un simple tee-shirt.

José Luis a déclaré :

— Je me suis demandé un instant si ce n'était pas Isabel, j'ai hésité dans le noir, puis j'ai repéré la tête. Isabel est blonde, j'ai pensé que ce n'était pas elle. J'ai visé la tête comme j'ai pu, je ne sais même pas tirer. J'ai fait n'importe quoi. De toute façon, ma vie, c'est n'importe quoi. Même si j'avais eu ce type, ça n'aurait rien changé. Même si je les avais tués tous les deux, elle et lui, ça n'aurait rien changé. C'est pas ma faute si j'ai hérité d'une gueule pareille ! Je suis malade ! J'ai tué n'importe qui parce que je suis malade ! Je ne veux pas de la pitié des gens !

L'obsession de cet homme-là était le refus de la pitié.

Une vertu aussi difficile à dispenser qu'à recevoir.

UNE AFFAIRE DE FAMILLE

Au poste de police de Bromborough dans le centre de l'Angleterre, un appel :

— Venez vite. Maman est morte ! Maman est morte ! C'est horrible !

Au bout du fil, la voix qui appelle au secours est celle d'un adolescent. Le standardiste demande posément :

— À quelle adresse êtes-vous ?

— Famille Jellington, 127 Drury Lane. Venez vite.

— Que s'est-il passé ?

— Nous l'avons trouvée morte dans le salon en rentrant, il y a cinq minutes. Tout est sens dessus dessous.

Quand les policiers arrivent sur les lieux du drame, il ne leur reste plus qu'à constater le décès de la victime. Il s'agit d'Isabel Jellington, quarante-six ans, pasteur protestante. Une femme plutôt maigre au visage ingrat. Elle est vêtue d'un pyjama et d'une robe de chambre à fleurs. Tout l'arrière de son crâne n'est qu'un trou béant et sanglant. Du sang qui imbibe la moquette beige à fleurs marron. Elle a eu le crâne fracassé. Elle gît sur le ventre devant la cheminée où brûle encore un feu de bûches. Dans la pièce, tout est en désordre : des dossiers bouleversés, des livres jetés à bas de la bibliothèque, des tiroirs renversés.

Auprès de la victime, le mari de cette dernière, Willy, cinquante-deux ans, un jardinier paysagiste au visage rond. Et les deux fils de la victime : Teddy, dix-sept ans, et Phil, quinze ans. Deux adolescents à l'allure convenable. Dans un coin, apeurée et gémissante, une boule de poils. C'est « Ophélie », le pékinois de la famille. C'est elle qui montre le plus d'émotion. Les premières constatations imposent une hypothèse :

— Votre épouse a dû surprendre un cambrioleur en train de fouiller votre salon. Elle est descendue et il l'a tuée. Voyez si l'on a dérobé quelque chose de valeur.

Willy et ses fils haussent les épaules. À part les dossiers et les objets de première nécessité, il n'y a rien ici qui puisse attirer la convoitise d'un cambrioleur, ni bijoux, ni bibelots, ni argent. Quelques reproductions de tableaux célèbres sur les murs et des devises pieuses encadrées du genre « Home, Sweet Home »... Un décor plutôt déprimant comme on en trouve dans des millions de pavillons anglais.

Les policiers ont sur les bras une affaire banale. Ils relèvent à tout hasard les empreintes, prennent des photos et mettent les scellés sur le salon :

— Pour quelques heures seulement. Ne touchez à rien. Nous emmenons le corps à la morgue. Il faudra que vous veniez, vous ou vos fils, pour l'identifier officiellement et signer les papiers.

Et c'est donc un père un peu abasourdi entre deux fils choqués que la police laisse à une heure relativement tardive.

Quand Willy est interrogé le surlendemain il n'a pas grand-chose à dire :

— Je suis marié depuis vingt ans. Mon épouse se chargeait de toute l'organisation de la maison. Des finances... De tout. C'est... enfin, je veux dire : c'était une femme très organisée. Nous formons une famille très unie... Sans histoire. Nous avons passé trois semaines aux Canaries cet été. Nous venions à peine de rentrer...

— Votre épouse portait une petite chaîne autour du cou. Au bout de la chaîne une clef assez banale. C'est quoi, cette clef?

Willy rougit un peu :

— Eh bien... c'est la clef du réfrigérateur! Oui, vous voyez, j'ai une certaine tendance à prendre de l'embonpoint. La nuit, il m'arrive d'aller grignoter ce qu'il y a dans le frigo. Mon épouse trouvait cette habitude détestable. Alors, devant mon peu de volonté, elle a pris le taureau par les cornes et elle a fini par poser un cadenas sur le frigo. C'est la clef de ce cadenas.

La police essaie d'en savoir plus sur la famille Jellington : Isabel, pasteur protestant apprécié, est un exemple pour la communauté :

— Une maîtresse femme qui sait toujours trouver dans la Bible un verset qui va résoudre tous les problèmes.

Willy, le père, est un petit gros, on le sait déjà, un peu falot, mais qui gagne bien sa vie. Les deux fils poursuivent leurs études avec conscience :

— Ils sont courageux. Tous les jours, ils s'occupent de la distribution des journaux quotidiens aux abonnés. À bicyclette. Pour se faire une cagnotte et pour poursuivre leurs études... Vous ne savez pas : il y a un an, quand leur grand-mère Jellington est morte, la mère de Willy, oui. Eh bien, Isabel a obligé ses fils à faire leur tournée de distribution de journaux, juste après l'enterrement!

Deux jours plus tard, Teddy et Phil Jellington, les

deux orphelins, se retrouvent avec leur père pour « identifier » le cadavre de leur mère. Au moment où le tiroir glisse sur ses rails, ils semblent tous les trois très maîtres de leurs nerfs. Quand on soulève le drap qui recouvre le cadavre, ils se penchent un peu en avant, pour vérifier qu'il s'agit bien d'elle. Pas une larme. Puis ils rentrent chez eux.

Le sergent Nelson, une fois cette pénible corvée terminée, s'empresse de communiquer une constatation qu'il vient de faire. Constatation assez étrange :

— Quand les deux garçons ont regardé le cadavre de leur mère, l'aîné a fait un clin d'œil à son frère.

— Oh! C'était peut-être nerveux? Tu es sûr de ce que tu racontes?

— Positif! Je dirai même que j'ai vu l'ombre d'un sourire de satisfaction sur leurs lèvres.

— Et si c'était eux qui avaient fait le coup?

— Les fils ou le père?

— Qui sait, les trois peut-être?

La rumeur publique, très bonne informatrice de la police, permet d'en savoir plus sur la vie privée des Jellington :

— Le pasteur était une femme terrible! Froide, dure! Elle humiliait sans cesse ses fils, les frappait. Et son mari aussi. Tenez, elle obligeait ses garçons à lui couper les ongles des pieds et à lui faire des massages des jambes le soir. Elle était d'une avarice sordide et vérifiait tous les comptes au penny près...

Les policiers rendent ensuite visite aux, très rares, amis intimes des Jellington. Quelqu'un en particulier attire leur attention : un homme d'une cinquantaine d'années, Bertrand Clifford. Lui, par opposition à Willy et à ses fils, semble ému par la mort d'Isabel. Il porte cette émotion au compte d'une vieille amitié, de l'estime, mais on découvre une photo de la morte à la place d'honneur de sa chambre, sur la table de nuit. Bertrand Clifford finit par avouer qu'il était l'amant de la défunte. Le

374

sergent Nelson note cet aveu. Mais il ne peut s'empêcher de songer à part lui : « Eh bien, dis donc, elle n'avait pourtant pas une tête bien avenante ! Il fallait avoir faim. À moins qu'elle n'ait possédé des talents cachés... »

En examinant de plus près la maison des Jellington et tout ce qu'elle contient, on découvre du sang sur les vêtements de Phil Jellington. Du sang de sa mère. Or il a prétendu qu'il n'avait même pas pénétré dans le salon au moment de la découverte du crime. Phil ment...

Désormais la vie des Jellington a changé. Père et fils semblent revivre, le père dîne souvent avec des collègues dans les auberges des environs. Teddy et Phil profitent aussi d'une nouvelle liberté. Plus d'horaire strict, plus de séance de pédicure. Ils se font installer des petits « diamants » dans l'oreille, chose que le pasteur Isabel aurait formellement désapprouvé.

De fil en aiguille, il y a assez de présomptions contre les Jellington pour qu'on décide d'incarcérer les deux fils. Leur liberté retrouvée aura été de très courte durée...

Au bout de quelques jours, Willy vient rendre visite à ses fils. Ils se rencontrent dans le parloir de la prison. Un parloir tout spécialement aménagé. Willy entre par une porte, ses deux fils par une autre. Les gardiens les laissent seuls. À travers une glace sans tain, ils les observent. Willy et ses fils ont peur. Willy transpire abondamment et doit constamment s'éponger le front et le cou. Après un long silence entre père et fils, Teddy lance, à mi-voix :

— Alors, qu'est-ce que tu fais ? Il faut que tu nous tires de là ! Ça ne devait pas se passer comme ça !

Willy le fait taire. Il siffle entre ses dents :

— Silence ! Si vous vous taisez, tout ira bien. Si

vous vous énervez, nous finirons tous les trois dans le trou. Un peu de patience.

Dans la pièce voisine, les policiers ont du mal à réfréner l'expression de leur joie : voilà ce qu'ils attendaient. À présent, ils sont sûrs de la culpabilité du père et des fils... Willy, arrêté presque immédiatement, s'effondre et avoue pour sa défense :

— Évelyne était un monstre. Sous des aspects rigoristes elle incarnait tous les péchés capitaux. L'orgueil, la colère, l'avarice et même la luxure. Et, oui, elle avait un amant. Je l'ai appris juste avant les vacances d'été. Et j'ai su que leur liaison durait depuis seize ans... J'étais comme fou ! Alors, comme ça, pendant qu'elle bouclait le frigo avec un cadenas, elle se donnait du bon temps dans l'adultère.... J'ai fini par la haïr...

— Et ensuite... ?

Willy raconte que la mort d'Isabel, désormais programmée, devait tout d'abord apparaître comme un regrettable accident :

— Nous avons décidé d'aller passer trois semaines aux Canaries, à Maspalomas. Nous avions loué un appartement avec une terrasse. Le projet était de profiter de cette terrasse pour faire basculer ma femme en bas de l'immeuble. Mais, quand nous avons pris possession du logement, j'ai renoncé à ce plan.

— Vous étiez revenu à de meilleurs sentiments ?

— Non, mais notre appartement avec terrasse était situé au premier étage. J'avais espéré au moins un sixième ou un septième. Du premier, la chute n'aurait pas été fatale... Alors nous sommes tous rentrés ici, et notre tyran domestique a repris ses sales habitudes. Elle nous humilie, elle nous terrorise. Un jour, j'en discute avec mes fils et nous décidons qu'il faut en finir. Nous avons mis alors au point le scénario.

Scénario simple : pour son alibi, au moment du meurtre Willy Jellington est en compagnie de collègues de travail. Les deux fils, eux, sont sortis pour faire faire le tour du pâté de maisons à Ophélie, le chien de la famille. Ce sont eux qui, en fait, se sont chargés d'envoyer leur tendre maman au ciel. À coups de tisonnier.

— Alors vous avez décidé de tuer votre mère, comme ça, froidement ! Vous deviez la haïr...

— À un point qu'on ne peut pas imaginer. Et puis, papa nous avait fait une promesse... Pour l'été prochain.

— Quelle promesse ?

— Il nous avait promis de nous offrir un jet-ski pour les prochaines vacances à Maspalomas.

Désormais Willy et ses fils doivent affronter leurs juges. Mais une dernière surprise attend les magistrats. Willy, malgré ses aveux, malgré les circonstances atténuantes dont il serait certain de bénéficier décide de plaider « non coupable ».

— Après tout, j'étais au courant du projet, mais c'est Teddy qui a tué sa mère. Lui tout seul. Rien que lui... Il est très costaud pour son âge.

Décidément, Teddy et Phil Jellington sont issus de parents peu fréquentables et dont le sens moral laisse singulièrement à désirer...

LE RÉFUGIÉ POLITIQUE

Si l'on avait dit à cette jeune femme de se méfier de cet étudiant étranger si amoureux d'elle, elle aurait demandé :

— Pourquoi ? Parce qu'il est réfugié politique ? Parce qu'il veut m'épouser ?

On lui aurait répondu :

— Oui, justement. Méfiez-vous et ne l'épousez pas.

Et le conseilleur serait passé pour un xénophobe, un paranoïaque, et un raciste.

Mais personne n'a conseillé cette jeune femme et, de toute façon, elle n'aurait pas écouté. Tant il est vrai que les expériences des uns n'éduquent pas les autres.

Mais que l'on récolte toujours ce que l'on a semé...

Nous sommes donc en 1980, dans une faculté de France, et le jeune étudiant étranger demande la jeune étudiante française en mariage. Il déclare sa flamme, et ajoute qu'il est réfugié politique, et que grâce à leur amour, il se réfugiera désormais en toute légalité dans la nationalité française.

S'aiment-ils, ces deux jeunes étudiants? Sûrement, sinon pourquoi se marier? D'ailleurs, ses études terminées, le jeune époux s'installe dans un cabinet d'architecte, et son affaire marche si bien qu'il a des contrats jusqu'aux États-Unis. La jeune épouse, elle, lui a donné deux enfants qui seront français, puisque maman est française, et que papa l'est devenu par les vertus du mariage. Papa n'est pas souvent à la maison, son métier le propulse plus souvent dans l'avion que devant le berceau de ses filles, et sans que maman le sache, voilà soudain qu'il préfère border le soir, à des milliers de kilomètres de là, une autre jeune Française, établie aux États-Unis. Outre un certain charme, cette nouvelle conquête a l'avantage de travailler comme attachée commerciale au consulat de France.

Aurions-nous le mauvais esprit de dire à cette jeune femme :

— Attention? Votre poste officiel pourrait servir les intérêts de votre fougueux amant?

Nous nous en garderons bien, sachant qu'une femme avertie n'en vaut pas forcément deux...

Nous voilà maintenant en 1989, en France, les

enfants ont grandi, ce sont deux petites filles qui vont à l'école sagement, tandis que leur mère attend sagement le retour de son époux, gros travailleur, et dont les activités semblent désormais s'implanter fortement aux États-Unis. Et un beau jour, ou un vilain soir, c'est selon, le mari dit à la femme :

— Ma chérie... il faut que nous parlions.

Va-t-il expliquer sa liaison coupable avec une attachée commerciale consulaire ? Point du tout.

— Voilà, mes affaires sont terriblement compliquées aux États-Unis. Pour que je puisse poursuivre plus librement mes activités là-bas, il vaudrait mieux que nous divorcions, ce qui ne nous empêchera pas de continuer à vivre ensemble...

Arrêtons-nous sur cet argument qui le mérite. En quoi le fait d'être divorcé donnerait-il plus de liberté à cet homme ? Il semble que la liberté en question soit essentiellement financière. Un homme divorcé aux États-Unis peut déclarer aux impôts une pension alimentaire, et donc payer moins de taxes... Chez nous aussi, mais... bon.

Quoi qu'il en soit, si l'on en croit l'épouse, elle accepte naïvement. N'ayant aucune raison, dit-elle, de se méfier de son mari, au contraire. Lui faisant totalement confiance, la jeune femme lui accorde le divorce comme elle lui a accordé le mariage.

Si quelqu'un lui avait dit alors :

— Méfiez-vous... un prétexte aussi vague peut en cacher un autre avec un gros avis de tempête en prime...

Elle ne l'aurait pas cru. Et le conseilleur une fois de plus serait passé pour un méchant, cherchant décidément la petite bête.

La cérémonie du divorce a donc lieu dans l'anonymat le plus strict, en toute convivialité, sans injures ni difficultés apparentes. On appelle cela à l'amiable... Et, dans la foulée, la jeune femme accepte également que la garde de ses enfants soit confiée au père divorcé. Pourquoi ? Parce qu'il l'a demandé ainsi :

— Tu comprends, ma chérie, c'est aussi pour une question d'impôts. Si les enfants sont officiellement à ma charge, ça m'arrange... Bien entendu, c'est un prétexte... Cela ne change rien entre nous.

Si l'on avait dit à cette maman de ne jamais confier la garde de ses enfants à cet homme-là, sous aucun prétexte... Bref, les choses étant ainsi acceptées, n'y revenons pas.

Un an plus tard, et bien que divorcé, le couple passe ensemble des vacances en Suisse dans la famille du père. Par quel mystère un ex-réfugié politique a-t-il maintenant de la famille en Suisse, là n'est pas le problème. En juillet, le papa divorcé dit soudain à ses filles :

— Que diriez-vous d'un petit voyage aux États-Unis? Une balade américaine?

Les deux gamines ne rêvaient que de cela. Maman accepte, bien entendu. Départ de Genève : papa et les enfants pour une grande ville du Texas; maman toute seule pour l'est de la France.

Le retour des petites voyageuses est prévu pour le 22 août 1990, afin que maman puisse préparer avec elles la rentrée des classes dans notre chère vieille France...

Nous pouvons à présent constater les dégâts, en même temps que la jeune femme. Tout d'abord en revenant chez elle, dans l'appartement ex-conjugal, elle croit à un cambriolage. Tout a disparu. Tout, c'est-à-dire les meubles, les bibelots, les tapis, les vêtements... Un véritable déménagement.

Les bras ballants, sa clé à la main, la jeune femme déconcertée appelle la police, son assurance, et fonce le lendemain matin chez le gérant de l'immeuble, qui lui répond, surpris :

— Mais vous n'habitez plus ici! Votre ex-mari a résilié le bail de location... Je croyais que vous deviez déménager... il a même résilié l'électricité et le téléphone... Vous n'étiez pas au courant?

Il y a de quoi être pétrifié sur place. Où joindre le mari ? Il est en voyage aux États-Unis avec les filles. Il a dit négligemment qu'il ferait une ville par jour, afin de faire découvrir le pays aux enfants...

Restent la voiture et la maison de campagne. La jeune femme saute dans l'une pour aller se réfugier dans l'autre. La clé n'entre plus dans la serrure, ce qui est logique, car la clé est vieille et la serrure flambant neuve...

Reste le compte en banque. Le banquier sourit d'un air gêné :

— Je suis désolé, tous vos comptes communs ont été vidés, même le plan d'épargne logement... du moment qu'un compte est commun... les retraits sont possibles de la part de l'un des deux...

Plus d'enfants, plus de maison, plus d'argent. La jeune femme est à la rue, seule. Le 31 juillet 1989 est un drôle de choc dans sa vie.

Quelque temps plus tard, cherchant toujours à contacter le « voleur », il n'y a pas d'autre terme, bien que légalement il ne le soit pas, la jeune femme apprend par des relations communes l'ultime bonne nouvelle :

— Votre ex se remarie, paraît-il. Mais si, mais si... on nous a dit qu'il épousait une Française aux États-Unis, le mariage a lieu le 3 août...

Que faire ? Attendre le retour des enfants, prévu le 22 août ? La mère se dit qu'elle a été trompée, mais qu'elle va au moins les récupérer... Erreur. Divorcé légalement, ayant légalement la garde de ses deux filles, le père revient en France à la date prévue, remarié et seul. Il a laissé aux États-Unis sa nouvelle femme et ses filles.

Alors commence le combat des ex.

Premier round : une procédure en référé, c'est-à-dire en principe rapide, auprès d'un tribunal de grande instance de l'ancien lieu de résidence de la jeune femme.

Résultat : le tribunal décide qu'il est urgent de ne rien décider. Il s'agit d'une affaire privée dans un ex-ménage, que les ex se débrouillent entre eux.

Deuxième round : la jeune femme fait aussitôt appel de cette non-décision. La cour d'appel demande alors à entendre le voleur et la volée à une date fixe. Puis, dans sa grande mansuétude, et comprenant qu'il y a manifestement préméditation, redonne la garde des enfants à la mère.

Troisième round : le mari engage un pourvoi en cassation. Sachant qu'il sera probablement rejeté, il engage en même temps une autre procédure aux États-Unis, où il réside, demandant la garde des filles. La mère reçoit la convocation pour cette audience, en France, le jour même où elle a lieu aux États-Unis. Et la cour américaine tranche en faveur du père, condamnant même « l'odieuse maman » à quelques milliers de dollars d'amende...

En 1992, la situation est donc la suivante : le père a la garde de ses filles aux États-Unis, la mère a la garde de ses filles en France.

Quatrième round : la jeune femme dépose plainte en France pour non-présentation d'enfants, le père est condamné à un an de prison ferme, son affaire en France mise en liquidation. Ce dont il n'a rien à faire, en réalité, puisque ses affaires principales sont aux États-Unis. La jeune femme doit alors engager un avocat américain, et engager une procédure sur place. Mais son ex-mari ne vit plus au même endroit. Il a émigré à Los Angeles avec sa nouvelle épouse et les enfants. Rebelote pour la mère à Los Angeles. Avec tous les frais que cela représente.

Cinquième round, enfin, en faveur de la victime de cette machination. La cour de Californie reconnaît qu'elle a été dupée, et que les enfants ont été « kidnappés » par leur père. Cette fois, le voleur ne doit plus rire. Non seulement il doit restituer les enfants à leur mère, mais on lui a retiré son passe-port, afin qu'il ne puisse pas filer entre les mailles de la Convention de La Haye, laquelle, comme chacun devrait le savoir, est censée protéger les enfants de ce genre de chose. À condition que tous les pays du monde aient signé cette convention...

Alors, sixième round avant le gong final : en avril 1994, tandis que la jeune femme attend en France le retour de ses deux filles, enlevées par leur père en juillet 1989..., c'est-à-dire cinq ans plus tôt, elle apprend qu'il a quitté les États-Unis avec elles.

Pour aller où ? Se réfugier dans son ex-pays... celui qu'il avait fui alors qu'il était étudiant, en demandant l'asile politique en France... et qui n'a pas signé la convention de La Haye...

Ce qui revient à dire que l'ex-réfugié politique roumain se réfugie en Roumanie pour échapper à la politique de la France...

Mais comment a-t-il réussi à voyager sans passeport ? Puisque l'Amérique le lui avait retiré ? me demanderez-vous, et vous avez raison...

Facile. L'attachée commerciale du consulat de France, rappelez-vous... sa nouvelle femme... Évidemment tout le monde est choqué qu'un représentant d'une administration diplomatique se soit servi de ses fonctions pour permettre à un ressortissant de quitter un pays où il était condamné...

Et le mystère demeure, car cette jeune femme a également rejoint la Roumanie. En 1994, elle y occupait, dit-on, un poste à l'ambassade de France. Où elle a déclaré aux journalistes curieux qu'ils n'avaient entendu qu'une version des faits, celle de la mère, que les enfants étaient en bonne santé, qu'elles avaient grandi (on s'en doute), et qu'elles désiraient vivre avec leur père. Et lorsque les journalistes ont demandé à voir le père, à parler aux enfants, cette jeune femme a répondu très diplomatiquement que son mari prendrait lui-même la décision de répondre à la presse, s'il le jugeait nécessaire, et qu'en tout cas il n'avait absolument rien à se reprocher...

Comme si les justices française et américaine étaient complètement iniques...

Bien entendu, on aurait envie de dire à cette deuxième jeune femme : attention, méfiez-vous, ce nouveau réfugié politique dans son propre pays s'est peut-être servi de vous... Mais elle nous répondrait : Pourquoi ? Vous le prenez pour un escroc ou pour un voleur ?

Et le conseilleur, une fois de plus, serait accusé de très mauvaise mentalité...

Alors, silence radio.

UN COUPLE BRANCHÉ

— Chéri, que fait-on ce matin ?

Élisa vient à peine de se réveiller. Déjà le soleil brûle les palmiers d'Acapulco. Dans la salle de bains, Elwin achève de se raser.

— J'avais dans l'idée de prendre le bateau et d'aller faire un peu de planche à voile dans la baie d'Estrellas. Et ensuite nous pourrions déjeuner au Margarita. Après : une petite sieste, ensuite on rentre, on se change et on va faire un petit tour au casino, histoire de voir si la chance nous sourit toujours. Et on peut terminer la nuit à La Fuente. Ça te dit ?

Le beau jeune homme qui se rase parle avec un accent écossais. Élisa, elle, roule les « r » comme on le fait à Florence. De toute évidence, ils ont tout pour être heureux : ils sont jeunes, beaux et riches. Le bateau auquel ils font référence est un yacht de trente mètres, ancré dans le port d'Acapulco : *Enamorados*, « Amoureux » en français.

Sont-ils nés « coiffés » ? Sont-ils fils de milliardaires ? Pas du tout. S'ils sont arrivés dans ce paradis et s'ils jouissent de tout ce dont on peut rêver, c'est le fruit d'un labeur acharné. Pas vraiment un travail, mais une organisation qui laissera pantois tous ceux qui auront l'occasion de s'intéresser à ce couple doré sur tranche.

En 1991, un tragique accident fait l'objet de quelques lignes dans un journal hollandais. Une voiture de sport vient de tomber dans un des canaux proches d'Amsterdam. À bord de la voiture, un jeune couple. Lui, Elwin O'Malony, originaire d'Édimbourg, parvient à s'extraire du véhicule. Son épouse, Hannelise, à peine âgée de vingt-trois ans, reste coincée à l'intérieur de la Bentley et périt noyée.

Elwin, auquel la police hollandaise s'intéresse à la suite de l'accident, n'est pas un enfant de chœur. On a déjà eu affaire à lui pour un trafic de voitures volées. On a découvert chez lui tout un stock de plaques d'immatriculation en mal de véhicules. Et un revolver de gros calibre.

Les policiers hollandais, pour la cinquième fois, demandent à Elwin de raconter les circonstances de l'accident. Elwin, confortablement installé sur une chaise, allume une cigarette et répète son histoire, toujours la même :

— C'est Hannelise qui conduisait. Moi, j'avais bu pas mal de whisky, alors ce n'était pas très raisonnable de prendre le volant. Il pleuvait. À un certain moment, elle s'est tournée vers moi pour me dire quelque chose.

— Que vous a-t-elle dit ?

— Elle m'enguirlandait parce que, selon elle, j'avais trop regardé une petite Française. Elle a même essayé de me gifler, tout en conduisant, et cet instant d'inattention a suffi. Elle a raté le virage. Nous nous sommes retrouvés dans le canal. Ma fenêtre était ouverte. J'ai refait surface. Mais j'avais pris un coup sur le crâne. Quand j'ai réalisé qu'Hannelise ne s'était pas extraite de la voiture, j'ai plongé. J'ai pensé qu'elle n'avait pas pu se dégager de la ceinture de sécurité. Elle la mettait toujours. Moi je n'aimais pas trop, surtout après un bon dîner : ça me serrait aux entournures. Donc j'ai replongé, mais l'eau était trouble, je n'ai pas retrouvé la voiture. Quand on a pu extraire Hannelise, elle était toujours ficelée dans la Bentley, mais elle était morte.

Le moins que l'on puisse dire, c'est qu'Elwin n'est pas bouleversé par la mort de sa jeune épouse. Car il est légitimement marié à la pauvre jeune femme. Sans enfant. René Parlier, le père d'Hannelise, est arrivé dès l'annonce du décès de sa fille chérie. Il se montre peu aimable vis-à-vis de son gendre :

— Il a un sourire de play-boy. C'est ce qui a fait tourner la tête de ma pauvre Hannelise, mais c'est un type dangereux. Il la battait, il la trompait ouvertement et déjà, après un an de mariage, elle voulait divorcer. Mais au fond elle l'avait dans la peau.

La police hollandaise ne porte pas Elwin en sympathie. À tel point qu'on lui signifie son inculpation pour « coups et blessures involontaires ».

Le tribunal le condamne à 15 000 florins d'amende. Elwin paie sans sourciller car il vient de toucher l'assurance qu'il avait souscrite au nom d'Hannelise et à son profit : 3 millions de florins... Après quelques semaines de deuil, Elwin décide de partir pour les États-Unis.

Dans le long-courrier qui l'emmène, il n'est pas seul : une certaine Élisa Hermieux l'accompagne. La Française qui provoquait les accès de jalousie mortelle de la part d'Hannelise.

Entre le casino d'Acapulco et les bancos aux tables de baccara, le pactole d'Elwin se met à fondre rapidement. Il faut faire les comptes. Et réfléchir à un moyen de se renflouer. Elwin et Élisa en discutent posément. Et décident de passer à l'action :

— Bon, ma cocotte, à toi de jouer !

Élisa répond :

— Pas de problèmes. Tu vas voir que j'ai de la ressource...

Et elle s'envole pour l'Europe.

On la retrouve en Suisse. Elle est longue et blonde
avec des yeux verts irrésistibles. Elle s'installe au
Victoria-Jungfrau d'Interlaken. Et elle commence à
regarder autour d'elle. À la recherche d'un bon parti.
C'est-à-dire un garçon à la fois riche et un peu naïf.
Sa silhouette de vedette de cinéma attire tous les
regards mais elle ne semble s'intéresser à personne.
Pourtant, un soir, elle accepte de prendre un verre
en compagnie de Sylvain von Tringfeld, un jeune
homme un peu poupin. Il est âgé de trente-quatre
ans et on peut voir d'un seul regard que son costume
et ses chaussures viennent de très bonnes maisons.

Sylvain se présente, et Élisa est ravie d'apprendre
plusieurs choses à son sujet :

— Je suis célibataire. Je n'ai pas eu le temps de
me préoccuper de fonder une famille jusqu'à
présent. Il fallait que je me fasse une place au soleil.
À présent, je crois qu'il est temps de songer à fonder
une famille. Je suis sous-directeur de la Banque
européenne de crédit. Et vous ?

Élisa Hermieux sourit :

— Vous êtes bien indiscret ! Eh bien, moi aussi, je
suis célibataire. Mon père est décédé il y a bientôt
quinze ans en me laissant toute sa fortune. Il était
dans le pétrole. Avant de me fixer sentimentalement, j'ai voulu parcourir le monde, réfléchir, faire
carrière. Jusqu'à l'an dernier j'étais attachée de
presse d'un homme d'affaires libanais. Il voulait
m'épouser, mais ses milliards ne compensaient pas
son embonpoint. Alors j'ai décidé de prendre une
année sabbatique pour faire le point... À vingt-sept
ans, il est temps.

Sylvain est aux anges. Ainsi cette ensorcelante
jeune femme est libre. Elle aussi cherche à se fixer, à

fonder une famille. Il ne lui faudra que quinze jours, à la fin de ses vacances, pour poser la question fatidique :

— Élisa, voulez-vous m'épouser ?

Élisa baisse les yeux avec une pudeur charmante :

— Sylvain, êtes-vous certain de vos sentiments ? N'est-ce pas un peu prématuré ? Et vos parents ? Que vont-ils penser ? Vous ne m'avez même pas présentée. Et s'ils allaient désapprouver cette union, la trouver trop précipitée ?

Sylvain rougit un peu :

— Mes parents sont des gens charmants, mais ils m'ont toujours trop protégé. À présent, j'ai largement dépassé l'âge de leur demander la permission d'aimer. Et je suis certain qu'ils vous trouveront adorable. Alors, Élisa, voulez-vous devenir Mme Sylvain von Tringfeld ?

Élisa soupire :

— Sylvain, je suis folle de joie. Je retenais mon souffle dans l'espoir que vous me le demanderiez...

Quand les parents de Sylvain font la connaissance d'Élisa, ils montrent moins d'enthousiasme que leur fils :

— Elle est belle et élégante. Mais, après quinze jours, tu la connais à peine. Tu sais qu'il y a des aventurières qui courent le monde à la recherche d'un pigeon. Tu n'as aucune expérience des femmes et...

— Excusez-moi, cher père, chère mère, mais Élisa est la femme de ma vie. Ma décision est prise. Si vous désapprouvez mon choix, je le regrette, mais nous nous marierons le 29 juin. J'espère que vous voudrez bien nous honorer de votre présence.

Le jour de la cérémonie, Élisa Hermieux est éblouissante dans une robe créée par Christian Dior. Sylvain sort de l'église, rouge d'émotion. Derrière ses grosses lunettes de myope, on devine les larmes de bonheur qui lui brouillent le regard... La vie est belle...

— Vive la mariée !

On jette du riz. Tout le gratin de Neufchâtel assiste à ce grand mariage. On est un peu en peine pour discuter du « pedigree » de la nouvelle Mme von Tringfeld. Certains trouvent qu'elle a l'air un peu trop sûre d'elle pour une pure jeune fille. Mais Sylvain est aussi heureux qu'un enfant qui vient de découvrir un sapin de Noël. Puis les jeunes mariés s'éclipsent pour un merveilleux voyage de noces qui va les emmener en Sicile.

Ce bonheur est de courte durée, car, au bout de trois semaines à peine, une terrible nouvelle secoue Neufchâtel :

— Vous avez appris ? Sylvain von Tringfeld vient de se tuer dans un accident de voiture. On ne sait pas vraiment ce qui s'est passé.

Élisa von Tringfeld est rapatriée par avion sanitaire. Elle explique la tragédie :

— Nous roulions de nuit et nous allions arriver à Taormina. Sylvain a perdu le contrôle de la voiture et nous avons filé dans le ravin. C'est sans doute à cause de sa mauvaise vue. Je lui avais dit de ne pas conduire la nuit. J'ai eu le temps de m'éjecter de la voiture à la dernière minute mais la Ferrari a filé dans le vide. Personne ne passait sur la route. Je suis descendue jusqu'à la voiture mais j'ai eu énormément de difficultés, et Sylvain avait été tué sur le coup...

Malgré quelques égratignures, Élisa von Tringfeld semble bien réagir à ce veuvage prématuré. Elle annonce :

— Je vais faire incinérer Sylvain. Il m'avait fait part de ce désir si quelque chose lui arrivait.

Les parents de Sylvain ne sont pas du tout du même avis :

— Nous sommes très catholiques et Sylvain n'a jamais exprimé un tel avis devant nous. Bien sûr, le Vatican autorise l'incinération mais Sylvain a toujours exprimé le désir d'être enterré dans le caveau de famille auprès de ses aïeux...

C'est ce qui sera fait. Élisa n'insiste pas outre mesure. Elle doit régler ses affaires. Après un mariage très court, c'est elle qui hérite de la magnifique villa de Sylvain sur les côteaux de Neufchâtel. Et elle touche le montant de l'assurance que son mari, banque oblige, a pris la précaution de souscrire en son nom : 1 million de francs suisses. L'assurance est doublée car la mort est accidentelle. Élisa ne veut pas demeurer à Neufchâtel. Trop de tendres souvenirs. Et peut-être la présence trop présente de ses beaux-parents. La famille von Tringfeld est encore moins séduite par la veuve qu'elle ne l'était par la fiancée et l'épouse du malheureux Sylvain :

— C'est bizarre. Elle avait dit que son père était mort depuis quinze ans. Eh bien, l'autre jour, quand nous sommes allés lui rendre visite dans sa chambre à la clinique, il y avait là un homme qu'elle nous a présenté comme ce père, soudainement ressuscité... C'est plus qu'étrange.

Étrange aussi le fait qu'Élisa se débarrasse de la villa dont Sylvain avait fait un petit nid d'amour.

— Elle l'a littéralement bradée. Un agent immobilier de nos amis nous a dit qu'elle aurait dû en tirer au moins 200 000 francs de plus. Comme si elle était aux abois. Ou très pressée de refaire sa vie. Après tout, elle a les moyens aujourd'hui...

La famille von Tringfeld se met à douter. Au point de se confier à un avocat de leurs amis... Celui-ci, maître Plassry, dit :

— Je ne croyais pas à la culpabilité d'Élisa von Tringfeld dans la mort de son mari. Mais je me suis dit qu'il fallait vider l'abcès. Pour leur démonter que leurs soupçons n'étaient pas fondés. Pour qu'ils retrouvent la paix de l'âme.

C'est pourquoi on exhume la dépouille mortelle

du pauvre Sylvain. Le médecin légiste constate que le crâne de l'accidenté a été enfoncé. Mais après tout pourquoi pas ? Une chute de plus de 100 mètres dans un ravin, à bord d'une voiture, peut très bien provoquer ce genre d'enfoncement mortel... Comme les von Tringfeld insistent, on procède à une reconstitution de l'accident aux alentours de Taormina. Rien n'en ressort. Tout est dans l'ordre des choses jusqu'au moment où...

Jusqu'au moment où une certaine Marguerite se présente spontanément à la police :

— Voilà, je suis la seconde épouse de Vincent Hermieux. Le père d'Élisa von Tringfeld. Il m'a confié qu'Élisa lui a avoué être responsable de la mort de Sylvain. Elle avait organisé un guet-apens sur la route. Avec l'aide de son amant, un certain Elwin O'Malony et d'hommes de main siciliens. Ils ont dressé un barrage sur la route et défoncé le crâne de Sylvain von Tringfeld sous les yeux et avec les encouragements de son épouse. Elle les pressait de l'achever en riant aux éclats. Puis ils ont précipité la Ferrari dans le vide, avec Sylvain évanoui au volant.

— Pourquoi ne vous êtes-vous pas manifestée plus tôt ?

— J'ai trois enfants d'un premier mariage et j'avais peur que Vincent Hermieux ne se venge sur eux... Aujourd'hui, j'ai réussi à les mettre à l'abri de mon mari... Je ne pouvais plus supporter le poids de ce secret...

Du coup, les autorités suisses ont demandé l'extradition d'Élisa et d'Elwin. Mais ceux-ci, interpellés en Floride au moment où ils s'apprêtaient à s'envoler vers Taïwan, ont encore assez de liquidités pour s'offrir les services d'un ténor du barreau américain. Qui utilise toutes les ressources de la loi américaine pour les garder loin de la justice...

LE GROUPIE

Sur le plateau d'une chaîne de télévision italienne, un petit jeune homme au teint pâle est accroupi dans un enchevêtrement de câbles et d'appareils. Une voix l'interpelle :

— Alors? Ça y est, ce réglage?

— C'est bon, monsieur. Vous pouvez y aller, ça marche.

Il a dix-neuf ans, Gino, il est radiotechnicien, il passe sa vie sur les plateaux, mais dans l'ombre, à contempler les stars de la chanson qui répètent, plaisantent, avec tout le monde, sauf lui. Il est trop timide pour qu'on lui adresse la parole. Petit, mince, vaguement blond, un regard de chien battu, tout cela fait qu'on l'évite. On lui parle rapidement en cas de besoin, comme si on avait peur qu'il raconte sa vie brusquement, et qu'elle ne soit pas drôle. Il pénètre sur le plateau aux hurlements du réalisateur, il dégage le plateau, quand il a fini son boulot, c'est sa fonction et sa vie.

Gino n'est pas vraiment malheureux, mais il n'est pas heureux non plus. Et pourtant il est émerveillé. Une jeune chanteuse italienne, Rita Pavone, est la raison de cet émerveillement. Gino est fou d'elle. Il collectionne les disques, les images, comme un gosse. Il découpe les articles de presse, et lorsqu'il a le bonheur d'installer un micro pour elle, sur un plateau de répétition, il en bâille d'admiration. Le groupie dans toute sa béatitude.

Et un jour, il annonce à son patron :

— Je m'en vais, monsieur...

— Qu'est-ce qui te prend? Tu te mets au chômage tout seul?

— Je pars en tournée avec Rita Pavone.

— Elle t'a engagé?

— Pas encore, mais ça viendra.

— T'es complètement dingue, mon pauvre garçon, tu vas bouffer comment?

— Je me débrouillerai... J'y arriverai...

Un fou. Pendant plusieurs mois, Gino court les
routes à la suite de son idole. De San Remo à Chia-
vari, de Rome à Gênes, il a sa place au premier rang,
il siffle, tape des mains, il veut se faire remarquer.
Son rêve, il l'a fait des milliers de fois. Elle avance,
son regard tombe sur lui, elle lui fait signe de la
main, lui sourit, il grimpe sur la scène, et il ne la
quitte plus. Il est prêt à tout pour cela, à faire le
ménage, à ramasser les miettes du spectacle, au
milieu des autres fans, bousculé, regard tendu, main
tendue, dans l'espoir d'effleurer un bout de robe,
d'accrocher un regard. Et puis, les lumières éteintes,
il se retrouve seul dans la rue, ou dans un coin de
porte, à embrasser un morceau de carton glacé, une
photo de programme, sur laquelle la main de la star
désinvolte a griffonné un autographe.

Ils sont des milliers comme lui, filles ou garçons,
à respirer le sillage des stars, à ramasser les étoiles
mortes du spectacle. Certains grandissent et s'en
lassent, d'autres restent d'éternels enfants, et
d'autres deviennent fous. Être groupie, c'est un
métier qui rend fou.

À Gênes, enfin, Gino se décide. Ce soir sera son
grand soir. Il renonce au hasard, il a réussi à s'intro-
duire dans l'entourage immédiat de son idole, avec
les gardes du corps, les copains, les musiciens. Il fait
enfin partie du cénacle. Et il se retrouve avec ce joli
monde dans une maison inconnue, où l'on fête le
succès du concert de Rita Pavone. Tous ces gens se
connaissent peu ou très mal. Ils parlent, rient,
boivent, et Gino se sent dépaysé. S'il savait lui aussi
être superficiel, lancer des phrases drôles, jouer le
jeu, tout irait bien pour lui peut-être. Mais il ne fait
pas partie de ces gens doués pour paraître ce qu'ils
ne sont pas.

Il a mis sa plus belle chemise, parce qu'il est amoureux, mais elle est démodée. Il est en jean, ce qui pourrait le faire passer inaperçu, mais il en est gêné, et cela se voit. Il se voyait en smoking de soie, le pauvre Gino, ouvrant la portière d'une belle voiture, offrant de raccompagner la dame de ses amours. Et au lieu de cela, il fonce droit sur elle, lui prend les mains, et bafouille :

— Bonjour, je m'appelle Gino, je vous aime!

En 1963, Rita Pavone est une très jeune star italienne, nerveuse, trépidante, dont le succès a été rapide. Bien qu'habituée à ce genre de démonstration, elle réagit avec mauvaise humeur.

— Qu'est-ce que vous racontez? Vous êtes malade? Lâchez-moi!

— Écoutez-moi je vous en prie! Je vous en prie!

Gino ne peut pas lâcher prise. C'est sa seule chance peut-être, et il faut qu'il dise tout d'un seul coup. Qu'elle est belle, qu'elle est formidable, qu'il l'aime tant qu'il en a mal, qu'il voudrait l'épouser, que sans elle sa vie est inutile, minable, qu'il fera tout, que personne ne l'aime comme il l'aime lui... Un amour qui n'arrive qu'une fois dans la vie.

Va-t-elle éclater de rire? Lui tourner le dos? Se fâcher, le faire jeter dehors?

— Écoutez, mon vieux, je suis bien trop jeune pour penser à tout ça... L'amour, je m'en fiche complètement! J'ai mieux à faire que ça.

— Mais je vous aime!

— Possible! Mais c'est pas mes affaires, d'accord? Allez salut! Soyez gentil, ne me courez plus après, j'ai horreur de ça...

Elle est déjà partie. Agacée. Gino la voit discuter de loin avec un homme, en faisant de grands gestes, l'air de dire, j'en ai marre, ce type me casse les pieds... Et puis elle passe à quelqu'un d'autre, elle oublie, sourit à d'autres, tape sur des épaules, vit sa vie, tandis que celle de Gino s'arrête brutalement. Là, à cet instant précis, il est mort sur place. Les larmes aux yeux il recule dans la foule, comme s'il avait du mal à tourner le dos à son rêve. Et il s'enfuit dans les rues de Gênes, malade de désespoir.

Il n'a personne à qui confier sa peine, alors il court, jusqu'à l'épuisement, comme un dingue, il en a mal aux côtes, et le cœur au bord des lèvres. Il est près de minuit lorsqu'il se retrouve sur le port, épuisé. Il marche, sans but, la gorge serrée. Soudain une voix le tire de sa torpeur. Une voix de femme accrocheuse, professionnelle :

— Alors bébé, on cherche une consolation ?

Ce n'est qu'une prostituée, ni plus laide, ni plus vulgaire qu'une autre. Un visage maquillé surmonté d'une tignasse de cheveux noirs et crêpés, la bouche trop rouge, les yeux trop charbonneux. Une robe si courte, qu'elle ne cache rien.

Gino n'est pas complètement naïf, il sait reconnaître une prostituée. Mais ce soir il s'en moque. L'essentiel est d'avoir trouvé quelqu'un à qui parler. Quelqu'un qui ne le renvoie pas comme un chien à sa solitude. Une femme pour lui dire : « T'es beau, t'es jeune, t'en verras d'autres, viens chez moi. »

Il n'est pas vilain garçon, Gino. Les traits sont fins et réguliers, le corps bien musclé, et malgré sa petite taille, une élégance de proportions. Il aurait suffi de peu de choses, pour qu'il puisse s'en servir. Un éclat dans le regard, une parole facile, et personne ne l'aurait traité comme un objet sans intérêt.

Fiorella, la prostituée, l'entraîne avec elle, et l'écoute. Elle a l'habitude. Rita Pavone, elle connaît, comme toute l'Italie. Et elle le plaint, ce pauvre Gino, elle compatit, pendant qu'il raconte les tournées, l'admiration, la radio, la télévision, et sa dernière soirée.

En fait, Fiorella fait son métier, et vide complètement le portefeuille de Gino, billet par billet. 100 000 lires, toute sa fortune. De quoi suivre la tournée en mangeant des sandwiches, et en dormant dans les gares. À l'aube, Fiorella voudrait bien s'en débarrasser. Elle a besoin de dormir un peu. Gino se rhabille et fouille dans sa poche.

— Tu m'as pris mon argent?

— Je me suis payée, qu'est-ce que tu crois? Rien n'est gratuit, ni l'amour ni les consolations.

— 100 000 lires!

— C'est le prix mon gars! T'as passé trois heures à me parler de cette fille et à chialer!

— Mais si j'avais su que c'était si cher, je ne serais pas venu... Je n'ai plus rien maintenant...

— Et alors? Qu'est-ce que tu veux que ça me fasse?

— Je t'en prie, rends-moi au moins 10 000 lires, pour prendre le train.

— T'auras un café mon pote, c'est déjà pas si mal...

Pauvre Gino. Il supplie encore, désorienté, lamentable, il l'appelle madame, il s'excuse devant cette femme, la deuxième de cette nuit horrible pour lui. Et que va-t-elle faire, cette femme-là? Céder? Avoir pitié de lui? Lui rendre son argent? Juste un billet de cent lires pour le train? Le jeter dehors sans un sou, se fâcher ou éclater de rire?

— Je vous en prie madame, je ne savais pas, je vous jure, je ne savais pas que c'était si cher... On n'a même pas fait l'amour...

— Tout se paie, crétin! Surtout l'amour qu'on ne fait pas!

Elle éclate de rire. Ce jeune imbécile, ce paysan, cet idiot de village qui croit aux contes de fées, à l'amour, à la vérité des sentiments, à l'amitié gratuite! Ce ver de terre qui voulait s'offrir une étoile et n'est même pas capable de payer une passe! Même pas capable de la faire cette passe! Elle rit tellement, Fiorella, que Gino bascule complètement, cette fois. Il devient vraiment fou.

Sur la table de cette chambre de passe, traînent

les reliefs d'un repas, du café froid, une assiette de fromage, du pain et un couteau.

Gino prend le couteau.

Le lendemain, la logeuse découvre le corps de Fiorella Mazzi, prostituée bien connue sur le port de Gênes, assassinée. La police va directement enquêter chez le propriétaire d'un bar voisin, un certain Carlo, le protecteur de Fiorella. Un mauvais, un donneur de coups, un faisan.

— J'ai rien fait. J'étais au bar, on a joué aux cartes avec des copains!

— Ben voyons... T'as rien trouvé d'autre?

Carlo est sous les verrous, en moins de temps qu'il ne lui en faut d'habitude pour relever les compteurs de son commerce. Le témoignage des trois autres souteneurs, qui jouaient au poker avec lui, ne convainc personne.

Et la presse se fait l'écho de ce fait divers, dès le lendemain. Avec la photo du tueur présumé.

Le surlendemain à midi, pieds nus, en jean et en tee-shirt taché de sang, Gino se présente à la police. Dans sa poche, la belle chemise de sa déclaration d'amour, roulée en boule et couverte de sang.

Il tend cette chemise comme une offrande, il n'a jamais su dire que la vérité.

— C'est moi. Il ne faut pas accuser quelqu'un d'autre. Je l'ai égorgée, c'est bien moi.

Et il raconte sa nuit. Son horrible nuit.

— Quand je suis parti de chez cette fille, je n'avais plus d'argent, je ne savais plus où aller, j'étais malade, monsieur! Tellement malade, que je ne me suis même pas rendu compte que je lui avais repris l'argent. Je l'avais dans ma poche, et j'ai dormi dans un hangar, je me sens mal, je ne sais même plus quel jour on est, quelle heure il est...

— Pourquoi as-tu assassiné cette fille?

— Je l'aime tellement, que je deviens fou quand elle chante. Si je ne l'entends pas une fois dans la journée, je tombe malade. Et quand je l'entends, je pleure, je suis un autre homme, je suis heureux...

— De qui parles-tu?

— Rita Pavone, monsieur.

Qui avait-il tué, ce pauvre Gino? La femme qu'il aimait, la star? Ou la prostituée et la voleuse?

Il mélangeait les deux femmes dans sa tête. Il n'en faisait qu'une. Une femme vers laquelle il avait tendu les bras, deux fois, et qui deux fois l'avait renvoyé à la réalité. Il rêvait, ce pauvre Gino, il était ailleurs, dans un autre monde, où l'amour existe, la tendresse, la confiance, où il suffit d'être sincère pour être entendu.

Et il avait tué la belle indifférente. Sur deux phrases de rejet.

« L'amour je m'en fiche complètement! »

« Tout se paie, crétin! Surtout l'amour qu'on ne fait pas! »

PASSE-PASSE

Une nuit de novembre dans les Ardennes. Une fin de nuit plus exactement. Il est 5 heures du matin. Déjà les travailleurs se lèvent pour gagner leurs usines. Mais l'obscurité est encore complète. Daniel Survieres s'étire en bâillant. Il met en marche la cafetière électrique et commence à se raser. La radio diffuse de la musique et les informations. Mais par-dessus la mélodie du jour Daniel entend un bruit étrange.

— Qu'est-ce que c'est que ce barouf?

Daniel coupe le son de la radio. Pour mieux entendre, il ouvre la porte qui donne sur le couloir de l'immeuble. Pas de doute : ça vient de chez les voisins de palier, les Hormeton.

— Ça y est, ça recommence !

Daniel est blasé : ses voisins, Sébastien et Simone Hormeton, ne forment pas un couple très tranquille. Les raisons de leurs disputes continuelles, de leurs bagarres presque journalières ? Daniel les ignore et ne veut pas les connaître. Comme on dit, « ce ne sont pas ses oignons ».

— Arrête Sébastien, arrête ! Tu me fais mal ! Sébastien, arrête ! Au secours ! Au secours !

Cette fois-ci encore, Sébastien doit administrer une sérieuse raclée à son épouse. Simone est pourtant d'âge à se défendre. Après tout peut-être qu'elle aime ça. Il paraît que cela pimente la vie sexuelle et amoureuse de certains couples. Maintenant, Daniel n'entend plus Simone. À présent, en provenance de chez les Hormeton, Daniel perçoit une sorte de râle. Pas de doute, certaines femmes, quand elles connaissent le plaisir, ne peuvent s'empêcher de hurler à la mort... Il essaie d'imaginer la scène : les Hormeton sont peut-être en train de faire la paix... sur le lit conjugal. Daniel referme la porte de son appartement et termine de se raser... Il rallume la radio et pense à autre chose.

Daniel entend la porte des Hormeton qui vient de claquer. Puis un pas dans le couloir. Un pas pesant et assez lent. Ralenti comme quand on transporte une lourde charge. À présent les pas sont dans l'escalier qui mène au rez-de-chaussée. Daniel termine sa toilette et s'habille. Il vient de terminer son petit déjeuner quand il entend à nouveau les pas dans l'escalier. Cette fois-ci, la personne monte les marches. Le pas est plus rapide que tout à l'heure. Et puis la porte de l'appartement des Hormeton claque encore, en faisant trembler la cloison qui le sépare du logement de Daniel.

Daniel se rend à l'usine. Le même soir, quand il regagne son domicile Daniel est intrigué par de nouveaux bruits provenant de chez ses voisins. Comme si on astiquait le plancher.

— Ça doit être le grand ménage de printemps !

Et il ne pense plus à tout ça. Sauf que, désormais, le calme semble s'être installé chez les Hormeton. Plus de cris, plus de remue-ménage, plus d'appels au secours dans la nuit. Au bout de quelques semaines, Daniel Survieres se dit :

— Ça fait un moment que je n'ai pas vu Simone Hormeton !

Mais sa qualité de voisin ne l'autorise pas à s'informer auprès de Sébastien, l'époux de Simone. Sébastien n'est pas du genre commode. Il pourrait prendre mal la chose. Il est du style jaloux et Daniel, après tout, se fiche éperdument de Simone Hormeton. Pourtant elle n'est pas mal pour son âge, une quarantaine d'années : toujours bien mise, potelée mais pimpante, souriante. Souriante ? Ça dépend des moments : Daniel a remarqué que certains jours Simone semble avoir pleuré.

Donc Daniel ne rencontre plus du tout Simone Hormeton, même aux heures où ils avaient l'habitude de se croiser sur le palier ou dans l'escalier. Au bout de quelques semaines il finit par se poser des questions. Alors il se rend chez les gendarmes et leur confie ses doutes. Il raconte tout, les scènes de ménage, les cris, les appels au secours, le frottage du plancher. Les gendarmes trouvent l'absence de Simone bizarre. Car elle travaillait dans une blanchisserie et justement, là non plus, on ne l'a plus revue depuis la fameuse nuit trop agitée. Évidemment, on s'intéresse tout de suite à Sébastien Hormeton.

Ce n'est pas un individu très brillant : il exerce parfois une activité de maître-chien et de surveillant dans une grande surface. Mais il a changé plusieurs fois d'employeur car on lui reproche son caractère impulsif et même violent : une mauvaise histoire qui l'a opposé à une mère de famille antillaise qui s'est retrouvée mordue par le chien de Sébastien...

Sébastien a réponse à tout :

— Simone ? Ben moi aussi j'aimerais bien savoir où elle a foutu le camp. Oui, on avait parfois des explications un peu musclées. Mais c'était... je veux dire, c'est une vraie tête de bourrique. Alors, j'avais parfois la main un peu lourde. Mais on se réconciliait facilement sur le polochon... De ce côté-là, ça marchait super. C'est pour ça que je ne comprends pas où elle peut être... Il y a deux mois, elle a mis des affaires dans un sac de voyage et elle m'a dit : « Je prends des vacances. » J'attendais des nouvelles mais rien. J'ai contacté les amis que je lui connais dans la région mais personne ne l'a aperçue. Sa famille non plus. Peut-être qu'elle a rencontré un bonhomme. Elle est bien capable de filer avec un gars qui lui aurait tapé dans l'œil !

Par routine, les gendarmes s'intéressent au passé de Sébastien Hormeton :

— Chef ! On vient de recevoir un fax. Regardez un peu. Intéressant, le Hormeton !

Le fax révèle que Sébastien Hormeton a déjà eu des ennuis avec la justice. Pas pour des peccadilles. Rien moins qu'un meurtre.

Les événements remontent à vingt ans. À l'époque Sébastien Hormeton mène déjà une vie un peu dissolue. Alors il emprunte : 6 500 francs. À un ami : Victor Sapineau. Au bout de quelques mois, malgré ses promesses réitérées, Sébastien Hormeton n'a encore rien remboursé de la somme qu'il doit : Victor Sapineau s'inquiète de savoir quand il verra la couleur de son argent. Sébastien promet. Sapineau, après s'être inquiété, s'énerve et menace de porter plainte : après tout il possède une reconnaissance de dette en bonne et due forme.

Quelques jours après une altercation entre Hormeton et Sapineau au café du village, les voisins et amis de Sapineau s'inquiètent de l'absence de celui-ci. Les volets de la maison restent clos. Et Sultan, son chien-loup, hurle à la mort, attaché à sa niche par une chaîne d'acier. Bizarre. Jamais Sapineau n'aurait abandonné son Sultan plusieurs jours sans charger quelqu'un de prendre soin de son animal.

Sébastien Hormeton, cuisiné par la police, nie toute responsabilité dans la disparition de Sapineau. Mais les charges et les présomptions contre lui sont trop fortes. Bien qu'on n'ait jamais retrouvé le corps de Sapineau, Hormeton se retrouve sur le banc de la cour d'assises. Coup de théâtre, sous les questions pressantes Hormeton craque :

— Sapineau, il est dans les bois de Malause.

La justice se transporte avec Hormeton dans le bois indiqué. Là, dans un fossé à demi comblé, on découvre le cadavre décomposé de Sapineau. Une balle dans la nuque a mis fin à ses inquiétudes financières... Hormeton est cuit. Il écope de vingt ans ferme. C'est donc avec un assassin repris de justice que Simone Hormeton a eu la mauvaise idée de se marier vingt ans plus tard. Connaissait-elle le passé de son époux ? Sans doute pas.

Maintenant, un nouvel élément fait tiquer les gendarmes : Simone est peut-être partie pour prendre des « vacances », mais comment expliquer qu'elle soit partie sans son chéquier ni sa carte bancaire ? Et pourquoi Sébastien Hormeton, lui, se permet-il d'effectuer des achats avec ce chéquier, en imitant la signature de Simone ?

— Et qu'est-ce que c'est que cet appel pour la Pologne ? Ça correspond exactement à la date où vous prétendez que Simone faisait sa valise pour partir en « vacances ». Hein ? Vous avez une explication ?

Hormeton avoue que cet appel était une conversation avec Maria Dobreskavina, une jeune femme polonaise qu'il a connue deux ans plus tôt quand elle est venue faire un stage au supermarché où il travaille comme gardien. Il faut donc déplacer l'enquête vers la Pologne. Maria Dobreskavina, une belle blonde aux joues roses, ne fait aucune difficulté pour admettre qu'elle est la maîtresse de Hormeton :

— Il est venu me voir ici, en Pologne, il y a un mois. Je l'ai présenté à mes parents puisque nous avons l'intention de nous marier.

— Vous marier? Mais il est déjà marié. À moins qu'il ne soit veuf sans vouloir l'admettre!

Maria Dobreskavina tombe de haut.

— Pourtant, ses intentions étaient sérieuses. Tenez, il m'a offert des vêtements et des bijoux.

Les proches de Simone Hormeton n'auront aucun mal à les reconnaître quand on leur présentera des photographies des vêtements et des bijoux : tous appartiennent à Simone.

— Alors Hormeton, vous prétendez toujours que Simone est partie en vacances? Sans chéquier, sans carte bancaire, sans ses vêtements préférés, sans ses bijoux? Vous nous prenez pour qui?

Désormais tout le monde, gendarmes et famille, est persuadé que Simone est morte et enterrée, quelque part. Mais où?

— Et comment Hormeton a-t-il pu se débarrasser du corps? Il n'a pas de voiture. Il n'a quand même pas appelé un taxi pour transporter le cadavre de sa femme?

C'est alors qu'une commerçante du quartier revoit une scène qui, à l'époque, l'avait simplement étonnée :

— Un matin, à peu près à l'époque de la disparition de Mme Hormeton, je me souviens d'avoir été surprise : j'ai vu Hormeton qui portait une sorte de malle-cabine et la déposait dans le coffre d'une grosse Ford. Je me suis dit : « Tiens, il a une voiture à présent : vous comprenez j'ai tellement l'habitude de le voir circuler sur son vélomoteur qui fait un bruit de casserole ! »

— Et alors Hormeton, c'est quoi, cette Ford ?

Sébastien Hormeton se fait un peu prier pour donner l'explication qui s'impose :

— J'ai loué cette voiture pour aller faire un tour à Colmar. Ça fait longtemps que j'avais envie de visiter la région.

— Et qu'est-ce qu'il y avait dans la malle-cabine ?

— Boh ! Des vêtements de rechange. Mon attirail de pêche...

La société qui a loué la voiture peut fournir un détail intéressant. Hormeton a rendu le véhicule après avoir parcouru 536 kilomètres. En divisant par deux, cela fait quand même une région énorme à passer au peigne fin pour essayer de retrouver le cadavre de la disparue.

— En plus la voiture était pleine de boue. Et il y avait des traces d'impact sur le pare-chocs avant.

En attendant, on examine de près le coffre de la Ford et là, surprise, on découvre trois maillons de bracelet. La sœur de Simone est formelle :

— Ces maillons appartiennent à un bracelet de Simone. Nous le lui avons offert pour ses quarante-cinq ans !

On compare le destin de Sapineau et celui, probable, de Simone. Plus de doute, la malheureuse doit être au fond d'un ravin, soigneusement dissimulée. Il faudra peut-être cent ans avant de retrouver son squelette !

On remet toutes les pièces du puzzle ensemble et le scénario le plus vraisemblable apparaît de manière lumineuse :

Hormeton rencontre Maria Dobreskavina et tombe amoureux d'elle. Il décide d'éliminer Simone mais, au moment où il va l'étrangler, elle se réveille. Elle appelle au secours et ce sont ses cris qui sont entendus par Daniel Survieres. Mais celui-ci, trop

404

habitué aux disputes des voisins, n'y prête pas attention. De toute manière, même s'il avait appelé les
gendarmes, il était trop tard pour Simone : on
n'aurait trouvé que son cadavre. Après le meurtre,
largement prémédité, Hormeton se débarrasse du
cadavre en le transportant dans la Ford. Puis il part
pour la Pologne et offre les dépouilles de Simone à
l'élue de son cœur. Enfin il revient à l'appartement
avec l'intention de liquider les meubles, de résilier
son bail et de refaire sa vie. En Pologne vraisem-
blablement.

Aujourd'hui la cour d'assises est réunie, mais Hormeton tarde à paraître. On murmure qu'il a refusé
de se présenter. Est-il possible de lui forcer la main ?
On saura bientôt que non. Hormeton a trouvé la
solution à ses problèmes. Il s'est pendu dans sa cellule... Il a laissé un mot sur une feuille de papier
quadrillé : « Je suis innocent. Je n'ai pas tué
Simone. »

Un de ses avocats se souvient d'une des dernières
déclarations de Hormeton : « Si j'avais tué Simone,
je me suiciderais... »

Promesse tenue de toute évidence.

POUR QUITTER LES DIABLES ET FAIRE L'ANGE

Elle s'appelle Marie Tumaniaz, elle a quarante-
cinq ans, elle sort d'un tribunal de Floride où l'on
vient de lui accorder le divorce après vingt-cinq ans
de mariage. Un quart de siècle. L'ex-mari qui
s'éloigne avec son avocat, sans un regard pour elle,
lui a fait jadis deux enfants. Elle les a élevés, ils sont
devenus grands, ils vivent leur vie, et Marie n'en a
plus, de vie. Leur père veut filer le parfait amour
avec une jeunesse, il a la cinquantaine anxieuse de

se prouver qu'il peut toujours séduire. Et Marie?
Peut-elle encore séduire? Que lui reste-t-il de ce
quart de siècle consacré à ces enfants-là, et à cet
homme-là... une pension alimentaire certes, mais on
ne vit pas uniquement d'alimentaire.

L'amour et l'eau fraîche désaltèrent. Mais la
source est tarie depuis longtemps. Elle se sent seule,
et aride.

Si l'on remonte dans l'existence de Marie Tumaniaz, jusqu'à la source de sa jeunesse, on y découvre
la raison de cette aridité.

Dans les années 1960, même aux États-Unis, et
surtout à l'université de Hartford, dans le Connecticut, les filles sont complètement ficelées. Permission de faire des études, mais mariage obligatoire.
Hartford est la capitale de l'État, les jeunes filles de
bonne famille y sont particulièrement surveillées
par leur famille. Le père de Marie, professeur d'université, président du département philosophie,
homme influent et autoritaire, a autorisé sa fille à
poursuivre des études de lettres, mais dans sa
propre université, et sous son contrôle permanent.
Pas question de batifoler le soir, pas question de
porter les premières minijupes, de danser le rock,
voire d'écouter de la musique dite de « nègres ». On
ne dira pas assez à quel point cette Amérique de
liberté, aux yeux des Européens, était intransi-
geante, sectaire, conformiste au point de brider
toute une jeunesse, à coups d'interdits.

Marie n'a donc pas le droit d'écouter la musique
interdite. Et voilà qu'elle se rend à la caféféria de
l'université, voilà qu'elle rencontre un jeune étudiant, section arts et musique, et qu'elle le fréquente. C'est la catastrophe, dans la famille Tumaniaz. Le garçon est invité par le père à se présenter à
lui, s'il veut raccompagner sa fille du campus à la
maison familiale, en tout bien tout honneur.

— Quelles sortes d'études faites-vous déjà, mon garçon ?

— Musique, monsieur...

— Musique classique ?

— Et contemporaine, monsieur, j'étudie l'harmonie, la symphonie...

— Vous voulez devenir compositeur ou chef d'orchestre ?

— Non, musicien, monsieur... je joue du piano, de la guitare, et je m'amuse un peu au saxophone...

— Vous vous « amusez »... au saxophone... je vois... et comment comptez-vous gagner votre vie ? En travaillant tout de même, je suppose ?

C'était fichu d'avance. Quelle carrière pour ce Marius Djorjevic ?

— Marie, ma fille, je ne peux pas te laisser fréquenter ce garçon, s'il se préparait un avenir solide, ce serait différent, mais musicien... tu sais ce que cela représente ? Ce jeune homme ira jouer un jour dans les bars, ou les fêtes foraines. Il a une mentalité différente de la tienne, ne le fréquente plus, je te prie.

Marie se cache pour fréquenter tout de même son Marius. Toute l'année de ses dix-huit ans. Elle n'ose pas, de peur d'avoir l'air stupide, lui dire que son père le méprise au point de le rayer de son environnement immédiat. Le conflit des générations, qui va mener à l'explosion de Mai 1968, est une guerre encore larvée, sournoise, les parents de cette génération utilisent les méthodes qu'ils ont eux-mêmes endurées, ils ne voient pas déferler la musique, la pilule, les scooters, les minijupes et les collants... Ils luttent à contre-courant. Marie en fait les frais.

— Je t'avais interdit de fréquenter ce bon à rien ! On t'a vue à la cafétéria avec lui !

— Mais je l'aime, papa ! Nous voulons nous marier...

— Non ! Tu vas rompre, au contraire ! Et si tu ne

le fais pas, c'est moi qui m'en occuperai! Il a une bourse, ce jeune imbécile? Eh bien, si tu continues, il ne l'aura plus l'année prochaine! Le conseil de l'université m'écoutera.

— Mais justement, l'année prochaine il part à New Haven... Je t'en prie, papa, laisse-moi m'inscrire à Yale... Nous pouvons nous marier et vivre là-bas. Des tas d'étudiants le font!

— Non, c'est non. Tu es mineure, tu restes ici, ce garçon ne pourra jamais soutenir un ménage! Tu ne peux pas te marier sans mon autorisation, donc vous n'aurez pas d'appartement universitaire! Si tu pars, je vous ferai rechercher par la police!

Le piège est incontournable. Il a plus de vingt ans, il est donc majeur, et si la police s'en mêle, Marius sera condamné pour détournement de mineure, c'est ainsi. Pas de mariage sans l'autorisation de papa, pas d'inscription, pas d'appartement, pas de liberté...

Alors, pour la dernière fois, en cette fin d'année universitaire 1965, à Hartford, Connecticut, Marie retrouve Marius à la cafétéria. Elle n'a toujours pas le courage de lui répéter les menaces de son père. Elle préfère mentir. Elle ne l'aime pas assez pour l'épouser. Ils ne vivront pas ensemble.

Marius encaisse mal la nouvelle. À tel point qu'il quitte l'université avant la traditionnelle cérémonie de fin d'année, et Marie ne le reverra plus. Jamais plus.

Deux ans plus tard, elle entre dans le moule du conformisme en épousant Harrison, architecte de cinq ans son aîné, promis à un avenir tout à fait convenable. Ils s'installent en Floride dans les années 70, ils ont une maison, des enfants, et la vie passe.

Entre le mois de mai 1965, et le mois de mai 1991, vingt-six ans se sont ainsi écoulés. Vingt-six printemps. Sans grand malheur, mais sans grand bonheur non plus. Puis le divorce.

C'est peut-être ce printemps-là qui réveille Marie de sa longue léthargie. Tous les regrets remontent à la surface, alors qu'elle regarde s'éloigner le dos de cet homme. Vingt-cinq ans sans véritable amour, pour obéir à papa, et pour finir, l'élu convenable file avec une autre. Beau résultat.

Marie demande soudain à son avocat :

— Vous connaissez un détective privé ?

— Vous pensez que votre mari a dissimulé des revenus ? Il fallait me le dire avant !

— Mais non, je me moque de sa vie, qu'il la garde, je cherche quelqu'un...

Le détective privé écoute Marie, annonce ses tarifs, elle paie d'avance, et il part en chasse.

Marius Djorjevic est peut-être mort, il a peut-être quitté les États-Unis. La seule indication qu'il possède, mais elle est d'importance, c'est la dernière année qu'il a passée à l'université de Hartford, Connecticut. Et peut-être la suivante à Yale. Marie n'a même pas pu lui donner de photographie.

Grâces soient rendues aux universités américaines, elles ont la bonne idée de constituer chaque année des albums de famille. À Hartford, le détective déniche une photographie de Marius âgé de vingt-deux ans, cheveux bruns frisés, yeux clairs. À Yale, il est inconnu. De toute évidence, le musicien débutant a stoppé là son parcours universitaire. Le détective fait le tour de tous les copains de l'année 1965 susceptibles d'avoir gardé des contacts avec lui. L'enquête le mène, en l'espace d'un mois, dans une demi-douzaine d'États. Mais c'est à New York que l'affaire se corse. Un des copains de Marius a fait partie d'un orchestre de jazz, il a joué avec lui dans un club, dans les années 80. Il raconte :

— Marius est marié, je crois qu'il a eu trois enfants. Je ne l'ai pas revu depuis. Mais je sais qu'il a enregistré avec plusieurs groupes...

Le détective épluche les catalogues des maisons de disques, et il y en a!... Comme beaucoup de musiciens à New York, Marius travaille au gré des opportunités, des rencontres. Hélas, il fait aussi beaucoup de tournées, apparemment, car dans le dernier studio où il a travaillé, et donné son adresse, elle n'est plus bonne. Par contre, il a un numéro de Sécurité sociale, et il appartient à un syndicat.

Ces deux organismes confirment qu'il est marié. Le détective sent qu'il n'est peut-être pas loin de le retrouver, mais il informe sa cliente prudemment :

— S'il est toujours marié, qu'est-ce que je fais ?

— Dites-lui simplement qu'il m'écrive, s'il en a envie...

Or, impossible de mettre la main sur ce Marius. Un véritable furet. Il est passé par ici, il a joué là, habité là... enregistré ici, avec celui-là, ou celui-ci...

C'est un autre musicien qui aide le détective à faire le point :

— S'il est comme moi, il vit plus souvent à l'hôtel que chez lui... On a un copain en commun, un type qui fait de la radio, Marius le connaît comme nous tous, allez le voir.

Petit studio de radio, l'une de celles qui passent de la musique toute la journée, un grand type un peu fou, qui raconte des histoires sur la vie des « musicos » et semble connaître tout le monde :

— Marius, il trimballe son saxo dans New York, pas facile de lui mettre la main dessus...

Mais le grand type a une idée mirobolante :

— Une annonce dans le programme, ça vous irait ? Vous payez combien ?

Le détective informe sa cliente du montant en dollars. Marie hésite à donner son accord, le cœur battant :

— Dites que c'est une amie qui le recherche... Surtout, n'ébruitez pas mon histoire...

Hélas, Marie, le grand type devant son micro ne tient pas compte du tout de sa pudeur :

— Hé, Marius, si tu m'entends, j'en ai une bien bonne à te raconter... et si tu ne m'entends pas, que les copains s'en chargent...

C'est ainsi que l'histoire d'amour de Marius et Marie s'est répandue dans le milieu des musiciens new-yorkais, et que Marius a été localisé. Le détective a téléphoné :

— Il est divorcé lui aussi, je vous le passe !

On ne connaît pas la teneur de cette conversation entre New York et Orlando en Floride, ce jour de printemps 1991.

Marius a sauté dans un avion le jour même. Il est arrivé par le vol de fin d'après-midi à Orlando, Marie l'y attendait. Vingt-six ans... l'instant magique où elle a vu courir Marius dans le hall est indescriptible. Le journaliste local, friand de l'événement, a écrit : « Ils se sont jetés dans les bras l'un de l'autre, ce furent des retrouvailles émouvantes, Marie pleurait de joie, et Marius Djorjevic a déclaré : "Combien de femmes comme elle rencontre-t-on dans une vie ? Une seule ! Nous nous sommes perdus une fois, nous n'allons plus jamais nous quitter. Je m'installe en Floride, nous nous marions demain !" »

C'est tout de même rafraîchissant, des gens heureux qui ont une histoire...

Table

Le Livre de Poche s'engage pour
l'environnement en réduisant
l'empreinte carbone de ses livres.
Celle de cet exemplaire est de :

700 g éq. CO_2

PAPIER À BASE DE   Rendez-vous sur
FIBRES CERTIFIÉES   www.livredepoche-durable.fr

Imprimé en France par CPI
en août 2018
N° d'impression : 2038267
Dépôt légal 1re publication : octobre 2001
Édition 13 - août 2018
LIBRAIRIE GÉNÉRALE FRANÇAISE
21, rue du Montparnasse - 75298 Paris Cedex 06